进　城

谷万华　著

陕西新华出版
太白文艺出版社·西安

图书在版编目（CIP）数据

进城 / 谷万华著. -- 西安：太白文艺出版社，
2025. 1. -- ISBN 978-7-5513-2922-4

Ⅰ. I247.5

中国国家版本馆 CIP 数据核字第 202537M44C 号

进城
JINCHENG

作　　者　谷万华
责任编辑　耿　瑞
装帧设计　青年作家网
出版发行　太白文艺出版社
经　　销　新华书店
印　　刷　永清县晔盛亚胶印有限公司
开　　本　787mm×1092mm　1/16
字　　数　240 千字
印　　张　16.75
版　　次　2025 年 1 月第 1 版
印　　次　2025 年 1 月第 1 次印刷
书　　号　ISBN 978-7-5513-2922-4
定　　价　68.00 元

目 录

第一章

腊月十五晚上，一轮明月，虽凛冽寒凉，但灼灼明亮。清白的月光照映着大地，所有的景物皆明朗清晰，一时间十里八乡均没有了黑暗，几乎失去了夜的本色。

这是一条很宽很长的圩埂。埂下是长江中下游某一支流的中间一段，谓之丹阳河，不知已经存在了多少年。河水长年不断，缓慢而又固执地一直流淌向前，永不疲倦。

河堤下是一座普通小村庄，名为陶庄。其实陶姓仅有两户，其余均为他姓。自南向北仅七八列农舍，一律青砖黑瓦，大多是三间的平房结构。晚上八点，家家户户早已大门紧闭，大部分人家都已黑灯瞎火，只有少数的几扇塑料纸窗户里隐隐透出来一点黄色，表明这家人还没有休息，正在奢侈地耗费着宝贵的电资源。

村南紧挨埂头的一户就是四六和月儿的家，三间东西走向的瓦房，因为前面没有别人家遮拦，所以门口有一个特别宽敞的场院。男主人公名为四六，今年刚三十岁出头。当初他从娘肚子里着地的时候，不知是被接生婆拍疼了屁股，还是要向全世界庄严宣告，小家伙发出蛙鸣一般的哭叫，声音特别响亮。不过他人生的第一次抗争还没有结束，四十六岁的爷爷就给定下了名号——四六。虽然后来上学时，父亲按照辈分给他取了大名陈定贤，但村里人没有一个这样称呼他。

初二那年，他学了"不着四六"这个词，回家后委屈地诉苦，告诉家人这个词的意思。爷爷一肚子委屈，说哪知道这种事情，自己那时也是想了半天，情急之下脑子里猛然一闪出现的，一是顺口，二是也有讲究。按照现在的说法不是很有纪念意义吗？

四六听着爷爷的这些说道，心里不知道是愤怒爷爷把自己不当回事，还是悲哀爷爷没有文化，只能自己郁闷。后来多少次举着拳头威胁村里的孩子叫他的大名，却无济于事。因为老老少少早已习惯了四六这个称呼，根本扭转不过来，四六难过一阵也只能顺其自然了。月儿是八月十五出生的女孩，叫这个名字不仅好听，意思也美，自然是再合适不过了。

爷爷奶奶几年前已经相继离世。今天晚上，因为有重大事情需要决策，所以必须全家人商量，四六的父母特别参与进来。如果是小事，四六小夫妻早就躺在床上合计了，不废柴不费油，想说多久说多久。

四六首先发言："下午我去大龙那里，问他今年挣了多少钱，他说老板平时就支点生活费，年底一次性结清工资。他过年带回来八千元，这是他一个人挣的！一比较真是吓了一跳，我们全家人脸朝黄土背朝天，辛辛苦苦在田里忙活一年，缴公粮后也就剩点口粮了。饿倒是饿不死，可一亩地能落几个钱？要不是妈在家养点猪鸡，年底卖了补贴一点，不要说外面的人情往来应付不了，就是家里的牙膏肥皂这些小头小脑的开支都有困难，所以我想跟着大龙去试试。"

父亲不过五十岁出头，这会儿正是一个好劳力，也是家里的顶梁柱，关键时候自然要先听他的意见。这会儿，一身黑衣的父亲坐在自己的位置，两分钟没有吱声。见家人们都在等待，他从胸兜里摸出一盒火柴，推开内匣小心拣出一根，刺一下点燃后立即凑近，嗫着嘴吧嗒吧嗒连吸几口，又不紧不慢吐出一条长长的烟柱，这才开口说话：

"确实。现在虽说包产到户，比过去生产队好，但种田也就能糊个口。一亩田一年的水费、电费、拖拉机费，农药化肥，算下来多少钱？一季水稻，化肥要撒几遍，药水更是打多少回。这些东西年年涨价，就是粮食不涨价，稳坐钓鱼台，年年一样平！农民什么时代都是最苦最累的。唉，有什么法子呢，谁让咱祖祖辈辈是农民，不管怎样总得活下去吧？"

四个大人默默无言，神情有些凄然。四六的一双儿女却不管这些，兄妹俩一前一后在堂屋里小跑着，五岁的妹妹追赶着六岁的哥哥，喜笑颜开地围着妈妈坐的矮凳追逐，很是开心快乐。看着两个幼孙天真可爱的模样，四六的父亲一边向地上弹着烟灰，一边叹了一口气，眼睛盯着儿子："要真是八千块那是不少，不过大龙喝了酒喜欢吹点牛，这个数字会不会有水分？"

四六赶紧接上一句："千真万确！他舅子跟他一起干的，今天也来了。他拿的还多些，一万冒头呢！"

两个女人不约而同发出了惊叹："这么多？！"

父亲虽然年龄不大，但这会儿已经自动升级，成为家里的新一代老爷子。还别说，老爷子的尊称可不是白叫的，这会儿没有跟着女人往钱里跑，而是抓住了问题的关键："他答应带你了？是不是随便应你？饭桌上的话不能作数的。"

四六一脸郑重："我当着他们面说的，他舅子也在场。大龙叫我明年就跟着他干，还说我做事稳当可靠，所以才喊我的，别人一概没邀。我说明年跟定他了，开春就跟他走！这个肯定没有问题。我担心的是家里的农活，到时候能不能忙得过来。"

老爷子没有犹豫，适时送给儿子一颗定心丸："这几年你虽然在家，平时不也在外面做小工？就是农忙回来帮衬点。这几亩田你不用担心，家里人多，到那晌多弄几天不就行了。"

四六还是不放心："七亩多田呢！妈也不能下田，照应两个小的烧烧洗洗就够忙活了。我出去后你们就兴一季，栽点杂交稻，不要再弄两季了。"

老爷子略一思忖，感觉问题不大，于是胸有成竹地说："这些不用你烦神，你不要管了，栽秧收稻忙不过来，就请亲戚邻居换换工。你媳妇怎么办，不跟着去吗？"

四六显然已经考虑过，小夫妻也商量过，所以他没有含糊："我先去干一年看看情况，如果收入好能干长期，后面再带她出去。"

老两口不约而同地看向儿媳。如今的女人自打进门地位就高，这种大事肯定要听听她的想法。月儿受不住二老这样郑重的目光，脸一红赶紧表明自己的态度："我听四六的。"

还是老爷子头脑冷静，忽然想起最重要的一件事："大龙具体干什么活，你能不能干得了？"

三个人目光一齐转向四六，他赶紧汇报："我都问好了，是水电工。大龙说不需要什么高深的技术，他保证我学得会。我也跟他说了，去了就跟他在一块干。"

老爷子又转向老太婆："大龙这次还真不错。过年家里来亲戚，记得邀人吃顿饭，我也和他说两句。"

终于轮到四六妈说话，她也没有任何含糊，直接干脆地应承："大龙这次帮这么大忙，吃点饭是应当应分的，放心吧。"

虽然浪费了一晚上电费，但家庭会议圆满结束，每个人心里都很高兴，每个人心里都有了新的希望。

正月二十，四六背着一床棉被，一个大蛇皮袋，乘着大龙他们和外村一行人合租的面包车，凌晨三点就出发了。黑暗中，核载 7 人的小车一个男人一个男人跨进，一个男人一个男人像货物一般堆叠码垛，最后竟然硬塞了十几人！四六是个"新"人，当然只能坐在过道的小板凳上。他一直是左半边屁股挨着那一小块板凳面，右半边屁股完全悬空。途中他想小范围内自己调节一下，结果发现根本动弹不了，他的前后左右早被大树一般的男人身体狠狠挤占着，已经没有一点剩余的空隙。

他就这样被挤压得在车厢里"蜻蜓点水"。右脚前脚掌点地，后脚跟抬起，另一只脚完全竖起只能脚跟着地，因为留给他的只有这一点点的方寸之地。整整三个半小时，他就这样被迫维持着这一姿势，一路歪斜着身体，憋闷得内衣几乎被汗水浸湿。当然他也靠在别人身上，因为中间过道和两边座位及座椅前的人们，也就是全体乘客一开始就连成了一个整体，一个根本分不开的整体！

他们紧紧挨在一起互相倚靠着，支撑着别人同时也被别人支撑着。四六受刑到一半，脚部开始发麻如针刺一般，其他乘客也是牢骚满腹、不断小声埋怨，有一些人说出了难听的粗话，就差没有大声骂娘了。驾驶员五十多岁，确是风浪里闯荡出来的一把好手，一直不言不语，握紧方向盘只管疾驰。他早已熟悉这种满车的怨气，镇定自若全然不予理睬。不过师傅也确实有本事，不知走的是什么路径，只在两处路口让事先指定的人把头深埋下去，逃避警察的检查，顺利通过了。

这一年里，四六用公用电话，一个月给家里打一次，告诉父母妻儿自己很好，大龙很照顾自己，水电工不吃苦，活很轻松，吃住都是在工地，每天都有荤腥，自己下工回来只要洗几件衣服就行了，晚上还有电视看。全家人听了都喜笑颜开。四六问农忙时节是否需要回来，老爷子坚决不让，强调家里人多，只需多干两日就行了。

初夏时节，月儿去了一趟无锡看望四六，是和邻村的一个女人搭伴去的，加上来回总共十天。她带回来一包吃食，有给孩子的，有给公婆的，四六给父亲准备的是一条香烟。婆婆问起儿子的情况，她没有说出公婆希望听到的新鲜内容，只说就是四六打电话说的那些，末了加了一句："水电工不轻松。"

这一年的岁末，四六足足带回来两万元！两沓簇新的钞票用报纸包裹得严严实实，再用细绳绑好搁在塑料桶中层，上下均放置一些零散物品紧密压桶。桶实际就是随身移动的保险箱了。老两口一年未见儿子，早就盼着这一天，见面后不免仔细查看。当妈的更是把高出一头的儿子当成三十年前的孩子，两只手在他身上不停摩挲着，脸上笑盈盈的眼睛却是湿湿的。四六立在堂屋中央，两只手老实地垂放在裤缝边，一直憨憨地笑着，虽有些清瘦却很精神。

一家人欢天喜地，高高兴兴过了大年。特别开心的自然是两个孩子，年前不仅随爸爸妈妈去赶集，买了新衣新鞋，吃了很多好东西，过年还有特别的收获。儿子小涛得到了一把黑森森的玩具手枪，特别威风；女儿小文得到了一个娃娃，金发碧眼很是惹人喜爱。吃年夜饭时，兄妹俩的压岁钱也是格外富裕，爷爷一如既往地给了 10 元，父亲第一次出手，同样给了 10 元。四六奢侈地第一次买了几支长棒烟花，年夜饭过后全家人集中在场院燃放。看着冉冉升起的红色烟柱在半空中炸开，不断闪耀着美丽的光芒，一家人均抻长着脖子向天遥望，老老小小笑得特别灿烂！

快乐的日子总是一闪而过，一晃又到了分别的时候。同样是正月二十，同样是合租的面包车到门口来接，不同的是这一次四六和月儿双双进城。因为今年路上查得很严，司机不敢超载，干脆白天出发了。四六回家前已经给老婆找好了工作——到一家饭馆择菜洗碗、打扫卫生，就是勤杂工，包吃不包住，月薪1500元。今年村里有人养螃蟹，那家的水田和四六家的挨在一起，就租下他家的五亩地用于水产养殖，每亩400元。这一来家里的农活减轻了大半，老爷子把剩余的二亩地种植水稻，一家人常年的口粮也就够了。

两个孩子下半年都要上学。小涛进一年级，小文进村里刚办的幼儿园，其实就是学前班，让孩子过一过集体生活，拼音数字有一点启蒙，以便一年级能够更好地衔接。两个孩子上下学的接送自然是婆婆的头等大事，一家人的洗洗涮涮、烧锅做饭、栽种蔬菜、饲养畜禽都是婆婆需要操持的，一点也不轻松，当然公公也会打一打下手。好在两位老人身体健康，年龄不大，之前几次向儿子媳妇保证没有问题，积极支持小两口出去闯荡，所以还是比较放心的，只是最割舍不下的是一双儿女。

新年伊始，月儿已经和两个孩子说了无数的话语，反反复复、絮絮叨叨重复无数遍，告诉他们：爸爸妈妈出去是为了挣钱，为了给你们买好吃的、买新衣裳，会让一家人生活得更好，所以一定要听爷爷奶奶的话，到了学校要好好学习之类。孩子们表现得很懂事，两颗小脑袋小鸡啄米似的一直点头。小文用软软的童音说了一句妈妈也没有想到的话：我爱无锡。

白色面包车停在埂头上。月儿先到房门口看了看儿子，又瞅了瞅在门外玩耍的女儿，悄悄和婆婆做了一个手势，就快速穿过堂屋向外走去。这次四六提的是一床棉被，因为后面不可能再和别人合铺，须增加一床，月儿拎的是很大很结实的方形塑料袋，衣物零碎全部容纳在内了。说时迟那时快，小文在门口猛地发现有一些不对，立即哇的一声大哭起来，摔了手里的娃娃，冲过来一下抱住月儿的大腿，使劲拖拽着不让她迈步！小涛闻声从房间里奔跑出来，抱住妈妈的另一条腿，同样拖拽着哭出声音。

这一来月儿一步也动弹不得，只能低头看着一双儿女。小文大声哭喊着："妈妈，别走！我不要你走，你别走！求求你别走……"小涛一个劲扯着嗓子嗷嗷大哭。两个孩子都是满脸的泪花，可怜巴巴地仰头看着妈妈。月儿鼻子一酸，随即热泪滚滚而下，忍不住丢了东西，两只手搂着一双儿女，自己也抽抽搭搭发出了啜泣之声。两位老人赶紧跑上前，想要拉开他们。无奈两个孩子就跟拼了命一样，转过头使劲捶打着爷爷奶奶。面包车里伸出几颗脑袋，嗡嗡议论着。

四六走过来，沉着脸用力掰开他们的手。月儿抹一把眼泪，乘机拎起包狠命跑到埂头上。兄妹俩疯了似的又冲上来抓着妈妈的褂子边梢，苦苦央求父母带上他们，四六狠下心又一次掰开他们。爷爷奶奶蹲下身一边用胳膊箍住两个孩子，用力不让他们挣脱，一边哄着说要在家里上学。小涛眼光追赶着父母的背影大声喊了一句："我要去无锡上学！"小文一直不停地哭叫："妈妈，不要走！妈妈，不要走！妈妈……"小身体直蹦直跳着，稚嫩的嗓音几乎就快嘶哑。

四六和月儿跨进面包车再也没有回头，也没有朝窗外张望一眼。面包车立即发动一溜烟向前奔去，两位老人蹲在埂头上呆呆张望着。两个孩子在爷爷奶奶的臂弯里，无望地哭泣着、哽咽着，时间不长童声渐渐低下去，只剩蒙眬的泪眼长久地追随着小车，直至很远很远……

四六和月儿在城市有了一个小小的家。因为四六工地不固定，做完一处就会转移，夫妻俩就以月儿为主，在她上班的饭店附近找了一间出租屋，是那种很早以前的旧房——老式筒子楼结构，纵深向里延伸很多，如果处于中间位置，四面就没有窗户。说是一间，其实只有七八平方米。

月儿第一次进去时怀疑自己掉进了山洞，外边是昏黄的灯光，里头一片黢黑。房主领着他们走到近前，指了门牌给了钥匙转身就走，似乎不愿多待一分钟，只说让他们自己看着商量。四六打开小门摸索半天拧开十瓦的灯泡，月儿一伸头就有一股潮湿发霉的气味直冲过来。里面只有一张比单人床稍宽一些的硬板床，其余什么也没有，不过房租很便宜，每月300元。

这倒是符合夫妻俩的要求。月儿在饭店包吃，四六在工地搭伙，日常用水如厕均在小屋外部，因而无须多大面积，只要能够睡觉就成。四六找来一些碎砖，垫上两层，方形塑料包往上一搁，等于一个简易衣箱了。月儿第二天就去上班了，四六的工地还有两天开工，他就去附近的旧货店买了一张小桌两个小凳，斥巨资添置了大件———一辆灰色轻骑，自然也是二手的，又去旁边的小店购置了毛巾、脸盆、卫生纸、洗衣粉、保温瓶、热得快等生活必需品。回去后他把被褥抱出去二十多米，在小区半矮的冬青上摊开晾晒，又把家里简单擦拭一遍，就轻松愉快地去老婆那里吃饭了。

晚上九点，月儿下班了，步行三分钟回到小屋，她惊奇地发现这里彻底改变了模样。原来丈夫利用一个下午，已经把上半截墙面用宣传画遮挡住，糊盖得平平整整。她睁大眼细瞧上去，有明星头像、报喜娃娃、红花青鸟，床头还有一对戏水鸳鸯，花花绿绿的真是好看！小屋亮堂了许多，又有了迷你版的桌子板凳，终归像个小家了。她感激地看着丈夫，嘴里却说了一句："你可真能折腾。"四六看着老婆呵呵傻笑着，带点得意说："你丈夫能干吧？"又问她第一天上班，感觉怎么样？月儿说还行，不是什么重活，不过是洗洗涮涮，不见太阳不下田，就像在屋里忙家务，就是时间稍微长点。随即洗漱一下两人上了床，不过他们并不着急躺下，因为四六还能休息两天。

月儿是早上九点上班。出租屋里自然没有电视，但年轻的夫妻不会寂寞。四六觉得晚上睡觉，没有孩子搅扰还是不错，能够放心大胆睡个安稳觉。月儿不禁骂了一句："没心没肺的东西！你还是不是他们亲爹？"她觉得很不习惯，从前孩子们天天围着转，现在一下远隔几百里，心仿佛空了很多，随后不由得想起和一双儿女分别的场景，眼圈不知不觉又红了，自言自语地说："两个孩子受苦。这会儿小涛可能睡沉了，小文不知睡着了没有，会不会还在想妈妈，还在被窝里哭？你说他们会不会怨恨我们？"说着眼泪扑簌簌直掉，低着头不再吱声。

不过丈夫没有让她难过很久，劝慰一番后便搂紧了她，在她耳边低声细语，保证爸妈一定会照顾好两个孩子，保证自己以后不会让她晚上寂寞，之后就抚摸她的身体，亲吻她的脸颊，开始用实际行动证明他的承诺。月儿第一次抛下儿女，觉得很是亏欠，特别伤心难过，但见丈夫这样不忍扫他的兴，两人又在人生地不熟的他乡异地，就顺从地闭着眼睛听之任之了。不过过了一会儿她也发现两口子单独在外的好处，不久就温柔地躺在丈夫的怀抱里，享受着夫妻一体的甜蜜了。

后面两天，四六就猫在老婆饭店，帮她打下手，自告奋勇承包了洗碗的任务。

这一年的暑假，月儿回了老家一趟，把两个孩子接到无锡，前后住了二十天。

这真是一次不平凡的经历。兄妹俩满含期待已久的向往，带着兴奋好奇，带着诧异惊喜，瞪大两双清澈的眼睛，经历了他们幼小生命中的许多第一次。第一次发现无锡这么远，城市这么大，楼房这么高，汽车这么多，大人孩子穿得这样气派漂亮！第一次进商场，那么多商品让人眼花缭乱；那么多好吃又好看的零食，看着就要流口水；那么好吃的生日蛋糕却很贵！第一次去动物园，很多电视里才看得到的动物现在一下子活蹦乱跳在眼前。老虎威风凛凛，吼一声就让人胆战心惊；大象皮糙肉厚特别大，黑乎乎的，看起来却老实巴交；长颈鹿脖子为什么这么长？这种大高个应该统领天下，怎么反而温驯得像只绵羊？画眉全身翠绿，娇小的模样特别美丽，嘴巴尖尖的可是厉害；猴子最惹人喜爱，在假山上攀爬跳跃那么灵活敏捷，一点也不害怕游人！

小涛幼小的心灵也有一点自己的感受，他第一次觉得妈妈很辛苦。看着她早上就去上班，到晚上天黑了那么久才能回来。天天早出晚归，一个月才能休息一回。他和妹妹前几天一直跟着去饭店，但只能待在厨房，哪儿也去不了。兄妹俩探着脑袋朝外张望，看见一拨又一拨的客人，来来去去的不停，觉得很新奇。后来看见他们坐下来就是说说笑笑，还尽吃好的，每次点那么多好菜，最后总是剩一堆，吃不完根本不管，站起身嘴一抹就走了。小涛回头再看妈妈，一直站在水池边，不是洗菜就是洗碗，一天洗那么多，手指都是白白的。夜里回家总说手疼，现在一家人的衣服都是爸爸洗。老板长得那样肥，自己什么也不做，总是让妈妈干这干那，妈妈每回都答应，一点也不反抗！小涛觉得她很可怜，不明白为什么会这样。

有一天，他躺在床上想了很长时间也没弄明白，后来直接呼呼大睡了。第二天晚上他问爸爸，可他好像也遇到了难题，只是叹了一口气，轻轻摸着他的头，什么也没有回答。这以后他不再去饭店，兄妹俩就在家里了，守着一台新买的小电视，几个台的动画片轮流放，困了就在床上仰卧一会儿；也经常跑到外面，和附近的孩子一起，在小区里撒欢闹腾很长时间；也偶尔翻一翻妈妈买的看图识字绘本。到点都是妈妈送饭回来，她每次都是急急忙忙放下饭盒就走。两人胡乱填饱肚皮后，收拾碗筷自然就是小涛这个哥哥了。

有一天，小涛提出跟爸爸去上班，四六架不住俩孩子吵闹只得应允。他把一双儿女带到毛坯房后，自己就忙活开了。兄妹俩在空房子里转了几圈，角角落落仔细瞅了几遍，又捉迷藏来回追逐无数趟，最后累得气喘吁吁，终于消停下来，一屁股坐在父亲旁边，看着他干活。四六正埋头安装水管，后背的衣服湿透了半截，完全顾不上两个孩子。旁边的师傅一边往墙里埋着电线，一边对小家伙们说："看见了吧？回家好好念书，不然以后也要干这个！"

四六这时接上一句："不好好念书，小涛就跟我干水电，小文跟你妈洗菜去！"两个孩子异口同声抗议："不要！不要！"小文嘟着小嘴说："我要到商场上班，那里有好多好吃的！"师傅们忍不住笑了，一位说："好，到商场上班，想吃什么吃什么，想吃多少吃多少。"四六乘机教育孩子："回去好好上学！想干什么都要把学上好，考上大学才能有吃有喝。你们俩都给我记清楚——上了大学才能吃香的喝辣的！"这一次，两个孩子都使劲点了头。

中午吃过盒饭后，四六在水泥地面铺上两个蛇皮袋，又搬块砖头当枕头，一屁股坐下去，然后仰面朝天摆出一个"大"字。另两位在隔壁的房间午休，同样是蛇皮袋当床直接躺倒。时间不长，四六想起什么，爬起身又找出两个空袋，在自己两边铺平，招呼兄妹俩躺下。两个孩子怎么也不肯，坐在父亲身旁，认真完成他布置的作业——数数。小涛100以内，小文20以内。他们小声数了一会儿便不再继续，因为瞌睡虫已经前来捣乱，而且来势汹汹。没过两分钟，兄妹俩一左一右分别躺到父亲身边，在他呼噜呼噜的鼾声里睡着了，同样睡得十分香甜。

时光留痕，人间有情，年华似水，岁月流歌。转眼之间，六年就这样悄悄过去了。

小涛已经小学毕业，就要进入镇里的中学。兄妹俩在班里的成绩一直中等，四六每次打电话总不忘儿女的学习，一再叮嘱父亲管紧管严，该打该骂该责罚时，一定不必顾忌；一再嘱咐兄妹俩上课认真听讲，作业认真完成，字要认真写好。有一次小涛听得不耐烦，冲着电话机喊："你直接说认真学习不就得了，啰啰唆唆这么多！一天到晚认真认真，你不烦我还烦呢！现在一打电话就是学习，耳朵都听得起茧子了，简直烦得要命！"把四六噎得半天没有出声。

老父亲深知儿子媳妇不在家，两个孙子上学是大事，自己责任不轻，因而使出十分的精力，每晚督促小家伙们写作业，丝毫不敢马虎，如他后来说给儿子儿媳的原话一样："已经尽了全力。"老人虽不识几个大字，但确实勤勉尽责，每晚他都会端一个板凳坐到八仙桌旁，看着两个孙儿在灯光下埋头写字，不由自主重复几遍："好好写作业。""把字写好。""真的写完了？""全部写完了？""再算一算。""再检查一遍。"至于是不是真的写完，只有老天爷知道。当然小涛自己也清楚。他觉得大部分已经写完，有一些确实不会，有什么办法，不能强人所难不是？

小涛最喜欢夏天，最喜欢暑假，喜欢每一个暑假，因为可以做无数的事情，可以有无穷的乐趣。如今他最喜欢的是水，下水游泳，水边钓鱼。前几年刚下水摸索那会儿，爷爷总会找出一只能容十斤的塑料壶给他凫水，自己则是舒服地泡在水里，在不远处看着孙子胡乱扑腾拍水，就像一只冷不丁掉入河里的小狗不知所措。如今小涛游水和爷爷一样是把好手了。爷爷基本是狗刨，小涛在此基础上发扬光大，他看着电视自己学会了蛙泳、自由泳，爷爷也早不管他了。

现在是上午十点，他站在高高的土堤上，两手向前平举着，犹如游泳健将一般，纵身一跃而下！扑通一声，雪白的水花飞溅得很高，在水塘上方盛开成一朵晶莹的莲花，又荡漾成无数的珍珠花瓣，在阳光下闪耀着夺目的光彩！清澈如镜的水塘里，小涛边吐着水泡，边两只手轮流拨水，轻松自在地向前划行。少顷，他又把整个身体仰躺在水面上，停在那里眯起眼享受夏日温暖的抚触。这一刻，他觉得这一种清凉水润、舒适惬意的幸福，自己怕是一生也不会割舍了。一瞬间，他觉得自己变成了一条鱼儿，现在是一条小鱼，以后会是一条大鱼……

小涛的钓鱼本领如今在村里是赫赫有名的。只要他带着钓竿走出去，两个小时笃定回来，手里笃定拎着柳枝穿起的一串活鱼，鲫鱼、鲳条，品种不少。村里的男人还没有哪一个有这等功夫，所以每年梅雨季一到，奶奶的大灶边总有鱼香，礼拜天更是鱼虾不断。吃不完时老人会送出一部分给左邻右舍，邻居们感激之余自然夸赞小涛机灵能干。每当这时，奶奶刻满皱纹的脸总是笑得如门口的月季花一般灿烂。

小涛还有一门绝活，就是夏天到田里捕捉黄鳝。吃过晚饭等天全黑，祖孙俩便带着竹笼出发，在一条条田埂上梭巡，打着手电细细瞅过去，一旦发现有拇指粗的泥洞或浅水洼里咕嘟咕嘟冒水泡，祖孙俩立即把不远处的另一个洞口找到，因为黄鳝的洞穴基本是一进一出两个洞口。小涛赶紧蹲下身体，先右手掏进去，再右胳膊伸进去，把里面惊慌失措的小东西朝那头驱赶。小东西本能地朝另一边游去，爷爷早把竹笼张大着口在洞边等待，黄澄澄的宝贝刺溜一声，闪电般地一头扎进去，就再也出不来了。

祖孙俩出去基本不会空手回来，大多有两斤左右的收获，有时却只有几尾细小的崽子，可怜地蜷缩在笼底瑟瑟发抖。不过运气好的时候就很令人振奋。有一晚天气特别闷热，蒸笼似的简直让人透不过气，收获却是出奇地好，返回时笼子几乎装满！爷爷不放心小涛，把沉甸甸的竹笼亲自背在胸前，小心翼翼地双手搂抱着，如同怀抱着自己的又一个孙孙。听着小家伙们烦躁不安的呼呼之声，老爷子心里就像喝了蜜一样甜。但兴奋之余更是紧张，因为着实不敢有半点闪失。他睁大眼睛盯着前面的土路，凝神屏息地一步步向前，脚步明显比平时缩短了许多。小涛跟在后面打着手电，同样不敢有任何松懈。两个人小心翼翼走完这段无比漫长的路程，时间竟比平日多出一倍。放下东西赶紧过秤，想不到净重竟达七斤八两！小涛激动得当场跳起来，因为这意味着他山地车的前轮已经到手。

那两年黄鳝开始紧俏，市场每斤有 20 多元。一个暑假爷孙俩能赚 1000 多元，好的那一年达 2000 元。当然这一切只有陈家人知晓。村里人看他们每晚出门，知道油水不少，但也只是私下揣度估测。其间有两家男人加入夜巡，无奈没有掌握核心技术，只能在田埂上来回转悠，一晚上白忙活三四个小时。夏日夜晚的水田旁边，蚊子苍蝇如同飞机大炮一般在耳边轰鸣，头脸颈脖四肢，全方位无死角地大肆进攻，蝗虫一般源源不绝，叮咬啃噬得简直让人无法忍受。腿脚还不时增加几只蚂蟥无声偷袭。两个大男人几次空手而归后彻底泄了气，知道自己命里没有这种意外小财，索性心一横眼一闭，干脆断了这个念头。

小涛他们也不是天天出去，因为一个洞穴短期内只可收获一次。两人一般间隔三四晚出去一次，以前收获的地方小涛都会做上特殊标记，这样就不会做了无用的功夫。两个月里，方圆几公里的水田他们会巡视数遍，有时也走得远些，但爷爷一定在开学前一周收笼歇手，因为得让孙子收心，切不可影响后面的学习。这一年的暑假还没有结束，小涛就从镇里最大的店铺推出了一辆崭新的凤凰牌自行车，自然是他钟情的一款，也是早就瞄好了的。少年立即跨上车，抬头挺胸迎风奔驰，姿势十分潇洒。崭新的自行车蓝黑分明、锃光瓦亮，闪烁着耀眼的光芒！

爷爷这两年不甘落伍，开始实践水产养殖。最近几年，村里的庄稼地种植水稻、棉花的已经很少，大部分人家都开始了养虾养蟹，尤以养蟹为主。当然大多是利用自家的责任田，仅有少数几户租赁了别家的。前几年市场开始批量需求螃蟹，成蟹价格很好，养殖户又很稀少，所以第一批试验养殖螃蟹的人家，虽然承担了一定风险，但每一家都发了大财。先前承包的那家几年下来净赚二十几万，这在 20 世纪 90 年代的农村堪称天文数字。现在他家扩大生产，承包了更多的水面，已不再是小片的稻田，而是村头整整一条青湖及它延伸出来的支汊，即三四条小的水塘，总计一百八十多亩。

这一来，四六家的水田自然收了回来。由于紧挨青湖打水方便，现今成了抢手货，很快转让给了下一家，这一次是四亩，每亩租金涨到了 600 元。剩下的三亩老爷子有了自己的打算。他眼瞅着本村很穷的人家忽然富得冒油，小洋楼盖得就跟城里的别墅一样，气派亮堂，在青砖灰瓦的旧屋群中格外醒目。人家的洋楼外墙是浅咖啡瓷砖，屋顶是绛红色琉璃瓦，大门口还竖着两根雪白的罗马柱，连栏杆都是锃亮的不锈钢。实话说确实漂亮，看着的确舒坦，真个叫老少爷们羡慕得紧。村民们进进出出，不知不觉就会瞅一瞅，也往往忍不住多瞧那么三四眼。儿子小两口在城里打拼几年，虽说收入不错，也打算过两年盖新房，可人家忙活一年就把三层小楼建起来了！

村里的三家养殖户不仅住上了洋楼，连吃喝穿戴都有了明显变化，说话做事更是今时不同以往。你瞧，这不是说来就来。晚饭后一家的女人穿着新买的裙子站在大埂上，喜笑颜开地呱唧呱唧，手里抓着瓜子花生，一张薄嘴说个不停吐个不歇，两条粗短的腿叉得很开，笑声尖厉刺耳，让人全身要起鸡皮疙瘩。她的男人手指上套着纯金的大方戒，又大又厚，明晃晃的差点把人眼睛刺瞎。这会儿他正眯起眼睛吐烟圈，还真是一圈一圈的。他又吹出一口长气，烟圈随之摇摇晃晃飘远，男人居然一口气吐出了四五个，扬扬得意地张着嘴把肥硕的下巴颏伸出老远。四六的父亲实在架不住男人的嘚瑟卖弄，忍不了女人的嬉笑轻狂，忍不住小声说了一句："日子长得很，还是小心一点，当心老天爷看不惯收了回去。"自以为他们不会听见，哪知道人家耳朵灵着呢。

这一来老爷子几乎闯下大祸，那一对夫妻立即沉下脸跟他评理。女人直接指着鼻子咒骂："老东西！老不死的！心肠这么坏，白活这么大年纪！会不会说话，不会说话就在家里待着，不要跑出来放屁！我们两口子辛辛苦苦累死累活，不偷不抢不犯法，正大光明劳动所得，又没招你又没惹你，你倒得红眼病了。当心不要太厉害了把眼睛烂瞎！你儿子媳妇都在外面，家里还有两个小的，我这个人心善，不会诅咒他们。你回家睡床上好好想想，这么大年龄也要积点德！为你自己积点德，为你儿子媳妇积点德，为你孙子孙女积点德！"又一把眼泪一把鼻涕跑来家跟四六妈评理，不依不饶要讨个说法。

四六妈好话说了一箩筐，十几次顺着外人骂老东西，又一个劲赔不是，总算把人安抚下来，心想，要不是人家念在老头子年纪大，可能祖宗十八代都要给人掘翻了。

老爷子回家后自然不得安生，胡子眉毛几乎剃光，在老婆面前一声不吭，就像一个犯错的小学生。这一下老爷子受了刺激，当然小部分是不服气，大部分还是心痒，剩下的田亩决定自己试一试。第一年自是经验不足，加上三伏天持续高温十几日，有一阵日子每天晚上田埂上总是密密麻麻爬满了小东西，当时并没有瞧见死亡多少，也请教了外村的高手，可秋天来临后收获的二十天黄金时段，别人家都是几十上百斤地起，老爷子虽然每天同样张网起笼，可网兜里每一次都是寥寥无几，一天少则三四斤多则七八斤，半死不活的差点让人吐血，最后连本钱也没有回来。幸亏面积小投资少，否则真要亏到黄浦江了。后来他仔细回忆总结，心下怀疑那一阵日子可能已死了不少，不过是在水底草丛里，自己不知道而已，否则不应该出现这种局面。

辛苦一年不仅没有赚到钱，家里还搭进去不少。这一来老太婆坚决反对继续养蟹，儿子媳妇虽打工在外，但家里的大事必定参与，电话那头表示也不支持。老爷子开始犹豫不定，思索半月后还是不肯放弃，觉得不能轻易认输，最终决定重整旗鼓再战一回。这一次打理得更加仔细，先在年前彻底清空塘底，全部晾晒十天，再用石灰进行两次全面消毒，开春后水泵抽水进来，是来自大沟里清澈的湖水，最后高价购买优质蟹苗投放。自打小家伙们在这里安了家，老爷子侍弄得更加精心，每天换水喂食特别勤勉，春天时小麦高粱，大锅煮熟后进行撒食，夏天是整盒的冰鱼，机器搅碎后直接投放。他白日里大半时间均蹲守在此，有事无事都要瞧上半天。小文有时很奇怪，觉得水面上空空荡荡没有东西，爷爷呆呆地不知道看些什么。

时令刚刚入夏，老爷子便在田垄边搭起小屋，一个人的床帐枕被都搬了进来。夏天的天气变幻莫测，气温气压均起伏不定，这一时期小东西要经常脱壳，新出的小蟹特别脆弱，他须随时关注水里的变化，以便更好地照料它们。防盗？眼下已经无须考虑这些，因为这么小的软蟹根本卖不上价格，再者大家都是乡里乡亲的，一旦发现脸面往哪儿搁？更何况一次罚款已经水涨船高到一千开外，真不知要卖掉多少小蟹兄弟才能凑足这个数目，所以这一层完全无须挂心。不过老爷子虽然一心扑在水里的小家伙身上，家里的小家伙他依然没有忘到脑后，每日晚饭后依然和从前一样，端一个方凳坐在两人身旁，陪着他们大半晚，说上几句重复了无数遍的话语，等孙儿们伸着懒腰离开这张八仙桌，他也揉揉腿站起身，简单洗漱一下，再伴着半明的月光或是满天的阴云走向那一间属于他的小屋。

月儿一年前就换了工作，到一家电子厂打工。

如今在家种地已经没有实际意义。现今的农村大多成了小户型，每家多则四五口人，人均一亩多地，一年辛苦劳碌下来，除了留下口粮，刨去所有成本，每亩收入顶多几百元，因此能收入三四千元的人家就是顶呱呱了。一年年的生活物价飞涨，一年年的人情应酬飞涨，一年年的孩子学习费用飞涨。实际的情形是，如果没有人外出务工、做点小生意，或是想办法找点别的行当，仅仅守着这几亩薄地，按着老皇历种植水稻、棉花，一家人的生计必定难以维持，只能吃个饱饭而已。因此，这两年老家基本是老幼病弱孕残人员留守。

村里的男人早几年就如候鸟一般，一开春就迁徙出去了，只在过年时回到这里休养生息一小段时间，短暂逗留那么几日。女人们纷纷跟着自家的男人进城，有在建筑工地跟着丈夫做小工的，有进饭馆刷盘子洗碗的，有给城里有钱的人家当保姆的，更多的则是进了工厂，就是苏南一带的民营企业，主要是服装厂、电子厂一类。

月儿上班的餐馆，老板每一年都会上调工资，每一年给服务员月涨 200 元。秉持着稳定增长、可持续发展的原则，几年下来，她的月薪已是两千出头。前一年本村同来的三位姐妹，同时进了一家电子厂，刚进厂每一位都能拿到 3000 元，后面就纷纷冒头，这让月儿很是眼馋也愤愤不平："她们才来几天？真是先长的眉毛不如后长的胡子！"于是和丈夫商议后，不顾老板"一切都可以商量"的再次挽留，坚决辞掉饭店的工作，跟着女人们也进了厂。

她的具体任务是零部件包装，这一块实行的是计件工资，即按照一个月实际完成的数量论件取酬、多劳多得。女人们在家都是口袋里长期空瘪漏风，过惯了拮据清苦的日子。每一日同样累死累活，现在只要自己一双手多使点劲多出点力，就意味着白花花的钞票直接进来，意味着可能比自家男人拿的还高出一头，这是从来没有过的事情，也使她们现今在家更加理直气壮、底气十足，因而每一个女人均使出十二分的气力，每一个女人均干劲倍增，格外卖力。

这一来，厂里的管理几乎无须费力，因为没有人迟到早退，更没有人偷懒磨洋工，而且很多人清早就进了厂门，一坐下来便心无旁骛，一心一意专注于工作。这一张张操作台堪称魔法箱，只要一坐上去，所有的男人女人皆变得敏捷麻利，十个指头皆灵活无比。有时午饭时间，还会看见几个女人一路小跑着前去打饭，急急忙忙就餐完毕，随后一分钟也不肯耽搁，立刻坐到凳子上继续埋头干活。去年有一段时间加班少，有几个人下班还扛一捆货回去，晚上在家干。女人们天天在一起，自然是你看我我看你，很快的，一个人带动一批人。

月儿自然不甘落后，隔三岔五也带一点货回家。晚饭后她专心干活，杂事就直接交给四六了，有时也喊他帮忙一起做。四六累一天回到家不想动弹，经常下命令不准她带货回家，但看着老婆真拎回来，灯光下一直忙个不停，经常哈欠连天还不肯歇息，自己躺床上看电视倒像个大爷，有时不免心疼女人也不好意思，隔三岔五便伸一把手。她就这样一日日勤奋拼搏着，一日日坚持不懈着，一日日超负荷工作着。回报自然亦是丰厚的，这个月她的工资是厂里最高的，足足拿到了5600元！

这天晚上，四六回家很迟，直到午夜十二点左右才进家门。月儿没有手机，无法与丈夫取得联系，只能干等。吃过晚饭后，她照例走向自己的"工作区"，开始一如既往地加班。八点，九点，十点，十点半，十一点，时间一分分流逝，月儿的心逐渐下沉，焦急中身体尤其敏感，手指已不似从前灵活，连眼皮也开始了跳动。

月儿有一种不祥的预感，中途有那么几分钟特别惊惧，这样的情形以往从未有过。四六一直遵循日出而作、日落而息的习惯，他也比较喜欢这种劳作方式，宁愿出工早一些，也不愿收工太迟。就算与同事或老乡出去小聚，临时喝上一两杯，这个时间也到家了。今天这是怎么了？一定有事情！那会是什么事？月儿想不出。

丈夫从不曾在工棚里玩牌或打麻将，其他工友偶尔摸几把，也是在工地停工或前后两处没有衔接的间歇几日。谁会在辛苦一天后满身灰土直接去干那些？就算一个年轻壮劳力也没有那份心力不是？四六不爱好牌桌游戏，平日里根本不玩那些，只在过年时得空溜达到别家麻将桌边，闷不吭声瞅一会儿，纯属消磨空余时间罢了。

近年来，老家过年期间的棋牌游戏亦是与时俱进、日新月异。"斗地主""升级"早已过气，"掼蛋""牵牛"取而代之，火遍老家。近两年输赢数额日益上涨，赌桌旁边观者不语的规矩，早已深入人心。途中倘有不识时务的家伙瞅到激烈紧张的当口，嘴巴里一不留神溅出一星半点，一定会被主家制止。就算你悄没声息自觉站在最不显眼的犄角旮旯，与同样站在一旁观战的其他村民交头接耳，挤眉弄眼地低声细语几句，四位尊家"唰"一下投射过来的眼光，那样凌厉之至又鄙夷至极，还有几人有勇气继续滞留，依然赖在桌边做讨厌的苍蝇，继续嘤嘤嗡嗡不止？纵然你长了一张三刀砍不出血的皮脸，到了这种时候，主人必亲自出马，客客气气请尊驾移步，就算再不识相，也只能乖乖走人了。

月儿设想出各种可能性，又一一排除了。随着时间一点点后移，她越来越忐忑不安……墙上的挂钟疾疾行走，清脆的钟声嘀嗒嘀嗒，今晚怎么这般清晰震耳？屋外的喧闹渐渐散去，马路终于得以歇息。

小小的出租屋犹如无边汪洋中的一座孤岛，今晚格外冷寂。清白的灯光里略带一点晕黄，月儿静坐墙角，眼睛不时瞥一眼房门，留心倾听着外面的动静，然而手中的活计丝毫未停。只见她十指不断弯曲伸直、张开并拢，抻、拉、捏、拽，揉、沾、抹、捻，伸展、抚平、合紧、填塞，压实、拍打、检查、撂下，精准快捷的动作犹如高效的机械操作。她就这样心神不宁却仍旧熟练工作着，一边干活一边等待着丈夫，看到简易挂钟的两根指针重合在最高处，只能打着哈欠躺到床上歇息了。

月儿牵挂着自己男人，在板床上翻来覆去不能入睡，焦躁不安却已身心俱疲，终不能抵挡瞌睡虫的袭扰，脑子里混混沌沌，神思恍惚中瞅见自己来到一片青草地。碧绿色的边缘有一条小溪，潺潺的流水声从远处传来，叮叮咚咚似乎近在耳畔。她不由自主跑过去……月儿发现自己那般轻盈，仿佛回到了少女时代，心中说不出的恣意舒适，更有一种莫名的喜悦。她想要停留下来，却不知不觉随之前移了……忽然，她发现自己正立于峭壁上，万丈深渊的悬崖旁边，脚下黑漆漆阴森森寒气四溢，彻骨的寒冷将她包围，她不由自主颤抖了，战战兢兢眼看就要坠落，惊慌失措中只能发出啊的一声大叫，立刻惊醒了！

月儿猛地睁开眼，一时间不辨东西，不知自己身居何处，眜眜瞪瞪间，看见丈夫坐在床沿，正脱衣服准备上床，这才想起前面的事情，立刻拉亮电灯上下审视一遍，瞧见他好端端没有任何闪失，一颗悬着的心终于放下。她往墙上扫视一眼，发现已过两点，忙问："怎么搞的？什么事情到现在？"四六已经脱下外面的工作服，一只脚跨上床沿，显然是没有洗漱的，这会儿一脸懊丧："别提了，睡吧。今天真是一泡屎拉到裤裆里，糟透了。"说着随手拉下开关。月儿一听赶紧问："到底怎么了？"四六叹出一口气，灰心之余不愿再提："明天不能迟到，睡吧。"

月儿这会儿清醒了大半，想要明白究竟，便打破砂锅寻根问底："你不说更睡不着，快说！"四六显然也没有瞌睡，本已十分懊恼，见老婆追问忍不住愤愤不平向她诉说："今天真是活见鬼了！晚上回来时，刚跑里把路，马路边上两个人蹲在窨井边，向我招手喊帮忙，说一个老头子跌到里面拉不上来。我一看还真是。老头子在里面清嘘鬼叫的。几个人拿着棍子在那里捞，老头子抓都抓不住，哪能弄得上来？还好我车上有几米旧线，就扔了一头下去，叫他捆在腰上。我们几个人帮衬，费了半天劲，好不容易把他拉上来。这个老头子真胖，死猪样的沉，弄得我一身臭汗。几个人累得都瘫坐在地上，后来他们都散了。我走过去想把他身上电线解下带回来，哪晓得老头子反过来一把抓住我，说他自行车骑得好好的，是我在后面撞他才跌的，非让我送他去医院！我说了半天老头子根本不听，一口咬定就是我。你说这不是睁着眼睛说瞎话吗？我今天在工地累屁了，原指望早点回来歇着，谁承想摊上这一坨屎。几点了？哎哟，两点多了，一会儿就天亮。唉……，真是倒了八辈子血霉，碰到这样一个老糊涂蛋！这一天过得太糟心了。"

月儿大吃一惊："怎么会有这种事情？"

四六像个女人一样絮絮叨叨，发泄着内心的愤懑："谁不说呢？谁能想到会有这种烂事？我做梦都想不来！老头子真不是东西，一点不带良心。我都奇怪，几十年白米饭全部喂狗了？这么大年纪的人，总得讲点道德吧？不但没有一句感谢的话，还反过来倒打一耙。你说他怎么好意思做得出来？他们在前面用棍子捞，我是后来才拿电线扔下去给他的，明摆着的事情啊！当真脸皮揭掉不要？这要是在老家，方圆几十里也不可能有这样的事情。我看他身相不差，怎么就做出这种没皮没脸的羞臊事？今天真是晦气，好心好意帮个忙，到头来反而被讹上了。"

月儿这会儿反应过来，立即抓住关键，火急火燎拣要紧处问："你没有动手吧？后来怎么搞的？"

四六很是垂头丧气："当时火一下冲上脑门，可还是忍住了，毕竟人生地不熟不在老家。他那副样子，我再动手更说不清楚。老头子死活不让我走，非得让我负责。我后来带他去医院了，就在那边的二院。"

月儿急得一下提高嗓门："你怎么这么窝囊，一个老头子还弄不过他？亏你还是个男人！"

四六一脸无奈："你没有看见他那副样子，两只手死命拖拽我，力气真大，掰都掰不开。满嘴血糊淋剌的，四颗门牙一点没剩，张着嘴朝我一个劲地喊，看着特别瘆人。到医院我才知道，实际上老早掉了两颗！后头来了一大堆人，看我们拉扯不清，老头子又受了伤，都站旁边替他讲话。那些人也不长脑子，全以为我撞了他，一个个当面埋汰我！"

月儿猛地瞪大双眼："还花钱给他看病了？！你哟你哟，冤大头冤到家了！用了多少钱？"

四六这会儿已经躺下，转过脸回复老婆："医院让我交钱，我身上有钱没钱你不晓得？只好把裤子兜底翻出来给他们看。水洗都没这么干净！全身上下只有一部手机，微信显示余额三毛六分钱。嘿嘿嘿，也有好处——假如有钱逼急了非掏出来。耗了几个钟头，看我实在没钱，他儿子去缴费的。"

月儿扑哧一乐，又立即收回笑，说："叫你多管闲事。你一个乡下打工的，还能管得了人家？真不晓得这些人，明明吃的好歇的好玩的好，为什么还是一肚子牢骚，看什么都戳眼睛。怎么就那么不知足？想想他们的日子，再比比我们这些人，真是一个天一个地，相差十万八千里！有时候我想，要是有那么十天半月，能过上城里人的日子，这辈子也算值了。睡吧，不说这些没用的了，天天盯着人家还怎么活。还是歇歇气，不要痴心妄想。咱们这些人哪，八辈子也没有那个可能。"

夫妻俩一时有些沉默。四六先是没有搭话，之后声音有些凄凉："我这几年干水电，到过许多居民户家里，条件好的太多了，有的简直就是龙宫，走进去眼睛绕花了，根本不晓得哪年哪月。他们吃的玩的用的摆的，我们见都没见过，我看皇帝家里也不过如此了。世上的人分三六九等，有的人天生富命，有的人直接含着金钥匙出生。我们这些人呢，打娘胎里出来直接落进泥巴坑，还怎么跟人家比，那不是作践自己。你啊，也不要眼馋人家，我们两个在这里虽然辛苦，好歹一年能挣三五万，总是比家里强不少。我别的念想没有，只希望两个小的上学争口气，长大了能有点出息，不要像他们老子、娘一样，一世只能卖苦力养活自己。"

月儿长长叹息一声："谁不说呢？小涛马上要考试了，这回不晓得能考多少分？这孩子其实脑子灵光，就是玩心太重。现在我们不在家，还不定疯成什么样。下次打电话，让两个老的再管严点，该打打该骂骂，念书不能惯他们。真希望小涛能懂点事，他要学好了，还能给小文做个榜样。也不指望他们给老子、娘增光添彩。我不图虚名，那些都是假的，只盼望他们以后的一口饭能吃得轻松一点。长大了有个正式工作，坐在办公室里拿固定工资，风吹不到日晒不到，不到三伏天就吹空调，逢年过节礼拜天照样拿钱。小涛小文只要有一个过上这种日子，我死了口眼肯定闭得铁紧。唉，刚才不是说你吗，怎么岔道了？噢对，以后不要多管闲事！你要有事，他们看都不会看的，还能好心帮你？"

四六幽幽的声音传来，听起来如同一个怨妇："以前在家的时候，遇到这种情况哪能不伸一把手？那么大年纪的一个人就躺在你面前，还能不管不顾硬着心肠走开？自己也迈不开两条腿啊。不过想想的确丧气，几十岁的人怎么这么没有良心？几十年的白米饭叫鬼吃了，完全昧着良心瞎说。这还能在人里面算，跟牲口有什么区别？儿子媳妇也不是东西，我怎么解释都不行，跟老头子一个鼻孔出气。唉，人哪……"四六显然心里的怨气还没有消除。两口子今夜注定要失眠了。

月儿哼出一声，几乎嗤之以鼻："良心，能值几个钱？别小看巴掌大的那点红纸片，不晓得迷了多少人的眼，花了多少人的心。总归一句话：以后这种事情不要出头。"

月儿已彻底清醒，她借着微弱的光线注视着丈夫。四六已疲惫地合上双眼，一动不动停泊在自己的临时港湾。这座城市边缘属于他们的港湾，这片小小的方寸之地，异常陈旧简陋，但是温馨、宁静，叫人踏实安心。这暂时的难得的一刻，也只有这样的夜晚时分，才能真正属于他们，属于这些在城市生存的蚁族。他们如此微小却又这般坚定，如此纤弱然而遍地生长。每一天，他们都会准时奔向四面八方，深入城市的每一处角落，在那里拼搏挣扎、艰苦劳作、挥汗如雨，极其艰辛而又顽强无比，渺小脆弱却韧性十足。

小屋里无声无息，没有响起熟悉的鼾声，显然四六尚未入眠。今晚的事对他的刺激着实不小，一时半会儿无法放下，依然横亘在心。月儿披着外套坐在床头，带点怜惜地端详着丈夫。四六头发蓬松如同几簇乱草，一张脸有些瘦削，月光从窗口投射过来，让他脱离了平日的黝黑，一时间竟然有些白皙，神态和顺平静、十分安宁，仿佛摇篮中的婴孩一般单纯本真。两分钟后，四六翻身侧卧蜷曲成一团，变成一只弓身缩背的虾米，留给月儿一个山岭似的幽暗背影。两个人一同沉默着，各自陷入深深的困惑，抑或思索里。半晌，月儿忽然想起一个十分重要的问题，一把抓住丈夫胳膊，低下头急切地问："四六，他家里人来了不是更不让你脱身？你怎么回来的？"

四六忽然转过身，睁开眼瞅着老婆得意地笑，小眼睛里闪烁着狡黠的光芒，黑暗中目光十分晶亮："傻样！活人还能给尿憋死？老头子化验、胸透、CT一样不落，一圈检查下来，他们自己也折腾疲倦了。他儿子让我赔两千块钱，我讨价还价半天，看他们不松口就假装答应了。我那会儿急得要命，明天路程还远，哪能一直在那里干耗着。后来值班医生开出单子，他儿子去办住院手续，媳妇照应老头子。看他们有点松劲，我就借口上厕所，在卫生间蹲了不过两秒钟，拉开门缝看他们没有注意，就赶紧拔腿动身，撒开丫子一溜烟跑出了医院大门！"

月儿忍不住在丈夫胸口捣了一拳，脸上却笑意盈盈："真有你的！"

早上七点，电子厂门前的道路上熙熙攘攘、人头攒动，一片嘈杂喧嚷之声。门口有四条感应通道，长龙般的队伍正向前快速移动，嘀嘀嘀的刷卡声此起彼伏，密集的人群犹如潮水一般，旋即分散涌向几处厂房。走入其中一间，无论你平日自我感觉如何，都会顿时领悟原来自己太过渺小，真的犹如蚊蝇蚂蚁一般！偌大的厂房里，站在这一头隐约可以遥遥望见那一边厂门，八九条流水线冰冷笔直地排列着。五分钟内，一千多人全部各就各位，像战士般快速进入自己的战壕，立即蹲伏掩蔽下来，开始紧张激烈的战斗。

放眼望去，员工们一律身着蓝色工作服，大多为二三十岁的年轻人，妇女占据大半边天。此时，每一位员工都专注于手中的工作，每一位都是聚精会神，不敢有所马虎。因为稍一放松就要影响进度，不仅影响自己，还会影响后面的同事。中间一条深绿色传送带在缓缓移动，两侧有无数双手往里，又有无数双手向外，在窄窄的履带上拿起放下、放下拿起，每一双手均轻巧、迅速，每一双手均干净利落、纯熟无比。整整一上午，如此巨硕的车间里，除了机器的声音，几乎没有什么人声。

今年厂里的订单很多，效益很好，因而全体员工从开年就集中在厂里频繁加班。现在厂里已经取消了休息日，请假制度也是异常苛刻。老板对待休假的态度是：免开尊口。如果生病或有事确需歇息一天，七七八八核算下来，扣除的工资可能超出两天。月儿开始进厂每月可以轮休两日，现在完全取消，而且每晚十一二点才能到家。她已经记不清自己连续工作了多少天，也已经记不清有多少日子没有和孩子们说话。小文初二，小涛今年中考，虽然四六经常打电话询问，但孩子们成绩平平。她不知道后面会怎样，也不知道将来孩子们会不会埋怨自己，现在这一切究竟有没有做错。可又有什么法子呢，难道还有别的路径可以选择？

　　不过她看看周围，别人家大抵亦是如此，均是父母外出打工，孩子在家留守，心里不觉宽慰了几分。现在月儿已经顾不上这些，因为最近她的身体出了问题，还是不容忽视无法绕过的问题。以前回到家基本是倒头就睡，有时困倦得洗漱都免了，似乎永远睡眠不够。可最近这一个月，不知怎么回事，作息还是与以前一样，早上六点半起床，七点半进厂，除了吃饭上厕所，其余都是坐在那里，两只手一如既往一刻不停地操作着，一如既往工作十六七个小时，回家后躺到床上却没有了瞌睡，耳朵里还是机器嗡嗡的轰鸣声，眼前晃悠的还是厂里姐妹的身影，怎么赶也赶不走，就像苍蝇一样始终在脑子里飞舞，有时还伴着耳鸣，浑身上下疲惫不堪，大脑倒很清醒，闭着眼睛躺半天，始终不能入睡。

　　她开始数数。数到几十断了，半天想不起来，只能从头再来一遍，可数着数着反倒越发清醒，心里害怕不敢继续，躺着尽量不动身体，努力地让脑子里不放电影，后来实在憋不住只好翻身，翻过来覆过去，再翻过来又覆过去，不知折腾了多少次。四六那样的鼾声有时也被吵醒，不耐烦叨咕一句："你要成仙了。"到了下半夜，所有的努力均告失败，月儿索性不再努力，睁着眼睛望着天花板，眼神已经空蒙呆滞到了极致，头疼得几乎炸裂开来，人差一点就要虚脱。不知又过了多长时间，眼皮渐渐合上，迷迷糊糊终于睡着了，可没到一会儿，就听见该死的闹铃发出一连串"丁零零"。

　　眼见得老婆因为失眠几乎受尽折磨，一天天苍白憔悴，一天天日渐消瘦，人越来越没有精神，四六几次催她请假休息。月儿起先没有同意，想到一天要损失好几百块，就想再挺一挺试试，再说反正也是睡不着，不如在厂里做一做，也许白天辛苦了晚上就会有睡意，或许这一段挺过去就会有所好转，所以不肯请假一直坚持上班。后来渐渐不行了，因为每一晚都是严重失眠，每一晚几乎整夜不能入睡，人越来越疲软，越来越无力，上班时心里开始发慌，头晕耳鸣眼花。她已经晨昏颠倒，夜间兴奋不眠，白天昏昏欲睡，坐在板凳上就犯困，后来越来越厉害，脸色惨白，不时有虚汗，体重下降很快，半个月内竟瘦了七八斤。

到了这一步，她也只能请假了。因为坐在操作台边，已明显跟不上趟。她在前面没有完成，后面的同事只能等着。眼见着自己面前堆积得越来越多，后面的同事却等米下锅，前面几天有两位姐妹见缝插针不时帮一把，可很快发现她落下得越来越多，已经完全跟不上速度，根本不是伸把手的事情。下面的同事开始小声提醒，之后越来越不耐烦，抱怨声渐渐四起，后来大家干脆叫她休息，几个女人当面指责她影响了大伙儿的工作进度。

那一刻月儿低着头一声不吭，没有替自己辩白一句，只是泪水涟涟，难过地趴在操作台上轻轻啜泣。她知道自己身体确实到了极限，心中十分惶恐，也觉得不能拖累大家伙儿，就向监事请假两天。监事天天巡视车间，对她的情况明镜似的，没有向高层汇报，就直接准了她的病假。

两天休息在家，月儿本打算白天好好睡一个长觉，最好睡到天昏地暗，白天黑夜连在一起睡满 24 小时，可实际的情形是一倒在床上就清醒了。以前是一挨枕头就睡，现在是一挨枕头就醒，彻底颠倒过来。以前觉得睡觉还是个事情？这一段，月儿已然彻底品尝了失眠的滋味，这是一种特别痛苦、身心受尽折磨却无法用语言准确表达的人间炼狱般的滋味。以前认为人生一世，吃喝是第一要紧的事情，填饱肚皮才是最重要的，现在看来真是错误，原来人生第一要紧的是睡眠，比吃喝重要得多！

胡思乱想了一阵，反正也是睡不着，月儿索性坐起身靠在床上，脑子里又天马行空天南地北。她闭着眼睛不再理会，也不再着急，什么也不管，任思绪信马由缰地往前奔驰……靠在硬硬的墙壁上倒有了睡意，头点得像小鸡啄米一样，潜意识不敢往下躺，只敢坐着睡，七八分钟后又醒了，没有了瞌睡。不过总算是休息了一下，自我感觉还不错，还想再来一次，于是继续坐在床上等待，期盼那小小的瞌睡虫能够再一次大驾光临。也不知过了多久，瞌睡虫还真的又一次驾临，不过是一只很小的瞌睡虫，几乎没有什么威力，只飞舞了几下就溜之大吉了。

一上午的时间说长也长说短也短，月儿觉得力气恢复了一些，不过也不想弄什么，便走到小区外吃了一碗面条，让老板多放了一些辣子，出了一身汗，觉得舒服不少。她站在路上想了一想，还是跑到附近的药店买安定，谁知没有处方人家不肯卖，好说歹说最后流下眼泪才弄到两粒。回来后服下一粒，静下心躺到床上，还别说时间不长就有了睡意，不到半小时就睡着了。四六下班回来发现老婆还在熟睡，不敢打扰她，就轻手轻脚做好了饭菜，等了一会儿老婆还是未醒，只得自己先吃了。晚上十点，四六刚刚躺下，月儿醒了，脑子里还是迷迷瞪瞪的，下床后洗一把脸觉得胃口大开，一下子干掉两碗米饭，简单收拾后在床沿上坐了一会儿，不久又在丈夫身边躺下了。

月儿陆续去过厂里几次，之后便告了长假。

月儿刚开始吃安定片效果明显，能够睡着一段，可时间一长就不行了，仍是外甥打灯笼——照旧（舅）。她的生物钟从部分失调、紊乱，走向全面失调、紊乱，大约用了两个月，如今已进入后期，只能依赖安定片。随着时间的推移，药效一分分减弱，不堪忍受之余，她一点点加大药量，从一片、一片半，再到两片，知道副作用大，就没敢再增加。月儿现在情况越来越糟，先能睡上一两小时，后整夜不能入眠，白天头晕头疼，虚弱得厉害，开始掉头发，自我感觉很不好，心中十分惧怕，和四六商量后下定决心，跟厂里请假一个月，随即踏上求医问诊之路。

月儿先去了无锡比较有名的医院，自然是她一个人前往，因为不能两个人全部请假。在大厅导医台咨询护士，对方说应挂精神科，还问是否需要选择医生。她毫不犹豫挂了专家门诊，等候一个半小时终于坐到医生面前。老专家声音轻柔，态度和蔼，看着年轻患者深陷的眼窝、苍白的面容、憔悴的模样，表现出深切的同情和关心。一番问诊后，他建议病人立即放下焦虑情绪，尽量保持轻松愉悦，白天多晒太阳，做些轻微的运动，晚上不要着急躺下，等有了睡意再上床，须做好打持久战的准备，另外病人身体虚弱需特别加强营养。最后医生开了两种药，其中之一就是安定片，仔细叮嘱一定按量服用，否则后果自负。

月儿回家后按照医生指导，白天在门口晒太阳，晚上耐心等瞌睡虫，坚持按时服药。可前面自己已服用大剂量，如今遵照医嘱正常服用，根本没有效果，睡眠一如既往极少。白日里没有事情，脑子便胡思乱想，理智上知道不能信马由缰，必须严格控制，却发现完全不听指挥，因而每每精神紧张。月儿有时一个人在家自言自语，小声嘀咕既然看的是精神科，自己一定是精神病无疑了，于是心情格外郁闷。日日服药依然彻夜难眠，偶尔睡着了也是噩梦连连、不断惊醒。在痛苦不堪的极度折磨下，月儿完全抑郁了，有时甚至一连几天都不能入睡。这种顽固的失眠已经极大地损害了她的身体，整日里疲乏无力，心悸头晕耳鸣，记忆力减退得厉害，精神几乎崩溃，差一点就要发疯。

她已经完全不去厂里，只在出租屋里干点家务。前一晚多煮一些米饭，早上磕两个鸡蛋炒饭给丈夫，自己把剩下的兑点水一煮或干脆开水一冲就是泡饭；中午一个人更是随便对付，挂面、方便面就是一顿；晚上是两个人的正餐，她到楼下的小菜场随意转悠买点，回家拾掇一下。等四六七八点钟进门，小桌上一般是一荤一素，如果是肉，大多是搭配豆腐或白菜炖煮，如果是鱼或鸡，那就是红烧的纯荤了。

两人全没有喝汤的习惯，都觉得奢侈浪费，清汤寡水的也不下饭，早就直接免去。在外的这些年里，可能春夏秋冬都没有尝试过一回。不过她也没有忘记需要加强营养的医嘱，床头柜上时有几只价格合适的应季水果，也偶尔炖上一两根骨头，自然是那种很大的猪棒骨。文火熬制小半天，晚上喝着油润润热乎乎的高汤，看着丈夫满足地咂嘴，发出很大的吸溜声，她觉得熨帖到了心里。

那天医生告诉她，临睡前喝一杯牛奶，再用热水泡脚，能够改善睡眠，可以试一试。月儿已经不上班不挣钱，第一项自然是免了，在自己这里都不能通过，还能指望男人同意，所以干脆一字未提，只是每天晚上九点钟开始泡脚。她每次将双脚浸没在热水中，端一壶开水放脚边，坐在小凳上闭目养神，有时电视热闹也会睁眼瞧一下。四六经常歪在床上看电视，有时朝老婆这边斜眼瞟两下，见她那样子似乎还有点惬意，便一边瞅着电视一边开了腔："城市没来几年，城里人的臭毛病倒是学会了。钱没挣几个，就又是失眠又是请假，现在还要天天泡脚，我看你美得很呢。我是没有这种福气的，就是我爸我妈你爸你妈活到这么大年纪，哪一个享受过这种待遇？"

月儿闭着眼睛叹了一口气，仰靠在墙上没有搭茬，男人又接上一句："可惜小姐的身子丫鬟的命。现在搞得跟林黛玉一样，肩不能扛手不能提，天天吃吃玩玩。一个月总能休息够了吧？"月儿这一次睁开眼睛瞄他一眼，有气无力地说："你也看见了，我根本不想这样的，我也想快点好起来去上班。你不知道这个滋味，要不是想到两个孩子和你，我都不想活了。唉，真想睡个好觉啊，哪怕是个长觉也愿意了。"四六烦躁地走下床，一双拖鞋踢踏踢踏响，走到小厨房咕咚咕咚灌下半杯水，没等球赛看完便摁着遥控器关了电视，拉上被子开始睡觉。

月儿坐在昏暗的灯光里，脚下是绿色塑料盆，旁边有一只蓝色水瓶，瘦弱的身子一动不动，仿佛是幅剪影。几分钟后她弯腰兑上一些开水，盆口随即飘浮出一缕热气，细小而又微白，袅袅朝上升起，一会儿便消失了踪影，只剩一个孤独的人静坐在清白的光影里，深陷的双眼呆呆地注视着前方，无神而又迷茫，不知看到了些什么，抑或什么也没有看到。

艰难的日子总是很慢，宛如老家那条悠远的丹阳湖水，缓慢而又固执，却始终缓缓流淌向前。这一个月，月儿尽管做了最大努力，完全遵照医嘱而行，按时按量服药，坚持活动，增加营养，时时晒太阳，保持愉快，日日放松心情等待睡眠，自我感觉改善不少，可到了日子去单位复工，刚做三天就不行了！躺到床上眼前依然闪烁着姐妹们的一张张面孔，脑子里依然盘踞着机器的隆隆声响，一切又回到了从前，晚上一如既往睡不着，白天一如既往跟不上趟，同事们一如既往劝她休息。这一次监事直接汇报高层领导，老板询问了前后经过，把她叫到办公室，直截了当下达通知，说她目前已不适合厂里的岗位，休息三个月再酌情安排。

厂长一脸关切之情，和颜悦色说她这么年轻，一定以身体为重，至于工作不必挂心，厂里的位置会为她保留半年，等精神恢复随时可以上岗。月儿本想争取一下却没能开口，因为一直泪水涟涟，哽咽着始终不能发声。也许心中委屈，也许焦灼迷惘，也许身怀忧惧，一时间只觉得酸甜苦辣五味俱全，只能低着头接受厂里的安排。月儿心里思忖，厂长已经大发善心，感恩戴德他没有开除自己，回来后又琢磨如何向四六张口。两人吃晚饭时看到他神色轻松，就小声说了此事。四六一下变了脸色，半天没有吭气，不过这也在她的意料之中。

这以后月儿又换了两家医院，一家是西医，一家是中医。西医的诊疗和先前的一家如出一辙。中医的诊疗却与西医大相径庭，说她气血阴阳严重失和，已经伤及根本。治疗原则是补虚泻实，在调整脏腑气血阴阳的基础上辅以安神定志，因此必须立即停止服用安定片。病人必须下决心逐量减少直至彻底摆脱，方得固本养根，再逐步滋阴降火、益气镇惊，佐以养心安神、调节血气，最后开了两个疗程的汤剂。月儿心里对西医已有三分怀疑，这一回选择相信中医。每日在出租屋里认真熬制中药，天黑后不忘把药渣倒上小路供行人踩踏。现在每晚除了泡脚，睡觉前再喝一杯浓浓的热糖水，因为成本不高也简单易行，便双管齐下了。

四六的脸色越来越阴沉、越来越难看，每天回来就是吃饭睡觉，话语已经很少。月儿知道丈夫心情不好，也觉得自己没有用处，按四六的说法就是："那么多女的在厂里干活，人家不是好好的？就你细皮嫩肉是豆腐做的，不能戳不能碰不能风吹日晒了？"面对四六的冷嘲热讽，又有什么法子呢？唉，只怪自己身子不争气，在家养着吃闲饭，丈夫干的活终究不轻，只好捺下性子忍气吞声。于是月儿默默烧饭洗衣，默默收拾卫生，有点好吃的先紧着丈夫，和他说话也是低声细语。

可四六似乎并不领情，这一段总是挑三挑四，横竖都是不满意，说红烧肉太甜了，鱼烧得不辣没有味道，说青菜炒得稀巴烂，菠菜里有沙子硌牙……月儿觉得自己怎么做都不行了，便索性不管他了，只管自己做事，只把丈夫的数落当成耳边掠过的蚊蝇之声，让它嗡嗡。好在四六白天总得出去干活，一早就骑辆破车滚出几十里了，每日回家也就是晚上一段，清醒的时间也就是那么一会儿……可水电工也不是每天都有活干，有活无活活多活少均属正常，譬如前一处已经完工，后一处还没有接上，就只能休息几天。

真是屋漏偏逢连夜雨，船迟又遇打头风，怕什么来什么。这几天四六的家装工作没有衔接，只得在家歇息。出租屋里生活简单，两个大人没有多余杂务，四六便一天到晚守着电视。他喜欢看球类比赛，喜欢声音响亮、场面热闹，小小的出租屋里便轰轰烈烈。有天下午月儿想躺一会儿，觉得噪声太大无法忍受，就要关掉电视，可荧屏上的足球赛正是激烈酣战的时候，四六哪能允许。月儿躺了几分钟，睁开眼叽咕一句："一天到晚把电视抱在怀里了。"抓过遥控器摁到静音模式，热闹的场面一下变成无声状态。四六一把夺过去摁开声音，月儿气急败坏转过身抢夺遥控器，四六怎么也不让，捏紧了那个小东西。

月儿瞅准时机直接按下待机。男人要开，女人捂住不让，两双手紧攥在一起，两个人均使出十二分的力气，你争我夺你拉我拽，浅灰色的小东西艰难而缓慢地左右游移，最终偏向了四六一边。月儿见状霍地放开了，一只手抓住四六衣服，另一只手在他身上捣蒜，接二连三捶打他的胸脯。四六一下控制不住向床外倒去，差点摔到地上，慌忙中下意识用胳膊肘撑住床沿，调整姿势重新坐直后，无比坚定地打开电视，同时没有任何犹豫，伸出右手往月儿脸上直接扇去两巴掌！

一刹那，出租屋里同时出现了几个频道的声波，听起来场面十分激烈，一片热火朝天、人声鼎沸的喧响之声。

"你打我！你还打我耳光？！好，我给你打，我给你打！你这个猪头三，你这个遭雷劈的浑蛋东西！你把我打死算了！今天不把我打死就不是你爹娘养的！"这时女人尖厉的哭喊，听起来已是愤怒至极。

"滚，滚到一边去！别妨碍我看电视。"这是男人低沉的呵斥，刻意压低了嗓门，或许不愿惊扰了邻居。

"我干什么十恶不赦的坏事了？你还扇我耳光？！给你戴绿帽子了还是偷窃扒拿了？你要打我脸？！你告诉我，我是偷人了还是抢人了？你告诉我，你告诉我！我哪里对不住你，你要下这样的狠手？！你告诉我！"月儿两只手在四六身上狠命拍打，神情特别悲愤。

"我天天在外面累死累活，回家看会儿电视还不行？胡搅蛮缠些什么？到此为止好不好？不要再闹了。"四六两只手不停撇开她的手。

"是我吃饱了饭撑得慌要跟你闹的？！你这个天打雷劈的东西！自从我生病，你没有一天好脸色，没有一句好言好语！不要说照顾了，天天嫌弃得跟什么似的。你拿我当什么人？我还是不是你老婆？这是一个丈夫应该做的？！你这个丈夫做得太好了，让老婆心寒到了极点！我命怎么这么苦啊？怎么跟了你这个没有心肝的东西？你这个狼心狗肺的东西！"月儿嘴里的数落犹如爆豆子似的往外直蹦，手上的拍击犹如鼓点般迅猛、急促。

"算了，不说了，电视也不看了。"不知是听了女人的话心里有愧，还是想早点歇火停战，四六说着身体开始下滑，看情形打算钻进被窝。两米外的电视兀自不断闪烁着，已然被主人忘却了。

第二天早上，月儿没有按时起来，她在床上迷糊着，一直昏昏沉沉。十点钟左右，四六出去买菜。她爬起来胡乱捡了几件衣服，抹了一把脸，喝了两口水，怕男人骤然出现，不敢耽误工夫，没有刷牙就拎起包冲出门，一路跌跌撞撞跑到小区门口，立即招了一辆的士，直奔长途汽车站，晚上六点到了县城，又狠狠心叫了第二辆的士。半小时后，那条一直期待的、那条无比熟悉而又亲切的长江支流，恰如梦中重复了无数次的模样，远远出现在她的视线里。

家中的四个人正在吃饭，面对她的突然出现，每个人都是十分惊诧，但都笑脸相迎。小文惊喜地大叫一声："妈!"立即弃了碗筷，跑过来扑进她怀里；小涛已是半大的小伙子，一个俊朗的青春少年了，笑盈盈招呼一声后仍然自顾吃饭；公公同样微微笑着，带点诧异地看着她，似乎要从儿媳脸上找出答案；婆婆更是把她上上下下打量一遍，细心审视后发现她微肿的双眼和绵软的脚步，赶忙笑嘻嘻招呼一声，快步接下她的包袱，格外热情地拉着月儿说："累了吧？小文快下来，让你妈歇一会儿。先吃饭吧。小涛，给你妈盛碗饭去。"

月儿紧紧揽着女儿，转脸对儿子说："小涛，妈不饿，过来让妈看看你。"儿子三两步走到跟前，月儿两只胳膊搂抱着一双儿女，把自己脸颊先贴贴小文的脸，又贴贴小涛，弄得儿子不好意思想要逃开。月儿拽紧了他，慈爱而心酸地看着两个孩子，笑着、看着，看着、笑着，眼睛里却流出了眼泪。女儿不解地问她："妈，你怎么又是笑又是哭的？"

月儿的眼泪就像断了线的珠子不停往外滚落，看着两个孩子说："妈想你们，看见你们高兴的。对不起，这次回来得急，没有买好吃的，明天再去买，一定给你们补上。"小文用手为妈妈拭去泪水，懂事地说："家里有吃的东西，不用买。糖吃多了牙齿会疼。"这会儿婆婆已经盛出一碗饭，对孩子们说："你妈坐几个小时车辛苦了，乖，让她歇息，吃饭。"走过来牵开两个孙儿。月儿一天没有吃饭，肚子里早已咕咕作响，坐到桌边不到五分钟，一大碗米饭便消灭得干干净净。老两口静静看着，默契地交换两次眼神，不由自主地相视而笑了。

晚上四六的电话到了，自然是询问老婆的讯息。儿媳不打招呼突然回家，老两口早已猜出七八分，现在更是心知肚明，就算电话费再贵，老爷子也得问明情由。开始四六推诿着拒不坦白，架不住老爷子动之以情晓之以理的正面教育，加上老爷子几十年一贯至高无上的权威，让四十几岁的儿子心虚气短，渐渐理屈词穷，支支吾吾三四分钟后，只能竹筒倒豆子全部交代了。

气得老爷子在电话里大骂一通，一顿劈头盖脸的夹枪带棒，骂得不成器的东西在电话那头不敢回嘴，只能唯唯诺诺听从老爷子的安排。老爷子吩咐他立刻向老婆赔礼道歉，特别强调一定把话"讲到"，大意就是深刻道歉，又不放心地交代一堆。后来四六一直要求月儿听电话，月儿和两个孩子腻歪着根本不理。婆婆两次催请，她也置若罔闻，就像没有听到这一档子事情。

晚上躺到床上，老爷子没有立即休息，回想着这一天的情形，脑子里自动放了一遍电影。鉴于当前出现的不和谐局面，他深感事态严重，也深感一家之主的责任重大，不由得眯缝起眼睛开始沉思，不过运筹帷幄之后感觉似乎成竹在胸，索性披衣坐起身，对老太婆做了总结：

关于儿子儿媳此次打架，儿媳偷跑回家，直接原因：一是她最近成宿睡不着觉——叫什么玩意儿来着？严重失眠？二是被打。不成器的东西不该动手，如果现在不成器的东西在面前，肯定不会轻易饶过，就算他如今人到中年，也必须一顿棍棒伺候！话说回来这个浑蛋远在几百里外，这会儿人抓不到手揍不到，又能奈他如何？只等后面慢慢训诫，他日回家必定责罚无疑。

责任划分：不成器的东西 80%，小文她妈 20%。

当前主要任务：让儿媳安心养病。（说句题外话，以前她对老两口亦是一般，这回受了委屈可能更随便了。唉，又能怎么办呢？老两口毕竟上了年纪，往后这个家只能依靠他们。不管她是否理睬老的，是否有好脸色，老两口只管做好自己分内事情，这些小事就无须计较了。儿媳总归是两个孙儿的亲娘，这个家庭的重要成员之一，什么时候都不能有闪失的。）

具体措施：一是坚决让儿媳休息，家中保持和从前一致，有活不叫她帮忙，除非儿媳主动插手，否则就当她在外打工没有回来；二是告知两个孙儿病情，让孩子们不要增加妈妈烦恼，必要时还得倚仗他俩做两个冤家的和事佬；三是适当给儿媳增加营养，遵循量力而行的原则，尽量把伙食搞好一点。

鉴于目前不容乐观的形势，尽最大努力减轻儿媳思想负担，让她尽快养好身子，比如从明天开始，每天早餐供应儿媳一个鸡蛋。尽最大努力缓和小两口关系，尤其做婆婆的要拿出耐心，为了儿子孙子，为了这个家庭，儿媳再给脸色也要忍耐，争取做到打不还手骂不还口。（不过实话说儿媳还是不错的，这些年还没有出现过这些，所以应该也不至于！）总之，老两口要拿出耐心，拿出态度，拿出长辈者的姿态，再苦再难也要坚持！

做婆婆的听了老头子这一番总结，也知道他说的确实在理，可心里却如反胃泛酸一般不是滋味。从前自己做儿媳时，那时儿媳们普遍没有地位，什么都是婆婆说了算；现在终于熬到一把年纪，做了婆婆，婆婆们在家又失了地位，一切均要看儿媳的脸色行事。村里如此乡里如此，外县的亲戚那边同样如此！自己这一辈子女人做的，怎么什么时候都要小心翼翼？什么时候都要看别人脸色行事？什么时候才能轮到自己做一回主？一时间只觉得五味杂陈，苦涩酸楚一齐涌上心头。她难过得把这个问题抛给老头子，之后沉默着不再开口。老爷子一下哑了，半天没有吭气，先前的滔滔不绝散失了。无声中老太婆流出两行略微浑浊的泪水，她抬起衣袖擦拭几下便窸窣躺下了。满窗的月光照射进来，屋子里很是明亮。老爷子兀自坐了五六分钟后，幽幽躺倒在老太婆身旁，似乎已经忘记了她的问题。

黑暗中，没有睡意，几分钟后长叹一声，之后便再无声息了。也许是陷入了那由来已久的困惑，陷入了苦苦的思索之中；也许是陷入了自己的愁怨哀伤，陷入了女人们绵绵不绝、永无尽头的悲苦里；抑或是陷入那往昔的岁月，陷入了自己冥冥的世界里。思绪仿佛秋夜轻袭的晚风，绵长而又凉意森森，一缕一缕又一缕，不断掠过房屋、树木、村舍、池塘，不断掠过田园、山峦、夜空，飘得很远很远……

刚刚老头子说什么？挨打？应该不致如此吧，凭什么还要挨打？一年三百六十五天，自己哪一日能够歇息？做饭洗衣种菜收拾卫生，饲养鸡鸭猪羊鱼虾螃蟹，伺候孙儿们更是尽心尽力，没有功劳也有苦劳吧？再说没有老的帮衬，他俩怎么出去挣钱？自己天天累死累活怎么也不应落到那步田地不是？

话说回来，哪一家老的不是掏心掏肺帮衬着小的？村里婆媳吵架的还不是时有发生？哪一家不是婆婆让着儿媳？年轻的女人数落起婆婆来，个个都是一等一的好手，有的堪称研究生水平！她们只要一生气或脾气上来，或端一个凳子坐在大门边，大腿跷在二腿上，或站在场院里踮起脚两手拍着巴掌，把屋里老女人的蛇蝎心肠与从头到脚包裹的一整桶坏水，彻底揭露，全方位无死角地大白于天下，让全村人知道，从结婚前开始，老女人就开始算计，自从自己这个可怜人跨进这道歪门槛，就是一只兔儿误入虎口，一只羊儿踏入狼窝，遭的罪、受的苦恐怕只有用稻箩才能装下，流的泪、蒙的屈恐怕只有用脸盆才能盛下！

什么酒水钱、三金钱、彩礼钱变着法总想克扣，如今更是肆无忌惮地阴损使坏，明目张胆地欺侮弱小。幸亏自己聪明，幸亏自己福大命大，否则早被糟践得死十八回了！她就这么喳喳喳、喳喳喳，一直连续不断地唠叨着、数落着、控诉着，有时挤两滴眼泪，有时擤一下鼻子，有时骂几句，有时哭几声。一家的老小就像老太太吃年糕——闷了口，或默默做着自己的事情，或杨树桩似的坐在屋里，垂头丧气如同遇了丧事一般。就这样从天麻麻亮开始，一直控诉到日上三竿，头不梳来脸不洗，饭不吃来水不喝，干劲居然丝毫不减，精气神仍是强悍十足，如同打足了气的篮球似的蹦个不停，两个小时能够歇嘴就算是个省事贤惠的了！

如今村里青壮年男人大部分打工在外，在家的女人们有多少趴在麻将桌上，哪家婆婆不是忍气吞声，敢吱一句？有几家老人烧好饭菜甚至先送餐到儿媳麻将桌前。哪一家是自觉自愿的，哪一个不是挺胀着肚子去的？这一切都是为了什么，还不是为了过个安稳日子，总不能日日吵闹不休吧？自己累点苦点算得了什么，只要儿媳不挑刺就已经阿弥陀佛，还敢计较她有没有干活？！那不是要把天顶盖戳个窟窿？

不过凭良心说，儿媳进门到如今，这方面倒是说得过去。虽说平日里也有叽咕的时候，有时候脸色也不大好看，但和自己公开的争吵一直没有……咦，怎么到现在还听不见老头子的鼾声？难道也赶城里人的时髦失眠了？

这一刻，夜晚的乡村特别安静，没有一丝声音。屋内夜色深浓，窗外暗黑无边。埂头上没有了汽车声，水塘里没有了蛙鸣声，什么都歇下了。所有的都湮没在夜色中，沉沉的、静静的、幽幽的，那永恒的夜的脚步在轻轻挪移。

时间总是沿着它固有的节奏不断向前，静静悄悄大步迈进，不知不觉便已流逝了许多。嘀嘀嗒嗒，嘀嘀嗒嗒，永不厌倦，时而轻快无比，时而缓慢沉重。转眼之间，又一个季度过去了。

月儿的睡眠质量显著改善，发生了根本性的转变。

也许是思想彻底放松。人已不在城市，不用挂念上班，家里也不用操心什么，稻田深挖的精养塘由公公照看，家务由婆婆一力承当，留给她的只有吃与睡两件事。这样一来完全松弛了，也完全踏实了，她觉得自己成了一头小猪，成天吃了睡睡了吃，什么都不用担心，什么都不用在意，享受着贵宾级的待遇。于是她干脆放开自己，跟失眠展开拉锯战、持久战。每日待在家里，只要瞌睡一来，随时随地躺下歇息。也许是离开了无锡，远离了那个浑蛋，远离了冷脸、数落、嫌弃，不再伤心难过，不再压抑痛苦。也许和两个孩子团聚后，日日心情舒畅，时时精神愉悦，每一天都是笑意盈盈的。也许是回到了村里，故乡的水土总是格外养人。

月儿长年在这条埂头上、在这条大湖边生活，在外这几年，一直都是朝思暮想的，梦中回来过多少趟，而今回归，仿佛身上每一个毛孔均舒坦滋润了，加之婆婆一日三餐精心伺候着，几乎每一顿都有两个鲜嫩碧绿的小菜，公公每一日都挂着微笑，和她说话总是和颜悦色，所以吃什么都可口，喝什么都称心，看着一双儿女的笑脸，每一餐均是胃口大开。

慢慢地，月儿夜里可以入睡了；慢慢地，睡得安稳了、香甜了，有几回甚至一觉到了天明；渐渐地，她的话语多了，笑容多了，笑得灿烂了；渐渐地，脸上饱满了，脸色红润了，身子丰韵了。她自己觉得身上开始有劲，力气一点点回来，身体似乎恢复到了从前，于是白日里除了串门和隔壁坐月子的小媳妇聊天，也偶尔烧一顿饭，偶尔走到自家的田垄边，摘菜、浇水、照看塘面，帮着公婆做一些杂活。不消说心中是自在欢乐的。

有天晚上，一家人正在吃饭，村北边一个女人大步流星径直跨进了门：

"月儿在家吗？哟，正在吃饭？明天跟我去做忙工？"

"快坐一下！什么活？不知道能不能做得下来？"

"好，坐一下，到现在屁股没有落板凳！你放心，很轻松，就是扒蟹黄。"

"没听说过，到底做什么？"

"哎哟，有福气的人说出的话就是不一样！连这个都没听过？真是城里人哪！就是到前村一个老板家，把螃蟹黄扒出来，还有螃蟹肉。"

"不都是整只卖吗？一卖总是几斤几十斤，这样不是反而费事了？"

"我说你呀，在无锡待了几年真的忘本了！怎么什么都不知道？活的当然成批卖，这些都是死的，卖不掉才这样的。"

"那还能要？还能卖钱？有哪个傻瓜会买？"

"我的傻妹妹哎，你完蛋了，再出去住几年恐怕韭菜、小麦也分不清了！还没有人要？要的人多的是！扒好的蟹黄、蟹肉放冷柜里一冻，全部运出去了，听说主要是运到上海呢！上海人喜欢吃蟹黄包。他们哪里知道，那些价钱死贵的小笼包里包的是死蟹臭蟹！"

"这真是想不到！无锡也有蟹黄包，价钱也是死贵，我们从来问都不敢问的。"

"傻妹子哎，这下知道了吧？不要说自己花钱，就是人家请你都不要吃！你去了就晓得了。全部是死的，有的死了好几天了，扒出来的肉臭烘烘的。冷柜里一冻多少天，到时候把调料放得足足的，什么气味也吃不出来。城里人晓得个屁！别说废话了，到底去不去？"

"一天大概多长时间？多少钱一天？"

"本来不要喊你的，我们五个人已经做了两天了。今天大香女儿生了，她要歇几天，你顶她的班。早上七点动身，晚上五点大概能结束，到时候老板给个总数，我们均摊，这几天摊到一百多点。"

"有那么多死螃蟹？！那他家不是亏得不得了？"

"咯咯咯！你把我肚子笑疼了！他一家能有几斤，还不都是收别人家的。听说整个镇上市场的货都给他收回来了，还到养殖户塘口去收呢，天天都有几百斤。我们这两年都给他家干，别的地方也有就是远些，这家离家近直接走过去就行了。"

"吃饭了没有？在这里随便吃点？"

"不了，婶子。我烧好了过来的，马上回去吃。月儿，你还没有告诉我，到底去不去啊。"

"我没有弄过，到时候可能拖你们后腿。"

"怕什么！你就跟我在一起，在他家仓库里干轻松得很，不晒太阳不吃重，坐在那里剪剪挑挑、捏捏挤挤，再说有全套的工具，小镊子、小钳子齐全得很，我教你一下肯定行。说准了就算你一个？"

"那我去干两天试试。"沉默了半分钟后，月儿终于下了决心，既碍于情面也多少挣一点。

"那就这样说定了！明天早上我来叫你，中午在那里吃一顿，早晚在家吃。记住七点钟！"

月儿刚开始的确生疏，有些慢，但姐妹们都不吱声，个个埋头专心着自己手里的活儿。两天以后，大香回来了，还想继续做，特意骑车绕道到现场问。月儿没有犹豫，当场很干脆还给了她。

谁知一周以后，陈家就发生了天大的变故。

星期五下午。小文放学以后没有回家，和同班的三个孩子一道去采菱角。是后村一个男孩起头邀约的，说他们村西的大荒田那边菱角特别多，已经长成一片。四点半左右，两男两女四个孩子背着书包，出校门后直奔那边村口，走到沟沿旁正好看见一条小船泊在岸边。应载两人的小木船，四个人上去后很是拥挤，小船已然吃水四分之三。女孩们小心地蹲在舱底，两个男孩开始划船，一人一边两条桨交错发力，啪嗒啪嗒拍打着水面。他们显然并不熟练，小船时而向左时而往右，前进得很慢，好半天才摇摇摆摆到达目的地。

男孩们坐下歇息，女孩们开始采摘。菱角挤挤挨挨密布着，水下的菱角确实不少，每一棵上都能采下一小堆。两个女孩兴高采烈，她们先是一人一侧，趴在船舷上边玩水边收获，后来另一个女孩看见这边密集，一步跨到这边舱底，小船突然失去平衡，猛地朝这边一翻。小文正在埋头用劲，一刹那完全控制不住，没有来得及哼出一声，就头朝下直接栽进水里！

大惊失色的三个小学生蹲下身体狠命抓住船沿，小船左右摇晃几次终于渐渐平稳。起头的男孩立即脱掉T恤跳进水里，他游到半深处找到小文，抓住她衣服用力往上拉。这一带的父母大多不允许女孩玩水，不会水的小文惊慌失措，看见男孩只晓得两只手拼命抓住对方，根本不知道应该如何配合，极度憋闷中双脚胡乱蹬踏。十二岁的男孩完全拉拽不动，反而被渐渐带往深水。就这样两个孩子在水中各自挣扎，不到一会儿就体力不支。快要窒息的男孩这时极力想摆脱小文，无奈怎么也不能同时掰开她的两只手，女孩总有一只手牢牢拉住他……

船上的两个人完全吓呆了，脸色煞白一声不吭，紧张地盯着两边水面。见好一会儿没有动静，另一个男孩也脱掉衬衫跳入水中，几分钟后找到他们，用力拉拽其中一个。可他们两个已昏迷，正在一同下沉，小文的两只手还牢牢抓着起头男孩。男孩使出全力不能使他们上浮，两分钟后他终于放手自己游出水面。两个孩子在船上大声呼救，哭喊着向四周发出凄厉的尖叫。等到在附近干活的一名男子赶来，下河游到中间再潜水下去，把已经分开的两个人找到，一一拖上来，已经是半个小时以后，男人也累得几乎虚脱。

这时小船已经靠岸，陆续赶来的六七个人纷纷出谋划策。一个人将起头的男孩仰面放平，双手按压他的胸腹部，又抱起来倒悬着身体，另一个人使劲拍打背部。另一边两个人给小文进行同样的紧急施救。两个孩子嘴巴里流出很多水，几分钟后男孩终于有了反应，慢慢睁开了眼睛。受到鼓舞的这边更加用力，几个人轮流按压小文的胸腹两处，又倒悬着使劲拍背，可怎么折腾也不见起色，小文始终没有任何动静，就像一坨面条十分绵软。几个人说赶快送医院，千万不能再耽误时间！一个男人当即抱起女孩往卫生院狂奔，另一个背着男孩，其余的跟在后面。几个人一路小跑，中途替换三四次，约半个小时赶到卫生院。医生给男孩输液恢复，对小文几乎用尽方法，无奈已经回天乏术，小文一直没有醒来……一小时后，医生宣布小文死亡，说再送出去也是无济于事，因为溺水时间过长，早已超过抢救时限。

月儿冲进卫生院看到女儿的那一瞬间，先瞪大眼睛盯着竹床，不敢移动，害怕似的静止七八秒，然后小心翼翼走过去，似乎怕惊动了孩子。她哆哆嗦嗦伸出一只手放在女儿鼻子边，凝神屏息，发现没有气息，仍不死心，仍是固执地放在那里，无比漫长的一分钟过去，终于确定了最可怕的事实，立即发出狼嚎一般的凄厉叫声："啊——！"向天悲惨地叫出十几声后，月儿把女儿抱在怀里，低下头贴着她的脸哀哀哭泣："嗷——嗷——"那伤心绝望的哭声，那凄惨悲恸的女音，让周围的女人没有一个不出声啜泣，男人没有一个不动容落泪。

几十分钟过去，月儿反反复复摩挲着女儿的小脸，伸手抚平她的头发，睁着一双蒙眬的泪眼看着女儿，又低头不断亲吻女儿的额头脸颊、眼睛鼻子、耳朵颈脖，就像十几年前搂她在怀一般，长长久久地抚摸着她，始终不肯撒手。后来公婆要把孙女抱回家，两个人使劲将她的手掰开，她直蹦直跳就跟疯了一样，大声哭号着不停息，几乎去掉半条性命。最后几个人商量后让步，就让身为母亲的她抱回小文。

第二天到达殡仪馆火化前，三四名女眷拖拽着她。月儿跪在地上狠命地不停磕头作揖，用嘶哑的嗓子哀求那位工人不要烧掉她的女儿，不要烧掉她的心肝。工人看了她一眼便要将门闩上，她一把吊住门把，爬过去要和女儿一道进去，哭喊着说自己要去照顾小文，不能让她孤孤单单一个人在那边，自己无论如何也不能放心。亲戚们费力掰开她的手指，五六个人一齐用力把她拖拽出来，门立即在她眼前关上……十分钟后她还是跪在地上，愣愣地看着那道门，痴傻了一般不再哭泣也不再流泪，就那样坐在水泥地上，一双空洞的眼睛一动不动，似乎已经定住了。

四六将女儿埋在自家的田垄边。那一天，月儿在地里整整坐了一天，四六一直陪伴着。因为没有成年不能立碑，也不能举行丧仪，只是自己家里人送上山，砌了一座小墓——粉色瓷砖红色琉璃瓦。月儿给女儿扎了四套夏服、四套秋装、四套冬衣（由专门的师傅用白纸扎成，再涂上各种色彩），又烧给她整整一篮子冥币。四六为老婆撑起一把黑伞，泥雕木塑般的一动不动。月儿幽幽地凝视着，完全呆滞了一般。到现在她也不能明白，那样一个聪明伶俐、乖巧懂事的孩子，每一天跑出跑进，总有那么多快乐有趣的事情和妈妈分享，叽叽喳喳如同小鸟一样，怎么突然之间就完全消失了。

那样一张苹果似的小脸，星星似的眼睛，樱桃一般的小嘴，每一天和妈妈睡在一起，那样温暖柔软的小身体，怎么半天的工夫就变得那样惨白冰凉？当初自己吃了多少苦头才生下她，好不容易养到这么大，怎么能够说殁就殁，一点痕迹都不剩下？小文现在去了哪里，能不能看见这里的一切？到底有没有天神地鬼，人死后究竟有没有灵魂？

这一刻，月儿眺望着遥远的天边，眺望着空空的远方，遥想着宇宙苍穹，遥想着人世命运，年轻的心里第一次有了这样的体验——悲悯、苍凉；这一刻，她宁愿没有灵魂，宁愿一切灰飞烟灭，宁愿完全烟消云散，那样女儿就没有悲伤，就不会寻找爸爸妈妈，不会在那边孤苦无依。如果真有奈何桥，孩子请一定喝下孟婆汤；如果真有地狱天堂，这样纯洁的天使一定会在天堂里吧？

女儿出事以后，月儿在床上躺了整整一个星期，每一天都是以泪洗面。泪水不时汩汩而出，仿佛永远流淌不尽。开始几天不起床不洗脸不吃饭，似乎精神已随女儿远去，只剩一具躯壳在这里，身子瘫软如同煮熟的面条，差一点就要虚脱过去。男人的悲痛刻在心底。四六不能长久在家，无锡那边天天催着回去，可老婆这副模样，他怎么也迈不开步。婆婆、丈夫轮流端着饭碗送到床边，月儿看也不看，两个人百般劝慰亦是不能见效，想要责备两句，看着她苍白的脸色、红肿的泪眼又开不了口。公公几次到儿媳面前喊她起床，同样无济于事。

晚上几个人商量以后，第二天早上，小涛端着碗站在妈妈面前，请妈妈吃饭。月儿慈爱地看着儿子叫他先吃，小涛固执地说："我和妈一起吃，妈吃我就吃，妈不吃我也不吃。"月儿哄了几句没有结果，转过头不理儿子，几分钟后又忍不住转过来，看到儿子端着饭碗一动不动，眼巴巴瞅着自己，月儿再也控制不住，接过儿子的饭碗搁在床头柜上，一把搂过小涛大声号啕起来，哭了一会儿放开儿子，端起一只碗递给他，又端起另一只碗说："妈吃，你也吃。"往嘴里扒饭时眼睛里泪水大颗大颗地涌出来，后来也渐渐起床了。

几天后月儿娘家上大学的侄女过来看望姑妈，问小文当时放下书包没有？是不是进了家门才出去的？月儿肯定回答没有回家，四个人放学后直接去后村的。侄女说是不是可以找一找学校？因为小文还没有进家门，学校应该负一部分责任。四六已经回无锡，晚上月儿和公婆说起这个意思，老两口先沉默半晌，之后公公开口说孩子自己出去玩耍出事，学校里校长、老师都住附近，熟人熟事的哪能说得出那些话，再说现在说这些又有什么用处。陈家一直清清白白做人，还是守住自己的本分吧。

真要说起责任，是后村那个小家伙喊去的，可当时那个孩子下水救她，不是差一点就丢了性命？后来那家还送来了5000元钱，再说其他的话好像也出不了口。婆婆叹一口气接着说只能怨孩子命薄短寿，是个讨债鬼，可能上辈子父母欠了她的，这一世就是来讨还的。月儿立即变了脸色，第一次当面冲着婆婆发火："你怎么能这样说？！小文才走几天，你就这么编派她。以前哪一天不是多少遍喊奶奶？哪有你这种狠心的长辈？"说得老太婆当场噎了口。

第二章

小涛这一年参加中考。他没能考上高中，而且与分数线相差几十分。月儿失望叹息之余，体会到留守儿童求学之路难以走远。他们小小年纪远离父母，内心深处孤独寂寞，同时也失去约束管教。每一个孩子天性贪玩贪乐，于是很大部分学习上自我放松，对自己日渐宽纵。老人只能负责他们的吃喝，只要求孩子安全健康，因而鲜有成绩拔尖突出者。其实儿子资质并不愚钝，只是疏于管理引导。公公虽付出了不少的心力，但督促没有得法不能到位，时间一长，实际等于失去监管。现在说这些都已经晚了。

可是在外打工的父母们又有多少不易呢？其中的酸甜苦辣只有各人体味罢了。小涛少不更事，体会不到这件事情对他将来的深远影响，因而不大在意，只有那一两天可能觉得有点丢面，说话少些，过后照样吃喝玩耍，照样钓鱼游泳，照样到村里的小学打篮球，照样热衷金庸的武侠小说（床头柜上换了一本又一本，月儿始终没弄明白它们的来源，只觉得儿子中考失利与之有一定关系），照样与爷爷去掏黄鳝。这个暑假他天天傍晚泡在水里，从下午四五点一直到天擦黑，舒舒服服享受几个小时。而今的小涛在池塘里就是一尾鲳条，一尾漂亮的长长白白的大鲳条，一尾自由自在劈波斩浪、恣意纵情、逐水嬉戏的大鱼！十六岁的少年个头 1.75 米，身材匀称肤色很白，是那种很难晒黑的粉白色，五官精致肩膀显宽。

晚间的埂头上，他身着天蓝色短袖 T 恤搭配藏青色休闲裤，俨然是一个阳光帅气的小伙子了。大人们这一段日子却是表情凝重、神色忧郁，爷爷不言不语，奶奶唉声叹气，月儿觉得儿子这一世只能靠苦力为生了。一家人商量后建议复读，小涛坚决不从，说不想再念书了。这样一来剩下的似乎只有一条道，就是学点手艺，学一门可以挣钱谋生的手艺，眼下最便捷可行的自然是跟着父亲学做水电工。这当然是家庭会议讨论的一致决定，其实也是无可奈何的结果，自然也征得远在无锡的他老子四六的同意。

8月底，母子俩到了无锡。他们重新租了房子，是两室一厅的小户型，自然是水电气齐备、厨卫间独立，房租亦是不菲，每月整 1000 元。月儿又上班了，不过不是电子厂，而是重新找到一家餐馆打工。工资低了一小半，每晚九点可以下班，早上五点钟到店帮忙准备早点。她已经害怕了工厂那种没日没夜的加班，害怕了那种把人折磨得近乎疯狂的失眠，所以就这样决定了。

小涛平生第一次开始工作。他每日与父亲同进同出，已然成为自食其力的年轻人了。父子俩同骑一辆电动车，这一阵大多在私人家里做装修前期的水电安装，有时也会上门进行一些维修。随着时间的推移，小涛他逐步熟悉了具体的工作，比如开槽、埋线、装灯、线路改道、安装管线等，其中污染最重的便是开槽。每当动力十足的电钻对着墙壁剧烈尖叫时，近前处更是浓烟四起，腾空而起的粉雾犹如战场上爆炸的一团团硝烟，完全弥漫了整个房间！

每次开槽下来，操作的工人必定成为真正意义上的"灰头土脸"——头发全部成了"奶奶灰"，眼眉耳口鼻、手脚颈腹胸，全身上下没有一处不是落了厚厚的灰尘，就算你的亲爹亲娘这时出现，铁定辨别不出眼前这个"灰人"会是他们从小看到大的亲生骨肉。四六心疼儿子，这种事情坚决不让小涛动手，他自己劳作时也不忘佩戴口罩，就是这样防护着，每次操作结束后，鼻孔里还是钻进了两窟窿的粉末。

小涛从一名学生直接跨越成农民工，跨度之大体会之深是他不曾预料到的。从前在家是爷爷奶奶的长头孙，家里的活儿是横草不拿竖草不抬，油瓶倒了也不会想起扶上一把，更别说重活累活脏活了。现在猛一下完全变了身份，每日与父亲早上一道出门，天黑一起进门，独立承担着一个人的工作，下班后还得买菜。回家后父子俩分工合作，一人负责烧饭，一人负责洗衣。四六让儿子先选，小涛选择洗衣。每天晚上父子俩洗好吃好总是要到八九点钟，有时客户工期催得紧还须加班。

半个月后，小涛有些吃不消了。这时心里开始后悔，后悔跟父亲做这一行当，后悔当初没有认真学习，混了这么些年。可现在后悔已经无济于事了，一切已成定局。何况还是自己的选择，再苦再难也得干上一年半载。再说父母多少年来哪一天不是这样辛勤拼搏，自己这么年轻有什么理由什么资格又有什么脸面说个不字。于是暗自下定决心，一心一意跟着父亲学，并要求自己学好技术。城里这么多楼房，一座一座拔地而起，一建就是几十层，买房的这么多，哪一家不需要装修，哪一户不需要安装水电，居民户平时这一项的维修更是不可或缺。俗话说，三百六十行，行行出状元。按父亲的话说就是：什么时候都需要，什么时候都有饭吃。有时小涛脑海里不自觉浮现出老师在课堂上的教导："前途是光明的，道路是曲折的。好好努力吧，同学们哪！"

城市，大城市，曾几何时，小涛脑海中是那么美好，那么诱人，那么令人魂牵梦萦；进城，进大城市，曾几何时，小涛心底里是多么期待，多么渴望，多么向往！可真正来到这里，怎么完全走了样，变了味，相差了十万八千里！每当黄昏时分，小涛完成一天的工作，拖着疲惫的身体坐在父亲的电动车后座，静静注视着这座城市，注视着街道上明亮的灯火、熙来攘往的人们、络绎不绝的车流，虽总是默默无言，一颗年轻的心却十分复杂。

他不明白为什么这座城市会聚集了这样多的人，他们为什么都喜欢停留在这里。他觉得可能很多人是属于这里的。他们光鲜亮丽，他们昂首挺胸，每天信心十足地出入于一栋栋高楼大厦，生活得舒适惬意、自在润泽，俨然就是这座城市的主人；可还有更多人应该不属于这里，只是这座城市的匆匆过客，这是显而易见的事实，因为他们见到陌生人下意识就会缩脖弯腰，脸上永远带着令人恻隐的谄媚笑意，总是生活在某一个阴暗的角落，总是蜗居在蜂窝似的某一处洞穴……

不由自主地，小涛的眼前浮现出村东头那条悠远而又绵长的丹阳湖，村西边那口清澈见底的水塘；夏日里那些总是裸背赤脚、一直叽叽喳喳喧闹不止的水中玩伴；还有那些每当他仰面安静浮在水中时，常常喜欢围绕在身边、不时啃食着脚丫、令人沉醉在轻痒微醺中、久久不愿离去的小东西们……这一切似乎已经远去了，是不是就这样永远远去了？

连日来，四六在床上很是憋屈，因为月儿总是不理他。当小涛的面她和四六说话应答，就像没事人似的，但一进房间就变成另一个人，脸色冰冷，不理不睬，完全变成陌生人。

四六知道自己上次犯浑，让她吃了亏，女儿的去世更是沉重打击。但已经过去这么长时间，人总得往前走，日子还是要过下去，正常的生活也应该恢复了不是？其实月儿那回走以后，他就后悔不迭，发誓以后再不动手，女儿走了以后，他更是温言软语劝慰多少回。平心而论，现在他一直和颜悦色，也说了数次对不起，想与月儿重修旧好，更想与月儿亲热，毕竟两个人这么长时间没在一起，和尚尼姑的日子也该结束了。

可月儿好像没有这么想，可能是女儿的事情影响了她，一直处于悲痛的阴影里。虽然新租了两室一厅的房子，但那么大的儿子就在隔壁，中间不过薄薄的一堵墙，他也不敢违拗她弄出很大的动静。如今月儿一上床总是后背对着他，四六想亲一下月儿，一张嘴总是撞着她的后脑勺，他轻轻捏一捏她的大腿想拍一拍马屁，被月儿啪啪几巴掌打得灰头土脸，就自动歇了火。

这天晚上，他同样小心试探，看见月儿闭着眼睛躺在那里，没有什么反抗，似乎是懒得理他，也可能白天累了已经睡着，他伸手在她浑圆的臀部摸索几下，又用力捏了两把，见她没有抗拒，就小心地挺进到胸部，刚刚揉搓几下，老婆猛然翻身过来，睁开眼睛满面春风斜睨着他。四六呆愣一下反应过来，喜出望外之下立即扑上去。

韶光易逝，光阴流水，白驹过隙，日月飞旋。眨眼之间，又一个两年过去了。小涛成长得很快，已经是熟练的技术工人，是能够独当一面的大师傅了。有一次同事们在客户家施工，那家是别墅，业主对设计提出很高要求，属于超豪华的品质精装。院门两侧立柱上安装电动灯笼，院子的一半面积是鱼池，需长期增氧换水，客厅沙发后是一整面墙的绿植悬挂，两小处喷泉需日夜观赏，其他地方亦是极尽奢华之能事。

具体施工时电线用了几十卷，室内室外楼上楼下，红黄蓝绿白五色电线拉得如蜘蛛网一般。等到把所有灯具安装完毕，有两处的装饰灯怎么弄都不亮，大师傅忙活半天还是无济于事。焦急无奈中，有人提出打电话喊小涛。小涛放下自己手头工作，疾驰一个小时赶到，察看了几个关键点，前后不到十分钟，三下五除二弄妥了。以后施工中遇到难题，工人们准会电话求助，小涛也总是热心周到很少推辞，因而大家伙儿都很喜欢他，亲切地称呼为"小陈师傅"，而他的父亲还是同事们的"四六"或是"老陈"，混了十几年也没有混成"老陈师傅"。

他们所在的公司总计一百多人，下辖一个设计部与三个装修分公司，其实就是装修队。四六所在的装修队，队长是他的一名远亲，也是长江边出生的大公圩人。小涛开始时和父亲在一队，现在已不固定在一处，时常会抽调去别的工地。前期设计的清一色年轻人，后面施工的绝大多数中年以上，像小涛这么年轻的几乎没有，加上小涛聪明能干，经理有意识锻炼他，常把一些有难度的工程交给他，他也没有辜负经理的期望，大多比较圆满地完成了，因而小涛半年前被公司任命为项目经理，主要负责进货、施工的监督等。

小涛骑着一辆半新的二手电动车，每一天还是清早出门天黑进门，到每一个项目点巡视。有时在工地，查看施工质量，督促工程进度；有时在建材市场转悠，认真比对同一材料的型号质量款式价格等；有时到茶楼与客户会面，想方设法进行拉单；有时则在公司本部，和经理一起制订项目规划方案等。四六一直干他的老本行，每天同样早出晚归，也早是一名成熟的大师傅了。虽然同伴们多数还是直呼其名，但这一个"四六"在大家伙儿心里其实是有分量的。

自从小涛离开老家，每一年的深秋季节，螃蟹收获之后，老爷子都会过来无锡住上几天，有时一个人，有时老两口一道，反正都是自家人，也只有几天的时间，睡沙发打地铺都是随意了。每一次出发老人总是全身负荷，肩膀上扛着一个大蛇皮袋，手里再拎着一个方形尼龙袋，杂七杂八塞得满满当当。每次必有两桶十斤塑料桶装的菜籽油，一直满装到顶，稍小一些同样桶装的鲜红辣椒酱，还有一些应季蔬菜，都是自家新产的，当然最重要的还是螃蟹。

五六斤青壳溜圆的母螃蟹，每一只足有三两重，这是孙子最喜欢的，也是老人这一趟旅程的意义所在，所以无论如何也不会或缺。不知怎的，小涛自小在水里翻滚，天天和鱼虾"亲密"接触，却不喜欢食用它们，只偏爱这横冲直撞、张牙舞爪的小东西。从前在家时一到秋季他总会"干掉"许多，现在长期在外，只能指望这一年中仅有的一次解馋。因为这东西一旦到了城里，身价几乎翻了三四倍，大部分打工族根本不敢问津，基本为城里人独享。

尽管收获期间特别忙碌，每日晚上睡在塘边，清晨天不亮就和老伴到塘里收笼，拣出一些不"活泼"的，他再赶到集镇上出售，每一天总要砍价四五次，换七八回老板方能成交；之后再顺道带回十几斤冰鱼，到家后机器碾碎，老伴也早准备好一些煮熟的玉米或小麦正在冷却，老两口又划着小船配合着进行撒食。那一阵从早到晚真正一刻不停，两个人白日里屁股很难沾上板凳。

就这样一天天操持着，虽说期间两个人总会黑瘦一些，但日日有花花绿绿的票子进门，少则几百多则上千，每一晚睡到床上特别踏实，甜蜜满足中又蕴含新的希望。但辛苦到后期两人都不会忘记，互相提醒着把孙子那一份预留出来，自然是自家塘里最大最肥的母蟹。今年的价格很好，这样的一只要摊到20多元呢！

晚上，两室一厅的出租屋里，小小的客厅内，一张不大的暗红色八仙桌，基本占据了这里全部的面积，四个人各坐一方。桌子中央是一大盘长途跋涉赶来参加"聚会"的蟹后们，红艳艳的还冒着热气，一侧是两种清脆碧绿的蔬菜，还有一锅分量十足的冬瓜骨头汤，正静静等待着，油汪汪明晃晃地诱惑着它的主人们。

小涛洗过澡套着一件露肩的纯白色汗衫，在柔和的灯光下显得很精神。只见他径直拿起一只"大家伙"，用力一掰，一坨金红色的蟹黄顿时呈现在眼前，十分鲜亮诱人，看着就让人垂涎欲滴。虽然盛放姜醋的瓷盏就在跟前，但小涛不需要这些，什么作料也不蘸，觉得那样反而改变了味道，原汁原味才最鲜美。他先在鼻前闻了一闻，随即轻轻咬下一口抿进嘴里，细细品着，觉得略带了一点沙质的颗粒感，绵密醇香，柔滑中仿佛有一丝清甜，真是美妙无比。这种鲜美特殊的味道，这种由自然中的优质食材呈现出的幸福滋味，真的太美了！这一刻小涛觉得这或许是天下第一的美味了。

老爷子身穿一件灰色衬衫，坐在对面看着孙子喜滋滋的眉眼，一副陶醉享受的神情，觉得自己一路的辛苦都值得了。考虑到天气炎热，长途车很容易造成这些小家伙损耗，做奶奶的提前几天就在自家冰箱冻出两大块冰坨，老爷子先用网兜把螃蟹一把扎紧（这样小家伙们就没有多余的空间伸展动弹，死亡率会下降许多），网兜套上塑料袋，于底部垫上冰块，外部再加一层塑料袋（塑料袋一定敞口，以便它们呼吸），路途中老爷子小心翼翼调整几次，半天下来竟一只未死（月儿把剩下的同样一把扎紧，放进冰箱冷藏，此法可以保鲜两周）。

老爷子掰下几只蟹脚咂咕着，蟹肚直接递到孙子面前，被四六拿了回来，老爷子又递了过去。四六就把自己面前的拿给父亲，自己又从盘子里拎出一只。老爷子开口道："这东西寒气大，我们上了年纪的人还是少吃为好，再说啃半天也没多少肉，就是一堆渣壳，不如直接吃肉痛快。"四六看着父亲："还是吃一点，虽说是自家养的，平时哪舍得吃？"月儿瞅着儿子："小涛听到没有？爷爷说这东西寒气重，你也少吃一点。"老爷子笑嘻嘻地说："一年就这一次，有什么打紧。再说年轻人抵抗力强，就让孩子过个瘾吧。"月儿笑了一下不再吱声，和儿子一样，专心致志"对付"自己面前的小家伙了。四六一边吃喝一边和父亲聊着家常。

这一顿，其他人每人吃了一两只，小涛战斗力最强，足足消灭了 8 只，前后耗时五十分钟。不过他确实会吃，捏着牙签将每一只的蟹壳蟹螯蟹脚清理得干干净净，连一点残渣肉末都很难找到。他心满意足之余又将自己大卸八块的 8 只重新摆出一只只完整的"螃蟹"。 可能是怀着对全人类不共戴天的深仇大恨，已被挖心掏肝的小东西依旧满脸通红，一副宁死不屈的架势，依旧威风凛凛地张开八爪，两粒菜籽大小的黑眼球鼓胀到最大，怒目圆睁着已经突出在眼眶外部，似乎马上就要掉落下来！

半个月后的一天晚上，月儿在饭店收工后回到家已是九点半，刚进门看见儿子一个人在客厅看电视，便有些诧异地问：

"今天怎么在家，没有出去玩？"

"嗯，没有出去。"小涛瞅她一眼，便将视线转了回去。

"有事吗？我正想问你呢，最近怎么天天晚上不见人影？"

"没，没事。"

"那我洗澡了。今天人多，礼拜天真忙！今天晚上的盘子赶上平时两倍了，洗了几个小时，腰都直不起来。"月儿说着走向房间，准备取些换洗衣物。

"妈，等一下……有点事。"小涛虽朝这边仰着脸，眼神却有一些躲闪。

"你这孩子，快说！"月儿停了脚步，转过身来催促着。

"……"

"你这是怎么了？说句话还吞吞吐吐的，到底什么事？！不会在外面闯纰漏了吧？是不是在工地跟人打架了？"瞅着儿子异样的神情，月儿不由得紧张了。

"没有。"小涛脸有些涨红，嘴里争辩着声音却不高。

"是啊，我儿子很懂事的，从小到大也没有给我们惹过麻烦。"不知为什么，月儿忽然有点心虚，轻声细语接上一句，似乎宽慰自己，立即又仔细观察着小涛，像是要从他脸上搜寻出什么。

"……"

见小涛还是难以张口，月儿不再催促，索性坐到沙发上，静静地看着对面的儿子，耐心等待着。

"就是……认识了一个人。"小涛终于忸怩着小声咕哝出一句。

"什么人？哦，小姑娘是不是？儿子谈恋爱了！多长时间了？下次带家来，我们也看一看。"

"她……怀孕了。"

"啊？！我怎么一点不知道？你们认识多长时间了就……唉，现在的年轻人哪！你爸晓得不晓得？他人呢，出了这么大事情倒不见人影！躲哪去了还是死在外面了？！"月儿一急，噼里啪啦的话语犹如炸出一串豆子。

"装修结束了，今天业主请客。我没有跟他说，先告诉你的。"

"她是哪里人？你们俩怎么认识的？她肚子里这个……到底是不是你的？！"

"妈！你怎么这样说人家？她老家是湖北竹溪，在网上认识，开始到现在大概两个月。"

"网上认识？那她不在无锡？你们怎么……电脑上还能谈恋爱？"

"就是在电脑上聊天认识的。他父亲也在这边打工，她以前在老家服装厂上班，才过来个把月。"

"现在的小姑娘也太随便了！才过来个把月就……唉，这怎么办？！你们自己有什么打算？"

"没有什么打算。这不是先问问你们。"

"这时候想到大人了！你们才这点年纪，就闯出这么大纰漏，叫我说什么好。有没有想过打胎？她怎么说？"

"已经去过医院了。医生说她妇科有点问题，说这个不要可能影响生育。"

"作孽哎！那还有什么办法，看样子只能准备结婚了。怎么会有这种事情？现在的年轻人真是……什么事情都做得出来！唉，我说你什么好哟！现在是下半年，这样算明年上半年就要生了！你今年才十九岁，自己还没有长大，正当嫩生得很，再抱一个小的，你觉得一下能不能接受？能不能当得了父亲？你现在昏头昏脑，不知道做了大人就辛苦了。"

"妈，别说了，别说了。"小涛低垂着头不断央求着。

"你们把生米煮成熟饭，说两句倒不愿听了？我也不想说了，眼下这种情况，就是说一脸盆又有什么用。这不是一件小事，瞒不过去的。一时半会儿我也不晓得怎么办，等你爸回来我们再商量。你让我说什么好呢！村里这两年结婚的，哪一个老丈人家不是就在附近？两个小的来来往往，一年走动多少趟，亲亲热热的多好，逢年过节跑得更热络！要是你们俩结了婚，这么远的路程，一年顶多跑一趟，可怜你连个丈母娘家都没得走！我们家里有这点家底，你长得也有这点样子，找对象根本不用发愁的。过两年就在附近找个女孩，家门口的情况都熟悉，找一个讲情讲理、知根知底的人家，多好！你这个完全是两眼墨黑，什么情况也不晓得。唉，现在说这些已经晚了。儿子，妈不是怪你，以后的日子是你自己的。你太着急了！"

"妈，你不要太担心了。现在私家车越来越多，以后家里买了车，我多跑几趟也没有关系。"

"我也糊涂了，把该问的都忘了。小姑娘多大了？叫什么名字？脾气秉性怎么样？属什么的，跟你合不合？"

"妈，你也真是老土，现在什么年代了，还相信这个？她叫春杏，跟我同年，也是十九岁，性格挺好的，你放心吧。"

"现在肯定'好'，不'好'哪能这样？谈恋爱时候谁能看出来缺点？你这个年纪更看不出来。哪天带来家里，我这个月里还有半天假，叫她来吃饭。怀孕多长时间了？"

"一个月吧？"

"那不是刚认识就……唉，看样子只能考虑结婚了。这事来得太快了，我这心里一下子还不能接受。"

"妈，对不起。"

"说实话我们没什么，都是迟早的事情，只不过确实来得早了一点。要是放在别人家，高兴还来不及呢。儿子，你这么年轻，妈是怕你吃了亏，看错了人。这是一辈子的事情，如果出了差错，将来可有的苦了。关键是女孩是不是通情达理，是不是勤快持家，对你是不是真心。"

"妈你放心。她对我挺好的，我也喜欢她。"

"那就好。不过现在还不到时候，说这些还早得很！以后你会晓得，只有真正在一起过日子了才能了解。可到了那时，就是真的不和，还能回得了头？大部分人结婚后都是凑合过的，有了儿女更是睁只眼闭只眼了，所以结婚前一定要睁大眼睛找到合适的。妈也是从年轻过来的，这会儿你是一时之兴，这些话听不进去的。唉，儿孙自有儿孙福，莫为儿孙当马牛。也不多说了，一切顺其自然吧。你爸怎么还不回来？"

"今晚哪能早得了？肯定喝得不少。"

"骑电动车会不会被罚？"

"不会的。还不是和以前一样，岔到小路上回来。"

"喝多了歪歪倒倒的，只怕自己要送到交警面前了！"

"不会的。爸这点分寸还是有，上次不是一点没喝多？"

"我洗澡了，他还不知道几点回来。你先睡吧，明天再说。"

"好，妈也早点睡。"

二十分钟后，四六骑着那辆老爷车回来了，"嘭嘭嘭"，人未到气势先到了。娘俩一个都没有躺下，月儿犹豫一分钟直接告诉丈夫。四六酒气在身，一下火冒三丈，冲着逆子破口大骂，一刹那控制不住，抄起屁股底下的板凳就要去砸，被月儿拼死夺下。

月儿忍不住大吼："你就算把他打死，这件事是没发生，还是能解决了？！不过是迟早的事情，有什么大不了的！不要砸他，要砸就来砸我，把我砸死你就轻松自在了！"

四六很快如泄了气的皮球，蹲在地上两手抱着头，半天没有吭声，憋闷五分钟后瓮声瓮气冒出几句："结婚吧，还能有什么法子。人家小姑娘那样了，总要负点责任吧，还能把人家一脚蹬开怎么着？"

两天以后，女孩过来吃晚饭。进门时月儿睁大眼睛细瞅，觉得她个头普通，长相普通，肤色普通，还是单眼皮，不过穿得倒是清爽干净，最深的印象就是通红的嘴唇，涂抹得夸张了三分。月儿没有过多忙活，只简单添置了俩菜。然而女孩的这张嘴倒是很甜，"叔叔阿姨"叫得亲亲热热，饭后主动帮忙收拾碗筷。月儿偷眼瞧一下四六，发现他乐滋滋的似乎很受用，心里不由得骂出一句："没出息的东西！这两声叔叔就把你骨头叫酥了？"见儿子和她亲亲热热，无可奈何之下心底又冒出一句："大事已定，肯定就是这个人了。"

十天以后，双方家长第一次见面，就在小区门口的乡村土菜馆。两位准亲家先是一番客套，相互询问些基本信息，几分钟后切入正题，商讨了一干重要事宜，其中最敏感的自然是彩礼问题，这也是四六两口子最为关心的部分。想不到女方父亲（女孩母亲在老家虽没有出席，但早已与丈夫在电话里商量几次。鉴于目前情况特殊，女儿又不能打胎，拖下去明显就要出丑，再说南方经济总是富裕些，陈涛又是家中的独子，因而决定不提任何要求，一切随女儿心意）

根本没有提出任何经济要求，只是说没料到女儿会嫁到这么远，父母放心不下难以割舍，只希望进陈家门后亲家亲家母能够当女儿看待，小两口能够生活得开心快乐，至于婚事如何操办，一切请男方做主，不过春杏弟弟尚未成家，所以到时娘家没有什么陪嫁。四六两口子特别意外但非常高兴，月儿更是熨帖滋润。因为老家这一边几乎没有不要彩礼的，少则几万多则十几万，加上必须付给女方的首饰衣服酒水钱，便宜的也近二十万！

喜出望外、称心如意之余，四六两口子完全默认了这桩婚事。至此两个小的来往更是密切，进进出出愈加频繁。后来春杏孕期反应一直未减，月儿和四六商量后，干脆将准儿媳迎进了门，并不再让她去厂里上班。

春杏提前进入儿媳的角色，自此后白天一个人在家，早上躺在床上看手机，挨到九十点钟起床，抹一把脸"哐当哐当"下楼，慢条斯理吃过早点，遛弯到菜场买两把瓜秧青蔬，一点鱼肉荤腥，捎带点自己喜欢的水果或点心，再慢悠悠溜达回来，在楼下树荫处听阿姨大妈聊天，跟领着孩子的保姆闲拉家常，中午晃回家微波炉转点饭菜对付一下，再躺到床上"呼噜"半天，挨到太阳偏西起床，倘若肠胃安适，倘若心情舒畅，便着手准备晚上的饭食。一般是一荤两素，有时会给自己添一清汤，不过这一项于她而言的确是大工程，往往需要耗费一个半小时。这样小涛回来就有现成的热饭热菜，无须再忙活了。

这年的冬天，老陈家第三代嫡孙完成了他人生中的重大任务——结婚了。

因为需要把年前的活儿尽量了结，也需要把客户拖欠的工程款尽量结清，所以婚期一直后延，最终定在腊月二十六。本来四六打算趁此机会将老家楼房全部重新装修，无奈这半年实在抽不开身，只得一切从简，只装修一个房间了事，而且还是请老父亲代劳的。

老爷子自从接到无锡电话指示，就像钟表拧紧发条，"嗒嗒嗒"一刻不停！在螃蟹上市时抓紧将它们外卖，后来干脆按"通货"处理（即全部螃蟹混合在一起，大小、公母均不论，统一按斤计价），之后就一心一意在家里忙活了。

婚房定在二楼最大的一间，有二十三四平方米。老两口自然不能做主，一切均按电话那头指令办事。照老爷子跟老伴的说笑：有两头的老板管着自己，一头是家里的，即匠人师傅们，另一头是城里的，即儿子孙子。老爷子骑着他那辆三轮小货车，每天清早去集市采购建材（大宗的货物可以送货上门），每一个零部件均会货比三家，有时一天往返几趟，回来后则给师傅打下手。从铲除墙壁天花板陈旧粉皮开始，到最后定制家具师傅进门安装，新房一应俱全，马不停蹄紧催慢赶三个半月。四六、小涛干的就是这一行，在城里待了这么些年，什么样式的装修没有见过——简洁、豪华、奢侈、中式、欧式、混搭，如今美式日式意式地中海式更多，所以一定是按照城里最时兴的样式进行。

小两口先定好是欧式，后不知不觉一点点偏离，到最后与原先的设计已是大相径庭。新房内窗帘、壁纸、吊顶装饰齐备，地板、衣橱、空调样样俱全，颜色款式皆是小两口自己选定的，还是请了隔壁的女孩转微信给老爷子看的。后面关键处小涛自己抽空回来亲自把关，路上带回一台超薄液晶电视。新房的主色调是粉色，粉粉的壁纸、衣橱，粉粉的双人床、落地窗帘，搭配明黄色地板、雪白的天花板，一派温馨浪漫、富丽喜庆！

结婚当日，阳光灿烂，晴空万里，是冬月里难得的一个好天气，也比先前温暖了许多。因为新娘已近七个月身孕，不能长途颠簸，几天前直接从无锡随小涛一道回家了，因而婚车这一项就免除了，只安排一辆面包车把娘家主要亲戚接来，包括春杏的父母，哥嫂小侄子，加上两个舅舅。小车凌晨四点就出发了，新亲们到达时已是下午三时。

化妆师天亮进门，在新房里足足忙活两个钟头，这才走出房门下楼吃喝。

九点半新娘隆重登场，一屋的宾朋看着她从楼梯上小心翼翼地缓步而下。只见她桃面粉腮、朱红小嘴鲜艳欲滴，一头乌黑的秀发光泽滋润，刚刚齐过肩头；一束鲜艳的冠带上，十几朵珠花亭亭玉立，犹如一圈粉色蝴蝶振翅欲飞；两只莹润小巧的耳垂上，一对长长的流苏耳环轻轻荡漾，一步一摇之际亦具别样风情。她上身内衬乳白色高领羊毛衫，一条金灿灿的项链粗硕霸气地横亘着，外套一件半长款朱红色羊绒大衣，自然是敞开的，因为清晰突出的腹部已是分外夺目；下身是乌黑的紧身袜裤，一双棕色长筒靴几近大腿。

不知是哪个小青年带头大喊一声："漂亮！"众人笑声四起，跟着纷纷附和称赞，人群中忽然大声冒出一句："正点！"引得一阵吆喝。客厅里一片喧腾，随之响起噼噼啪啪的掌声。

晚上，一通震天的鞭炮声过后，最后一轮同样是两桌开席。（因为客厅只能容纳两张大圆桌，所以只能分批而食，次序是外戚、尊贵者往前，陈家本族、平辈普通者靠后。）伴随着一阵阵喜庆热烈的唢呐曲，一盘盘美味佳肴鱼贯而上。但见冷盘热炒、炖汤点心绵滑软嫩、香气扑鼻，鸡鸭鱼肉、牛羊虾鳖油润清亮、争相献媚。红橙黄绿白、甜咸酸辣鲜，真是看一眼垂涎三尺，尝一口滋味无穷！每一桌足有18道菜，玻璃转盘上排列得满满当当，并且错位堆叠出第二层，否则根本摆放不下。

春杏端坐在新娘席上，自然是尊贵的首席位置，作陪的清一色年轻人。（其实圆桌亦有尊卑之分，里侧尊贵、往外渐次；另，新娘进了门就是自家人，因而也只列尾桌，不过是居尾桌首席。毕竟是刚过门的新媳妇，毕竟是进婆家门的第一顿饭，不骄纵不轻慢，也让众亲戚无理可挑。）一位本家的堂弟红着脸端起酒杯："嫂子，先说一句，我这个人大老粗说话直，你多担待啊！不过你进了我们陈家门就是一家人，也不用客套了是不是，不然反而显得生分了。你这是真正的双喜临门，多吃一点，可不要秀气啊，不然我大侄子就要饿肚子了！对，明年大侄子出世我肯定不在家，今天就一并道喜了。嫂子你不会介意吧？"

春杏立即低了头，不知道怎么回答。小涛笑骂道："油嘴滑舌的东西，就你事多！哪来这么多话，有吃有喝还堵不住你这张嘴。喝你的酒，不许添乱！"堂弟端着酒杯对大家说："你们一天没吃饭还是怎么着，一个个只顾埋头苦干？！来，抬抬头稍微歇一下嘴，都给句公道话啊，我说的有没有错？是不是这个理儿？"一个人笑着附和道："一点没错！要给我们多发喜糖，不然我们不答应。"众人嘻嘻哈哈，连连应着话。春杏根本不敢抬头，一声不吭坐在那里，先用筷子胡乱扒拉着面前的花生米，任它们在盘里来回滚动，后来头垂得更低，一双手悄悄从台子上撤回，只顾捏着羊毛衫的边角。

小涛赶紧端着酒杯站起来："哟，都起哄是不是？我说你们哪，没有一个省事的！喜糖不是发给你们了，还要吃多少？也不怕齁死！我说一句话，今天大家辛苦了，我们两个谢谢在座的各位。来，我敬大家一杯，我干了，你们随意。现在的任务是吃好喝好，其余一概免谈！"众人闹哄哄不依不饶，月儿拎着一壶水打桌边走过，看儿媳脸上有些挂不住，赶忙过来打圆场："喜糖都在我这里，吃过饭到我这里来要。"堂弟笑嘻嘻说："我们都是闹着玩的，婶子没生气吧？"月儿笑盈盈道："我知道啊！哪会呢。今天辛苦了，把酒喝好。"堂弟赶忙答应："谢谢婶子。"

第二天晚上，三四个大妈结伴来玩，老两口热情地将她们迎上楼。一行人站在门口朝里张望，春杏立即邀请她们进屋就座。几个人细细打量，但见一张高档仿真皮大床居于中央，当仁不让显示出尊贵地位；娇艳无比的正红色床品，竟然三面拖曳在地，绚丽夺目又让人着实喜爱；定制的一组衣柜气定神闲而又顶天立地；内纱外绒的双层落地帷幔，谦恭有礼地垂手侍立于边侧；平整光洁的明黄色地板，将新房衬托得更加明亮；纯白规则的矩形吊顶，简洁大方且永不过时；东西两面粉底壁纸上，一行行清新娇美的兰花并肩而立；头顶上方，蓓蕾式设计的香槟色吊灯正脉脉凝视，温柔细致而又深情含蓄；几件墨黑色电器幽幽泛光，随时等候主人的指令召唤；外侧有一张迷你沙发，即将合拢的手掌造型似乎立刻就要拥抱某一位。各式各样的婚纱照、生活照，大小不一的喜字、窗花，许许多多的气球、拉花，遍布着房间每一处角落，满满当当，炫丽、热烈、浪漫，然而也有一些壅塞、花哨……

几个大妈啧啧有声，赞叹不已："简直就是海龙王的宫殿。神仙住的房子也不过这模样了吧？"一个个禁不住发出由衷的感慨，羡慕现在的孩子真是有福，完全赶上了好时候，心中不由得回忆起自己当初的情形，纷纷叹息着摇头，真是堪比天上地下，完全是两个不同的世界！

三个月后，春杏临盆了。可预产期过了一礼拜，仍然不见动静，医生建议住院待产。月儿辞了工作跟进医院，全天候伺候儿媳。前几年剖宫产的达一半以上，近年来国家大力提倡优生优育，剖宫比率严格控制，只要产妇胎位正常，没有特殊情况，医院便建议自然分娩。春杏母体娇小，宫体巨大，又是首次妊娠，所以很是困难。入院后的第四天终于等来动静，下午五点春杏感觉不适，先腹部酸胀，又渐渐隐痛。医生检查后建议产妇走路活动，说为时尚早让家属耐心等待。

　　婆婆挽着儿媳，在过道里来回溜达。八点钟四六父子匆匆赶到，换成小两口走路，老两口在不远处待命。春杏皱眉、咧嘴、哼哼唧唧，后来忍不住嘶嘶吸气、忽然大叫一声、眼泪成串地肆意横流。小涛完全不知道如何安慰，只能拿着纸巾不停地替她擦脸。有一时春杏龇牙咧嘴后，满脸愁苦地嗔怪他："都怪你，都怪你。"小涛憋不住嘿嘿笑出声音，春杏看见了很是生气，精疲力竭兼撒娇发出柔弱如猫一般的细音："你还笑？你还笑？被你害死了，被你害死了！不是你哪会这样！"小涛连忙一迭声承认"错误"："都怪我，都怪我！对不起，对不起老婆啊。以后一定争取改正，那我下不为例？"这次轮到春杏含泪扑哧一下笑了出来，抡起拳头在他肩上捶了几下，不过顶多用了三分力道。按照医生要求，途中产妇两次吃东西补充能量。

　　四六等到半夜没有动静，考虑到第二天还要干活，直接回家睡觉了。春杏午夜时分羊水破裂进入产房，母子俩在门外守候，听到里面不时传出叫唤，有时一两声、有时一两阵。这一时段同时有三名产妇在里面苦苦挣扎，年轻的丈夫们根本分辨不出是不是自家女人，因为这会儿传来的根本不是她们平日的声音。小涛只觉得自己仿佛不慎误入了屠宰场，里间分明是捆绑待宰的几头牲口，在生死攸关的最后一刹那，发出撕心裂肺的长嚎，悲惨凄烈，恐怖绝望、惊心动魄！小涛在椅子上听得胆战心惊，第一次发现还有这样的人间炼狱，让他脑海里忽然闪现出渣滓洞，闪现出老虎凳、辣椒水……

　　夜色缓缓走入了最深处，窗外一时间没有了任何生息，似乎什么都歇下了。在这万籁俱寂的静谧里，小涛渐渐睡意上涌，眼神迷离……有一瞬间他被某种声音唤醒，无意识地睁大两只眼睛，迷蒙地望着四周，不明白自己是谁？身在何处？为什么来到此地？……挨到后半夜一会儿迷糊一会儿惊醒，拂晓前可能已经适应，躺在椅子上完全鼾声大作、直接去苏州旅游了。

　　就这样一直到早上近九点，护士出来叫家属。小涛晕头晕脑爬起来，蹑手蹑脚跟着进去，站在老婆身边，发现床里边有个包袱，一个满脸皱纹像老头的

"东西"在里面蠕动，红黑的脸上密布着许多绒毛，那神情活像动物园里的一只小猴！二十岁的小父亲睁大眼睛注视着这个一夜之间突然冒出的无比奇怪的家伙，感觉一丝惊奇疑惑，还有几分迷茫。混混沌沌之际，听到护士在身旁说是个七斤的男孩，他依然呆呆地站立着，又过了两分钟，才想起自己的女人。

看到她微闭着眼睛，耳根和额前还在渗出细小的汗珠，虚弱地躺在那里，眼角边残留着浅浅的泪痕，小涛心里似乎有什么被触动了，情不自禁伸出手抚摸她的脸，心疼她经受这一番天崩地陷似的摧折撕裂，怜惜这张看起来仍有孩子气的娃娃脸，在那狂风巨浪的无边汪洋中，是怎样惊恐万分地随着风雨一路飘摇，最后又是如何被推到岸边的。

小涛正神游四海魂驰八方呢，忽听耳边传来"哈哈哈"一声大笑，又脆又响，十分刺耳，不禁吓了一跳！扭头一瞧，看见自己老妈正张大着嘴巴、眯缝起眼睛，眼梢边清晰隆起了两个"川"字，额前的一小绺短发一抖一抖不停颤动着，一张脸正面向自己。春杏似乎刚醒，不明所以地望着婆婆，睁大的眼睛里满含惊奇。

月儿一张脸如沐春风，笑容满面地开口道："涛啊，你有儿子了！当上爸爸了！恭喜你啊。小杏，也恭喜你当妈妈！我也升级当奶奶了！哦，老头子这会儿还不知道呢，儿子，快打电话告诉你爸，让他也高兴高兴。老头子添了大孙子当上爷爷，不知道会高兴成什么样子呢！"激动亢奋中音高超过八度，引得同病室的几个女人自动歇嘴停止唠嗑，直愣愣一齐望向这边。

四十岁出头刚刚升级的年轻奶奶，兴奋之余或许未注意到这些，也或许懒得留意或实在抑制不住，兴高采烈中连续不断炸出一串串鞭炮："杏啊，你受苦了，这回立了大功！昨晚就没有好好吃饭，这会儿饿了吧，想吃点什么，让小涛马上去买！才生小人不能吃大荤，我马上回去烧。打溏心蛋还是熬稀饭。稀饭？晓得了！剁点肉末进去好不好，起锅再撒点青菜叶子？哦，你不是喜欢皮蛋粥吗，要不然剥两个皮蛋进去？对，还有我大孙子，差点忘记了！杏啊，现在来没来奶？医生怎么说的？也不能全听医生的，有奶就要给他吃，可不能饿了我孙子！我大孙子可怜哎，到现在第一餐饭还没有弄到嘴！小杏，赶快看看涨奶了没有？还不好意思？这有什么怕丑的？到底有没有来奶？还没有？怎么回事？我来帮你挤一挤？不要啊。小涛，快给你老婆挤一挤，快点!"

一屋子的女人嘻嘻笑着齐刷刷盯着小涛，众目睽睽之下，真如芒刺戳身。小涛臊得一扭屁股，逃也似的一溜烟钻出去，说是给媳妇买馄饨去了。

这一段春杏享受了"熊猫"待遇，完全成为家中的国宝。因为年轻顺产恢复快，三天后就出院回家了。开始吃稀的易消化不顶饿，因而中途均须添加一次，十天以后基本固定下来，每一天吃喝六顿。早上4个溏心蛋，她喜欢嫩一点，所以每天清早天蒙蒙亮，一碗雪白晶莹、温润香甜的煮蛋总能准时呈现眼前。春杏舀起胖胖嘟嘟的其中一枚，上下牙轻轻一碰，顿时流出一股鲜亮橙红的蛋液，抑制不住地缓缓流淌，既绵软又滑爽特别贴心养胃。中晚两餐更是讲究。月子中的女人主要佐以汤水滋补身体。如今的农贸市场与生鲜超市，各类食材琳琅满目，适合炖汤的品种繁多、特别丰富，月儿每一次须得精挑细选。黑鱼汤、乳鸽汤、乌鸡汤，滋补又恢复伤口，鲫鱼汤、猪蹄汤、排骨汤，营养又利于催乳，因而这些均是主角，一三五你方轮流登场，二四六我方依次开演。每日里除三顿正餐外，上下午各增加一次，晚上九点半还有一餐，结束一天的扫尾压轴，宣告一日餐食的完美收官。

如今春杏每天最重要的工作就是吃饭，因为这的确不可等闲视之。自己身体恢复还排其次，老陈家第四代嫡亲曾孙的苗壮成长才是重中之重，才是根本的头等大事！月儿如今升级为婆婆，就成了众人眼里的大月。她每天挖空心思变着花样做吃的，每一日都是用心料理，精心烹饪，中心思想是产奶，基本原则是营养可口，奋斗目标是色香味俱佳。小厨房每天工作不止战斗不歇，瓦钵陶罐是"咕嘟嘟"长久哼鸣，铁锅铝锅是"刺啦啦"间歇欢唱，真乃香气四溢、香满一室，香泽四邻、香飘三里！

春杏偶有特别想吃的，只需在婆婆面前吱一声，无论价钱多贵烹饪多费时多繁复，到了那个时间点一定端到面前，而且婆婆永远是笑眯眯的。看着摇篮里日渐圆润、日增一两的孙儿，看着儿媳心满意足的笑脸，吃得那么香甜可口，月儿从内心里透出喜悦，如同自己得了一枚勋章，走道更轻快有力，干活更麻利敏捷，全身上下似乎有使不完的劲，仿佛一台动力十足的马达！

在月儿无微不至的照顾下，在她"恩威并施"的威吓里，一个月子春杏没有沾过一滴冷水，白日里除了方便，几乎不出房门。有时热得厉害或是流汗很多，她会偷偷开一会儿风扇，当然是最小的风速，也不敢离得太近，听到房门外有脚步声，立即蹑手蹑脚关掉，再悄无声息上床，一如既往躺进安乐窝，自由自在。

这一段春杏的吃喝都由婆婆端到床前递到手边，更不必说早上洗脸水，晚上洗脚水，亦是送进送出，婆婆丈夫轮换伺候；外面烈日炎炎，产妇汗流不止，月子中又不给洗澡，只能每天下午擦一次身，自然也是辛苦婆婆了。月儿每一次总是尽心竭力，力度拿捏得轻重适宜、恰到好处。有时春杏觉得不好意思，也会说一句："妈，我自己来。"月儿总是不肯："不听老人言，吃亏在后面。以后你就晓得了，坐月子可不是小事，一旦落下毛病，一辈子都会缠着呢。你安安心心休养，把月子做好，家里什么都不用管，把小宝照应好就中了！"

老太婆这天下半夜帮衬老头子起蟹，完工后已是快黎明时分。老爷子驾驶着他每次出行的忠实伴侣——小三轮去市场出售"通货"，老太婆便直接回家了。月亮已沉落下去，正是黎明前最暗的时候，大地上无声无息，一派混沌之状。乡村的这一刻更是万籁俱寂、一片漆黑。猫儿狗儿可能沉沉入眠，虫儿鸟儿或许睡梦正酣，一个个正在云游四方、意驰八荒吧？

在朦胧的夜色中，她从村西小路拐弯进村，使劲瞪大双眼瞅着地面。虽然这一段时间常走夜路，但今天这个时辰，月落星沉之际，还是有一些模糊不辨。她静静走了几步，不知怎的，这条平日里走惯的小道，让她有了一丝异样的感觉，不由得有些紧张。她赶紧屏住呼吸加快脚步，一个劲地往前直奔。突然吧嗒一声响，可能踩到碎砖瓦片，老人心口一下怦怦直跳，心惊胆战之下连忙三步并作两步，慌慌张张小跑起来，黑暗中跌跌撞撞差一点摔倒，眼睛下意识抬头一瞧，前面不远处似乎有一个黑影。

她立即大声"嗯哼！"咳嗽两声，那个小东西唰一下闪过，唬得她魂飞魄散，拼着老命往家窜，撒着丫子猛冲到门口，气喘吁吁掏出钥匙，摸索两下赶紧捅上去，惶恐之中没能立即打开，哆哆嗦嗦又试了几次，终于听到那个熟悉的声音。她一把推开门一头冲进去，还没有忘记反身将两扇木门砰的一下用力关上，立即按下手边的开关，屋子里立刻弥漫了满室的清辉！

惊魂甫定，她一下瘫坐在房间里，大口大口喘着粗气，半晌才回过神来。刚刚那惊恐的一幕，究竟是什么缘故？自己几十年天天生活的村庄，每一日都是来回几趟，哪一条巷道哪一间房舍不是熟悉不过，哪一家场院哪一处拐弯不是了如指掌，哪一棵大树哪一堆草垛不是一清二楚？年年这个季节陪着老头子看塘，天天划船、撒食、起笼、捕蟹，天天走夜路，从来也没有出现过这种情况，今天这是怎么了？难道是因为村里渐渐空落、人口渐渐稀少？

这个紧挨埝头的小村本身只有十几户人家，现在除了南北两头，中间已看不见人影。每到春夏季节，无人居住的空房四周，长出的青草格外茂盛，足有半人多高。近几年孩子们也陆续跟随父母进城，要不是头尾三家还有几个老人，村西有一家男人发生车祸，这半年在家养伤，完全就是一座废弃的空村了。好在几家的老人白日里经常串门，冬日无事就到四六家场院，晒太阳唠嗑说话。有时谁家做了好吃的，老人们也会分享品尝。现在几家已经达成互助"村约"，就是一家有事"全村"出力，几个人都伸一把手。唉，村子里这两年确实也是太冷清了，看情景时间不会太久，这里就会成为一座真正的空村了吧？

老太婆叹了一口气，起身倒了半杯水，咕咚几口灌下一半。窗户外开始泛白，她拿起笤帚准备扫地，刚走两步却觉得有些疲累，右手握拳轻轻敲击着腰部，嘴里自言自语一句："真是老了，没有用处了。"刚刚已经耗费了太大的心力，知道老头子一时半会儿也不会回来，两个人的早饭亦无须费事，她便扔下工具走进房间，和衣躺到床上歇息了，脑子里这一刻却没有睡意，不禁想起从前的那些热闹……

大约十年前了吧？每年盛夏的夜晚，大人孩子总会齐聚在高高的埝头上，因为无论东南西北风来临，这里总会有一些自然风吹过，所以临湖靠村的这一段埝面，既是村民们辛苦一天后消夏休息的顶好去处，也是他们彼此交流难得轻松的美好时光。每到傍晚时分，各家的孩子都会早早把自家的竹床或抬或扛上埂面，找一处有风的地方占好位置。如果是东风倒无须费事，只需在家门口的埂头上乘凉即可，因为胸怀博大的丹阳湖会把清凉无私送给每一位辛勤劳作的农人；但倘若是西风，就珍稀奢侈了，因为几乎被村庄遮挡殆尽，只在村舍之间的空隙处才有那么一星半点的凉意，所以巴掌大的那么一块地儿，有时竟出现四五排竹床并列的奇观。

村民们在凉爽的竹床上或坐或躺，男人们三五成群、海阔天空地聊点新闻趣事，再扯一扯山海经，女人们则是随意地聚拢到一处，话题丰富且多变。从邻居某位俊俏姑娘的相貌身段、心灵手巧，到"朋友"的家庭状况，双方家长是否已经"拉台子"说话；从外村新娶的小媳妇的彩礼头面、三金首饰（即金耳环、金项链、金手镯）是否富丽丰足，到男方"三大件"（电冰箱、洗衣机、电视机）是否准备齐备，女方陪嫁有没有"小本子（即存折）"压箱底。总是仔细打探、评头论足、津津乐道，似乎有无尽的话语，亦有无穷的滋味。

埂面上不时有年轻的男女来回走动。姑娘们大多三五成群，漂漂亮亮一路穿行过去。她们不时叽叽喳喳热烈笑闹着，那么兴高采烈，那样神采奕奕。年轻真好啊！白日里再苦再累，晚间照样精神饱满，照样有无边的快乐。自然的，她们的身后常有羡慕的眼光，也常有半公开的品评。小伙子们同样结伴而行，少时两三人多则七八个。他们偶尔有激烈的争辩喧哗，但大多时候比较安静，默默地一同溜达，或边走边吸香烟。红红的火星在夜色中幽幽向前，往往持续很长一段时间。有时还会从埂下走来一群昂首挺胸、摇头晃脑的大白鹅，"嘎嘎"地叫着从竹床面前经过。伴着主人一阵阵的吆喝呼唤，它们总是步履蹒跚然而气势十足！孩子们更是兴致不减，在埂头上追逐嬉戏、撒欢打闹，每一晚总是喧闹很久，直至精疲力竭才能消停。

那时的天上比人间还热闹呢！深邃的天幕上，银河又宽又长，自南向北延伸着，就像在头顶不远处，那样亮晶晶。倘若真的有一条河，该是怎样一条奇异的星河？如此清澈透明，如此闪闪发亮！千万年来，不知沉淀着多少璀璨的宝石，又蕴藏着多少神奇的秘密。现在，许许多多的星星一齐赶来，颗颗露出脸来，有的静静注视，有的痴痴凝望，有的挤眉弄眼，有的唰一下溜远了。这些调皮的小东西，是不是也像孩子们一样，在家完全待不住，纷纷跑到天河边上歇息乘凉，撒着丫子嬉闹玩耍捉迷藏……终于，老人疲累地睡着了，屋子里一如既往响起低匀的鼾声。

是啊，曾几何时，这种情景再也没有出现，从前的热闹早已一去不复返了。随着村民们一批批的外出，一年年的流动日益增多，很多村落人口日渐稀少、许多人家长年门窗紧闭，村庄日渐荒芜。每到春夏之交，门口杂草丛生、蜜蜂飞舞，场院里蒿草更是肆意疯长，有时竟至一人多高，一派荒凉破败的无人景象。近年来，丹阳湖东埂这一带，每一座村庄均有大半的房屋闲置，有的甚至十室九空，留守下来的老人孩子，一年半载也难得见到邻居。进城务工大潮不仅改变了农民工自身的生存状态，深刻影响他们的身心，同样改变着留守人员的生活，深刻而又长远地影响着每一个人。

农民工没有特殊情况，一般只在新年回来一趟，每一次起程都有醒目独特的标志。他们往往肩挑背扛，大包小包外加几只塑料圆桶。长宽近一米的方形尼龙袋，空间很是充足，什么都可以塞下，衣服鞋子吃的用的，大人孩子的几乎全部装进；电风扇草席棉被等大宗物品，则需手拎、怀抱或是肩扛。女人同样全副武装，不过是体积稍小的帆布袋，同样填充得鼓鼓囊囊，膨胀得差一点就要爆裂。孩子们穿着新衣，背着书包，吃着零食，叽叽喳喳犹如枝头欢叫的鸟儿。几年前刚进城的黑蛋娃子，如今已同化得像个城里书生了。一家人满载而归，如同候鸟迁徙一般回到他们祖祖辈辈赖以生存的这一片土地，也是农民工们心灵深处永远的港湾，他们将在这里休养生息近一个月。

这短短的二十几天，是他们一年中最盼望的日子，也是365天里最欢乐的一小段时光。首先是一家人终于团圆，乡下年迈的父母早已望眼欲穿，从年前的清扫到过年的吃食均已准备妥帖。儿孙们归来的这一天，老两口更是清早起床，喜滋滋地打理好一切，早早在埂头上迎候着。好不容易盼到见面的一刻，一家人都有些激动。老头子笑盈盈地牵着孙儿，摸着头接着包，嘴里却没有什么话，老太婆则是流下高兴又酸楚的泪水。晚上，一家人欢聚一堂，心满意足地享受着丰盛的美味佳肴。这一刻，已经慰藉了亲人一年的牵挂，了却了两地的思念。所有的辛苦忙碌，一切的艰难付出，全部包含在里面，似乎什么都有了，什么也值得了……

村民们纷纷归来，伙伴们再次相聚，人人脸上都含着笑意。现在邻居们见面已属难得，平时分散在天南地北，各自忙活着很少联系，现在自然格外热情。大家伙儿互相分享着过去一年在外的经历体会，展望新一年的前景期待，中间甚至会促成一些新的合作计划。这样吉祥喜庆的新春佳节，这样亲友欢聚的团圆日子，这样身心舒畅的休闲时光，饮食如此丰盛、心情如此愉悦、身体如此轻松，倘若一年在外辛苦拼搏的收入尚可，倘若孩子期末考试的成绩尚可，一家子更是喜悦无比了。

正月十五到二十左右，是全国农民工返城的最高峰。这次他们同样是大包小包，同样是有吃有用一应俱全，不过吃的已经换了内容，大部分是从家里携带的剩余年菜，比如肉圆熏鱼、咸鸡腊肉，以及早就预备的酸辣泡菜等。一家子出门的往往帆布旅行包两三只，玻璃瓶罐五六个，大小塑料袋十余个，很多人还会扛上半蛇皮袋青菜。如果几家子合包一辆"面的"，或自己家已经添置私家车，携带的蔬菜可能吃上半个月还得剩余，还有成袋的大米，成盆的年糕，成桶的菜油，成罐的辣酱。毕竟到了城里什么都要花钱，开门就是票子，所以可带能存的尽量多捎一些。每年正月初十开始，乡村公路上总是格外繁忙。一辆辆"面的"从各处出发，基本是几家合伙包租的，虽然价格稍贵一点，但确实方便许多，既可以城乡两头将每一家接送到地，又方便携儿带女捎带东西，因而每一辆车皆是人货满载了。

最初进城那几年，只是乡村部分人员，男女自然均是青壮劳力。男人大部分到建筑工地从事粗重杂活，如瓦匠、木匠、漆匠，女人则进厂上班，如电子厂、服装厂、制鞋厂。她们的工作并不比男人轻松，因为这些工厂实行的都是计件工资，所以她们时常起早贪黑，加班加点，很多女人还带货回家，让家里人帮着一起做，所以工资并不比男人低。后来打工潮迅速蔓延，从珠江三角洲地区很快延伸至东南沿海一带，短短几年就扩张到全国，有一些甚至跨境进行劳务输出。如今进城务工人员已经占据乡村绝大部分，打工已经成为很多农民主要的经济来源，自然也成为他们无比重要的生存方式。

如今的男人们在城里从事着各种工作，但最主要最集中的依然是建筑工地，自然不再是过去意义上的建楼修路，而是成为新世纪里最强大最重要的生产建设大军。从一栋栋巍峨耸立、鳞次栉比的高楼大厦，一条条纵横交错、四通八达的高铁轻轨，一座座气势雄伟、跨江越海的宏伟大桥，到每一条街道的清洁绿化、每一套住宅的装修美化、每一户居民的生活服务，更不用说大大小小的民营工厂，绝大多数的生产建设者依然是农民工。因为他们具备得天独厚的优势，也就是吃苦耐劳精神。任何脏活累活苦活都能扛得下来，只要待遇可以，只要工资能够保障，上天入地下海都不是问题，挖煤、轧钢、砌墙什么都可以搞定。

从乡下进城的每一个女人都是过日子的一把好手。她们去农贸市场总是眼睛溜尖，不一会儿便能瞅准目标，能够还价的她们毫不客气砍掉一刀，不能还价的也有本事抹掉零头，每个月用最少的生活成本养活一家人。如果丈夫是按月开支，最开心的日子便是去银行存钱的那一天。虽然电视里日日宣传，倡导"一卡在手，世界遍游"，但他们中的很多人依然使用"小本本"，特别固执地坚持不用"卡片"。因为卡上什么也瞧不见，着实不能让人相信，也着实不能令人放心。眼瞅着存折本上清晰的数字，心里那叫一个爽，真是无比地踏实满足。每个月的数字虽然上涨很慢，蜗牛一般，但总是上升，心中便有了一份希望。（希望是奇妙的东西，有了希望的日子再苦也是甜的。呵呵。）这在昔日的老家是从未有过的体验，因而每一个女人心中皆是喜悦满足，总是更加小心守护这一份甜蜜，小本本自然贴在胸口，捂得更紧更牢更严实。

年轻夫妻在城里立足以后，首先想到的是自己的子女。看着城里孩子干净体面的穿着，洋气标准的普通话，雪白粉嫩、幸福快乐的小模样，享受的又是那么优质的教育资源，自己家里的娃儿哪一点能够比得？自己和城里同龄人相比，方方面面又有哪一点能够比得？所以想方设法请人帮忙，求爷爷告奶奶人上托人，花再多的钱也要千方百计把孩子从老家转来，到城里的幼儿园、小学、中学插班上学。这是进城夫妻最迫切的愿望，也是最强烈的诉求。

是啊，自己这一生再也无法改变，为了子女将来的生活，为了日后孩子不会抱怨，为了自己心里不再遗憾，怎么着也得拼搏一次。其实，大部分农民工对子女要求不是很高，只要儿女将来不像自己，能在城里有份安定的工作，轻轻松松坐在办公室里，风吹不到雨落不到，能到月国家就发钱，自己也就心满意足，死了都能闭眼了。自己这一辈子在城里已经活得卑微，活得没有地位，只希望孩子将来不要像他们的父母，能够和城里人平起平坐就足够了。

时光如水，日月流转。不知不觉间，两年又过去了。

大月自儿媳满月便重新上班，孙子自然由春杏照顾。现在老陈家是祖孙三代生活在城里，又一次升级的老两口自然一如既往留守老家。这一年国家计划生育政策有了重大改革，调整二孩政策。很快地从城市到乡村，"老二"们如雨后春笋纷纷冒出了头。

过年时看着同村两对小夫妻儿女双全、人前人后志满意得的模样，再瞧瞧家里的这根独萝卜，春杏很是羡慕，希望自己也能再添一个女儿。特别是出租屋隔壁新搬来一户，那家的女儿不过五六岁，小模样很是招人稀罕。小姑娘每天花枝招展出现在门口，软软的童音清脆稚嫩得似乎能拧出水来，当真小公主一般人见人爱。春杏差不多每一天都会抱她，每一次总要逗弄半天。

这天晚上，春杏在床头试探着与丈夫提起。小涛趁势在老婆鼻子上轻刮一下，笑嘻嘻逗她："无所谓。生不生都行，只要老婆大人开心就 OK 了。"春杏推开他的手，笑骂他油嘴滑舌，说当父亲的哪应该是这种不负责任的态度。小涛提醒她："你想生女孩就能生女孩，万一是男孩呢？两个光头我们负担不起的。结婚时一套房子总得给他准备吧？现在稍微像样一点的 100 万都打不住，到那时至少 200 万！何况还有教育投资，现在培养一个小孩要花费多少精力多少金钱？网上说至少需要 200 万。你想想，就小宝一个都要 400 万了。我们一家人在无锡奋斗七八年了还没有一套房子。不是简单的事情。算了算了，不说这些，睡觉。这个工地远，明天不能迟。"

听得春杏没有了声音，沉思两分钟忽然很兴奋："你也真是老土，人家早就 B 超看男女！到时候我们也花点钱，找人看一下不就行了？那么多人想什么来什么，我就那么苦命？"又兴致勃勃添上一句："真要是男孩，我们就不要，这总可以吧？"小涛怀疑地看着她："恐怕不行吧？听说现在每家医院控制都特别严，医生还能顶风作案？"春杏毫不犹豫表示了自己的决心："有钱能使鬼推磨。"

第二天晚餐时间，四个大人两对夫妻，一如既往各自占据八仙桌的一方。月儿身边依然是小宝的童车，奶奶照例先给孙子喂饭。春杏边扒拉饭食边将邻居小姑娘夸成一朵鲜花，表现出强烈的喜爱之情。四六照老习惯闷头喝啤酒，一点没有咂摸出味来。月儿瞧瞧儿子，发现他不声不响埋头吃饭，又瞧瞧儿媳，发现她还是劲头十足地快速翻动着上下嘴皮，"嘚啵嘚啵"一直不停絮叨，压根歇不下来。

大月眼睛来回扫视两次，已经明白了七八分，就一边给孙子喂饭一边提示丈夫："女孩好！女孩贴心，长大了是爸爸妈妈的小棉袄。再说小姑娘也好打扮，小裙子一穿，小花辫一扎，漂亮得就像电视里的小公主。哪个不喜欢？"月儿这会儿心里已经明镜似的，见丈夫还是木木地咕咚吞下一口"黄汤"，夹着一筷子豆芽正往"无底洞"里送，知道他没有开窍，只好借着和孙子逗乐，索性打开天窗说亮话："我们家小宝再添个妹妹好不好？有个又漂亮又可爱的小妹妹多好！小宝喜欢不喜欢？爷爷喜欢不喜欢啊？还不赶快替我们小宝表个态！"

四六这会儿总算没有给迷魂汤灌晕，一激灵大脑反应过来，凝神思忖约三分钟，才郑重其事发表作为一家之主的重要讲话："好！女孩好，我赞成。"一句话闹得儿媳羞红了脸，赶紧刹住车低头扒饭。晚上，四六两口子在房间就这个重大问题专门议了一议，不过两人虽然有顾虑，但大方向一致没有任何分歧，皆是双手赞成积极支持。因为"不管男女，两个孩子总是不多，以前哪家不都是三四个、四五个，现在条件这么好还能养不了？大不了城里人金贵当龙凤养，咱们农村人轻贱当猫狗养，到了年头还不是照样成人。人气人气，一个家说到底就是要人多"!

这天四六提前回家。春杏正在做饭，听到两岁的儿子在客厅"爷爷，爷爷"叫着，却没有听见动静。不一会儿，小宝步履蹒跚走到厨房拽她衣襟，又用小手指了指外面。春杏从厨房探出头，看到公公正在门口。她忽然觉得有什么不对，仔细一瞅，发现他个头缩短了许多，差不多比平时矮了半截。因为四六的整个上身弯曲着几乎垂直朝前，根本不是挺直向上的！

春杏赶紧搀他进门，想要扶他坐下，可屁股还没挨到板凳，四六就哎哟哎哟不停呻吟。春杏扶着他艰难地走进房间，再一点点挪到床边，无奈四六怎么也跨不上床。春杏小心抱起公公一条腿，慢慢抬高直至床面，再轻轻放上去。就这样四六好不容易上了床，小宝似乎也知道发生了大事，瞪大双眼，一声不吭站在门口。因为腰椎疼得厉害，所以不能躺，可能受其影响，大腿也疼得厉害，所以也不能坐，最后四六试探着半倚半靠，感觉似乎轻松一两分，之后只能在床上小心保持这个姿势。

考虑到正规医院晚上只有值班医生，社区医院四六又不愿意去，说去了也是白搭，一点没有用处，所以只能等第二天。晚餐时四六不想吃，春杏直接端到房间，又好言劝慰公公。四六心中一热，接过碗大口扒饭，不几下便消灭干净。春杏又盛出一碗送到床边，四六同样呼噜呼噜打扫殆尽。月儿下班回来伺候他揩脸擦身洗脚，又问他怎么回事。四六回忆搬了两卷电线就不得劲了，估摸是吃了重。并告诉老婆其实前几天已经开始疼痛。

这一夜四六着实遭了大罪，因为一点不能动弹，也完全不敢动弹。他就这么维持着这个稍稍舒服一点的姿势，始终仰靠在床头，八九个小时里睁眼闭眼、闭眼睁眼，一直昏昏沉沉。半夜需要小解，想要自己解决，暗地里轻轻一试，发现两条腿依然是狼头上长角——装样（羊），自己依然是钦差大人下轿——不（步）行，只能唤醒老婆找一个便盆"就地"解决。两口子努力半天总算完成，月儿再次躺下时窗外已开始泛白。

四六一整夜几乎没有合眼，拂晓时腰腿剧痛、头晕脑涨，全身绵软无力，人几乎就要虚脱。这才体会到老婆以前严重失眠的痛苦。因为这一刻腰椎的疼痛已经排在其次，睡眠的严重缺失让人如同遭遇一场大病，浑身上下异常难受，真正求生不得求死不能，几乎处于崩溃的边缘。四六好不容易盼到天明，完全没有胃口，努力硬撑着也只能喝下半碗山芋稀饭，出门时发现已经完全不能挪步，只得老老实实趴在儿子肩背上，老婆在旁边帮扶着。小涛背着父亲跌跌撞撞下楼，在楼梯上差点摔跤，几个人艰难簇拥着四六来到小区门口。小涛叫来一辆面的，将父亲一点点塞进后，一行人随小车径直向市里的大医院疾驰而去。

来到医院门诊大厅，这里早已是人声鼎沸。他们排队挂号、排队门诊、排队检查、排队交上 3000 元住院押金。一系列常规检查后，CT 重点扫描探查。下午四点整，主治医生带着影像胶片来到病房，在四六床前详细指点着告知病情：陈定贤两节腰椎间盘严重突出，已压迫神经，造成右侧腿根部剧烈疼痛；部分椎管狭窄，明显有钙化倾向，并伴有轻度的骨质增生。建议立即实施手术，请家属尽早商量决定。一家人在病房里小声嘀咕，一个个愁眉不展，又觉得无计可施，也理当听从医院的安排，但一天前还生龙活虎的精壮劳力猛然间就要躺下动刀，一时间无法接受，也十分忧惧。

同病室的一位病友，五十多岁，看起来是这里的"老江湖"了。一家人唉声叹气之际，这位病友关切地询问原委，意味深长一笑，压低嗓门说不能手术！四六一家子听得惊诧莫名、十分惶恐，一瞬间大气也不敢出，直瞪瞪盯着这位。这位老江湖竟然与国家大医院唱了反调，一下给众人添了三分希望。几个人不管三七二十一，赶紧齐刷刷把两只耳朵竖直，生怕漏听了一句金玉良言。

只见这位老哥正襟危坐在病床中央，巍峨煊赫的泰山一般矗立在那里，犹如教书先生在学堂里给未曾开蒙的弟子上课。只听他不紧不慢地娓娓道来："手术根本不顶用，解决不了任何问题！做这种手术的大部分人时间不长就会再犯，而且疼得比以前更凶。不信你们向其他病人打听打听就知道了，而且这种手术风险很高。你们想想，人就是靠腰支撑的，一旦医生哪里处理不好，稍微出点差错，就可能造成瘫痪，到那时后悔就来不及了。真要有个万一，老弟你后半辈子苦头可就吃不尽了。我告诉你们，这种事不是问医生，是要问病人。

他们一路经历过来，是体会最深的，也最有发言权。"

几个人埋头沉思半响，觉得好像是这个理儿，确实不能草率行事。因为那种万一的后果四六根本无法承受，全家亦是无法承受，也压根承担不起！月儿抽抽搭搭当场抹开了眼泪，好像马上就会天塌地陷一般。不说丈夫是家里的顶梁柱，正当壮年的一名劳动力，就是以后老了也得有副好身体，一辈子辛苦忙碌苦累煎熬，总得有个好的晚景不是？

经过多方探询，陈家人终于在病友中打听到一家信任度较高的"神农中医"，而且是治疗骨科疾病的专科医院，自然是这几年纷纷浮出水面的私立医院，并且就在本市东北郊区。一位病友拍着胸脯保证，说他的老表就是在那里诊治，当时也是严重到不能走路，据说是用一种"埋线"方法治好的。如今那位同样是农民工的亲戚，在建筑公司照常干他的钢筋工，已经有好几个年头。春杏这几天带着小宝在外面也没有闲着，到处咨询问访。

小区里一位阿姨同样明确无误告诉她，自己前几年也是弯腰驼背"简直不像人样"，是在张医生那里针灸半年。至于疗效么，这位阿姨的原话是："你自己看喽。告诉你吧，我如今是一天也缺不了广场舞呢！"第二天，老陈家三个核心骨干又一次郑重商榷，一番窃窃私语后，月儿母子俩径直走进医生办公室，小涛艰难而又清晰地向医生提出出院。因为考虑到手术可能存在的风险，全家商量后意见一致，目前先选择保守治疗，至于是否手术，后面视病情而定。

医生答复可以，建议就在本院保守治疗。小涛支支吾吾一会儿，干脆和盘托出，直接告诉医生已经打听到比较理想的一位老中医，打算先去那里试一试。

医生直挺挺坐在位置上，一双手交叠环抱在胸前，两只深邃的眼睛，透过厚厚的镜片扫视着母子俩，嘴唇张了张终于什么也没有说，沉默半分钟后开具了出院通知单。

一天后，按照春杏向邻居索要的名片地址，三个人一大早打的出发。司机导航一小时后到达，发现大门上铁将军把守，显然还没有开门。三个人吃了闭门羹，母子俩只得扶着四六坐在门口的台阶上，静心等待。月儿站在门前抬头观看，原来这家医院就是临街的一间门面，和它的邻居们大小相仿、模样相似，挤挤挨挨、普通寻常、没有特色。可能有几年了，因为镏金的"神农中医"四个大字已经有些褪色暗淡。透过两扇银灰色的不锈钢推拉门，清晰可见店堂里有一张办公桌，一张双人沙发，靠墙堆放着一些杂物，都是半旧的物品。店堂朝后延伸很多，里侧用玻璃与硬塑板隔离，应是单独的诊疗间。这时，诊所门口一前一后过来两人，走到门边同样抻长着头颈朝里张望。其中一位像是询问又像是自言自语："怎么还不开门？几点开门？"见无人应答便转头搜寻着什么。

小涛随他目光转移，才发现门侧有一张书页大小的告示：上午 8：00 —11：00，下午 2：00 —5：00，周日休息。月儿赶忙关心地询问两人，才知刚走在前面的那位也是腰椎问题，已经在这里治疗一年，感觉效果不明显，好在没有恶化，似乎只能维持而已。月儿留心观察，发现他腿脚似乎没有大的不便，只是走道速度稍显缓慢。后一位颈椎不适，不过到这里只是第二趟，所以疗效还不好说，一切都还是未知数，只能静待时间证明了。

几个人在门口无声等待。四六面街而"坐"，两只有些凹陷的眼睛漫无目的地随意四顾着。现在是上班高峰期，可能是地处偏僻，马路上车辆寥寥，行人亦是稀少，四六只瞅见一位大姐拎着菜篮不紧不慢走过，三个小学生背着书包穿街而过，一路蹦蹦跳跳往前跑去。

已经是仲秋时节，正是舒适惬意的好时候。太阳刚升起不久，晨风吹拂而过，温暖而清爽。马路两侧的梧桐粗大高耸，每一株树干均是青白花杂交错，让人想起岁月的斑驳积淀、沉静悠长。一片片宽大的树叶，这一刻依然翠绿鲜亮，依然自由舒展，依然华盖一般密密铺盖着。这些伟岸的梧桐，深深根植于坚实的大地，仰望着高洁深邃的蓝天，在这春华秋实的美丽时光，在这春秋鼎盛的金色年华，纵情恣意舒展着身姿，完完全全拥抱着秋之自然呢！

大月一直向大街张望，可半天瞅不见来人，正纳闷间，忽听得身后哗啦一声，连忙回过头来，发现护士已经从里面开门。护士探出头简单询问几句后，眉梢略一扬起："你们谁先进来？"几个人互瞅一眼没有吱声，月儿见另两位站着未动，似乎是遵循先后次序的，忙和小涛将四六送进去。护士随即将门合上，给他量体温、称体重，而后搀他坐在沙发上。

三分钟后，医生终于走了进来。只见他三十多岁，身材中等，皮肤白皙，略显清瘦，蓝色口罩遮住大半张脸，白大褂略肥大了些，一副浅咖啡镶边眼镜下，坚定专注的眼睛炯炯有神。小涛有些疑惑，向身边一位询问："医生怎么这么年轻？"这位大哥热心相告，话语十分幽默："这是孙子。先前那位是他爷爷，据说是本市有名的老中医。老爷子现在不知是隐居山林了，还是颐养天年了，反正是退居二线了。现在这位是医学院毕业，以前一直在公立医院上班，到这里接班也就三五年。"小涛站在关闭的大门边，看见医生坐下先朝父亲瞅了一眼，之后边问边写，很少抬头，几乎不再看病人。父亲虔诚地面向医生，厚厚的嘴唇不时翕动着。

小涛母子俩面朝里竖起耳朵，可隔着厚厚的玻璃，根本听不见什么声音。一刻钟左右问诊结束，伴随着大家伙关切的目光，四六被一名护士搀扶着慢慢进了里间的侧门，医生开出处方转身跟着进去。这边另一名护士已经在给后面病人量体温，着手准备接诊下一位。月儿紧盯着那道小门，半天不见动静。不知过了多长时间，护士才走了出来，却依然不见丈夫身影。又等了几分钟，四六终于蹒跚着"走"了出来，一瘸一拐努力挪移着脚步。

还是那名护士，拎着药包过来搀他到门口，随即详细交代母子俩，回去购置白酒浸泡。她详细讲述自制药酒的方法步骤，又特别提醒注意关键几点：一、药材先行温水清洗，不可直接入罐；二、白酒只可38°，药、酒两者严格遵照配比1∶10；三、容器须密封避光，每日摇动六次；四五天后方可饮用，每日早晚两次，每次50毫升。月儿追问："50毫升是多少？"护士答："一小杯。"最后特别强调：如果效果明显，一个月后再来；如果没有改善，半个月后直接过来。

大月有些不懂，一时间也根本记不住，恳请护士再说一遍。对方有些不快，对小涛重复几句转身离开。返程时月儿向丈夫打听详情："医生是怎么弄的？还搞了什么门道？不会就这点玩意吧？"四六说别的没有，只是打了四针，腰部两针、臀部手臂各一针。月儿又问今天花费多少，四六回答最后拿药时，一次性缴费 450 元。月儿心里七上八下，产生很大疑惑，嘴巴里不自觉溜出两句："骨头这么大事情，这点玩意就行了？价钱倒是不贵，不晓得是不是真的顶事？"事已至此也别无他法，只能百分之百听从医生，就像刘备结识孔明——十足言听计从了。

一周后，四六的腰疼显著减轻，腿部疼痛也日渐缓解。自己尝试直立行走，虽然歪斜着一步一顿，看起来有一些滑稽，但总算能够又一次立起腰杆独自迈步了！一家人喜出望外之余十分激动，庆幸当初比较明智的选择。月儿更是觉得压在心口的一块石头搬开了，出租屋里的气氛一下变得轻松无比。自此，四六定下心让张医生治疗，安心在家休养。

然而随着身体一天天恢复，一点点重新舒适自在，他渐渐感觉无所事事、乏味不适，最后简直空虚无聊到了极点。一个壮年劳力成天闲吃闲喝，这是以前从未有过的，现在却成为日常。四六有时想人真是奇怪，以前每天清早出门天黑进门，累一天下来腰酸背疼，有时筋骨几乎散架，总盼望能够歇息几天，更别说休息一阵了。如今倒是轻松舒服，却发现根本不是那么回事。每天依然那个时辰就醒，那个时辰就起，否则躺在床上反而难受，翻来覆去浑身不得劲，只得日日清早洗把脸就坐在客厅，悠闲自在地瞧着月儿忙活。

这一来，四六才知道大月通常先准备一家人的早餐。有老两口的烫饭或白粥、小两口的包子或花卷、小宝的肉末蒸蛋等。接着，开始洗涤一家人的衣服。阳台里，三个面盆一字排开，上中下三代的衣服分别浸泡着。旁边，肥皂、洗衣粉、搓衣板零散堆放着。大月随即坐在矮凳上"哼哧哼哧"，一双手搓揉拉拽不停，盆里不时飞溅出水滴，清洗顺序自然是小宝衣服在前，爷爷奶奶的往后。等到吃过早饭，她便利用末一遍清洗留存的剩水开始拖地，有时还将里间床头柜外侧、桌凳擦拭一遍。

四六静静坐在那里，眼瞅着老婆一早上厨房客厅、房间阳台，快速轻捷地往来穿梭多少回，眼瞅着锅碗瓢勺工作不止、拖把抹布战斗不息，她就像拿着冲锋号角的战士一般，铆足了劲一直往前冲，"嗒嗒嗒"一刻不停！四六心里不由得感叹：如今的婆婆真是不容易，幸亏她在饭店上班，早上有点时间，否则时间根本来不及。

四六有时注视着窗外，注视着楼下，目送着孩子们上学、大人们上班，目送着一辆辆小车、公交近来、远去，目送着晨练的男女精神抖擞地大步向前，目送着早间街道的车水马龙、热火朝天。有时觉得闹腾就会抬头仰望，看一看寂寞冷清的天空，日日同一副面孔，日日悠然自在、淡看人间。不过现在的环境确实好了很多，这样蓝莹莹的天以前见过几次？可话说回来为什么总是蓝色？这蓝色之外又是什么？还有这样一朵朵雪白豁亮的云朵，在空中缓缓游移，究竟去往何方？这样轻灵飘逸，悬浮于天空，和雨水如何挨得上边？

环顾四周，秋色已然深浓。青绿的树叶开始泛黄，呈现出岁月的沉淀之美。晨风缕缕吹过，缤纷的树叶沙沙作响，在阳光下欢快舞蹈，倾情而又热烈。三四片树叶缓缓飘落，半空中左右盘旋，捎带着无限的眷恋深情，频频回望着它们的家园始终不忍别离。两只小鸟飞过来，驻足在枝头上叽喳不歇，不知是在争辩，还是继续昨夜的喁喁情话。又一阵秋风越过窗棂，有力地抚摸着四六的脸庞，他不由得缩回了脖子。冬天，仿佛真的来了。

四六现在最重要的工作就是陪伴孙子，这也是他如今的兴趣所在，因而乐此不疲十分卖力。小宝刚学步不久，走路不是很稳，时不时会跌倒。可孩子特别勇敢，爬起来直接继续，步态就像一只鸭子左右摇摆，十足就是一名小探险家了。小宝语言稍显迟滞，还不能说出完整的句子，每每两三个字地往外蹦，可这时的幼儿表达欲望特别强烈，所以一张小嘴没有闲着的时候，咕嘟咕嘟不断往外冒泡。祖孙俩上午是火车、汽车随地开，下午是积木、彩泥随便玩。

一辆玩具小汽车就会消磨一个多钟头。现在，两个人坐在泡沫地垫上，爷爷和孙子"争抢"着玩具。因为身上带伤，四六把小车使劲推送出去，然后指挥小宝去捡。看着孙子不厌其烦地来回，忙得不亦乐乎，小脸红扑扑的，头上冒出热气，嘴唇上还挂着亮晶晶的口水，拎着小车一摇一晃蹒跚过来，四六忍不住一把将他揽进怀里，不停地亲吻小宝稚嫩的脸蛋，"啪啪啪"发出很大的响声，孩子每每都会挣脱出他紧箍的大手。小火车在两人的指挥下，一会儿翻山越岭，一会儿一马平川，在预定轨道上拼命奔驰。四六有时被折腾得够呛，实在支撑不住时，也会撂挑子罢工歇息一晌。

午饭后，孙子在南边房间香甜入梦，爷爷在北边斗室鼾声大作。四六的闹铃就是小宝软软的童音，不过祖孙俩往往睡足两三个钟点，之后精神焕发再次坐到客厅，换上一堆积木。几十块大小不等、形状不一、色彩各异的积木，可以变换拼搭出许多物件，房屋、火车、小船，小人、手枪、桌椅，色泽鲜艳、造型粗拙。小宝自然是最高指挥官，一声令下"车车"，手下四六忙不迭地动手干活。他这才发现凡事皆不容易，原来搭积木也是一项技术活，想要稍微逼真精致一些，亦须费脑费心费力。不过功夫没有白费，小宝对爷爷的"杰作"还算满意。两名男子汉玩得十分尽兴，最后的彩泥制作部分，更是天上地下无所不能。小宝要什么来什么，像与不像都是其次，反正一切都是孙子说了算。小宝说是难道谁还会去说个不字？

春杏的肚子一天天隆起，这一次似乎"壮大"得格外迅猛，刚刚三个月就已经显怀，完全就是前一次五个月的身子。春杏开始没有在意，后来十分疑惑，心里像拴了十五只吊桶，七上八下的很是忐忑不安，只得耐心等到去医院产检这一天。

春杏一见医生就说出自己的怀疑担心，女大夫安抚她躺到小床上，一番轻敲细听之后，明确相告：两颗胎心跳动清楚明晰，双胞胎确定无疑！

春杏多少天的疑问得到证实，多少天的担惊受怕终于落地。人倒是踏实了，可心里却像打翻了五味瓶，酸甜苦辣咸五味俱全。晚上吃饭时她告诉大家这个"喜讯"，一家人顷刻间集体沉默，半天没有人吭声。洗漱完毕各自进入房间，"喜讯"自然是两个房间的中心议题也是全部议题。南北两间的共同点是老少两对四人均喜忧参半，不知将来是福是祸；不同点是小夫妻希望全是女孩，老两口虽没有明说，背地里也是相同意愿，顶多一男一女。大月打电话回家让询问菩萨，因为婆婆每逢农历初一、十五必定雷打不动到村里供奉的庙堂进香。

接到远方儿媳的最高指示，当婆婆的自然不敢怠慢，在又一个月圆来临之时，老太婆天蒙蒙亮就悄悄走进小庙。神圣无比的迷你版三间平房，眼下依然一片朦胧。今天老人是第一位，因为早晨第一支签特别灵验。只见她凝神静气先点燃三支香敬上，再默默添进一些灯油，之后双膝跪倒在菩萨面前的布垫上，虔诚地敬拜三次，恭敬注视着仪态威严、面容丰满、不知修炼于何处名山大川的神仙塑像，喃喃低语着倾诉老陈家的困难疑惑，恳请菩萨帮助受苦受难的下界小民，如果是女孩请指示一个"上"签，随即爬起来晃动签筒。

老太婆先轻轻摇晃，见筒深签不得出，便加大力度"哗哗哗"，终于掉落一支。她小心翼翼捡起，赶紧凑到油灯旁边，仔细一看是支中签，苦思冥想一会儿，捉摸不透神灵的高深旨意，只得再次摇动签筒"哗哗哗"。谁知这次掉出来的是支下签，当下心头一凛，身体如同触电般不能动弹，一分钟后终于醒过神来，却怎么也不甘心也不敢相信。晨曦中，老太婆又一次振作精神用力晃动竹筒，时间不长又是当啷一声，她赶紧趴到地上捡起来，眯缝着眼对着油灯一瞅，竹签上分明写着"上"！

终于盼来"上签"，再说事不过三，今天已达上限，不能再求了。老太婆兀自坐在垫子上，绞尽脑汁寻思，半天也没有头绪，不由得暗自嘀咕：菩萨就是高深莫测，总是让凡人摸不到边角、寻不见踪迹。回去怎么跟他们交代？老头子可能也会疑问，儿媳孙媳可能更要埋怨——这点事都办不利索，真是老不中用了。不过菩萨到底是什么意思？先来个"中"，后"下、上"，上中下全部走一遍。"中"是中等不好不坏，后面似乎也是这个意思。想到此，她渐渐领会神仙的旨意，回去时一路思想，更加坚定自己的结论。当天晚上，老太婆电话汇报无锡，菩萨说"一男一女"，而且"至少有一个女的"。（笔者冒昧揣度她是为了让儿媳孙媳高兴，自己加了一句。不过敢把神灵的旨意篡改，实属无畏大胆！呵呵。）

一家人得知菩萨的指示，心中顿感安定许多。有一个女孩总是减轻一部分负担，起码结婚少准备一套商品房，出嫁时只需根据娘家经济实力，适当贴补一些即可。但婆媳俩私下均存几丝疑惑——"老人家"为什么不直接明示？神仙说话还需这么模棱两可？春杏有一时甚至闪出一个心念：难道菩萨也不能确定？！头脑里条件反射似的赶紧刹车："罪过罪过，真是胆大包天！菩萨大慈大悲，请您大人不记小人过，一定原谅这回！该死该死，对不住您老人家，我不知天高地厚完全胡说八道的，我无知无识，罪该万死！您老人家宽宏大量，求您千万原谅！”

不过菩萨已经告知有一个女孩，一家人也就宽心了。因为老太婆在电话那头说得清楚明白："这个菩萨特别灵！村里家家户户有事都是先问他，回回都能应验！自从村里供了菩萨，我天天进香添灯油，逢年过节都上供捐钱，多少年从来没有断过，他还能不保佑我家？再说，这几年就求他这一件事，他老人家还能不尽力？"春杏本想找医生做 B 超再看一看，但婆婆坚决反对，说确定了有一个女孩，另一个是男是女都行，不需要再花钱费钞，再说还不一定能找到肯帮忙的医生，就算有合适的，一个红包千儿八百的也不是小数。

"这个钱就省下给我孙子买点牛奶水果。"面对婆婆落地生根的话语，春杏本想再说两句，但看到公公一心吃饭，丈夫也是没有二话，就不再吭声。半个月后，春杏在小区里听到有位阿姨说，她有一位远亲可以给孕妇把脉测定婴儿性别，据说从来没有失手过。不过双胞胎倒是看得少，应该也可以试试。至于费用么，以前一次也就百把块钱，这两年应该上涨一点。见春杏很是心动，阿姨直接说如果需要她可以带去。春杏没有跟家里人打招呼，第二天上工上班的一走，赶紧把小宝托付给楼下奶奶照看，一老一孕两位妇女赶忙出发了。

两个人小心翼翼换乘三班公交车，一路上享用的都是照顾专座，下车后还得步行四五分钟。春杏拖挪着沉重的身体，艰难地一步一步朝前移动，到后面已是呼吸不匀、细汗频出。阿姨搀扶她缓步慢走，同样气喘吁吁。一段艰苦的行程后，她们终于到达目的地：一个新小区的 3 栋 2 单元 1603 室。

进门以后，老少两人一屁股瘫坐在沙发上。春杏略一扫视，觉得屋内陈设精美，价格不菲。一位四十多岁有些清瘦的女人，给每人递上一杯水后开始工作。她将孕妇上下左右打量一遍，细细抚摸着她浑圆的腹部，盯着瞅了三四分钟，又给春杏两只手轮流把脉，轻按着上上下下点捏数次，整个过程约半小时，最后低言细语但十分清晰地得出结论："两个都是姑娘。"

春杏下意识追问一句："真的？两个都是女孩？"对方回复肯定。见春杏露出半信半疑的表情，她气定神闲地说出一句："你放心吧，如果不准可以来找我的。"眼睛直视着春杏没有任何回避。春杏问辛苦费多少？对方回答："无所谓的，看着给好了。"春杏掏出两张簇新的红票放在桌上，又说了几句客气话才告辞出门。晚上春杏将这个好消息告诉大家，又特别说明对方如何仔细察看，而且是双手号脉，最后打包票保证两个女孩！没承想三个大人均是自顾吃饭，没有人接茬回应，似乎他们早做好心理准备，迎接一对双胞胎的到来。只有婆婆和颜悦色说了一句："下回不敢到外面瞎跑了，挺着个肚子不能马虎的，赶紧吃饭吧。"

春杏的腹部一日日增大，身子一天天沉重。前期反应日渐趋缓，饮食逐步恢复正常，一日三餐与以前基本持平，只是每日添加了辅食。上下午水果占据首位，白日里喝一杯牛奶，偶尔来两块喜欢的点心，解饥解馋又称心如意。春杏五个月的肚子好似已近临盆，如同悬挂着一口铁锅，圆润硕大，特别醒目突出；六个月站立时，眼睛只能看见突兀的腹部，完全看不到自己的脚尖；七个月时腿脚渐渐浮肿，走路明显迟缓，行动已然困难；八个月便不再外出，因为腹部过于巨大，随时可能出现状况，每一次活动基本就是冒险。

大月辞了工作，专心照顾儿媳，以应对随时可能的突发状况。九个月，春杏全身上下浮肿得厉害，身体负荷已达极限，每走一步都是艰苦旅程，而且心神不宁、忧虑畏惧、日益烦躁。最后一次产检时，年轻的女大夫吃了一惊，因为呈现在她面前的，竟然是这么高高隆起的一座山峰，这么雄伟挺拔、气势如虹！第一次面对如此巨硕的腹部，如此粗密的妊娠斑纹，女大夫当即建议尽快住院。实际离预产期还有半个月，月儿心里有点犹豫，但晚上一说两个男人都没有异议。春杏拖延三天后住院了。

想不到这一次分娩反而轻松，完全出乎春杏预料。因为产妇腹部过于巨大，双胎位均不正常，以前一直稳定的血压升高不少，综合考虑，医院建议剖宫产，比预产期提前三天手术。春杏忧心忡忡：要保证小宝们毫发无伤地一个个完整取出，刀口得划开多长？主刀医生是否资深老到，操作是否娴熟流畅？那么尖利的手术刀，那么薄薄的子宫壁，刺啦一下会不会碰到宝宝？稍一分神就会给宝宝们留下永久的创伤！网上不是有许多这样的例子？

月子中的妈妈们每天躺着都是虚汗涟涟，又值江南炎热不堪的夏季，"大人"们不给吹空调，说月子里面毛孔都是张开的，不可受风受冷，否则寒气渗入后半辈子都会遭罪，但是伤口附近一旦有汗，发炎感染就非同儿戏了……她就这么前思后想着，心理负担格外沉重。忐忑不安间，患得患失里，等待的时间格外漫长，终于到了预定的日子。

春杏带着惶恐、疑虑、担忧、迷茫，早上八点进了手术室。本来是下半身麻醉头脑清醒的，但看到医生端着一整盘锃亮的手术刀具过来，就在眼皮底下叮当作响，她吓得赶紧向护士求助："姐姐，不好意思啊。我心里怦怦直跳，很害怕。有没有办法让我马上睡觉？我想睡到结束再醒。请你帮帮忙，一定帮帮忙！谢谢，谢谢姐姐！"

医生护士相视一笑。有人随手在她脸上放置一枚鼻罩，不一会儿她便沉沉睡去。也不知过了多久，等到春杏一觉醒来，努力睁眼一看，发现身上巍峨高耸的那座山峰已经消失，一下豁然开朗。春杏看着还真有点不习惯，暗自试着左右动弹一下。人虽有一些昏沉，还是感觉轻松不少，又迷迷糊糊睡了一会儿，再次清醒时已被推回到普通病房。春杏这才瞧见一侧的婴儿床上一边一个，两个小毛头活像两只大蚕，一动不动静卧着。这时护士走进将镇痛药水掺进吊瓶，又调整输液滴落的速度。春杏躺在床上，身上并无疼痛，轻松之余似乎还有一点舒服自在，惊奇之中很是开心，觉得跟第一次死去活来的痛苦经历相比，完全就是天上人间了，心里禁不住由衷感叹：现在的医疗技术真是发达，刚刚手术的病人竟能这样轻松！

春杏胡思乱想一阵，猛然想起最重要的问题，正要询问，却找不到丈夫人影，只见婆婆坐在对面的方凳上，将头仰靠在白墙上，似乎是疲累了，又似乎有一些不高兴。她看着婆婆："妈，几个女孩？龙凤胎还是……"大月脸像霜打的茄子，有气无力回道："两个男的。"满面愁苦的模样，如同遭遇了重大打击，随即弯下腰将一双手摸着自己头顶，不一会儿十根手指全部插进头发里，依旧闷声坐在那里，半天不再抬头。

春杏一时没有反应过来："什么？"大月没有抬头："这下三个光头了，

唉……"春杏一时无法相信，窸窸窣窣要起床看。大月一边阻止她，一边走近摇篮掀开薄被，将初生的裸体婴儿一个个抱到儿媳面前。两截深紫色的"小鸡鸡"一览无余地展示在春杏面前，其中一个男婴可能受到外界触碰刺激，本能地"呜哇"一声大哭起来，另一个心灵感应似的一同叫唤了。兄弟俩一唱一和"呜哇"大叫着，声音酷似池塘里的青蛙，然而只闻其声不见有泪。

小宝这会儿已经自动升级。站在弟弟们的小床边，瞪大着一双黑黑的眼睛，懵懵懂懂望着两个小人，好像很奇怪他们的出现，更奇怪他们现在的表现。春杏无声地躺在床上，闭着眼睛不再说话，两边眼角有泪水扑簌簌流出，一小股一小股往下滑落，活像两只亮晶晶的毛虫正在蠕动。

平静的日子犹如流动不息的丹阳湖水，永远徐缓向前，一如既往、不知不觉、无声无息，让人很难体会其早已远去、不复从前，因而很少有人流连惋惜，只是被裹挟着日复一日地随波逐流，不断重复、重复、依然重复……

自双胞胎降生伊始，大月已不再工作，但婆媳俩仍然无比忙碌。春杏满月后，主要任务自然是带孩子，两名新生儿的吃喝拉撒，绝不是简单轻松的工作。大月每天更是辛苦，一家人的买烧洗涮、卫生收拾、伺候老大吃喝、幼儿园往返接送，终日没有片刻空隙，还须给儿媳帮忙，伺候两个小的，搭手给他们洗澡擦身。这一对双胞胎长得很是相像，眼眉鼻嘴身形似乎出自同一副模具，大月有时觉得简直一模一样，啼哭时犹如两只同卵青蛙完全同频、不分彼此。一开始春杏也难以辨别。

出租屋里地方小，摇篮很占面积就放弃了，小东西们只能日夜都在床上。（不过事实证明，小家伙们照样开心快乐地茁壮成长，没有受到丁点影响。）春杏在他们小手腕上标出 1、2，既区分也是玩耍逗乐。兄弟俩并肩仰躺着，虽是刚出生不久的毛头，也已占据双人床的半壁江山。雪白的皮肤可能继承了父亲，单眼皮似乎遗传了母亲。两颗小脑袋挨在一起，小巧的鼻子有些扁平，红嘟嘟的小嘴特别可爱，一头细软柔顺的黄毛，稀稀落落的。这些部分的基因携带倒不明显，似乎俩小东西私下自作主张，有了小小的自主意识，或是批判地继承了双亲大人。

春杏时常坐在床边，凝视着他们稚嫩的模样，凝视着他们甜甜的睡相，欢喜、爱怜又夹杂着许多的愁绪，一瞅就是半晌，这一刻真是酸甜苦辣咸五味俱全。想到那不知的未来，那无法预测的前景，深深的忧惧紧紧攫取了她，她不知不觉便流出许多眼泪，又让她对一双娇儿更加疼惜。春杏还是第一次体会这种复杂的情感，而且是这么深切地体验。她有时会发一阵呆，有时竟长长叹息出几声……

两三个月后，小宝（老大的"小宝"已经正式更名为志鹏）右耳旁冒出一颗小小的黑痣，个头也慢慢超过哥哥，大有不甘落后，后来居上的架势。大宝的确娇弱一些，胃口消化均不如弟弟，免疫反应明显滞后。可老大只要有点不舒服，啼哭一两声，老二立马跟着。小兄弟就像在娘胎里早就商量好的，无论哪一个有点抗议，另一个立即声援响应。这边要吃，那边跟着饿了。春杏冲奶粉稍一耽搁，就要炸锅翻天，就像遭遇了很大虐待似的。

春杏很多时候是一边腿上一个，两娃同时喂奶。两张小嘴并排拱在妈妈怀里，使劲吮吸着半天不肯松开。小涛看见了问她："你怎么生了这两头猪崽？"春杏不能起身捶他，只得回击一句："还不是怪你！"小东西们食量不小，前面刚刚歇嘴，不到两小时就饿了。如今春杏连菜带饭每餐两大碗，奶水依然不能满足两个宝宝的需求，只得再辅助奶粉进行补充。春杏每次冲奶粉总是定时定量加以控制，就这样节省着每个月仍至少两罐。

自从有了两个小的，家里的开支直线上升，白花花的票子宛若河水一般流淌出去。为了开源节流，孩子六个月时春杏开始把尿，因为单就婴儿尿片这一项，每个月都是不菲的一笔开销。七个月开始添加辅食，稀饭蒸蛋清粥，面条南瓜米糊，小家伙们吃得有滋有味、欢乐无比。八个月，两个宝宝刚刚冒出一颗乳牙，月儿便直接塞他米饭菜蔬了。当妈妈的心疼阻止，但终究抵挡不住奶奶坚强的意志。不过小东西依然适应，长得圆头圆脑虎气生生！

而今老大的地位是一落千丈，完全失去老陈家长头孙应有的待遇。春杏每日从幼儿园接回来时，孩子总要在楼下玩耍一会儿，大月只能千恩万谢着托楼下阿姨予以关照，根本不可能像以前那样，随时随地有个大人跟着。以前春杏带着儿子出门，很少空手回家，几乎每一次都会买点零食，有时是儿子想吃的，有时是自己喜欢的。现在这一项基本废除，有时志鹏吵得实在厉害，春杏才会买一点，每次还要看着价格比较一番，志鹏这时总会奶声奶气大声嚷嚷："妈妈抠门！"至于春杏自己，自然早就是大路上的电线杆子——铁定靠边站了。

又一个夏天来临了。一对双胞胎长得很快，走路已经逐步稳健，开始吐出简短的词句。刚刚直立行走的幼儿，终于摆脱只能固定一处的束缚，忽然可以独立闯荡偌大的"世界"，忽然可以独自探索周围的事物，兴奋之余好奇心十足，这里走走那里转转，什么都要瞧一瞧摸一摸，什么都要拆一拆玩一玩，哪怕就是钻进床底、躺在地上、走两步路也有着无穷的乐趣、无边的快乐！

两兄弟刚刚说话，表达欲望特别强烈，白日里总是咿咿呀呀不停，有时面对面叽叽咕咕半天，笑嘻嘻仿佛交流了许多，可春杏一句也没有听懂。很多时候他们同声共气、步调一致。两人同一天里清晰喊出"爸爸"，同一周中先后脱手单独走路。兄弟俩对音乐尤其敏感，晚上在小区门口玩耍，两人身着完全相同的肚兜裤衩，一旦听到悦耳动听的音乐，立即条件反射似的，两双小手一甩一甩，上下用力挥舞，两双小脚一踮一踮，中间还踩上几下，脸上始终笑盈盈的。红嘟嘟的小嘴边时而挂点口水，亮晶晶的马上就要滴落，动作表情如出一辙，几乎就是一段婴幼版"双人舞"，引逗得爷爷奶奶们纷纷驻足观看，一个个啧啧称赞。

然而随着时间的推移，两兄弟争强好斗的"动物本性"暴露无遗。两人面前摆上同样的食物，弟弟总是先快速消灭自己那一份，随即开始抢夺哥哥的。老大起先拿出大哥的姿态分享出一部分，后来发现老二特别不自觉，每一次总想多吃多占，便不再退让，勇敢捍卫起自己的利益。于是两个小东西你拉我扯、你推我搡、你抓我挠、你哭我号……

屋子里真是热闹极了！这种高达 80 分贝的噪声，这样激烈争斗的场景，每一日均会重复无数次，但结局往往是两败俱伤——因为春杏刚离开想做点什么，又被"讨债鬼"们"拽"了回来，禁不住心头冒火，直接过来全部拿走，谁也不给吃！玩具大战更是时有发生，前一分钟还是亲亲热热的兄弟，后一分钟便是你争我夺的火爆场面。每当这种时候，春杏总是安抚着老大，又摸他头又亲他脸，黑着脸瞪着老二，又作势打他干坏事的那只小手以示惩戒。老二幼小的心里好像知道自己犯了错，做贼心虚似的一声不吭瞅着妈妈，憋一会儿发现妈妈仍然没有露出笑脸，又似乎感觉她太过偏心，委屈之余实是伤心难过，终于哇的一声发出小小男子汉的强烈抗议！

第三章

　　这天晚上，春杏忽然瞧见丈夫身上有块文身，右边胳膊上部赫然出现一枚十字架，深青色图案几乎占据一整只臂膀宽度，特别巨大醒目。画面清晰显示一个男人光着身子耷拉着头被绑在上面，看着非常可怜。小涛带点鄙视地看着老婆："这是耶稣被钉在十字架上，连这个也不知道？"春杏不理他，又仔细看了看那幅画，这回觉得有些瘆人，心说以前电视剧中都是日本鬼子惨无人道，这么看西方洋鬼子同样没有人性。抬起头来问为什么弄这种东西，小涛轻描淡写地说："瞎弄玩的。现在年轻人文身的不是很多？"神情不以为然。春杏又问是不是很疼，小涛同样无所谓："还行，就那样吧。"

　　春杏不相信地揭他老底："你从小怕疼，到现在都不敢打针。我看电视上文身都是蘸着颜料一针一针刺进去，看着都让人害怕，还不知道疼成啥样！你还敢说不疼？真的服了你了，我看你是不学好了。"小涛斜她一眼，很是不屑："你真老土。你说的那个叫刺青，那是以前的方法，现在叫文身，是用机器文上去的，比过去轻松多了！"春杏听得满脸惊愕，愣怔了半晌，心想这种鬼玩意还有这么多穷讲究？难道不学好的人会有那么多？还有不开眼的人吃饱饭撑得慌没事干，专门研究这项不上道的技术，使得这种下三烂的技术也日新月异，年年进步？

　　一周以后，春杏又有了新的发现。小涛左手腕有两处很深的痕迹，圆圆的呈咖啡色，明显是烧灼后留下的伤疤，大小很像香烟头。春杏吓了一跳，心里咯噔一下，忍不住开口询问，但依旧轻言细语："你这是香烟头烫的吧？"陈涛自顾自玩手机，未置可否。春杏不肯罢休，声音提高五度："我问你话呢！你怎么不回答？到底是不是香烟烧的？怎么会有这么大的印迹？"见丈夫没有否认，她又压低嗓音追问："这是什么人烫的？竟能下得去这样的辣手！你在外面没干坏事吧？是不是得罪了什么人？"

陈涛抬头瞥她一眼，满脸不耐烦："你烦不烦，我能得罪什么人？能干什么坏事？你就不要高看我了，你丈夫还没有那个胆量，也没有那个本事！就是几个小青年在一起玩一玩。"春杏定定盯着他，怀疑中有着深深的忧虑："搞着玩能烧成这样，你当我白痴是不是？这么深的痕迹，搞着玩你能让人伤成这样？你肯定有事，还不告诉我！"陈涛一下扔了手机，声音提高20分贝："告诉你什么？不要没事找事！你天天在家蹲着，不知道外面的世界，更不了解现在年轻人的想法，说了你也不懂。"说着就钻进紧挨大床的一张小床上，一骨碌撸掉T恤躺下了。

春杏气不打一处来："我也想出去上班哎，也想看看外面的世界哎！还不是被你三个儿子绊住了，我有什么办法。嫌弃我了是不是？嫌弃了立马说一声，我不赖着你！"陈涛闭了眼睛，想要老婆歇嘴："好了好了，算我错了。不说了，早点睡觉吧。"说着转过身面朝里不再言语，脑袋后边老婆的鞭策又及时追来："现在负担这重，你要晓得自己身上的担子，不能马虎的。外面什么人都有，自己要把握分寸。我们娘儿几个就指望你了。"陈涛闭上眼睛不再理会，十分钟后响起了不大的鼾声。

两个小家伙可能习惯了父亲的催眠曲，工夫不大也相继睡去。春杏坐在床边先望望左侧，又看看右侧，两个小东西（老大晚上跟着爷爷奶奶）细匀的鼾声此起彼伏，逐渐长大的脸面已初具模样。陈涛的鼾声低沉得近乎压抑，一张脸平顺、柔和、宁静得一如孩童。父子仨这一刻的神态很是相像，春杏静静凝视着丈夫，凝视着自己的男人，忽然发现他的额前有点亮色，仔细一看竟是两根白发！

春杏轻轻叹出一口气，缩手缩脚在床边躺下，随手关掉床头灯。黑暗中她没有闭眼，而是把头转向窗外，似乎是遥望那一片幽暗，又仿佛在默默思索什么……第二天上午，父子俩出门后，春杏把自己的疑惑担忧说与婆婆，大月沉吟着没有言语。至于后面是否询问儿子，怎样训诫教导，春杏一概不知。婆婆一直也没有回应，她就没有再提。

这一年，国家对房地产政策调控有所变动，公积金贷款、首付比例均有适度放宽。很快地，一线城市率先作出回应，楼市销售量大幅回升，大中城市产生一系列连锁反应。无锡这样重要的城市，自然亦是积极响应。由于市场不规范，一些地方甚至出现投机现象。这个春天完全属于胆识过人、精明能干的开发商们。他们直接用项目向银行贷款，用贷款向政府拿地，用土地建楼、抛售、套现，再偿还银行贷款。

这一个漂亮的标准圆，一旦能够一笔成功画出，成为封闭的完美图案，中间囤积的就是无穷的财富。高成本高风险的高端博弈，操盘手必须具备高智慧高勇气，一旦瞅准时机，毫不犹豫地坚决出击，必定换来高效益高利润的巨额回报。这一年房地产创造了许多神话，奇迹更是无数，许多地方的楼盘根本还未施工，凭着图纸沙盘就已经销售一空。每当新楼市开盘，富丽堂皇的售楼部里总是门庭若市、人头攒动、摩肩接踵。那一派人声鼎沸、热火朝天、争先恐后、激烈火爆的场面绝对让你瞠目结舌、难以置信，一定怀疑自己是否身处梦境之中。因为呈现在眼前的这一幕完全不真实，根本就是银幕上虚幻的镜头！

陈涛所在的装修公司，原先属于市里的"少儿组"，经过几年艰苦打拼，如今已晋升为"少年组"。虽然依旧稚嫩不甚强壮，但终究是一名独立自由的热血男儿了。初具规模的装修公司从设计到施工皆为一条龙服务。陈涛脑子活反应快，深知客户就是衣食父母、质量就是生存之本。无论单位个人，一律笑脸相迎；不管项目大小，一概用心承接。公司的宣传栏里陈列着标语，第一行："客户正确率永远是100%！"第二行："100%执行客户全部指示！"第三行："在客户面前，你的"第四行："原则尊严荣誉全部归零！"

有一次，一位私企老板购买了一套别墅。根据他的要求，公司三天拿出装修设计效果图，他非常满意，没有提出任何异议。300平方米的户型，员工们紧锣密鼓连干四个月，扫尾结束前陈涛请业主过来验收，没想到对方完全不认可，当场翻脸不认账，非得全部推倒重来！几位师傅瘫坐在地上，就像筋骨被人敲断一样。陈涛一语不发连抽几支烟，在令人窒息的沉闷空气中，第一个缓步走上前砸掉电视背景墙，两位同事当场流出眼泪。师傅们一顿"嘭嘭嘭"把一百多天的辛苦砸了个稀巴烂！

一干人又马不停蹄连干三个月，终于得到房主认可。这一单生意公司不仅没有赚到一分钱，还自掏腰包赔进 100 多万。后来这位房主不知是感动还是有愧，陆续介绍了几单生意，现在是陈涛微信中经常联系的好友之一。正是一直秉持、坚定贯彻着这种全心全意为客户服务的宗旨，公司渐渐在市场上站稳了脚、扎深了根。如今的陈涛对这一行可谓了如指掌，在行业内活泛得如同鱼儿在水里一般自如。这一年里工程几乎没有断档，活儿是一单接一单，所以陈涛上半年基本没有正经休息过，下半年更是忙碌，每一天均是早出晚归，晚上更是应酬不断。

应酬的大多是客户，需要沟通交流，也需要联络感情。偶尔也有朋友聚会，都是这些年慢慢走到一起的。所以陈涛经常深更半夜才能到家，醉醺醺的倒头就睡，酒量也已不小，半斤白酒不在话下，啤酒一件亦是没有问题。四六虽是大师傅，也是单位老员工，在家里是一把手，在单位也只得听从儿子。不过虽说是同事关系，白日里却很少能够碰面，因为四六基本固定在一处干活，工程结束才去下一家。陈涛很少能够固定，很多时候是到处跑，只在客户催得特紧，或人手实在不够时，才会见缝插针帮忙几天。

这一阵饭桌上经常不见儿子身影，四六有时不自觉叨念一句，当妈的更是心疼，话语之间满含心疼之情。春杏这种时候一般不大吱声，默默地喂饭给双胞胎，偶尔接上两句，一般替丈夫开脱，有时略带抱怨，有时也会对着两个小的念叨："爸爸又没回来哟，爸爸上班辛苦啦！爸爸这会儿在干吗呢？是不是又趴在哪里喝老酒了？"

这天晚上陈涛十点钟到家，洗澡后春杏给他拿衣服，一眼发现他右手腕又多出两处伤痕，形状大小颜色几乎与上次一模一样。春杏这次没有任何犹豫，退出卫生间立即告诉了婆婆。陈涛洗完澡出来，发现父母老婆全在客厅等他，几个人神情十分紧张、犹如大难临头一般。父亲低沉的声音很是威严，听起来已经非常压抑："说说，手上怎么回事。"

陈涛无所谓地用毛巾擦脸："几个人耍了玩的。"四六一下提高嗓门："骗鬼呢!烧成这样还是耍了玩?真把我们当傻子了!"陈涛神态轻松,声音平静:"真没有什么,你们不用担心的。"四六气得猛地站起身,右手在桌子上用力一拍,砰的一声惊得春杏一哆嗦:"你不要耍滑头,以为你老子什么都不知道!我问你,跟你经常在一起的小李吸毒吧?你是不是也吸了?!"

春杏脑子里"轰隆"一下,仿佛有什么东西突然倒塌,嘴巴里不自觉"啊"出一声,克制不住立刻插嘴,一惊一乍就像受惊的母鸡:"听说吸毒以后脑子产生幻觉,就跟麻醉了一样。你这肯定是吸毒后烫的!迷迷糊糊连痛都不晓得了,怪不得你说搞了玩的!正常人谁会让人烧成这样?妈呀,不得了,出大事了!三个公鸡头子哎,你还这样不学好,怎么得了噢!这么说你是真的吸毒了!"春杏一边喊叫一边冲过去,用拳头捣蒜似的捶他肩胸部。陈涛这回不再吱声,也没有躲闪,木头似的沉默着站在原地。

四六压抑着满腔的怒火,咬着牙一字一顿地问他:"到底沾了没有?!"春杏的喊叫、动作下意识停止。一霎时,父母双亲加老婆三双眼睛齐刷刷直逼过来,人人倾尽了十二分的火力,誓要照彻那幽微的深渊。陈涛根本抵挡不住,一刹那觉得无数根芒刺在背,又似乎有几百束火苗在炙烤自己,只想溃退到某个角落,某个无人问津的角落;或某处黑暗里,某处隐秘混沌的黑暗里;或者干脆逃避开这里,逃避到无人问津的荒郊野岛……

心虚气短的陈涛不自觉偷瞅了一眼家人赶紧闪开,因为实在经受不住三位至亲这么高度集中的目光,这么关切担忧的注视,这么恐惧绝望的眼神,一时间觉得有三座大山一齐倾压下来,自己势单力薄完全背负不起,只剩满脸颓丧地仰靠在沙发上,羞愧地闭紧了眼睛。春杏见状眼泪一下涌了出来,"呜呜呜"当场哭开了,声音不高但特别伤心,一副悲恸欲绝的模样,如同这个家里出了人命关天的大事!

大月跑上来一把抓住小涛:"儿子,你真的沾了那个东西?你从小听话懂事,从来没有闯过纰漏,现在怎么变成这个样子了?!你怎么这么糊涂啊?那个东西千万不敢沾的。这可怎么得了哎!你上个月还说打算买房子,这才几天!不行,从现在开始,一点都不能沾了,听见没有?你说,不,你下个保证,现在就下个保证!"

陈涛就像一堆烂泥瘫在沙发上,任凭母亲摇晃身体,始终闭着眼睛没有任何动静。四六站在桌子旁,眼睛斜睨着这边,见他这副熊样,心里腾一下冒出火焰,三两步奔到跟前,抄起板凳就要砸。婆媳俩死命拦住,大月两只手拽着板凳,四六不能得手干脆松开板凳,左手一把揪住陈涛衣领,右手直接甩过去,劈头盖脸狠扇七八下!

陈涛这会儿俨然就是一具假人。父亲暴风雨般的巴掌接二连三落下,他也没有任何避让,就像一具活死人似的全盘接受。四六见状更加怒火中烧,两只手拽他腿往地上直拖,跟着抬起一只大脚,用力往上踹去!大月猛地扑上去抱住他那条腿,四六后仰的身体突然受阻,一时控制不住往下直倒,在快要着地的一瞬间,被一个箭步冲到身后的儿媳敏捷地托住了。

这一番剧烈的冲突后,四六激愤之余加上连续发力,已经有些气喘不匀。春杏第一次看见丈夫被如此惩戒,也第一次看见公公如此暴怒,有些不忍目睹更兼苦涩酸楚,五味杂陈中心潮亦是难以平静,仍旧小声啜泣着。灯光下陈涛的脸开始发红,不断地受力已经使它明显肿胀。他仍然像根木头似的,直挺挺躺在沙发上,保持着原有的姿势,仍然一言不发,一动不动,仿佛灵魂早已逃遁开去,表示他生命依然存活的唯一标志,只有眼睛里汨汨流出的两行泪水。

三个孩子被喧闹声惊醒,不约而同全部走出房间。老大敞开着外套,老二老三只穿一身睡觉的棉毛衣裤,光着两双小脚就跑了出来。兄弟仨惊奇地瞅瞅这个瞧瞧那个,懵懵懂懂不知发生了什么。春杏赶紧一只胳膊夹住一个,把他们抱到腿上。大月给两个小的拿来婴儿毯,将他们包裹妥帖,又把老大送回房间。两个小家伙看着妈妈的泪眼不敢吭声,先安安静静地乖乖坐着,后安慰似的一齐将头倚靠在妈妈胸前。

春杏坐到丈夫身边,抱着一双娇儿,眼泪汪汪地极力克制着自己,先是柔声细语,后控制不住提高五六度:"你上次的疤也是吸毒烫的吧?我那会儿问你,你还不说,两三个月有了吧?这一段吸得更多了是不是?说这些实际上已经没有用了,我也不说其他的了。现在两个小的都在你面前,你看看他们,睁开眼睛好好看看！这三个人总是你的亲骨血，以后能不能成才就不说了，能不能长大，能不能成人，现在都不敢想了，就看你这个老子是不是成器，能不能把他们养大！"

大月这会儿已经顾不上孙子，反身快步坐到儿子身边，抬起手臂擦去眼泪，随即抓起儿子的一只手用力握着，带着哭腔又一次劝说："涛啊，你怎么变得这么糊涂，好坏都分不清楚！到底跟什么人学的？看把你爸气得。你自己想想，他从小到大打过你几回，巴掌都舍不得上头。你这次闯的祸太大了！千不该万不该，你不该沾那东西！那就是吃人的无底洞哎，你晓得不晓得？要倾家荡产的！你看电视上吸毒的人到最后什么收梢，哪个不是剩半条命。皮包骨头，脸色就跟黄表纸一样，就像一副东风架子，风不吹都要倒！人不像人鬼不像鬼。"

当娘的说着擤一下鼻涕，又揩一把眼泪，半哄半求就差没有跪下了："儿子，你可千万不能犯糊涂！三个小的都在你面前，你睁开眼睛好好看看，看看你的这三个骨血，既然生养了他们，就要好好管他们，把他们养大吧？总要培养他们念书，让他们识几个字有点文化吧？做父母的这点交代起码要给吧？至于他们以后能不能有出息，成龙成凤就不讲了，不管儿女是不是争气，尽到老子娘自己的责任，以后就不懊悔了，子女也没得埋怨了。儿子，人生在世不容易。你现在年纪轻还不晓得，父母这顶帽子有多重！当初想生一个丫头，没想到来的是公鸡头子，还一来两个！实际也没得抱怨，一家人都同意的。唉，三个儿子了，千把斤的一副担子，怎么搞呢？已经生下他们了，没有旁的路径可走，只能硬着头皮往前。也不要怕，老话不是讲么，没有爬不过的山头，没有划不过的大河。过去荒年时一家还养几个，现在饭总是有得吃，这年头哪有饿死的人。只要好好把他们养大，不管以后做点什么，总归有他们一碗饭吃。儿子，你爸已经到这个年纪，我们两个一年比一年衰了，只能帮衬点你们。这个家你就是顶梁柱，后头就靠你撑起来了，晓得不晓得？涛啊，千万不能马虎了。就从今天开始，一点不能沾那个东西了！自己一定要下决心，下定决心！儿子，你说句话认个错，向你爸表个态，向你老婆下个保证。"

两个女人一会儿絮絮叨叨，一会儿哭哭啼啼，仰躺着的这位像个假人似的，一直没有任何生息。四六瓮声瓮气面向儿子："还有没有气了？就不能放个屁？！你也小三十了，是男人就要拿出点钢火来！男子汉就要拿得起放得下。犯点错没什么大不了的，大丈夫能屈能伸，知错就改，下狠心坚决改掉不就行了！人活在世上，上要对得起父母，下要对得起儿女。你自己考虑考虑，自己这辈子能不能扛点东西！"

陈涛终于睁开眼睛，嘴巴里低声冒出一句："以后不沾了。"说着爬起来径直走向房间。当妈的追着后背大声叮嘱："这句话要印到心里面！听见没？"公婆儿媳留在客厅，面面相觑，相视无言。虽听那个不学好的东西这样说了，但三个人心里仍是沉甸甸的，没有半点轻松，觉得他那喉咙口咕哝的一句着实太轻了。

春杏长长叹出一口气，首先开口："这次无论如何要把他刹住。现在还不晓得到什么程度了，万一上瘾就戒不掉了。"大月忧心忡忡地说："他一天到晚在外面，我们根本搞不清他在做什么，能有什么法子？再怎么样班总归要上吧？"春杏同样无可奈何："总不能找个人看着他吧？"两个女人愁眉苦脸，低垂着头不知如何是好。四六站在原地沉默半晌终于发声："不行。这样下去不是办法，不能由着他胡来。"婆媳俩呆呆地盯着一家之主，等待他的下文。

四六又停顿两分钟，最终下定决心："春杏，从明天开始，你和小涛一道上班。"大月吃了一惊："家里怎么办？大的幼儿园要接送，两个小的一刻也不能离人。打死我也忙不过来！"春杏立即接话："爸，妈一个人确实忙不过来。"同样疑惑地瞅着公公。四六肯定地对老婆说："这两天家里卖蟹应该结束了。我马上打电话，叫我妈来帮忙，明天就来！家里还有牲口，爸可能来不了。妈年纪大不识字，一个人上车下车不行。侄女婿才买的车，就让他送妈来，回头给他一点油费就是了。正常中午应该能到。你明天早上跟楼下老太婆说一声，让她送孙子时帮忙把鹏鹏也带一下。你们两个有没有要说的？"匆忙之间，两个女人一时也说不出什么，互相看看都有点发蒙，呆呆地瞅着一家之主无声默认了。

四六见没有分歧，才转头面向儿媳，一张脸很是严肃："从明天开始，你就 24 小时跟着，他到哪你到哪，时时刻刻在近处盯着，一步不要离身！这个担子不轻，你自己知道斤两的。小杏，后面你多费点神，有事直接跟我们说，这段时间多警醒辛苦一点。不成器的东西能不能改过来，关键就是这一个月。开始比较艰难，有可能熬不住，所以这半个月他就是上厕所，你也要站到最近的地方！"声音不高但句句落地生根。春杏虽然年轻还未担过家里的责任，但也深知其中的分量。全家下这么大力气，实在是万不得已。要想把丈夫从悬崖边彻底拉回来，似乎也只有这个法子。算一算进陈家这道门也有五年，公公什么时候用这种语气和自己说话，而且是这般郑重相托？春杏顷刻间觉得有三百斤的重担压上了身，一瞬间血液有些凝固，不堪重负似乎就要趴下，又立即热血沸腾了……紧张、焦虑、惶恐、迷茫、惊惧，一时间春杏有些痴傻，愣怔几秒钟反应过来，不敢有丝毫怠慢，赶紧点头答应了公公。

大月不放心地叮嘱儿媳："杏啊，你可千万不敢马虎啊！小涛能不能改，就靠你看着了。三个儿子了，这个家不能出现闪失的。你要多长一双眼睛，凡事精灵一点。自己的丈夫终归要拉他一把，说到底还不是为了你们自己的日子？"春杏看着公婆，心里百感交集，五味杂陈，又似乎有许多委屈，胸腔里有千言万语，却不知从何说起，只能轻轻道一声："我晓得了。"第二天早晨，四六在饭桌前向儿子宣布一家人的决定，陈涛什么也没有说算是默认了。自此陈涛的电动车后座日日有了女主人。夫妻俩同进同出，犹如新婚夫妇一般终日黏在一起，更如她之前腹中孕育的双胞胎一般，时时刻刻不离不弃。

四六的父母全部赶来了！两位老人得到消息，老爷子不相信地瞪圆了眼睛。老太婆更是惊得一屁股坐起来，差点从床上跌下去，又气又急再也不能合眼，靠在床上和老伴儿合计半宿。老两口怎么也想不明白孙子为什么变成这样。后半夜两人昏昏沉沉眯了一会儿，天不亮便双双起床收拾东西。从自产的菜籽油、自磨的辣椒酱、自制的泡菜，再到地里采摘豇豆、茄子、黄瓜、毛豆，菜田里上市下市的蔬菜，几乎全部拽了来，又划船到田中心，把精养塘里预留的几斤螃蟹起网带上。

几只蛇皮袋摊在大门口，客厅里七八堆杂物散放着，看情形完全就是要搬一次家。一只敞口蛇皮袋装进两个冬瓜，每一个足有十几斤。另一只塞进六个南瓜，下层是那种外皮凹凸麻癞的老南瓜——又黄又干又面，蒸熟可以当主食，油炒可以做菜，每一个均有七八斤；上层是两个青皮小南瓜，是秋藤上最后结出的嫩瓜——擦成细丝再切点青椒拌炒，又好吃又下饭，大人孩子没有不喜欢的。五只老鸡两只麻鸭来不及宰杀，只能塞进蛇皮袋活的上路。老两口冬天的衣服更是齐备，棉毛衫、毛线衣、羽绒服，统统塞进帆布包，显然已经做好了长期驻扎的准备。

九点钟，小张开着小车过来，看到横七竖八的七八个大袋子，着实吓了一跳。他勉强挤出一丝笑容："大爷爷哎！无锡不比老家，他们就那点巴掌大的地方，你搞这样多东西去了放哪里？统共两小间房子，他们三代人已经挤得很，平时也就能转个身。现在你们两个再去，还带这么多东西，我跟你说绝对盛不下，再怎么挤都放不下！你们两个老的难得出门，今天听我的没错，就拣要紧的必须用的带一点，其他的不要往上拿了，不然到无锡他们肯定抱怨。大城市什么买不到？再说这些很多用不上，带去也是浪费，还这么远的路，何苦呢？不是我说你们，嘿嘿嘿，光冬瓜拎好几十斤，哪能吃得了这许多？一切开两三天就烂了，还到处淌水，肯定扔！我的个天，这种架势哪是去蹲几天，完全就是搬一次家！好家伙，我这小车哪能装得了。"

老爷子满面笑容，一脸的气定神闲："孙女婿今天辛苦你了！路上烧多少油，去了我就叫他们付账给你。你们年轻，不当家不知柴米贵。无锡不比老家，开门就是票子。我们一去，老老小小九个人，这么一大家人吃喝，一天要花费多少？过日子要吃要用的东西，能带就尽量带上，总是能抵几个钱。孙女婿今天帮点忙，你叔丈人（岳父的弟弟堂弟之类）不会亏你的。这点东西能放得下，车子屁股后面地方不是大得很？再说就我们三个人，座位上也能放几个包裹。到了无锡更好办了，一拣一拾四散分开能剩多少？一家人关起门不用穷讲究，墙角旮旯哪里不能塞下个包袱？！"

小张哑然失笑，也不再吱声，只是心疼自己的新车。昨晚接到电话他本想推辞，但碍于亲戚关系没好意思拒绝。不过也是预料不足，因为万想不到这么短时间内，两个老人家竟然准备如此之多。他深知老年人一旦拿定主意，十头牛也很难拉回，多说无益，只好捏着鼻子不吭声，闷着头开始搬东西。小轿车里除了留出两个空座，其余的全部码上大包，后备厢更是没有半点空当。老爷子锁好正门、院门、柴房门，旮旮旯旯再三检查一遍，又拜托邻居帮忙照应。老太婆客气话几乎说出半箩筐。九点半左右，老两口终于坐进车里，也终于能够歇息一晌。三个人迎着朝阳出发了。

深秋的阳光温暖明亮，宝蓝色小车疾驰向前。这一刻，路上的行人已渐稀少，上学的、赶集的、做生意的、去服装厂打工的，都已经进入他们的主阵地，私家车尽情飞奔、畅行无阻。小张瞅着前方，沉稳地操控着爱车，脑子里仍是波澜不息：自己昨晚干什么了？和哪几个狐朋狗友在一起？黄汤是不是灌多了，否则怎么可能答应这一档子破事？路远辛苦倒在其次，十几万新买的宝贝疙瘩几乎成为垃圾车了！自己哪里舍得这样折腾？

老爷子坐在车里，心里同样活动不停：无锡发生这么大事情，还能不住上十天半月？从前那么好的一个孩子，怎么突然变成这样了？吸毒，不就是过去的大烟鬼？！老陈家世世代代从没有出过这种事情，一直都是堂堂正正立世、清清白白做人，走出去不说多少风光，也是头光面光干干净净的，更不会被人在后面指指点点甚至戳脊梁骨。如今怎么会出这种不肖子孙？自己已经这一把年纪，还要看到这种事情，是不是上辈子作孽做了缺德事情？唉，有什么办法呢？可话说回来，就算儿子不打电话，自己知道了这种情况哪还能坐得住？哪还能在家里清歇？这次去无论如何都要把孙子劝醒。只要小涛能够回头，就算豁出老命，自己也不会说个不字。其实老太婆哪里愿意来？家里一摊子根本离不开，自己又何尝不是呢？可儿子遇到这种大灾已经开口，做父母的哪有不来的道理？何况还是小涛。不知道也就罢了，现在晓得了就算用绳子绑了，就算只剩一口气，也得过来不是？无论如何也得过来不是？以前也觉得这么多人拥挤在两室一厅的小房子里，实在憋闷不舒畅，完全比不上老家房屋宽敞亮堂，更比不上老家端着饭碗也能走到埂头上，和邻居唠嗑闲聊松快自在。但儿子孙子天天这样生活，年年是这种日子，憋屈狠了只能偶尔牢骚几句，自己和老太婆也就是住上几天，还有什么可抱怨的？再说都是一把年纪的人了，过去说黄土埋到胸脯，如今讲大火烧到老颈把子，只要白天有碗米饭，晚上有张床铺，不就够了，还有什么不习惯的？

老两口一到无锡，当晚就和孙子谈话近三个小时，自然是在小区僻静处进行的。这一周陈涛按时下班准点回家，一切风平浪静。春杏回来后照常伺候两个小的，一整天不见，当妈的晚上格外尽心。大月偷看两人几次，见没有流露不悦之色。不过她留心几天，倒是很少听见两人搭话，心下猜测可能在外争吵过。大月什么也不问，只管埋头做事，照样和婆婆儿媳说话唠嗑，亲亲热热的就像没有发生任何事情。陈涛晚上有时陪爷爷奶奶说话，有时玩会儿手机，更多的时候守着老大，看他趴在小桌上一笔一画认真完成作业。

老爷子才来一个礼拜，眼瞅着孩子小本本上表示褒奖的众多红星，耳闻着鹏鹏认字背诗"念"书，扳着一根根小手指来回拐弯几次计算，瞪着眼睛苦思冥想，一副小大人似的认真劲儿，自豪骄傲着宝贝曾孙的学习状态和良好成绩，不由得从内心深处发出感叹："难怪现在都要把娃娃们送到外头上学，城市就是正规，哪像农村擦烂污糊鬼！"忽然又想起什么，接着告诉孙子，"现在村里小学总共只有三个娃娃，都是六年级学生，倒有五个老师！明年肯定拆了，今年暑假还翻修了操场和教室，花了 20 多万呢！你说这不是白白糟蹋钱吗？"

大月在旁边拖地，忍不住插上一句："那不是脑子进水了？哪个冤大头会出这个钱？"老爷子扑哧一下笑出声音，小涛也忍俊不禁笑了起来。

这天晚上与平日一样，七点半左右一家人到齐吃饭。晚饭后老爷子喊小涛出去遛弯，春杏瞄了一眼丈夫，老太婆瞥了一眼老头子，这边祖孙俩相继出了门。四六坐在板凳上没动屁股，也不知是对谁讲话："螺丝几天没紧了，是得拧拧，敲打敲打没坏处。"大月叹出一口气，忧心忡忡撂下一句："已经成家立业的人了，还这么不让人省心，还要这么大年纪的人烦神，真不晓得这块料什么时候才能成器？"说着继续干她的本行——拾掇碗筷。可两个人九点半到家时，一进门就把全家人吓了一跳，因为老爷子外套前襟上溅满了星星点点的血迹！

一家人忙不迭问怎么回事。老爷子不知是生气还是理亏，这会儿变成一头犟驴，梗着脖子一言不发，陈涛只得据实相告。原来两人出门边走边聊，先出小区再上大街，不知不觉溜达到地铁站附近，忽然看到有人发生纠纷，一群人在人行道上围成半圆，正在窃窃私语观看议论。中间两名男子如同两头公牛正在斗殴，一个人当胸揪住对方衣领使劲拉扯，那边紧拽着这边的头发使劲往下拖，互相扎着马步拼命发力，画面活像电视里的散打格斗镜头！

一方一个同伴上来试图拉开他们，无奈两人这一刻皆是十分顽强，脸红脖子粗斗得正酣，根本无法分开他们。不料这个仁兄也是"勇猛仗义"之人，劝架不成干脆跑上去给同伴助阵，直接往对手身上拳打脚踢。这一来，两人的一方明显占了上风，单枪匹马的一时招架不住，连连溃退，眼看就快支撑不住，忽地从后腰上拔出一把尖刀，明晃晃的近一尺长！对面两个老兄见状立即跳开闪躲到一旁，吃亏的这人一时不肯罢休，挥舞着尖刀向他们步步逼近。围观的人群轰的一下四散开去，刚刚还在津津有味地起哄看热闹，这会儿大多不见了身影，只剩三四个胆大的男人退到远处张望。

老爷子一边猛然喊出一声："这还了得！不是要出人命？！"一边走过去劝架。陈涛阻拦不住，只得赶紧用手机报警。老爷子走到近前向持刀者大声喊话："小伙子，赶快把刀放下！你听我一句劝，马上把刀放下！我问你，伤了人能不能跑得掉？会不会坐牢？等会儿警察来了，你拿把刀根本说不清楚！年纪轻轻怎么这样糊涂？想想你自己，想想你家里人，你父母亲老婆孩子！噢，你恐怕还没结婚。要是伤了人坐几年牢，工作不要讲了，老婆肯定也泡汤！你自己这一世就搭进去了，父母亲一把年纪还要跟着遭罪。自己算算账划得来吗？头脑热，一刀下去是痛快，后面呢？后面怎么搞？年轻人唉，苦头可就吃不尽了！那个时候后悔完全来不及了。小伙子，听我的保证不会吃亏，赶紧放下刀，赶紧放下！"

可这人可能灌多了黄汤，这会儿正是酒精作祟的时候，头脑根本不清楚，仍然握着刀死死盯着对方。陈涛赶紧跑到爷爷身边将他往回拽，老爷子一焦心，出来的话语很是激愤："我说你这个人怎么一点不听劝呢？大脑发烧烧糊涂了是不是？好赖话都分不出来？！看样子不吃次亏是不中了。你老子娘怎么生出你这么个蠢东西？活脱脱一头蠢猪，还真蠢得凶！你老子娘也是倒了八辈子霉，这一世才会养出你这么个不成器的东西！"同时挣脱孙子跑上去拽他胳膊。对面两人见此情形，一齐冲上来抢夺他的尖刀。这人一看情形不对，马上挥舞着白亮亮的尖刀左右横扫。

陈涛只看见几个人的背影与雪亮的刀。就在双方开始血战、即将危及生命的紧要关头，两名警察驾车赶到。一分钟前还是火气十足的三名硬汉，一个个犹如老鼠见猫，再也不敢挥拳蹬腿，六只手清一色耷拉着，站在街边就像被人敲断筋骨，似乎马上就会坍塌倒下，内心虽还有一百个不服气，也只能毕恭毕敬、老老实实地应答警察的问话……简单问讯后，三名当事人被直接带走。

听到这一番惊心动魄的描述，一家人都觉得背后凉飕飕的很是后怕，一起用惊愕的眼神瞧着老爷子。客厅沙发已经拉开，铺好被褥，老太婆本已躺下，闻讯后立即钻出被筒，嗖一下坐起身，连外套都来不及披，听完后气得右手在大腿上啪地一拍，连珠炮似的向老头子全力轰炸："尖刀有没有戳到你？！没有？怎么会没有呢？应该戳到你啊！你不是自己送到人家面前去的？怎么没把你这个老东西戳死？！戳死了我就光荣了，全家也都跟着沾光，公家还要给你送牌匾挂锦旗。你这是打抱不平，跟梁山好汉一样还不光荣？就是那个叫什么来着？对！鲁智深还有武松！家里要出一个英雄，还是个年纪大的老英雄！还要评个什么？涛啊，公家管打仗牺牲的叫什么？烈士？对！评个烈士，儿子孙子都会跟着享福嗳。所以下次再遇到这种事情，不要上去劝架，这算什么本事，看不惯就直接上去跟人家干！打得过是你赢了，大伙儿都佩服你陈老头，走到哪里都光彩，有里有面更有得吹了！万一打不过牺牲了也不吃亏。你一个人死换全家快活，不是很划算的事情吗？所以下次再有机会，直接上去干！小涛不要拉他，四六不要拉他，你们哪个都不要拉他！"

这一番冷嘲热讽，老头子被挖苦得脸不是脸鼻子不是鼻子，一张老脸完全挂不住。要是在老家早就大发雷霆了，无奈现在一家人都在面前。当着这么些小辈，特别是儿媳孙媳都在跟前，一张脸怎么也拉不下来。再说这趟不是来玩的，那么重要的任务在身，当时怎么就忘得一干二净呢？好像确实马虎了。可话说回来，两个人打架总得有个拉架的不是？因此只能狠狠地瞪了老太婆一眼，便在沙发边的帆布袋里翻找衣服准备换洗。

几个人想笑又不好意思，极力克制着，互相对视几眼，会意地眨眨眼睛，又一齐望向两位老人。陈涛拉着奶奶的手说："好了好了，别说了。爷爷知道错了，你老人家不要生气了。奶奶你看，爷爷到现在都没有作声，你就给爷爷一个改正错误的机会吧。"四六也说："妈，说到就行了。爸以后不会再冒险，你放心吧。"又将脸转向父亲，"爸，别怪妈说你，以后这种事确实不能管。今天还好没有受伤，下次再有可就保不准了，再说你看现在有几个人管人家闲事。旁人看到了躲得老远，你倒好，自己跑上去！"

老太婆听到儿子表态明确支持，更加情绪高涨、不依不饶，噼噼啪啪的话语源源不断抛出："我还不知道他？脑子一热什么事干不出来！你们不晓得，上个月村里老李家两口子吵嘴，吵得厉害。他端着饭碗跑去劝架。那么多人在那里看着，人家都不作声。他倒好！真把自己当包大人。先讲老李头一通不对，又讲他老婆一大堆不是，把人家两口子说得脸红一阵白一阵，当那么些人的面下不来台！结果怎么样？人家两口子一齐闭嘴不吵了，掉转枪口一致对外。老婆说完了老头说，每人数落你爸一通，就像开批斗会一样。听人家说他当时气得当场把一个饭碗摔得粉碎，差点犯心脏病！后来村上人跟他开玩笑，说还是他有本事，一劝就把人家两口子劝歇了。他又气得不行，差点要和村上人干架。这不是又结了梁子？你说何苦来？"

老爷子实在忍不住，终于发出大声呵斥："能不能歇歇你这张破嘴？大门（指门牙）已经被人下掉一扇还这么啰里吧唆一点不停，当心嚼舌多了另外几扇也保不住！还是积点德好。这些陈芝麻烂谷子的闲事说它干什么？我说你到底有完没完？大晚上还让不让他们睡觉？要不干脆全家听你扯山海经明天不上班行不行？"老太婆嘴不软，可声音明显低下去："我可不给你洗啊，你自己洗。这种血迹不能用热水泡，先用冷水浸一会儿。这么大年纪了，以后不要瞧逞能。不要说丢了性命，就是伤了胳膊伤了腿，你自己说划得来吗？这么大年纪的人了，还像小家伙一样，脑筋一点不清楚，就算劝架也要看看情况啊。刀子都拿出来了，还不赶紧跑？真要伤到哪里怎么搞？自己吃苦总是真的吧？我可跟你说清楚，要是因为这种事死不死活不活躺在家里，可不要指望我服侍你。"

　　一天晚上，陈涛有个应酬，客户是一所私立中学的领导，春杏要求一同前往。春杏平日很少参加这类招待，本想回家照顾孩子，可想到公公的郑重嘱托，不再犹豫，硬着头皮随丈夫前往。这一单项目工程不小，再者目前还没有签订合同，所以处于关键期的这一顿饭，实则是一次公关。

　　陈涛深知它的分量，一丝一毫也不敢马虎。他下午陪老婆去商店买服装，又带她去发型设计屋做头发。春杏额前两侧编出好看的小辫，连同长发一齐绾出高高的发髻，脑后别上一枚漂亮的镶钻珠花，又修眉画出三分淡妆。还别说大师傅真有两把刷子，业务堪称精湛，前后四十分钟完全妥帖。春杏望着镜中的自己，嘴角立刻荡漾出一抹笑靥。夫妻俩一致表示满意。今晚主客双方的人数堪称悬殊，对方高层加后勤有七八人，陈涛这边本来还有一位，可不知是嫌陈涛带老婆有些不便，还是家中确实有事，临时打招呼回去了，这么一来只剩夫妻二人搭台唱戏了。

　　六点半，香满园二楼宽敞的包间里，客人们陆续到齐，酒宴正式开始。陈涛将自己的座位安排在校长身边，春杏紧挨着书记坐下。陈涛首先致以热忱简短的欢迎词，接着饥肠辘辘的宾客们纷纷摈弃客套、抛却斯文、鼓动腮帮、埋头苦干，风卷残云般地大快朵颐。席间杯碟碰撞清脆悦耳、琼浆玉液晶莹清澈，一片欢声笑语、觥筹交错、热情洋溢、和谐融洽的良好氛围。

　　陈涛笑容满面，对每一位宾客均是热忱周到、殷勤体贴。他不时为客人添水倒茶，不时向客人斟酒劝饮，不时给客人夹菜盛汤，将一只只肥美母蟹剪绳松绑，亲手递到领导们的盏碟中。其间一边动手一边动嘴，充满感情地回忆起自己小学时的一位恩师，叙述他当时如何耐心细致地教导自己，如何循循善诱地教诲，无奈自己那时顽劣成性，辜负了恩师的期望。现在到社会上混了几年，才知道知识多么重要，深深地感到后悔，因而这一段在成人职大学习。但这辈子都会感激恩师，会一直铭记他对自己的教诲。

校长、书记听得频频点头，似乎颇为感动。途中陈涛两次起身给客人们敬酒，和每一位都说上几句体己话，恍如自家人似的。美丽的春杏也陪着两位尊贵的领导喝了小半杯干红，脸颊上悄然飞出两朵浅红，犹如三月的桃花一般娇艳。陈涛终于可以坐下扒拉一点饭食，春杏给他盛汤时低声问："你说的是哪位老师，怎么从来没有听你提过？"他拉她悄悄耳语："我鬼扯你还真的相信了？傻样！"弄得春杏不认识似的瞧着他，怔怔地瞅了半晌。

包厢的灯光是温暖热烈的，气氛是和谐喜悦的。一顿饭近两个小时，宾主相谈甚欢，相处愉快，甚至可以说有些投缘。校长后来说看到小陈就像看到自己的学生。书记同样夸奖年轻人能干，说只需好好努力，假以时日，一定会有更大的作为。

酒席八点多解散，一行人走出门外。天幕幽蓝邈远，明月当空朗照，深秋的晚风有些凉意。街道上霓虹正浓，远处的高楼在或明或暗的灯影里，有些迷蒙。近处是公园的一角，明快的音乐咚咚传来，几十名男女正高高举起双臂，尽情挥舞着……酒足饭饱之余，客人们都有些意犹未尽。

是啊，这样美好的夜晚，这样美好的心情，这样美好的黄金时间，自然不能这么早早结束，也不能这么草草结束，美好的夜晚总是需要温柔与浪漫陪伴。

一众人来到歌厅。这里自然是另一种氛围。黄色的灯光暗得有些暧昧，既保留了神秘，又营造出一种别样的诱惑。宾主坐定后当即开始。首唱自然是儒雅的中年校长，刚亮嗓就赢得了满堂彩。一首声情并茂的《涛声依旧》，让人想起往日时光，抒情中略有忧伤；一首《少年壮志不言愁》，更是气势雄浑、慷慨激昂，兼具一份英雄的壮怀激烈。接着是书记登台，他可能比较喜欢港台歌曲，全部用比较标准的粤语演唱，似乎是陈百强的资深歌迷。陈百强的《一生何求》，模仿得活灵活现、如出一辙。两位的精彩表演博得台下一阵阵喝彩，夹杂着三四声尖叫欢呼。继而中层干部们相继登台。大家看来都是 K 歌爱好者，而且水平都不是一班（般）二班（般）的，其中一人唱功最是了得，一首《懂你》，刚一张口就把大家惊了一跳。一曲终了，所有人皆认为他和原唱有得一拼，甚至超出了一两分！

有人提议陈涛夫妻来一段二人唱。面对一圈男人，面对这么多领导，春杏缩在角落一声不吭，怎么也不敢上台。陈涛只能表演独角戏，不过他很快进入角色。一首《大约在冬季》，眼睛始终半闭半睁，仿佛是在梦境中完成的，惹得大家伙儿笑声不断。陈涛唱完随即将话筒递给校长，不久歌厅里又传出噼噼啪啪的掌声。

春杏平日很少接触这些，虽也有自己心仪的歌手，也有自己喜欢的流行歌曲，但今天这种场合有些放不开，所以一直躲在角落里为大家喝彩。

这会儿陈涛正端着点心送到客人们面前，请他们随意。女服务员第二次进来，送上一份果盘。这一回她没有立即退走，而是走向陈涛身边，跟在他一侧，给每一位客人面前放上一些。两人并没有说话，可配合很是默契。

春杏不由得仔细看了两眼，觉得女服务员应与自己年纪相仿。服务员身着朱红色立领上装，领口袖口都镶以黑边，细窄的铅笔裤，让匀称的身材更显苗条；容貌清秀，皮肤白皙，似乎没有化妆，只用了一点粉色唇彩。春杏觉得她眼睛特别好看，大小刚刚合适，睫毛细密纤长，双眼皮，特别是黑黑的瞳仁，水汪汪的，好像盛下了一整湾清澈的湖水。

午夜时分，一辆绿色电瓶车负载着两人，一路轻松自由地穿街过巷，向着远处疾驰而去。大街上空空荡荡，只有一棵棵香樟树并肩排列，在寒风中飒飒抖动。路灯的光线很是暗淡，或许也是偷懒瞌睡了。春杏不知是寒冷还是疲倦，抑或是这一刻心头柔软，一双手紧紧搂着丈夫腰部，一张脸紧紧贴着丈夫背部，脑子里却增添了新的负担。

夫妻俩形影不离的这段时间，春杏一直细心留意，确实没有发现丈夫再碰毒品，也没有出现电视剧里吸毒成瘾者发作时的那些不堪状况，心下觉得丈夫前面可能确是偶尔尝试，没有成瘾，否则不会这么轻易放弃。今天算一算已经一月有余，春杏高度紧张的心一点点缓和，绷得铁紧的心弦一寸寸松动，觉得这一块似乎可以放心一些了，但还需要细心留意，不可以完全解除警报。现在的她有了新的担忧，觉得丈夫与那位女服务员不仅认识，而且熟悉；不仅熟悉，而且默契，十分默契！她有一种直觉，一种强烈的直觉，觉得那个女服务员和丈夫关系非同寻常，他们之间一定有什么，一定有过什么！

这天晚上，陈涛在工地干活后，回来一身臭汗，进门后立即洗澡。春杏替他收拾衣服时，看见裤兜里的手机不时亮屏，立即拿起来细瞧，发现是同一人正不断地发出信息。她试点了几次，无奈不知道密码，根本无法打开。听到卫生间"哗哗"的水声不再继续，她赶紧将手机原样放好。陈涛出来后，她装作不经意地说："手机一直在闪，赶快看一下，要不要回复。"丈夫斜瞥一眼，随口嗯了一声，未置可否。第二天下午在工地，陈涛随手脱下外套往旁边一搁，就和师傅们一道干活了。春杏耐心等到他背向自己时，当即"自然随便"地取走外套，溜到一旁掏出手机，将丈夫、自己、家里"三件军大衣"的生日一一输入，结果全部显示错误，焦急慌乱中忽然想起夫妻俩有次到银行办卡，设置密码时自己有些犹豫，担心输入生日容易泄露隐私。当时丈夫建议将后四位数再循环一次，说这样既安全又记得牢固。

想到这里，她立即将几个人的出生月日重复点击，果不其然，等到老大的号码输进去，屏幕立即闪烁跳跃，呈现出一片蔚蓝色星空。解锁成功！她立即打开微信，赫然发现置顶聊天的第一位就是"她"。春杏觉得应该就是那一位，因为显示的时间就是昨晚，应该是之后两人聊天的。几十条信息还没有删除，她立即聚精会神快速"爬楼"，发现两人早已走过"初恋"阶段，正十分亲密地"热恋"着：

"亲爱的，我想你了。"

"宝贝，我也想你。"

"那你什么时候过来？"

"她整天跟在后面，就像一只苍蝇，过几天吧。"

"找个借口把她甩掉不就行了？说起来还是当经理的，连这点事都做不好。"

"这个礼拜工地上也忙，过两天我会过来的。乖！"

"再不过来人家就不要你了，现在可是快忘记某人了啊。"

"别别！宝贝，不是有那么句话吗？叫什么来着？对，小别胜新婚！你好好的，到时候哥哥过来陪你。"

"你说的这个怎么好像不对？坏蛋东西，耍贫嘴倒是一套一套的，什么时候来点实际的？"

"就那么个意思呗，管他对不对！实际的正在储备之中，就怕到时候妹妹消受不了。"

"好，我等着！谁怕谁？不说别的了，我是不是厉害啊？感觉自己真不像话，要下地狱了。"

"知道你是女汉子，厉害着呢。向女汉子致敬！"

"听这话好像有点心虚吗，某位同志是不是后悔了？"

"报告领导：乐在其中呢，而且已经乐不思蜀了。女汉子听了是不是很受用啊？"

"去你的！谁知道真的假的。男人哄女人时说的话还能当真？现在感觉自己很傻，可能被你卖了还要替你数钱。"

"这么年轻貌美谁舍得卖。这么喷香的一块香肉我要留着慢慢享用，滋味无穷呢！要卖也不是现在，哪天我变穷光蛋了，再把你卖掉换点人民币花花。"

"我怎么看上一个忘恩负义的男人？死东西太坏了，真的不想理你了。"

"好了，玩笑到此结束。宝贝，真的想你了。现在不自由，不过会找机会的。我会随时过来啊，你可准备好啊！"

"知道了。限你三天之内，超过三天不恭候了！"

"宝贝，其实这样也不错，套用网络上的话就是：到时更加激情！"

"唉，不知道怎么接话，根本不知道说什么。"

"小说上的词就是：温馨浪漫、缠绵悱恻、荡气回肠、极度销魂。"

"死东西哎，完全作死了！要讨打了。"

"小乖乖，随时准备迎接你的情郎哥吧。哈哈！"

"啪啪啪，敲三下！请问情郎哥疼不疼啊？"

"不疼不疼，敲得快活！小乖乖，你哥哥现在就想飞过来，插上翅膀飞过来！"

"那就马上飞过来！"

"不说了，真有人飞过来了，不过是绿头苍蝇。"

"唉，怎么感觉自己连苍蝇都不如呢？"

"不要瞎说！你可在我心尖上住着呢。宝贝 88。"

"亲爱的，快点来吧。88。"

春杏一屁股瘫坐在地上，眼睛里冒出一簇簇火星，没有和任何人打招呼直接回家了。一路上心中汹涌澎湃，愤恨难平，有一会儿两条腿都有些哆嗦。回到家看见一双幼儿，充满热情地跑过来迎接妈妈，她止不住热泪盈眶。五分钟后老爷子接老大回来，春杏再也控制不住，一只手拉着大的，又俯下身搂着两个小的，先贴贴这个雪白的脸蛋，又摩挲那个粉嫩的面庞，一下号啕大哭起来！

三个孩子受到突然的惊吓，一个个呆呆地望着妈妈，完全不知所措。老大懂事地跑到茶几边，拽出一张面巾纸，过来替妈妈擦拭眼泪。春杏哭得更加恣意，似乎所有的委屈伤心，这一刻都要尽情释放。大月对儿媳单独回来本有些诧异，现在见她这副模样更是丈二和尚摸不着头脑，惊诧莫名之余，更加赔着小心询问。春杏面对两位老人和婆婆充满关切的眼神、焦急担忧的模样，再也无法忍受，大声哭喊道："他外面有人了！"大月先张大嘴后将头摇得拨浪鼓似的："不会，肯定不会！小涛不是那种人。"

爷爷一脸凝重，奶奶自言自语重复着两句话："我孙子不会那样的！他不会的，陈家人不会的。"春杏将丈夫手机里的微信内容进行截屏，发送到自己手机予以保存后，将猪头三的手机递给婆婆，指点她看其中关键的几行。大月不识几个字，但连认带猜也大致了解了意思，这才知道不成器的东西的确做了亏心事，一时间羞臊得无法面对儿媳，只能躲进厨房，气得拍手打巴掌，一个人自言自语大骂那个这会儿不知死到哪里的孽障东西。如果这时候人在面前，一定会让锅铲铁勺飞将过去，叫他头上长包脑袋开花！就算自己手里啥也没有，也须得捶上几拳敲出几个"毛栗子"，让他受点教训长点记性。羞急气闷之余，心下觉得自己上一辈在世为人，一定做过杀人放火的缺德事情，否则现在不会遇到这种事情，不会遭到这样的报应。

那边老爷子数落几句后，蹲在阳台一声声长吁短叹，神情悲苦地感慨不已。以前那么诚实听话的一个孩子，短短几年时间，竟然变成这副模样。先是吸毒，如今又做出这等伤风败俗的龌龊事情。这一切究竟是怎么了？什么时候开始的？唉，看起来城市真是大染缸，再干净的白布撂进去浸上几回，也会变得面目全非。

他仔细回想着孙子小时候的点点滴滴。那个在水塘里犹如白鲢一般劈波斩浪、轻松向前的英俊少年；那个在田埂上赤着双脚快速奔跑、大声吆喝的快乐小子；那个头戴柳条帽、肩扛钓竿、手拎一串活鱼的机灵男孩；那个沐浴着朝霞夕阳、背着书包骑着单车一路向前的追风少年；那个见人就笑、待人和善、在村里极有人缘的懂事孩子；那个对爷爷奶奶知冷知热、俨然是家中小男子汉的孝顺孙子；那个活泼开朗、干净单纯、诚实善良的孩子。那么好的一个娃娃，怎么也不能和眼前的龌龊沾边！这一切究竟是怎么了？

傍晚时分，陈涛便进了门，可能心怀鬼胎，今天进门格外早些。回来后瞅瞅这个瞧瞧那个，看见老娘一如既往在厨房忙碌，老婆一如既往给两个小的喂饭，似乎没有什么异常，他便装出若无其事的模样，但终究心虚，缩头缩脑有点蔫三了。爷爷朝他瞥了两眼，便直接招呼孙子下楼。奶奶看到祖孙俩出门，赶紧跟在他们屁股后面，并顺手轻轻掩上木门。

四六进门时，正好七点钟，饭菜立刻上桌。一家人坐定吃饭，春杏端起饭碗扒拉两口，心中一阵难过，眼泪"吧嗒吧嗒"落下来，再也吃不下去，只得将碗筷搁一边。她抬起手臂擦去脸上的泪水，定定地看着丈夫，声音不高但坚决地说："我们离婚吧。"一家人立刻停止吃饭，几双眼睛来回扫视着两人，四六更是诧异得筷子停在半空。

陈涛同样声音不高，但明显祈求老婆："先让一家人吃饭，吃完饭再说好不好？"两代的长辈一齐看着春杏。她虽然眼泪不断滑落，但也接受不了这般高度关注，只好默默端起饭碗，低头往嘴里填进几粒米饭。一家人无声吃饭，三个孩子似乎意识到什么，同样没有了往日的叽喳声，格外安静。

这真是一顿无声的晚餐。春杏放下饭碗后，坐在桌前没有动弹，等到爷爷奶奶公公婆婆一个个放下碗筷，这才抬起头盯着丈夫说："我还是第一次知道自己原来是只苍蝇，还是一只绿头苍蝇！谢谢你啊，让我明白了自己在你心目中是个什么东西。今天感觉自己真是可怜到家了，想不到被人嫌弃成这个样子。既然这么让你讨厌，就没有必要赖在你身边了，结束吧。从今以后，你走你的阳关道，我走我的独木桥，我们俩谁也不认识谁。你放心好了，我这只苍蝇就是饿死在大街上，也不会飞到你门上讨一口水喝！"

奶奶在矮凳上忽地站起，立即大声阻止："瞎说！哪能离婚？！三个小的怎么搞？年纪轻轻的不要把离婚挂在嘴上，离婚不是一件光彩的事情。"四六面向孽障儿子："还有这一档破事？你怎么一点不学好，尽走歪门邪道？！"大月面向儿媳："你们说一句离婚倒是轻松，这三个小人怎么办？你自己身上掉下的三块肉真能舍得抛下？"春杏神情决绝，恨恨地回复一句："是你儿子不要他们的，是你儿子抛弃他们的！他们老子都不要了，我为什么还要？！"

大月实在忍不住，冲出一句："你们当老子娘的能不能负点责任？哪有你们这样的老子娘？"春杏更加气愤："他们老子不负责任，我为什么要负责任？！"又气咻咻加上一句，"你们全部向着他说话，有哪一个替我想过？你们这一家人太自私了！"说着起身径直走向房间，随后砰的一声关上门。陈涛铁青着脸站起身也走向房间，进门后同样砰的一声带上房门。

几个人面面相觑，愣愣地互相瞅了几眼，便不再言语，一个个盯着那扇关闭着的房门竖起耳朵，几分钟内却没有听到动静。两个小的，一个在爷爷身上玩耍，另一个在太奶奶腿上嬉戏，志鹏一如往常到阳台小桌上写作业。双胞胎中的弟弟小宝一向长得强壮些，在大人身上动个不停。哥哥大宝却是瘦弱文静，只睁着眼睛看着弟弟。不一会儿，小宝从爷爷身上滑下来，一歪一歪跟着大哥去阳台,四六赶紧去阻止,大月收拾碗碟准备洗刷。

这时房间里有了响动,而且声音不小,几个人心神不定地交换眼神。突然,砰的一声巨响,唬得众人一跳。众人立即跑上前敲门,结果门并没有反锁,大月用力一拧就开了。打开门的一刹那,几个人看见那个畜生把春杏压在床上,一条腿抵在她胸前,一只手五指伸开正按压在她的脸上。四六两口子立即上前,连拉带拽拖下孽障。春杏立即翻身立起,没有任何犹豫停顿,一个箭步冲到窗前,抓住窗框猛地一个蹬腿,身体立马站到了窗沿上!

几个人大惊失色,一齐呆呆仰望着她,一时间完全不知所措。这一刻,房间里从十分喧嚣一下变得异常安静,好似突然按下了暂停键。很快,众人反应过来,但不敢有任何动作,只紧张地注视着高处的春杏,几个人似乎被钉在原地不能动弹。令人窒息的气氛中,大月嗓音颤抖地叫她千万不能乱动,陈涛低声哀求她赶快下来。两人一边说着一边慢慢朝前移动。

春杏两只手紧紧抓住窗框,披头散发、满脸泪水,看着众人斩钉截铁地说:"你们再向前走一步,我马上跳下去!"

四六连扇陈涛几记耳光,厉声呵斥:"还不快认错!你是不是要把我们活活气死?!"

陈涛瞪大眼睛看着老婆,一脸诚恳:"我错了!都是我错了!你还年轻,要好好活着,千万不能放弃自己的生命!下来,快下来!什么事情都好商量,我什么都答应你,什么都听你的!"

春杏泪眼蒙眬地望着丈夫:"是你不给我生路,是你不让我活,是你把我逼到绝路上的!我已经没有指望了。活着真的太痛苦了,我想结束这一切了。"

陈涛紧紧盯着她:"对不起!都是我的错!想想儿子,想想你的父母!你如果丢掉性命,叫他们怎么能够承受?怎么活得下去?!"

春杏站在窗台上,挺立在半空中,闭着眼睛呜咽不止,仰着头不断悲泣着,真正伤心欲绝了。

陈涛悄悄向前移动脚步,嘴巴里却没有停止说话:"我错了,我真的错了!对不起,实在对不起!我一定改。请你相信我,我一定会改!你想想我们的孩子，你真舍得丢下他们，不管他们了？！他们失去妈妈，以后的日子怎么过？你真的忍心让他们成为孤儿？！"

春杏猛地转过头来，眼睛里两道凶光如同利剑一般直逼过来："都是你！都是你这个老子干的好事！是你不要他们的，是你要让他们成为孤儿的！是你，是你，都是你这个好老子！"又将脸转向窗外，仰望着幽暗的夜空，"爸，妈，我该怎么办啊？我真的不想活了。老天爷，求求你告诉我，我该怎么办？我该怎么办？"

陈涛见状不顾一切地猛扑过去，一把抱住老婆的小腿，两手死死地抓牢她，再也不肯撒手，同时将一张脸深深埋进她的两腿间，再也克制不住，失声啜泣起来。几个人立即冲过去，一起帮忙把她弄下来，簇拥着扶到床边。春杏一下倒在被子上，翻身将脸朝下，趴在那里高声痛哭着……

第二天，春杏睡到日上三竿还没有起床。志鹏早上由太爷爷送去幼儿园，陈涛一早上班走了。两个小的早上睡不住，在床上吵吵闹闹，这个要吃东西，那个要玩玩具，不停地叫着"妈妈""妈妈"。兄弟俩盯着春杏看一会儿，奇怪她今天为什么不同往常？又掀动妈妈衣角，推搡她的身体。见春杏还不搭理，两个小东西干脆玩起了捉迷藏。你从这头爬到那头，他从那头被子里钻过来，相互一瞅哈哈大笑！春杏躺在一边纹丝不动，对眼前的一切完全视而不见、听而不闻，就像四周的喧嚣嘈杂被彻底屏蔽，对她没有任何作用。

大月推门进来吓一大跳，立即一惊一乍地大声嚷嚷："不得了，要感冒了！春杏啊，你能给他们穿一下衣服吗？早上这么冷，两个人就这点单衣，你也能看得下去！我的乖乖哎，真是作孽，小手冰凉的，不要感冒了。"一边快速给两个孩子先套上身棉衣。小宝没有玩够，要从奶奶怀里挣脱出去，大月火直冲脑门，抬起手啪啪两巴掌。小宝哇的一声大哭起来，大宝声援似的也跟着号叫起来。

大月瞟一眼挺在床上死尸似的春杏，禁不住火冒三丈，再也无法克制，大声说道："号吧，号吧，号丧吧！这是过的什么劳什子日子？我前世造了什么孽，现在要受这种罪？号吧号吧。你爸你妈都不要你们了，难怪你俩要这么号丧! 明天就把你们送到孤儿院去，你们就是没有老子娘的孤儿!"一边将穿戴整齐的双胞胎带出房间。

老太婆收拾好早餐的锅碗，又把儿媳洗好的一大盆衣服，大大小小全部晾上衣架，再一件件绷直抖动拉扯平整。做好手头活计后，老人赶紧走进厨房，一边帮着一同忙活，一边对儿媳说："你也是的，跟小家伙置什么气? 省两句吧，都省点事。唉，这个年头，都是老的省事，也只有老的能省点事。能怎么办呢? 吃点亏，吃点儿子的亏。婆婆只能是大肚子，什么腌臜都要能盛得下。现在年轻不晓得，以后自己当了婆婆就晓得了。"

大约二十分钟，两个小的全部吃饱喝足，一切收拾停当。老人轻轻巧巧走进主卧室，转身合上房门，坐到孙媳身旁。春杏的头发披散着，面朝里闭着眼睛，眼睛依然红肿，脸颊似有微微肿胀，一动不动蜷卧在那里。老人给她掖掖被角，把肩头盖严，又将她头发往两侧捋一捋，擦去孙媳脸颊上的泪水，看到她一只手露在外面，便双手伸过去直接握住了，这才开口说话："杏啊，可不敢这样，睡软了要生病的。什么时候都要保重身子。听奶奶话，起来吃点东西动一动，身上才有劲。听话! 起来吃点东西。"说着老人一只手伸到春杏脖颈后边，试图扶她起来，无奈孙媳完全不配合，就像一坨面瘫软着。老人弓着身子使劲托起，也仅能让她脑袋高过枕头一两分。祖孙俩就这样在半空中挺立一小会儿，首先认输的自然是年老力衰的一方，老人已经有些气喘不匀，只得败下阵来无奈作罢。

"说起来这件事确实是小涛不对。这个孽障东西怎么能干出这种事情? 你看他爸当时火得。是该打，打得好! 唉，这个孩子确实变了。真想不到会做出这种伤风败俗的龌龊事情，完全是畜生少长一条尾巴! 我昨晚性急了一点，也是怕你们离婚。杏啊，你不会怪我吧?"

春杏没有动弹，闭着眼睛摇了摇头。

"昨天我们一家人着急了才那样说的，根本没有怪你的意思。都是大老粗没文化，又急火攻心的，哪能想得那么周全。都是那个孽障东西犯的错，跟你一点关系没有! 我代他们向你赔个礼，你就不要怨他们了。"

春杏睁开眼睛，面向老人："奶奶，你不用这样说，我没有怨家里人。我也是特别生气才会那样，你也不要介意啊。"

老人在孙媳手背上轻轻拍了两下，嘴角始终露着浅浅的笑，和颜悦色地低言细语："傻孩子，我还能跟你计较啊。小涛这一回犯这么大错，的确太不应该。他是糨糊糊了脑子，猪油蒙了心。不过杏啊，你年纪轻不晓得，人生在世几十年，是多长的日子，得走多远的路，走着走着一个不留神就容易岔出一两步。他年纪轻根基浅，花红柳绿的迷了眼。不是我当奶奶的替孙子开脱，如今这个世道，外面花花世界一片，多少男的在外头有人，多少女的在外不规矩。上个礼拜老大放学在楼下玩，几个阿婆都说，现在正经男的已经找不到，有点钱就学坏了。杏啊，你们结婚已经几年，现在又有了三个孩子，能怎么办呢？看在小家伙面上，只能咬口生姜喝口醋，打落牙齿往肚子里咽，只能忍点气再忍点气。福气福气，有福就有气，有气才有福。总归是自己丈夫，给他一次改正的机会。你就看他以后表现，如果还是不改，再提离婚行不行？我这个当奶奶的，保证到时候一句话没有。你说要真有那样一天，我们还有什么脸面说一句别的？"

春杏没有言语，默默抽回自己的手。

"杏啊，我们女人结了婚就不是自己了，有了孩子就成孩子的了。你说这三个孩子，哪一个不是你身上掉下的鲜肉肉？你生他们那会儿，我在老家没有来，你们婆媳俩吃了多少苦，你自己心里最清楚。两个小的出生那半年，大宝身子弱，三天两头到医院吊水，哪一回不是你们两个带去？后来几次住院，你在医院伺候大宝，你婆婆天天给你送饭，背着小宝往医院来回多少趟？那年下半年两个小的吵夜，几乎天天闹腾，那么冷的天，你们俩经常半夜三更跑出去，抱着孩子在楼底下走道，多少天睡不成一个囫囵觉，日当夜夜当日。那么艰难的日子不是熬过来了吗？如今好不容易把他们拉扯这么大，长得多壮实多好玩，带出去哪家大人不眼馋？几个人说就像年历画上的那些娃娃。这么好的孩子，天天围在你身边转，一时一刻都没离开过。你眼睛里看到的都是他们，脑子里想到的都是他们，三个小家伙早把你这个当妈的心肺填得满满的，我就不相信你真能丢下他们。杏啊，人心总归是肉长的，说抛就能抛下，说舍就能舍下了？"

"那是你们老一辈的活法，现在很多年轻人不是这样，他们只想把自己过好。人家舒舒服服活一世，什么负担也没有，一个人自由自在无牵无挂，要多轻松就多轻松。"春杏有些不服气，径直说出自己的想法，听起来很向往。

"那还能叫人啊？不是连牲口都不如吗？牲口还知道心疼自己的小家伙。你看电视上那些牛啊羊的，哪一个不管小的？狗子猫子都疼得很！不过话说回来，人生在世的确不容易。把孩子领到世上那一天，走到哪儿都不轻松，肩膀上始终压着一副担子。一头一个筐子，孩子们都在里面坐着，都在身边看着，就算再累再沉，还能中途撂挑子，把他们生生扔下？真要那样做，谁能躲得过孩子的那一双眼睛？走到哪里都在后面盯着你，你能躲多远，又能躲哪儿去？再说那不是把自己的心肺活活撕开了？世上有几个人能架住那样的疼？忍得了那样的痛？"

老人说着抬起头，幽幽地望向窗外，不自觉叹出一口长气，又继续自己的思路："要说人哪，上辈子都是欠了儿女的，这辈子他们就是讨债来了，你得一生一世地还他，就像林黛玉对贾宝玉，再怎么躲都躲不开。可又有什么法子呢？这就是命，谁都逃不掉，谁都逃不掉的……所以杏啊，无论遭多大的灾，有多大的难处，你也要把他们带在身边，养大成人，至于以后能不能有碗饭吃，就看他们自己的造化和福分了。人生在世总得承担一些斤两。其实世上的人一落地，老天爷早把一副担子压上了你的肩膀。也不要怕，一代一代不都这么挑过来了？现在传到你们这里，再沉也只能咬牙担起来，怎么着也得把自己这一段走完。杏啊，你说是不是这个理儿？"

"唉……现在说这些又有什么用呢？他们老子都不要他们了，我还要他们干什么？再说我又能养活哪一个？"说着，春杏长长地叹息一声。

"小涛不可能不要他们，我们家里也不允许他做那种事情。杏啊，他不会的，肯定不会的。你看他昨天不是哭得那样伤心。一个男人那样哭肯定是知道自己错了，你给他一次机会。这一响他的心就像拴在一根绳子中间，你这头松一松，那头拽一拽，他就过去了。这个当口你可不能把自己男人往外推啊，再推就真出去了。千万要把他往你这头拉，还不能着急，得慢慢拉，拉急了容易崩断，至于怎么拉，就看女人的能耐了。杏啊，你自己好好寻思，到这里我就帮不了你了。"

"他说的那些话我永远忘不掉，要我一下子全部抹掉确实做不到，任何一个女的恐怕也很难做到。他们已经到了那种地步，现在他的心完全在那个女人身上，要他一下断掉不会那么容易吧？"

"这个你放心，我们跟他说，让他下决心断，肯定断掉！小涛是我从小看大的，他当真吃了熊心豹子胆，会为了那个妖精抛下自己的亲生骨肉？奶奶跟你打包票，这个肯定能做到，而且一定做到。现在我们全家人都站在你这边，你可不能把自己丈夫让给别人。"

"唉，现在三个小的，每天光吃喝拉撒，一天花费多少？前一阵他还说年前订房，算算账还差一大截。压力这么大还这样胡闹，只想自己快活，完全不顾这个家，不顾我们死活。真不知道以后会怎样？当初要是知道这种下场，后面两个萝卜头打死不该再生！"春杏说着情不自禁激愤了。

"不要着急。现在这个年头，哪里有饿死人的？你们两个辛苦点，一家人齐心合力帮衬你们，培养他们用心念书，说不定将来就是三条龙。人家人家，说到底还不是要有人。"

春杏终于坐起身仰靠着："真是活活气死了。前面事情还没结束，现在又出这种幺蛾子！我那会儿是不想活了，要不然哪会走那种绝路。"

老人一把抓住她的手使劲摇晃："杏啊，下次可不敢那样了！吓死我了！年纪轻轻就寻死觅活还得了。昨晚总算平安无事，万一有个闪失，我们怎么向你爸妈交代？三个小人怎么办？"

春杏的眼里又涌出许多泪水，虽然五味杂陈，心中有千分委屈万般苦楚，可面对这一位矮小瘦弱、行动已显迟缓、饱经风霜、脸部皱纹深刻、银发稀疏、皮肤松弛枯干，然而慈祥和善、充满关切之情的老人，终究是无从说起，无法倾诉，伤心难过之余，克制不住地再次饮泣了。

"杏啊，以后千万不能再做傻事！昨晚好险啊，万一踩空有个闪失，你爸爸妈妈怎么受得了啊？你让他们怎么活得下去？小涛就背上人命债了，这一辈子就成罪人了。三个小的更不要说了，就像没窝的小猫小狗，吃没的吃喝没的喝，到处受人欺负遭人嫌，真不晓得能不能长得大。电视上说没妈的孩子像根草，什么时候都被人踩在脚底下，只能在荒郊野外趸摸点生活。我的小乖乖们，那就要可怜死了。唉！杏啊，你身为他们的亲娘，还能眼睁睁看着自己的亲生骨肉落到那步田地？！"

春杏像被抽掉筋骨，再一次瘫软下去，四脚朝天躺在双人床上，睁着两只空洞的眼睛望着天花板，不一会儿便视线模糊了，只见两股细细的清泪不停地外溢、滑下，外溢、滑下，犹如老家那条永恒的丹阳湖水，始终流淌向前，绵绵不绝，似乎永无尽头了……

三天以后，已过黄昏时分，陈涛下班回家，看到志鹏正在摇头晃脑背诵经典。这是幼儿园一周一诗的常规作业："鹅，鹅，鹅，曲项向天歌，白毛浮绿水，白毛浮绿水……嗯……"一张红嘟嘟的小嘴半张着，歪着脑袋认真思考，两只小眼睛眨巴眨巴瞧一瞧太爷爷，又瞅一瞅太奶奶，没有得到任何提示，只能自己努力回想。做父亲的看着儿子稚嫩可爱的小脸，苦思冥想的表情，专心致志的神态，一刹那觉得有一些暖暖的东西在身体里驿动，心里一热提醒儿子："红……红掌"。小家伙一下醒悟："红掌拨清波！"随即看着爸爸开心地笑了。陈涛禁不住一把搂住儿子，在他圆圆的小脸上"吧唧吧唧"用力亲吻。

这一刻，在这间陈旧阴暗的出租屋里，在地处城市边缘的近郊一隅，在离却故土的遥远的他乡异地，来自长江边一座小小村落的老陈家祖孙四代男子汉，第一次一起快乐由衷地笑了。

初冬的夜晚总是提前赴约，很有一些迫不及待，每每霸气十足地立刻就要占领更多的地盘。这不，太阳刚刚西斜便闪躲开去，一会儿就悄无声息没了身影，不知溜走去了何方。窗外已经全黑，四六还不见人影，太奶奶在给两个小的喂饭，志鹏沾弟弟们的光也提前开饭。两个小的并肩坐在小马扎上，太奶奶仍然是那个矮凳,一碗饭同时两人吃,一人一口依序喂食。大宝小宝胃口很好,老人舀起的每一勺均是连菜带饭几乎满溢,弟兄俩每一次都是"啊呜"一口,干干净净没有剩余,也没有多少掉落的饭粒,有时似乎没有咀嚼就直接吞咽了。不到五分钟,满尖的一碗已经被两兄弟干得精光。

太奶奶到厨房送碗时不由得感叹:"别人家给孩子喂饭都是老大难,经常大人追着孩子跑,一喂半个多小时。这俩小东西倒好,就像前世没有吃饱过,这辈子讨饭来了,狼吞虎咽不晓得饱一样。"大月看着婆婆笑:"人也是的。真要难喂肯定又烦了,这样不好吗?大宝以前身子弱,花钱费钞不说,大人跟着操多少心?今年天凉快后胃口好了,身子也壮实了,这一阵感冒都没有。这不是最好的吗?"婆婆也笑:"当然好啊,再好不过的事情。我也就是随口说的,你还不高兴了?"大月赶忙应道:"怎么会?我也是看了高兴!"

春杏看见丈夫进去洗澡,立即掏出他的手机,直接坐在沙发上开始翻阅,已经无须任何避讳。谁知陈涛重新换了密码,试了半天也是无法打开。她拿着手机兀自坐着没有挪步,等到丈夫一走出来,立即发出质问:"为什么换密码?你是铁了心不要这个家了!"说着将手机扔到沙发这一头。陈涛没有说话,拿起来点戳几下,解锁后又扔过来。

春杏打开赫然发现那个"我心飞翔"仍旧横亘在那里,傲然占据着最高端的首位。她这一次理直气壮点开那个人的微信头像,只见画面中央是青绿色的大海,上方湛蓝的天空里飘浮着几团絮状云朵,近处是一片明亮的浅色沙滩。一顶纯白色宽边凉帽,一只纤纤玉手按压在边缘;乌黑的直发犹如瀑布一般,泻至腰部;一袭合体的束身连衣裙,同样是年轻女孩钟爱的纯白色。女人正从海岸这边赤脚奔向海边,小腿部露出的部分仿佛初夏刚刚拔节的莲藕一般鲜嫩……女人的姿势稍有倾斜,背影清丽动人,具有很大的杀伤力。

春杏眼睛里又一次喷出火苗,一簇一簇直刺眼睛,禁不住酸水漫到喉咙口:"是!哪里舍得删,要是我也舍不得!这么年轻靓丽的美眉哪里舍得。当然要放在心口当尖上,当然要置顶放在第一位,当然要重新设置密码!这么狐媚勾人的妖精,这么心尖尖上的一块香肉,自然要好好保护!你可要小心看好了,不然可能隔不了几天就被别的男人拐跑了，或者你不伺候舒服，人家自个儿就溜走了！"

陈涛先捏着鼻子不作声，后来忍不住开始反击："不要胡说八道！这个女的是客户，你好好看看清楚，根本不是那个人。我说你到底闹够了没有？省点事行不行？家里还有老人孩子，不要太不像话。"

春杏立即予以驳斥："编！上次头像就是这个女的，你骗鬼呢！是我不像话？是我胡说八道？是我不省事？这一切都是谁造成的？！你还有脸说这样的话？真是服了你，佩服得五体投地！你真把我当傻子了？上次不是你自己说的，把她拉黑删除，手机不设密码吗？你哪一件做到了？哪一点做到了？！说白了吧，你根本就不想断，根本就没有这个念头！我这只苍蝇识相得很，给你挪窝腾地方，成全你们这一对爱侣。不过我提醒一句，你可要问清楚了，人家愿不愿意到你这所破庙来，愿不愿意跟你过这种穷苦日子。我看你就是剃头的挑子，不仅一头热还是一时热，根本长久不了！你说什么？咸吃萝卜淡操心？好,说得好！这种事的确无须我来烦神，还是言归正传，我们俩如今到了这种地步，多说确实无益，也不要吵也不要闹，安安静静离掉。绿头苍蝇这种态度没有话说了吧？"

大月这会儿自然在厨房忙活。客厅既是全家活动的主要场所，也是老两口夜晚休息的房间，因而这会儿就算想避开也实在没有地方可去，只能看着孙子孙媳干着急。老爷子狠狠地瞪着自家孙子，老太婆坐在阳台的矮凳上，坐在这个似乎永远属于她的小凳上，呆呆地仰着头望着窗外的天空，不知道心里在想些什么。

这时，双胞胎在房间里吵闹起来。春杏跑进去一人甩起一巴掌，小家伙们立刻杀猪般号叫起来。志鹏在小桌边使劲跺着脚，发出大声抗议："吵死了！还让不让人写作业了？能不能不要叫了？"一边的老太婆不再看天，哎一声，叹出一口长气，两手抱着头低垂下去，看起来如同匍匐在地一般。

陈涛径直走进房间关上门。隔着这一层，孩子们的吵闹声明显减弱了几分，可不到几分钟房间里传出更大的动静，跟着大宝小宝的声音更高。老太婆起身走到老头子这边，和他交换了一下眼神，站在那里没有动。房间里的嘈杂声越来越高，两人走过去拧门，发现里面已经插上，便在房门上"咚咚咚"一阵乱敲。

半晌没有人过来开门，两个孩子的哭喊声几乎就要冲破房门。老爷子猛地一脚踹过去！简易的木门架不住如此威猛的力量，一下子撞向旁边。大月也跑过来，看见陈涛把春杏正抵在里侧墙角，一只手在她脸颊上来回扇动！春杏被逼在那里不能动弹，但不哭不闹，一双眼睛盯着面前的男人，几乎冒出熊熊的火焰。几个人赶紧拉开他，老爷子气得在陈涛头上啪啪几巴掌。这边春杏刚得到解脱，小宝过来张开两手要妈妈。春杏两只手将小宝拦腰抱起，一下举到半空中，向床上猛地直摔过去！

孩子不知道是吓傻了，还是一霎时摔蒙了，趴在那里一动不动，半晌没有出声。陈涛见状立刻冲过去揪住春杏的头发，一把拖拽着将她拉扯在地，同时飞起右脚，在她身上猛踢！一时间房间里乱成一锅粥，老中青幼齐聚一室，几乎填满这十几平方米的空间。喊叫声、责骂声、踢打声、哭闹声，小小的出租屋盛不住如此的嘈杂喧闹，仿佛立刻就要炸开一般……几个人拼命拉开他们，春杏爬起来就如疯了似的，立刻跑去厨房，拉开抽屉抽出水果刀，没有任何犹豫，在手腕上用力一划……

春杏静静躺在床上，左手腕有一圈厚厚的纱布包裹着，一只脚伸出被外，吊瓶里的药液从这里缓缓渗进体内，一件小棉袄捂住了腿脚。她就这么仰卧着，睁着眼睛看着头顶的上方，定定地瞧着，眼珠一动不动；二十分钟后，又转动头部，目光移向窗外，直直地瞧着，半天没有转回……年轻女人终于收回眼光，合上眼睛想要歇息，脑子里却是天马行空，一刻不停，不久前的几幅场景又一次清晰闪现，——掠过她的眼前：

画面一：房间里，她悄悄问志鹏："爸爸妈妈如果离婚，你想跟谁？"孩子蒙蒙地看着她，或许根本没有明白。她告诉儿子："就是爸爸妈妈以后分开不在一起了，你跟了爸爸，妈妈就走了，你跟了妈妈，爸爸就走。志鹏只能选一个，你想跟谁在一起？先想一想，想好了再说。"孩子愣怔半天，眼睛里浮出泪花，嗓子里透出哭音："志鹏不想选。"春杏只好哄他："乖孩子，你只能跟一个啊，一定要选的。"孩子的泪水一下涌出眼眶，似乎马上就要哭出来："志鹏不想选，我跟爸爸就没有妈妈了，跟妈妈就没有爸爸了。志鹏不要你们走，一个都不要走！"春杏一把抱住儿子，蹲下身搂住他啜泣不已，孩子也悲伤地哇哇号啕了。母子俩紧紧相拥，泣不成声，悲痛的情景犹如马上就要生离死别；

画面二：树荫下，她在打电话。

"……我要离婚，根本过不下去了。"

"这个畜生东西，完全作死了！怎么能做出这种事情？怎么能这样对我女儿？！不行，今晚我打电话问问他老子，是怎么管教儿子的？当真做出这种没皮没脸的事情？！这还得了？简直不想过日子了嘛。小杏，你放心，爸爸会帮你教训他，不行过两天我直接过来捶他！我倒不信，这小子还能翻天了？！"

"爸，我这次下决心了，要跟他离婚，一定要离婚。"

"不能离婚，千万不能离婚！话说回来，哪有夫妻不吵架的？哪家不是吵吵闹闹的？再说现在已经有了三个孩子，更不能离婚！他已经胡闹在前，你后面不能再胡闹，听见没有？以后不许说离婚。"

"爸！你怎么不替我想想，他都这样了你还向着他？！你怎么不心疼自己的女儿？"

"小杏，爸爸就你这么一个宝贝女儿，怎么会不心疼呢？你还年轻看不透。如今这个世道，是个男人都容易犯错，能有几个老爷们能一点不走岔？一个女人哪能抛下自己的骨肉？你打他骂他责罚他都行，就是不能离婚！"

"爸！我不管，我就是要离婚，坚决离婚！"

"胡闹！我跟你说千万不能瞎胡闹！你要是离婚了就不要进这个家门，我不准你跨过这道门槛！"

"你还是我的父亲吗？怎么变成这样？对自己女儿这么狠心？！"

"我们潘家出门的姑娘没有离婚的！你要是离了婚，叫我们在村里怎么走得出去，怎么有脸见人？在五亲六眷面前你爸这张老脸往哪搁？！一句话，离婚就不准进潘家村，不准进娘家这道门！"

"不进门就不进门，离了你们我还能饿死了？！我自己一个人到外面打工去！呜呜呜……"

"小杏，爸爸是为你好，天下哪有不心疼自己儿女的老子娘？以后你就晓得，婚不是那么好离的。你这么年轻，离了婚后面事情更多更麻烦。女人不到万不得已千万不能走这条路，这条道更难走！爸爸还能不为你考虑？以后你就体会到这一层了。我在工地不说了噢，不要哭哭啼啼的。凭良心说，他们这一家人还是不错的。女儿啊，只能嫁鸡随鸡嫁狗随狗。爸爸问你，你当真舍得丢掉三个小的？我知道，我知道，你不要说了，这些话不能作数的。你现在不过气头上说两句狠话，根本做不到的。我自己生的女儿还能不清楚？你不是那种绝情的女人，是个心软的孩子，怎么可能抛下自己的亲生儿女？我跟你说，真要离了婚，不管你走到哪儿，他们都在后面牵着你拽着你，几双眼睛盯着你望着你，你能一点不顾他们？！你要跟前面的牵扯不清，后面再找的能答应啊？你想想，怎么可能搞得好！何况你怎么补偿他们？这一世都欠儿女了，后半辈子能过得踏实，能活得安心啊？小杏，一个女人结婚前是要把眼睛睁开，结婚后只能马虎点。孩子，认命吧，这都是为人在世当爹当娘的命。说到底儿女就是一副铐子，一生下来就把老子娘铐住了，根本跑不掉！女儿啊，忍点气省点事，把肚量放大一点，听爸爸的话不会错的。"

"呜呜呜……"

"不要哭，不要哭，不说了，人家催了，爸爸要干活了。乖，听话啊！"随即电话那头再也没有了声响。

画面三：子夜时分，房间内没有开灯。通过窗外射进的微弱光线，可以看见大小两张床并立。一个女人在大床上坐着，一个男人在小床上坐着。一会儿，男人起身上了大床，在女人身边蜷缩躺下。少顷，男人侧身抱着女人大腿，看着她一个劲地低声祈求："我错了，真的错了。老婆，请你原谅我，一定原谅我！"

黑暗中，女人纹丝未动，火气半点未减，先是鼻子里哼出一声，然后嘴巴里跟着爆出成串的铁豆："你年纪轻轻的，眼睛就被白内障糊住了？！好好看看清楚，这里哪有你的老婆，只有一个黄脸婆！唉，我也真是忘性大，还往自己脸上贴金，明明在别人眼里连个人都算不上，只是一只苍蝇，还是一只绿头苍蝇！如今你陈涛的老婆可不是一般二般的，连我这个女人看了都要心动，都想多看几眼呢！好家伙，不但人长得漂亮，名字也很洋气，叫什么'我心飞翔'！还别说，这个网名起得好，这么漂亮的女人的确有资本飞翔！你陈涛可得当心看好了，不然可能真的飞走了。说不定这会儿早就飞跑了，飞进哪栋别墅了，还能瞧这种地方，还能瞧这么破烂的安置房？！不过估计你也不敢告诉人家实情，可能连吱都没有吱一声吧？"

这一顿夹枪带棒的有力打击，许是耗费了春杏很大的气力，说完她便闭上眼睛往后一仰，再也不看丈夫一眼。可能是火力确实凶猛，陈涛被打击得不轻，垂头丧气半晌不吱声。十分钟后缓过来，陈涛振作起最后的精神，觍着脸不顾她的冷嘲热讽，依旧一个劲地反复央求："老婆，对不起，真的对不起。你打我骂我踹我都行，随便你怎么惩罚，我不会说一个不字，但是不能离婚。三个孩子你不能丢，我也不能丢。千错万错都是我的错，一切一切都是我的错。"春杏躺在床上不理不睬，就像一根木头。陈涛抓住春杏的手使劲往自己头上拍打，春杏用力要抽回自己的手，无奈陈涛更加用力，只能随着在他头上反复拍打，终于春杏睁开眼睛说："神经病！你把我手弄疼了。"

陈涛放开老婆，自己在头上较劲，又使劲敲击自己几拳。春杏定定地注视着他，脸上没有任何表情，对眼前的一切似乎空气一般视而不见。他觍着脸伸出双手试图拥抱春杏，春杏恶心似的一把掀开了。他又不死心地将身体往前贴，春杏心中的火腾一下蹿起三尺高，一抬手甩起两记耳光！只听得啪啪两声脆响，陈涛如同一只泄了气的皮球，终于放弃了一切的努力，咚的一声倒在床上，合上眼睛再也没有发出任何声息，唯见眼角边缓缓流淌出两行咸涩的苦水。在幽暗的子夜时分，一切已然湮没，房间里如死一般沉寂。

夜的脚步又一次幽幽前行。不知过了多久，春杏的视线依然流连着窗外。深蓝色天幕上，既没有星星也不见月亮，不知都逃去了何处。夜色已经深浓，边无际的黑暗将一切都淹没了，只有那无家可归的风儿，仍然在深冬的旷野里游荡悲鸣，在子夜的街巷口呜咽低回，一遍又一遍唱出那永恒而无尽的哀歌……

　　这是一条光洁平整的国道，清晨的车辆已显密集。这一刻，太阳刚刚升起。深冬的暖阳弥足珍贵，还是这么万里无云的晴好天气，美丽的一天又一次开始。两侧的香樟树不是很高，大小亦相差无几，比肩而立着静候每一位的到来。经过冬夜的冷酷磨砺，于温暖明亮的阳光下，于和煦温润的晨风中，香樟树宛若一群意气风发的少年，格外朝气蓬勃、绿意葱茏，特别自由舒展、精神焕发。然而老两口坐在返程的车中，却是默默无语、神情黯然。

　　还是这辆宝蓝色小车，还是这条笔直的柏油路，还是侄孙女婿小张驾驶。不过这一次他的爱驾倒是轻松不少，因为老两口下楼时只有一个拎包，应该是几件换洗衣服。小张脑海里不由得浮现起上一次的情景，与那样的负重相比，这一回简直就是我心飞翔了。他心中一乐想起在哪里看过的两句标语：高高兴兴而来，快快乐乐返回。调皮的小张心中又加上两句：高高兴兴满载而来；快快乐乐卸载返回。横批：心甘情愿。

　　一大早阳光灿烂、空气清新。道路上宽敞整洁，黄白二线泾渭分明、十分清晰。大小车辆各行其道，一片秩序井然，蓝色大众鱼雁般穿行自如。小张的心情很是舒爽。他从后视镜中瞅见二老无精打采，有些萎靡不振，便有意调节气氛自娱自乐吹了几分钟口哨。见他们还是蔫蔫的不搭腔，小张忍不住询问："怎么回事？住这么长时间还没有待够啊？小一个月了吧，还是舍不得他们？不过也难怪，在这里多热闹，一家人天天在一起多好！回老家就冷清了。二老不要着急，小涛不是说打算买房吗？等买了房子干脆住在城里，您二老天天能看到小的，一家人开开心心的，有事也好照应，省得两头牵挂。"

　　老太婆长长叹了一口气，愁眉不展地说："还指望那些，只要他们不吵不闹，安安稳稳过日子就中了。唉，我们是土埋半截的人了，什么也不问了，问了还讨嫌。谁还会听你说一句话？如今这个年头，哪里还有老年人说话的份儿？

还是乖乖管住自己这一张嘴，什么也不问，什么也不说。不过也难怪，现在的年轻人都跟形势走，老年人老脑筋跟不上趟，只能做个聋子哑巴。只要白天有碗饭吃，晚上有张床睡就行了，还要求什么呢？等哪一天闭眼了就省心了。噢对，前两天四六在工地干活，听说村里老张头上个月去世了，一点毛病没有，一觉睡过去人就殁了。他今年正好九十岁，能活到这个年纪，前面能吃能喝，走的时候还一点没遭罪，真是前世修来的福气。现在生活条件好，老年人寿命长。我也不求活那么大，只要能活到八十岁，到那天还能像他这么个收梢，那就是有福人了。"

老爷子这会儿可能因为回家心情愉快，似乎暂时忘记了愁苦，轻松坐在小车上，半逗乐半劝慰自己老婆："还说没要求？我看你要求多得很。人人都像你一样要这要那，就算真有神仙，肯定也忙不过来，所以不要抱什么指望。人家想管也根本照应不过来，还是自求多福吧。"

老太婆这会儿心情同样多云转晴，在丈夫手背上拍一巴掌，嗔怪中含着笑意："你这样说老天爷还会理我？其实我也就是随便说说。你说哪一个人的命不都是早就定了的？还由得了自己做主？老话说入土为安，以后想埋到土里都不行了。唉，去火葬场的路我们已经走到半道。想想公家这么做其实也有道理。你说地上这么些人，蝗虫一样乌泱乌泱的，城里更不得了，一栋楼能装下老家一个村的人还多！一个小区有多少楼房？这么大无锡市又有多少楼房？难怪要烧，总得给子孙后代留点土地不是？"

小张见大奶奶啰里啰唆终于歇嘴，立即见缝插针地问老爷子，全然忘记了自己也是话痨这一茬："怎么了？他们没什么事吧？我在上海干活，平时很少联系，上个礼拜大伯打电话，问我最近可回去？刚巧村里有一家盖房子，喊我回来帮几天忙，正好顺便带你们了。大爷爷你说，你们这一个大家庭，老老小小近十个人，巴掌大点地方，城里人又不串门，天天窝在一堆，哪有锅碗不碰勺沿的？就是自己的牙齿和舌头，有时也要磕碰几下，都是正常！"

"说起来大伯他们也真是不容易，光三个小的一天要开支多少？现在还只是吃点喝点，以后三个孩子在城里上幼儿园，再上小学、中学，如果加上辅导班，妈呀，教育费用吓死人！现在上学和我们那会儿上学，真是一个天一个地，相差何止十万八千里！不过小涛干得还可以，他这个项目经理一年二三十万应该不成问题，大伯出去一天就是几百块，收入还是可以的。现在一家人在无锡生活应该不成问题，至于以后的事情以后再说，一步一步来。这些您二老就不用操心了，也帮不上忙，回家主要任务就是把身体照顾好。你俩身体硬朗就是减轻了他们的负担。"

"有的老年人坐轮椅，有的躺在床上，儿女伺候得再好，哪有自己能动自在舒坦？再说儿女哪一个不忙，能把自己工作搞好，小家庭打理好，已经不错了，哪有那么多时间精力来伺候老的？更不要说长期服侍了。久病床前无孝子。其实不怪下一代，我觉得应该理解。所以归根到底一句话：回家吃好喝好，不要舍不得！自己算算还有多长时间，当真能活到一百岁啊？大爷爷你们辛辛苦苦一辈子，操劳一世了，年轻时过的是什么日子，现在这把年纪还不享受一点？说句不怕得罪你们的话，万一哪天突然不中或者直接'过去了'，你说能不能对得起自己？亏不亏得慌？"

老太婆听得不舒服，用胳膊肘捣捣身边老伴。老爷子心领神会打断小张："好了好了，不要扯这么多了。安心开车，不然旁边来车你还不晓得。"

第四章

这天下午五点左右，春杏正在看着老大写作业，忽听得"咚咚咚"一阵急促的敲门声。她立即走过去打开门，发现是一位真正的稀客——以前从未登门的小区居委会王主任。诧异间正打算询问，看到对方一脸凝重的表情，不禁心头一凛，隐隐约约预感到什么。王主任瞅瞅屋里又瞧瞧春杏，先有些迟疑后干脆利落撂出一句："陈涛吸毒被抓了。"

春杏身体里猛地轰隆一声，感觉脊梁骨突然被什么东西砸到，一下就要断裂，顷刻间支撑不住，两眼一黑身体就要滑倒。她赶紧抓住门框，眼睛开始潮湿模糊，心里虽知道这是板上钉钉的事实，却还是不愿相信，也不敢相信，嘴巴里发出小猫一样软弱无力的声音，两只手拽住王主任胳膊，似乎对方就是一根救命稻草："你说什么？是不是弄错了？不可能，他不会的，不会的……"

闻声奔过来的大月手中还拿着锅铲，听明白后更是如雷轰顶，不由自主大声反驳："你肯定弄错了！我儿子不会的，一定不会的！你再问问，再问问。"王主任见多识广、经验丰富，知道家属一时半会儿接受不了这一残酷的事实，大祸临头时人的本能总想躲避。王主任深切理解两人此时的心情，说话更有耐心，也更加清晰明确，没有一丝含糊："不会弄错的，我已经核实过了。现在人就在拘留所。"

大月一下瘫坐在地，哇的一声大哭起来，扔了锅铲不停地拍打面前的水泥地，眼泪就像断线的珠子往外直滚。春杏这会儿反倒冷静，向王主任提出一连串的紧要问题："什么时候的事？在哪里抓到的？是他一个人还是几个人一起？"王主任深深地看着这一张虽流着流泪，但依然冷静的娃娃脸，又定定地瞅着地上涕泪横流、悲痛欲绝的女人，含糊其词地推说自己也不太清楚，只是接到上面电话，让居委会通知家属。

春杏瞧她闪躲不定的目光、欲说又止的神情，知道这个女人藏了一截，情急之中用力拉拽着不让她走："你告诉我，请你告诉我，请一定告诉我！他已经这样了，你还需要隐瞒什么？今天是你来通知的，不说清楚我就不让你走。我就是死也要死个明白！"王主任看她泪水涟涟，激动的情绪一时难以平复，知道自己不吐干净很难脱身，两下权衡将另一半也照实相告："你们可能不知道，这两天公安局进行扫毒专项行动。听说是中午在宾馆抓的，同时被抓的还有一个女的，好像是哪里的服务员。"

春杏的怀疑终于得到证实，一霎时反而觉得踏实心定。她不自觉松开双手，完全沉浸在自己的世界中，发出梦呓般的喃喃自语："哦，中午就在一起了。两个人在房间里抓走的，肯定也是坐一辆车，说不定现在还在一起呢。这么说还真是患难与共啊。"王主任凝视着眼前的婆媳俩，这一老一少两个女人，分别沉浸在自己的世界里，似乎外部的一切全都消失了。她明白这种时候任何语言都是多余，默默扫视两眼便抽身下楼去了。

下午六点半四六进门，发现家中形同出殡一般！自己老婆正在号丧，坐在矮凳上一副悲痛欲绝的表情，就像死了儿子；儿媳则一声不吭，仰在沙发里完全呆若木鸡，一副失魂落魄的模样；一大两小三个孩子失去监管，简直就是皮猴子进了蟠桃园，把家里翻腾得一塌糊涂，地上玩具车、书本、积木、皮球什么都有，客厅一片狼藉，根本没有地方下脚。

四六喝住老婆，问清原因。没有任何耽搁，两口子立刻前往附近的派出所，结果人家说不清楚，才知道自己小区竟然属北边远些的派出所管辖。两口子马不停蹄赶往那里，得知陈涛确实被拘留在此，不过今晚家属不能见面。四六低头犹豫几秒钟，小心翼翼地问："请问什么时候才能见他？"值班民警正在伏案书写什么，只以"不清楚"三个字予以回答。大月不停地向他打躬作揖："求求你，求求你！"

值班民警不过是二十多岁的小青年，面相很是俊朗，藏青色制服搭配挺括的大檐帽，显得英姿勃勃，说起话来语气平和、老练而又周全："我们的纪律很严格。现在我只负责值班，别的无可奉告。要不明天所长来了，你再问吧。"两口子毕恭毕敬杵在那里，在小小的会客室中，就像两根电线杆一样突兀刺目。

夫妻俩对视几眼，低头思忖半晌，只能默然无语地打道回府。半路上四六下车买了一包"中华"牌香烟，是那种稍稍便宜一点的硬中华，自然是为了明天上午的应酬。

第二天清晨，两口子早早守候在门口，好不容易等到八点，进到所长办公室，弯腰鞠躬祈求领导让他们见一见自己家里那个"不成器的东西"。所长正襟危坐着如实相告："现在不能见。"并且明确告知，"陈涛吸毒事实清楚，不日将由公安机关集中移交戒毒所强制戒毒。到了那里稳定几周以后，会允许家属探视。"两口子无比虔诚地倾听着，十分恭敬地看着面前的领导。

大月犹犹豫豫地问："什么叫强制……戒毒所？这是什么意思？"所长端坐在自己位置上，耐心告诉他们："就是把吸毒人员集中送往一个地方，断绝他们毒品来源，同时加强思想教育，进行体力劳动改造，以期达到戒毒的目的。"见两个人有些不甚明白，他又解释，"实际就是军事化管理一段时间，强制这批人戒毒。等到他们基本没有毒瘾了，也就是戒毒成功，就可以回家了。""好！好！还有这种地方？那敢情好！"大月连忙一迭声表明自己态度。她忽然想起一件重要事情："我还想请问一下，是不是需要交钱？大概多少钱？"

所长眼瞅着两人紧张的神色，嘴角明显上扬："放心吧，由国家财政承担，不需要私人缴费。"夫妻俩表情顿时轻松许多。大月又想起什么，在旁边扯扯四六衣袖，小声提醒："会不会打骂小涛？"所长这时转身到办公橱柜里寻找什么，没有听见两人的嘀咕。四六磨蹭一会儿还是鼓足勇气说出老婆的疑问。所长明确告诉他："不会打也不会骂。是教育他们，从思想上改造吸毒人员，帮助他们戒掉毒瘾。"

大月这时又想起什么，只好再次啰唆几句："这个'戒毒所'……具体在什么地方？犯人什么时候去？"所长笑着纠正她："不是犯人，不能这样说。"又接着道，"现在还没有定。这样吧，你们先回去，半个月后再来。到那会儿时间地点应该就落实了。或者留个联系方式，确定了我通知你们。"四六赶紧报出手机号码。两口子磨蹭一响，也没有别的办法，想说什么又觉得已经没有可问也不必再问，只得怏怏回家了。

陈涛"进去"以后，大月"大哭"一共三回，"小哭"不计其数。第一次实在控制不住，当着全家人面号啕一个半小时，又气又恨又觉丢脸，更有一份心疼。羞愤之下，她一屁股坐在沙发上，拍巴掌跺脚咒骂畜生东西，根本不能在人里算账，区别仅仅就是少长了一条尾巴，否则完完全全就是一头畜生！十分的恼怒加之恨铁不成钢，语言没有任何顾忌。感叹自己真是命苦，怎么生出这么个不忠不孝、没皮没脸、害人害己的孽障。

第二次是临睡前，在房间当着四六面，大月忍不住小声啜泣，一边埋怨不成器的东西，一边念叨去了那种地方，能不能吃口饱饭，每天的活儿重不重？不成器的东西从小没有干过重活，是不是扛得下来？这会儿不知道在做什么？有没有想家？就算想家左不过也是老婆孩子，还能想到父母？里面关押着几个败家子？他们又都是些什么人，有过怎样的"光荣"历史？中间能有几只好鸟善兽？不成器的东西会不会被他们欺负？话说回来，又有什么法子呢，就算他吃苦遭罪受人欺辱也是活该，也许让他脱层皮扒根筋才能真正悔改。经过这一次千锤万锤，是不是能够真正脱胎换骨、浪子回头？倘能如此，这次进去也不是件坏事。大月一边抽泣不止一边絮絮叨叨，小半夜没有歇嘴。四六嫌烦先是呵斥两次，见不奏效只得好言相劝，无奈老婆心疼挂念，根本停不下来。后来多亏四六的瞌睡虫及时过来帮忙，几分钟后他便鼾声大作了，只剩苦命的大月躺在那里，绵绵不绝地流淌出那一腔咸涩无比的苦水……

第三次春杏去超市，大宝小宝午睡，大月在一旁照应。看着一双天真可爱的孙儿，大月又一次想起他们的父亲。小涛改造得怎么样了？在里面过得好不好？不知道瘦成什么样了？所长说里面条件不差，公家干部自然会那样说。掐着指头算一算，前后已经一月有余，到今天还没有任何消息。几次想去看，无奈四六坚决不许，悄悄跟春杏耳语过两回，想探一探儿媳口气争取同盟阵线，无奈亦是肉包子打狗有去无回，不见任何声响，只得放弃这份念想。

唉，就让他自作自受吧，受受罪也好……大月的眼泪无声滑下，先是缓慢流出，之后渐渐加快，一滴一滴不断掉落，嘴角跟着抽动。终于，她无法抑制，也不再抑制，开始发出啜泣，一声一声，渐渐密集紧凑、渐渐低声哀鸣、渐渐悲伤不已，最后转为痛哭、肆无忌惮的痛哭，靠着墙仰着脸、闭着眼睛张开着嘴，像个孩子般地尽情宣泄。

她就这样坐在床头，畅快淋漓地放声悲歌，仿佛要将内心深处的苦水全部倾泻而出……嘀嗒、嘀嗒……闹钟恒定走过，孩子们醒来又睡去……她的声音慢慢低沉了，哀恸却没有结束，依然绵绵不绝地持续着，犹如永恒的丹阳湖水，始终缓缓流淌……

三个人六神无主、失魂落魄几天，之后重新回归原有的运行轨道，生活总得继续，一切重新按照原有的轨迹滚动向前。一家人依然在城市生活，因为志鹏已经在这里上学，一定得继续朝前。一则江苏教育质量高，人往高处走、水往低处流，没有回去的道理；二则从城市转回农村，一家人的面子往哪搁，那不等于老陈家硬生生被人削去一层脸皮？三则老家几亩责任田早就深挖养蟹，回去也无法维持生计。虽然农民工在城市地位低下活得卑微，虽然陈涛如今成了废人，没有一分钱进项，但他老子四六一直在这里劳作，好歹有一定收入，负担一家子的生活还是没有问题。还有最重要的一条，就是陈涛被关进去，村里在这边打工的没有几个人知道，有限的几个知情人也已经被再三叮嘱，他们也都满脸郑重一再保证不会"大嘴"。张所长说一年可以出来，积极改造的还可能提前释放。就算是连头带尾蹲满一年，不也是很快就会过去吗？

陈涛这次被抓以后，春杏的脸色越来越差，每天阴云密布，总是不见转晴。她的精神渐渐萎靡，走路有气无力，对孩子们不再那么上心，经常丢三落四，脾气也是越来越坏，动不动就对大宝小宝大呼小叫、动手打骂。看着孙儿们委屈可怜的小模样，做奶奶的心中虽不是滋味，但也只能干瞪眼保持沉默，有时实在看不下去，就走到旁边抹一把眼泪，唯一能做的就是将照顾几个孩子的任务尽量包揽，每天忙得陀螺一样打转。

面对着儿媳的一张冷脸，做婆婆的只能更加奉行多做事少说话的原则，并且不折不扣地予以贯彻执行。她现在跟儿媳说话都是小心翼翼，不敢高声，生怕哪一句没有考虑周全，惹得儿媳伤心难过，那就是得罪了家中的太岁。大月每一日看着春杏敞开着睡衣、披散着头发、踢踏着拖鞋，脸色苍白，在这间两室一厅的房子里"啪嗒啪嗒"，一步一步不紧不慢地来回走动、转身、晃悠、溜达，有时拿包零食，有时捧个杯子，要么进到房间斜躺着，要么蜷缩在沙发里，半天一动不动。

大月只能捺着性子、闭上眼睛，同时又深深地理解、同情、怜惜着，有时还会产生几丝心疼，觉得儿媳长期下去肯定会憋出病来。做婆婆的每天累积半肚子浊气、半肚子话语，晚上丈夫回来，躺在床上不免向他倒点苦水倾诉几句。四六开始觉得问题不大，后架不住老婆天天吹点枕边小风，耳根子渐渐绵软，留心观察几次，觉得老婆所述完全属实，问题堪称严重。

两个人咕叽几晚，艰难而又果断地作出重大决定，也是目前唯一可行并且刻不容缓的重大举措：买房！后几晚上床后便着手算账。这些年在城市打拼积攒出来的血汗钱，一部分在银行储存定期。近几年陈涛硬说不划算，一直吵吵要做理财，就逐一交给他管理了。自从发现陈涛手腕有了伤疤，一家人不放心，坚决要求收回他的经济大权，春杏便理直气壮接管了。另一部分在老家放贷。近年来大公圩养殖业兴盛，投资大的户头纷纷向外借贷。这一片私贷利率开始以三分利居多，有一段高达五分利！陈家这种老实本分、有点闲钱的农户自然受人青睐。但前几年四六家并没有参与，毕竟这一行风险不小。螃蟹也好龙虾也罢，都是存活于水中的东西，平日里根本看不见摸不着，谁知道会不会打了水漂。有些人家不是完全"甩清本"了（本钱一分没有回来）。后来此类交易在周边盛行，投资参与的人家均收益不菲，老爷子便尝试着选择两家适量投入，不过这时行情已经下降，基本以一两分居多。

父子俩商量后决定以一分放贷，但必须是诚实可靠并且有些家底的养殖户。渐渐地，盖房娶媳妇急等用钱的人家也参与借贷，陈家的另一部分资金基本以这种方式一笔笔投放出去，几年来收益很是可观，比银行利息翻了几番。但风险也是无可回避，其中一家五年前的借款到现在分文未付。不过对方着实亏得厉害，所以陈家只能退而求其次，年下全家人商量后一致决定，只需归还本金4万元即可。然而看情形已大大不妙，因为对方无论是这两年的实际收益还是平日的言谈举止，委实看不出尚有一丝还款的迹象。

七八年前，后村有两户率先在县城买房，不仅价格适中，而且当年就把孩子送去城里上学，这让村里人很是眼热。有一家年关也不见人影，据说把老家的父母接去过年了，又叫村民们好一阵议论。仿佛这家一跃成为正式居民，大人孩子已全部融入那里，与城里人一般无二，顷刻间就把世世代代的泥腿子甩脱干净，与农村彻底脱离了干系。这一来着实成为大家伙儿羡慕的对象，也自然成为正月里的热门话题，而且热度持续不减，始终是酒席上的中心话题。

渐渐地，有条件的村民纷纷效仿，没有条件的创造条件也要效仿；渐渐地，附近村落在城市购房的比率越来越高，从零星、少量到一半、六七成，甚至全村，甚至在同一小区里一起订购。无论距离远近，无论面积大小，无论价钱多少，无论入住空置，终是在外面买了房，终是在城里立了足，终是在村里没有落后，终是赶上了这波大潮。至此，大家伙儿带着洪亮的嗓音，带着浓重的乡音，带着自卑与小心，带着一身的泥水味儿，终于完成了他们着急忙慌而又兴奋激动的一次迁徙，一次人生中唯一的、期待已久的重大迁徙。

四六前几年原也计划买房，无奈小涛坚持要在无锡买房，坚持买宽敞一点的新房，强调一家人必须够住，必须一步到位。但苦于房价一直不见回落，近年来反而大幅上涨。全家人辛辛苦苦一年，积累的额度总是赶不上它那雄赳赳气昂昂的豪迈步伐，因而一年拖一年，年年后延年年再等，一直到今天也没有买成。

现在春杏人虽在这个家里，但大月觉得完全是三个孙子把她牵绊了，否则可能早就离开去了"旁处"。为了三个孩子的平安成长，为了小涛的婚姻稳定，为了这个家的安定团结，为了老陈家的和谐局面，为了家族一脉的颜面续存，两口子思前想后、咬紧牙关、下定决心。拿出章程后，这天晚上几个人有了一番对话。

"我和你妈商量过了，打算买一套房子。这几天你去中介看一看，如果有合适的就定一套。"一家之主坐在桌边笃定开了口。

"这个时候订房？怕是买不起吧？"春杏正窝在沙发里专心修剪指甲，随口应答着根本没有抬头。

"公司里有两家最近买了房子，说现在这一段时间价格比较平稳。"四六不疾不徐保持自己的节奏。

"那……就看看二手房吧。七八十平方米差不多吧？"春杏低头对着手指吹出一口气，仔细呵护着。

"还是看新房子，100平方米以上，一家人总得够住。要不就看一层，带个院子能放点工具杂物什么的。"

"啊？！这可不是小数目，家里能拿出多少？吃得下来吗？"春杏这回仰起脸，盯着公公的眼睛，明显有些吃惊。

"这几晚我和你妈一直在算账。银行存的、亲戚欠的，还有一些在老家放的私账，全部收回来七十万左右吧。"公公适时亮出了底牌。

"现在附近郊区的新搂已经涨到一万多一平方米，如果是这样的话，剩下的再贷点款，还是能买起来。"春杏的声音明显提高了，脸上第一次有了笑意。

"对，就是这个主张。差多少全部贷款，也只能贷款，还缺几十万呢。也借不到这么多钱，还欠人家人情，差公家的可以慢慢还。这几天你去跑一跑，多比较比较，感觉合意的我们再去看，差不多就定下来。"

"我听说贷款每个月都要还钱，现在就你一个人上班，够吗？"春杏脸色犹疑显然还是不放心。

"真要买房子的话，我们两个人都歇在家里肯定不行了。我去上班，小杏你在家辛苦一点。以后家里开支也要节省，三个孩子的零嘴尽量少买。什么都比不上大米饭养人。"婆婆斩钉截铁表明自己的态度，关键时刻，没有一丝含糊犹豫。

"嗯，我晓得。这个后面再说吧，其实我也可以出去上班的。"儿媳跟上一句，不知道是真有此意还是碍于情势。

"外面的欠账能全部收回来吗？去年小涛一直想买房，还不是放的私账收不回来才没有买成。"大月担心地提醒一句。

四六先没有回答，沉吟一会儿才说："应该没问题。这两家养殖户还是比较可靠，前几年放过几次，不都收回来了？去年情况特殊，实在亏得厉害，今年螃蟹行情好，大部分人家都赚到钱了。这两家是老养殖户，承包的又是水塘，应该有保障。我会打电话催紧的，不行再让我爸多跑几趟。暂时不是只要交个定金就行了？"

俗话说，人逢喜事精神爽，真是一点不假。自从听到买房的消息，春杏就像泄气的皮球忽然充足了气，一夜之间如同换了一个人，精神明显振奋，说话明显增多，声调明显提高，饭量也逐步恢复到从前，走路更是加快了步伐，有时还哼出两段不知名的小调。白日里经常一个人骑车出去，一连跑了十几天，无锡市西侧这一带的新楼几乎跑了个遍。

她相中三处，均是三室两厅的结构。她很快掌握了部分专业名词，领悟了其中的一些窍道，并且列出自己的看房要求——学区远近、内部结构、光照时间、新房外貌、小区绿化、楼间距宽等，俨然是一位行家了。她两次趁孩子们午睡间隙，托付邻居照应，自己骑着陈涛的电动车带着婆婆，进行再次勘察。大月不懂，说不出子丑寅卯，只觉得每一座高楼都高耸气派，远望却显得那么细窄，就像孩子拼搭的积木；每一片小区都漂亮讲究，真要有自己家的大房子，该有多心满意足啊！只有一桩发愁的事情，就是要拿出几大包的钞票。三代人城里乡下打拼多少年，老本全部搭上还远远不够，还要向银行借那么多钱，着实心疼。这要放在老家，完全可以造出几栋洋楼了！

不过既然下定决心，就不再磨蹭后悔。何况这次之所以在小涛不在家的非常情况下，作出这么重大举措，主要目的是拢住儿媳，维持安定团结的和谐局面。因此当婆婆的抱定一个宗旨：只要儿媳看中的，坚决支持拥护。因此这一番勘察下来，没有表示任何其他意见。这一天四六特意休息半天，将三个地方的毛坯房一一审视比对，回家后几个人一番讨论。

"春江雅苑的房子漂亮，外面很气派，小区环境、绿化都不错。"这是春杏的意见。

"外边看着是不错，就是一楼院子太小，两辆电动车放进去就满了。还有楼梯那里很宽敞，公摊面积不会少。外面大了家里肯定小，整体算不划来。"

这是四六的声音，听起来胸有成竹。

"离学校最近的那个小区叫什么名字？要我说学校近比什么都好。"这是大月的意见。饱满响亮的声音，似乎已经恢复了往日的精气神。看起来奶奶最关心的是这一部分。

"鹊桥村。我也觉得那里不错，再过一两年，志鹏上学就能自己来回了，一楼院子也不小。"儿媳明确表态支持婆婆，这样的时候平日可不多见。

"你们可能没有注意，这家新盖的楼房外墙已经有瓷砖开裂，靠马路那一栋光东面墙我就看见两处，房屋质量肯定不行。这种房子住进去以后，天花板渗漏、墙面剥落、拐角开裂、下水道不畅、冬天水管爆裂就是平常。后面有的烦了。你俩不晓得，我们天天在毛坯房干活，什么样的劣质楼房没有见过，什么样的离谱事情没有遇到？你们说如今的高楼哪一栋外墙装饰不好看？小区绿化更是讲究，都是青石路面、花花草草、亭阁假山，有的还是小桥流水，看外面根本看不出来，住进去一两年就晓得了。不过到那时已经骑上马背，想要下来可就没那么容易了。"四六说着声音渐渐提高，不自觉有些激动。说到自己的专业领域，几句话就直达关键、切中要害。两个女人呆呆地注视着他，一时之间被镇住了。看起来大事就得倚靠顶梁柱啊！

"那就只剩春晖花园了。我看客厅和两间朝南的卧室都不错，小区绿化、楼间距都还行，房子外观也不差，就是离学校稍微远了点。不过现在也不敢说了。"春杏看着婆婆，声音低了下去，已然没有底气。眼看十几天的辛苦奔忙都做了无用功，不免有些泄气。

"是啊，接送不是三两天的事情，一天来回几趟，远了后头有的麻烦了。夏天还好，冬天风雨落雪，天天要起早。老大早上贪睡，哪一天不是喊多少遍才能起床？有时爬起来慌慌张张早饭都来不及吃，拎着书包就动身，肚子里经常半饥半饱的，时间都耗在路上了。"当奶奶的说着有些心疼。是啊，将来几个人的接送还不是自己这个老奴？况且就是眼面前的事情，她无论是替孙子还是替自己着想，怎么着也要说出自己的顾虑。

两个女人不再吱声，坐在八仙桌旁，似乎很有些垂头丧气。半个月的忙活就这样被否决了，心情不免受挫亦有不甘。春杏咕哝一句："那就买不起了。"

"那也不一定，有钱还怕买不到房子？不要急，花了大价钱就要买到好东西。"四六沉稳地坐在那里，几个指头摸捏着嘴唇。自从双胞胎出生，四六忙活一天回到家，晚饭后只要按老习惯点燃一支烟，老婆便开始唠叨不歇，不是"负担重"就是"呛着孙子"，当着儿媳的面没完没了。四六一狠心直接戒了，不过有时没着没落的，也会出现这习惯动作。大月知道丈夫话没有说完，就不吭声地等待着他的下文。"

"你们看，鹊桥村旁边正在盖楼，是恒天的。去年我到恒天御景湾给一户业主装修，房子确实不错。前一阵听几个老板在一起谈论楼盘质量，几个人都提到恒天，质量应该是可以保障的。现在这边刚刚开发，价格也不算贵，一万冒点头。前两天我特意去看的，顶楼的每一家旁边都有平台，有几家平台面积还不小。这三个小的上学以后，起码得有两个房间。这两天我特意看了，无锡的顶楼住户很多把平台封了，大的平台能隔出几个房间呢！如果我们将来也能这样，几方面都满足了。还有一点，这是期房还在盖，小涛明年出来房子也就封顶了。到那时力量也大些，按月还款应该问题不大了。你们觉得怎么样？"

两个女人互相对视一下，均没有提出异议。春杏心里冒出一句："生姜还是老的辣。"家庭会议临近结尾，一家之主直接下达任务："明天没有时间。这样吧，后天下午四点钟，我在售楼部等你们。"

这天下午，春杏突然收到一封信，心里不由得"咯噔"一下：现在几乎没有人写信，难道是……仔细一看果然是那个冤家寄来的，邮戳显示在三天前发出。她本能地两手一捏就要撕掉，但一瞬间又松开了，只是盯着信封发愣，过了一会儿还是打开了，不到两分钟已经涕泪横流、哽咽不止，泪眼模糊地再也看不下去，只能扔到一边。小宝过来喊饿，春杏抹一把眼泪，便去给两个孩子冲奶粉。

大月走过来拿起信纸仔细默念。大月只有小学文化程度，自然有一些字不认识，但她认真地连读带猜，意思也了解了大概。大月和儿媳一样泪流不止、唏嘘不已，也和儿媳一样擦拭两把眼泪，重新去干活了。这个时间点自然是回到厨房，准备一家子的晚饭。这间六七平方米的地盘，用大月的话说是"老妈子买下来的"。

两个小的蒸蛋面糊，大人们的米饭菜蔬，今天还给志鹏特意增加一道珍珠丸子——把猪肉剁馅，磕一个鸡蛋，再加上盐糖生抽搅拌均匀，捏成一个个肉丸，外边滚上事先浸泡的糯米，上锅蒸熟即可。这些于她而言皆是熟练无比的工作，早已掌握统筹安排的窍门。一般是先烧荤菜，同时进行蔬菜择洗切的准备，经常两个灶头一起开火，这边"捣两把"那边"铲三下"，本着省时快捷的高效原则，一个人在厨房有条不紊、忙而不乱地准备着。

这天晚上四六回家后，第一件大事就是看信。他也是捏着信封在手里仔细观看，上下翻转审视几遍，发现白色的长方形周围装饰了一圈红蓝条纹花边，还是那种从前的样式，收信人是潘春杏。他蘸着唾沫小心抽出纸，看见纸白底黑杠质地厚实，应该是单位统一定制的办公用纸。

全文如下：

父亲母亲你们好！

不孝子向你们叩头了，重重地向你们叩头。

这里是无锡市司法强制隔离戒毒所，实际上不在无锡，而是位于太湖旁边的宜兴境内。现在是晚上十点，其他五个已全部躺下。我在这里跪下了，本想遥对着二老，但不知道确切方位，所以只能低头向双亲叩头请罪：爸妈，对不起，真的对不起！

离家已经一月有余，本想早点报个平安，但万分惭愧也实在没有脸面，所以一再拖延一再耽搁，几次提笔却又放下。想到你们没有得到儿子的任何消息，可能非常着急也很担心，最终还是鼓足勇气坐在这里，但握笔在手觉得有千斤之重。一方面儿子识字不多，文化程度太低，心里有很多话想说，却不知道如何下笔。更主要的是就算写出几句粗浅之语，也很难表达此时此刻的悔恨之情，更难表达一个男人的极度羞愧。自觉没有任何资格，向父母请求原谅。

但我深知，爸妈还是会原谅我。虽然这个儿子已经罪大恶极，已经罪无可赦，但你们依然会宽恕我。尽管你们心里十分痛苦，尽管这一份伤害如此巨大。我不能原谅自己给你们带来的伤害，这一份耻辱会长久背在身上，希望有一天能够彻底洗刷。

我一切都好，不必挂念。这里生活条件很好，吃喝用度一应俱全，伙食和家里没有多大区别，劳动强度足以承受，与外面唯一的不同就是没有自由。二老放心吧。

这一段时间没有抽，偶尔会想起，不过身体没有大的反应，应该没有上瘾。因为前面确是偶尔尝试。几次汇报领导要求返回社区戒毒，一直没有回应。大概是不信任吧！只能安心接受改造。我会好好努力，争取早一天回家。

爸妈，你俩保重身体，累了就歇一下。

杏，你好吗？

孩子们都好吧？你辛苦了。

自从跟了我，没有过上你盼望的好日子，孩子们降生以后，你更是辛苦忙碌。这半年由于我的原因，给你增添无限的烦恼愁苦。你的愤怒、悲伤我都了解。老婆，对不起。我不是一个好丈夫，更不是一个好父亲。幸亏孩子们还小，没有给孩子们带来大的伤害，否则我真是悔之不及了。

杏，我给你造成的伤害如此深刻，确实没有资格让你原谅，但我仍然鼓起勇气请求你的宽恕。因为我们是有感情的，我对你有感情，你对我一样有感情。不要怀疑这份感情。虽然我在外面做下无比羞愧的错事，但我们是不会分开的，就算没有孩子们，我们也会在一起。因为你我的灵魂血肉早已融合成为一体，再也无法分割了。

老婆，衷心地道一声：对不起。陈涛真的悔悟了，他正在归来，请你再次接纳。

杏，我爱你。你是我这辈子的爱人，我会爱你一生。

我们一世相爱，再无更改。

小涛

2015 年 11 月 30 日

这一年的岁末，水电工四六没有拿到工资。

他所属的一家中型装修公司，与市场上大多数的同行类似，均属于私营性质。前几年各处房地产开发蒸蒸日上，销售更是如火如荼，建筑装修这些与之密切相关的行业旋即带动起来，如雨后春笋一般纷纷崭露头角，蓬蓬勃勃充满生机活力。

它们的经营既各具特色，又有比较类似的管理模式，比如员工的薪酬发放，大部分遵照同一模式——平日里仅支付基本的生活费，年底一次性补足工资差额。这似乎已成为私营公司的行业规则。四六所在的公司，说白了就是三十来人的装修队，每一年人员流动很多，但需要的水电瓦木漆工匠总能招满，所谓铁打的营盘流水的兵。农民工工作随机、自由，任何一个偶然因素都可能导致他们的去留。

四六现在的公司名为"腾龙"。一把手贾经理——实际就是装修队队长，他的外形是典型的中国人——寸短的平头下生得一副再普通不过的黄色面孔。可能因为长期的烟酒摄入，熏浸得两片略厚的嘴唇特别乌紫，几乎就快进入全黑，上面有一撮茂密的胡须，修剪得很是精致。贾经理最大的嗜好是喝酒，白酒已然成为他的情人，或者说是他的至爱，是一生一世密不可分的知心爱人，是那种真正刻骨铭心的灵魂伴侣。因而一天里两顿酒嫌少，三顿酒刚好。

不过他也的确有本事，酒照喝事照做，从来不会因为喝酒耽误正事。哪怕是酒热耳酣之际，哪怕已经脸红身热眼神迷离，只要有人进来说事，照样脑瓜灵活思路清晰。偶有不识时务的小青年想趁老板头脑发热时，开句玩笑或说点事情，拿领导开涮一下或趁机解决自己的小问题，照样被训斥得脸不是脸鼻子不是鼻子，只能自讨没趣或一声不吭拔腿开溜。

其实贾老板每晚只要半斤白的即可，有时舒畅了也会多整几盅，一顿酒个把钟头是中午，晚上两个小时是常事。四六偶尔去工棚，总见他在那里呱叽个不停，时而夹杂一些手势动作。贾老板其实不是无锡本地人士，而是和他的远亲四六一样，都是从小在长江边摸爬滚打土生土长的大公圩人。

四六其实在这边干的时间不长。当初这位老表第一次成立装修队，首先想到的是聘请几位技术熟练的师傅。四六干活一向认真负责，这成熟稳重的亲戚自然成为他的首选目标。电话中他问清楚四六的待遇后，当场郑重承诺每个月给他多开一千块。四六因为工地还没有开工，这让起先有些犹豫的他几乎没再思忖便爽快应允了。

近年来，农民工薪资拖欠时有发生。四六在前面公司干了五六年，这边也有三年，这种事情亦是茶壶里煮饺子——心中有数。再说往常一般开春后一两月，顶多夏天来临也就兑现了。所以每当老板半真诚半敷衍不停翕动着那两片厚厚的紫黑色嘴唇，接二连三不断喷吐出抱歉时，员工们虽怀着十二分不情愿，但无可奈何之际，也只能闷不吭声默咽两口唾沫罢了。

今年的情势尤其不容乐观。年关将近，龙腾装修公司依然正常营业，但自从进入腊月，员工们都眼巴巴盯着，踮起两只脚，抻长着脖子开始盼望。辛苦一天回到家，晚上洗漱后舒舒服服坐在床头，四六拿出床头柜底层抽屉最里侧的小本本，右手食指蘸着口水翻开皱皱巴巴的一页又一页，睁大眼睛、嘴巴里念念有词、一点点比画着仔仔细细计算，不知道四则运算多少次，终于艰难确定同一个答案，一秒钟就将这个数字刻到了心坎里。

如今根本用不着再去单位会计那里领取现金，也无须每月去银行划卡核对，只需在手机微信里直接转账。眼下，师傅们照常上班，跟平日一样分散在工地或住宅区内，但大家伙儿心里已是波澜四起，上岗后第一件事便是互通消息。看到他人与自己一样两手空空，失望之余也感安慰，有时竟觉有些庆幸，焦躁的心绪略趋平复。毕竟头儿没有格外优待也没有特别亏欠，假（贾）老大对待员工还是一视同仁不是？自己与大家伙儿平起平坐不是？

干活时闷着头又想半天，脑细胞烧死一批，心说也不是哪一个人的事情，反正要有大家都有，要没大家都没，只要给一个人发钱，还能少了自己的不成？无论如何，事儿一定得做，活儿终究得干，千万耽搁不起。既然如此，那就等等吧，一道等等吧。就这样腊月十五、十八、二十、二十二、二十三、二十四、二十五！

近些年来，村民们长期在城市打拼，耳濡目染城里人的生活方式，体验感悟着他们新型快捷、灵活多变的处事风格。年轻人渐渐接受并开始学习，尝试着走向他们。新世纪新时代的农民，如今也积极与时俱进，主张新事新办新风尚，就连子女结婚这种头等大事，也尝试着只办一天，而且不在家里张罗忙活，选择去附近的集镇或县城饭店举行。慢慢有村民开始效仿，选择这种高效便捷、省心省力、省时省事的方式。

这一天，四六舅舅家里孙子结婚。早上六时五十八分，新郎新娘在各自家中一齐"上头"。深冬的太阳刚刚冒头，新郎家的二层小楼以及门前庭院，已经宾客盈门，笑语喧哗。近处的亲戚一大早赶来了，远处的部分在主人家里留宿，也是分毫不敢怠慢，早就起床洗漱完毕，齐聚等候。

堂屋内一片豁亮，一百多瓦的白炽灯管（自然是喜事临时使用），将二十多平方米的空间照耀得雪白通亮。酒席的圆桌早已撤去，只在正中保留一张八仙桌，亮汪汪的桌面尚有桐油的清香。上面是一把半新的青篾竹筛，直径约一米，已经铺上一块朱红绸布。正中是两条寓意步步高升的方片米糕和一对粗壮同色的并蒂喜烛。

新郎个头不高、肤色略黑、身材结实、声音洪亮。这时的他亦已装扮齐整，身着一套银灰色西装，内搭一件粉红色衬衣，胸佩一朵鲜艳的珠花，头顶短发被打理得根根直立，一双乌黑锃亮的老人头皮鞋，走起路来咚咚响，显得似乎沉重了些。此时，他正穿过一屋子的宾客，神采奕奕地拨打电话。新郎官的兴奋喜悦溢于言表，满面的春风，一脸的笑容。一条紫红色真丝领带，感同身受似的同样抑制不住，热烈澎湃地跳荡出来。五分钟后，他端坐在中堂上方位置，屋子里七嘴八舌的声音渐渐平息，庄重的时刻就要到来。宾客们自觉地散站在东西厢房边侧，不由自主合拢了嘴巴，视线一齐转向中心位置。

几分钟后，一位三十几岁的喜娘走上前去。（喜娘必须品貌端庄，子嗣兴旺，由主家挑选指定。主要负责喜被的缝合铺叠，往被底被里塞入桂圆花生红枣莲子，意为早生贵子；在被角箱底放入柏枝榆叶，意为开枝散叶。自然也是男女两边均有自己的喜娘。这种重要角色主人家不会慢待。）众目睽睽的高度关注之下，略有羞赧的她轻手轻脚走到新郎身边，搀他面朝正南挺直站定，拿出喜糕放在他手里说："步步高升！"又把喜烛小心点燃。

在红烛的映照中，她双手牵着新郎，站直身体面向大门，恭敬地作揖礼拜三次，笑盈盈朗声说道："恭喜恭喜，恭喜我弟结婚了！在这大喜之日，我代表三叔三婶及各位亲戚朋友祝福两位新人，祝小两口结婚后一帆风顺、二人同心、三阳开泰、四季发财、五福临门、六六大顺、七星高照、八方来财、九九归一、十全十美、百事亨通、千事吉祥、万事如意！"

话音刚落，门外"噼噼啪啪"不断炸响。随着热烈的鞭炮声，地面上青烟四起，一股刺鼻的硝烟味迅速蔓延开来。这边喜娘任务完成，对堂弟悄悄耳语两句便快步离开了。无比重要的下一环节即将开始。一位斜挎背包的中年男人，端一张条凳坐到新郎的侧面，随即拿出薄簿、水笔准备记账。"上头"正式开始，排在第一位的自然是大根两口子，虽然在自己家里，可面对两边锥子一般的火眼金睛，众目睽睽之下还是有几分胆怯。夫妻俩轻手轻脚走到桌边，每人恭恭敬敬双手递上一个红包。

戴着老花镜的账房先生是大根的堂弟，他抓起一个捏了捏，问："两千？"大根笑了一下："是。"可这一位并没有直接记录，他一脸严肃地对主人说："今天既然交给我了，每一笔都要点数，出了差错我可承担不起。声明一下，本人没有钱贴的啊！"又将头一偏，"安子，你来点数！"大根忙接上一句："听你的。"安子有点犹豫，堂弟站起身一把将他拉过来："年纪轻轻的这么磨蹭干什么？亲戚们都等着呢，还不快点！"

安子一边拿起红包往外掏钱，一边说："我叔婶两人的还用数？"关键时候堂弟毫不含糊："数。每一家都数，一个也不能落下！"说着眼睛聚精会神盯着对方手上的动作。这时新郎官两位舅舅走上前，将自己的"心意"放在筛子正中，大舅代表两人向外甥说了几句"血心血意"的祝福。账房先生抓起红包，立即回头对后面说："不要急，慢点慢点！各位亲戚不要着急，一个一个来，有钱还怕送不出去啊？"

宾客们按照亲疏长幼顺序，一个个走上前。每一家基本一位代表，大致的次序是父母舅舅姑妈、姨娘大伯叔婶、远房长辈表亲、本家兄嫂姐弟、与新郎官要好的小朋小友等。"上头"是结婚当日前半段最重要的仪式，也是大家伙儿最关心的部分。当众点报每户具体的数目，是很大的心理考验，每家都不敢马虎大意。上礼太多不仅自个儿吃亏心疼，女人面前也难以过关；上礼太少难免被亲戚们背后编派，可能日后还会落下话柄。因此，每一位当家的总是颇费踌躇，可能早已反复考虑多少次，思想斗争七八回呢。

身份相近的亲戚往往相互通气，或者干脆组成统一阵线，这是最稳妥最保险的举措。一则集中了几家的智慧，商讨确定的数目必然上得台面，又不会太过破费；二则万一有所不妥，几家人一道跌相（丢面子），也不至太过难堪。今天的次序似乎有些混乱，最后压轴的竟是新郎官的祖父祖母，老两口也是每人一份，和儿子儿媳似乎不谋而合，每一份均是2000元。两位姑妈每人4000元。数目最大的自然是两位舅舅，每人5000元！因为天上雷公大，地上舅公大。既然座次排在众亲戚前列，总得表示出与尊贵身份相符相当的数额，否则众人面前不是失了身份？

几个人终于将钞票整理完毕，用黄皮筋扎好。两捆粉红色纸币都是厚厚一沓，整齐地并排矗立在一处，足有两寸多高。摊开的账本上，已经有一长串名字。戴眼镜的账房先生站起身，伸了个懒腰又打了两个哈欠，忽然又想起什么，低头翻到前一页看了看，似乎是哪一家账目有问题，需再次核实一遍。同样是一长串的名字，他点着食指从上往下慢慢滑动，最后停顿在某一行名字上，前后瞅了两遍默算三分钟，终于微微颔首露出会心一笑，这才抬起头四处搜寻主人："大根！大根呢？跑哪去了？哪位亲眷帮忙喊一声，叫他过来，我交一下账。"

一会儿大根来到桌边，堂弟将两捆钞票拎起递到他的手里，郑重相告："今天一共 48600 元，全部在这里，已经核对过两遍，总数和账目一分不差！"大根赶忙道谢："辛苦了，中午多喝两杯！"堂弟笑容满面，朗声说道："那是！这几天一直干活，今天总算轻松了。不过大根哎，两个孩子真有福气。你看数字这么吉利，486，四季发财、要发不离八、六六大顺！"大根听了更加高兴，一张黑脸盛开出一朵菊花："劳驾你了！中午我陪你喝好。"侧面一位老者忍不住插话，打趣地说："这位早上出门嘴上抹了多少香油，说起来一套一套的，难怪这么些人家请你！"

　　陈老爷子夫妻俩穿得笔挺周正，十点钟才到主人家，第一件事自然是执礼——递上红包。宾主一番亲亲热热的寒暄客套后，他们与先到的客人一起就坐在堂屋里。这里两张大圆桌早已奉命待岗，上面各有一套茶具和已经装入大半零食的四屉果盒，正在静候宾客们的大驾光临。男人们抽烟喝茶摆龙门阵，女人们嗑瓜子闲聊拉家常。老太婆坐了一会儿就上楼参观新房，一刻钟后走到院子里晒太阳，看见请来的厨师正在热火朝天地忙活。

　　老太婆看了一晌，瞅见弟媳从堂屋出来，正想搭话，忽地又进来几位客人，便和主人一道上前迎接。几分钟后，她瞧见弟媳有些得空，赶紧走过去偷偷拽了下胳膊，两个人悄悄走进房间。她又伸手指一指门外，低声问：

　　"怎么换了厨子？那几个人眼生得很，帮忙的也换了外人，怎么不喊本家的？我看她们都熟悉，是厨子带过来的吗？这不是多花了冤枉钱？"

　　弟媳轻轻插上门，转回身告诉堂姐："本家两个侄媳妇在外面还没回来。她们厂里是放假了，可两家男人工资没结到，这几天都忙着讨钱。我打电话喊了几次，一个说今天晚上到家，一个还没有准信。村里两个也只能来一个，老头子说干脆花点钱，叫厨子连小工一起带过来。现在不少人家这样了。"说着从口袋里摸出两个红包，同时坐到床边往外掏钱。

　　"她们什么价？厨子怎么算？"老太婆问出心中最关心的部分。

　　"一个小工一天 60 元，厨子按方数算，开一方（桌）20 元。老头子说到时给她拿条烟，再给两斤喜糖。"弟媳一边回答一边开始数钱，一张张细心捻着粉红色纸币。

"是哦。做桩大事不要落人闲话，这样就没的说了。"

"今天菜收拾差不多了，明天只带一个人过来了。大钱都花出去了，不在乎这点小钱的，再说也是省不掉的东西。"

"听大根说中晚两餐都是酒席。这么几天连下来，花费不小哎！总共多少方？"老太婆看着弟媳数钱，没有上前帮忙，只是坐在旁边牵拽几下被角。

"现在还捉摸不到。后照（后天）送亲来多少人，暂时也吃不准。二十四五方肯定有，估计会冒点头。"弟媳伸出食指在嘴唇上蘸着唾沫，开始第二遍点数。

"乖乖。这一场喜事做下来，也是不得了！"老太婆忍不住感叹。

"大根要面子。好歹就这一个儿子，就宽松一点了。这几年他们在外头混得还算好，马马虎虎够得过来吧。"弟媳脸上喜滋滋的，表情很轻松。

"大根像牛一样只晓得挣钱，兰子一双手就是钉耙，生的儿子又顶龙（成器）。人家在外面喝酒赌博耍钱，父子两个一门不来！弟媳妇你是有福气的。"

"姐，看你说的，哪有什么福气？他们几个长年在外，我在家烧洗伺候两个老的，哪里容易？这两年老的走了我才轻松了。"弟媳满脸舒展，从内心深处透出的喜悦根本掩藏不住。

"怎么还是你收礼？在家又掌大权了？"老太婆忽然想起一个重要问题，忍不住打趣一句。

"兰子不是买东西去了吗？一会儿回来我就交给她。姐啊，你还拿我开玩笑。"弟媳含笑嗔怪着。

"我是奇怪嘞，呵呵。其实只要新娘子进门脾气秉性好一点，花多少钱也值。你说现在的小媳妇进了门，哪一个不像娘娘一样？不过你当奶奶的，也不用操那么多心。哦，说到这我忘记告诉你了，上次你姐夫去新娘子邻村有事，侧面打听了两句。人家都说这个丫头不错，在服装厂上班从来不跟人争嘴，做事稳稳当当，不像有些年轻人，到哪儿都嘴呱呱一点不歇。上年纪的人不会瞎说，他们看人不会错的。大根虽说掏了十几万，只要娶到好媳妇进门，这些钱就花得不冤枉。"当姐姐的想起这件大事，赶紧告诉弟媳，一边笑眯眯瞅着弟媳手上的动作。

弟媳从抽屉里拿出一个铁盒，把一沓钞票摞齐放平，合上盖子又用力压了两下，弯腰塞进衣柜下面的最深处，蹲在那里摸索了几下，转过身脸上已经笑容满面："姐啊，你这样说我就放心了。孙媳妇进了门，只要他们小的开开心心不吵不闹，我们老的还会说半点旁的？唉，人生在世几十年，真是一眨眼的工夫。还图什么呢？不就是一家人和和睦睦，过一份安稳舒心的日子。你说现在的光景多好，比起我们那会儿还有什么不满意的。"

"哎哟，这两个钱还藏得这么深？看你小气巴拉的样儿！"做姐姐的"扑哧"一笑，不等弟妹搭茬，就顺着自己的思路说下去："是啊，我们那会儿多苦。现在不是在天堂里一样？你那会儿生大根，有什么东西吃？真是可怜哎，糖都没有一包！那种日子不也过来了？那时候还能指望过上今天这种生活？唉，过光阴真是快，这不大根儿子都结婚了。现在到城里超市走一圈，光小家伙吃的零嘴就有几十种！上次在无锡，春杏领我和你姐夫去玩，那么大的地方，那么多的东西，眼睛都看花了。"老太婆摇着头，可说到后面明显来了精神，眼睛里闪出亮亮的光彩。

"你说几十种，那还是小的超市，大超市上百种都不止！我上半年到上海看他们，也进去玩了一回。哎呀，那个大超市不得了！你说这要是没钱人进去，看见那么多好东西，只能眼巴巴瞅着，那得多可怜？不过到那里面走一下，口袋要是不捂紧，多少钱都会糟蹋精光。依我看，那就是给有钱人造的。"弟媳同样来了精神，声音一下提高好几度，看起来亦是兴致勃勃、津津有味，忽然又想起什么："四六他们都回来了吗？几个小家伙长得壮实吧？今天怎么没有带来？"

老太婆顿了一下说："三个小的回来了，怕他们皮，打坏东西，现在出门也怕带小的了。父子俩还在工地，等着老板结账呢。春杏说小涛忙，今年不一定回来了。"

弟媳诧异道："那怎么行？过年还不回来？一个人在外面多孤单？那不是

可怜死了？"

老太婆岔开话题："听说有事，他们的事情我们哪能管得了？时辰差不多了，快开席了吧？"

弟媳还想说什么，外面有人"咚咚咚"敲门。两人赶紧刹住话头，相跟着走出房门。

时间一分分流逝，年关一日日走近。四六的心情一天比一天焦急、紧张、沉重、复杂。今年陈家情况特殊，新房已经定下，不成器的东西还关在里面，家里不仅底子掏空，还新借了外债，两位老人在陶庄村辛苦多年的积攒——12万元也全部拿了出来。

真是屋漏偏逢连夜雨，船迟又遇打头风，今年的人情格外多。春节里外半个月内，光亲戚就有七家办事，包括四六这边舅舅、堂哥两家，包括大月娘家姑妈、外甥两件，包括春杏娘家阿姨、弟弟、大外公屋里头三桩。另有两件是与小涛一起玩的朋友家里（不成器的东西还没回来，人家帖子直接发给儿媳，四六夫妇原不想搭理，无奈春杏不肯装样），最后一件是与四六一起干活的老哥们家里，凑起来正好十桩，整整十桩！

说起来每一家都是喜事，但四六觉得哪有一点喜气。什么喜事，简直是生事、造事、来事，于他而言实在是坏事、难事、愁事！他第一次觉得年关难过，第一次在过年前心里发怵，有一种举步维艰、不敢向前的畏惧心理。以往上床三分钟不到便要打鼾，隆隆的鼾声如同一节绿皮火车呼啸向前。这两天竟没有什么声音，翻来覆去总也睡不安稳。大月心疼丈夫让他不要胡思乱想，自己却受了影响，半夜里一惊一乍，昨晚干脆失眠。

现在，夫妻俩早早关起房门，开始认真细致地筹划。大月扳着手指一家家数过去，一一和丈夫商讨随礼的大致额度。这一项工作万不可马虎。往年的原则是不偏不倚，即遵守中庸之道折中取舍。女人对这一类事情尤其敏感，感受更是深切。出血剜肉多了自己疼痛不说，着实也承受不起，而且容易得罪第三方。同等远近的亲戚间份子钱一致才好，否则不定哪天突然遭遇白眼。

去年后村那一家不是活生生的典型例子吗？据说还是嫡亲的姐夫郎舅之

间，要不是其他亲戚极力劝阻，两人非打起来不可！大月心里有自己的小九九，觉得以往没有亏欠亲戚，偶尔松动一点问题不大，应该可以理解。今年情况不同以往，因而只能中等偏低一点了。

两口子在房间里一家家商量，尽量压低嗓门，因为须得防止儿媳听见，否则可能会不高兴。最后夫妻俩达成统一原则：春杏娘家那边遵照往年标准执行，不再水涨船高跟着行情上调，其余一律稍减，少的抽下一张大票，多的减去两张。大政方针终于确定，虽然十分艰难，两个人还是顿感轻松不少。

"唉，今年的事情的确太多。这两年人情越来越重，照这样下去真负担不起。哎……你妈这次打电话说，前村王庄的老李头上个月死了。不过他整天病歪歪的，躺床上大半年了。现在自己解脱不说，家里人也轻松了。"大月叹息着思维忽然跳开。四六没回答问题却不忘埋汰老婆："你还真是太平洋的警察，管得特宽！自己这一关还不晓得怎么应付。我告诉你，老表那边到今天一点动静没有，年里面能不能拿到钱还是问号。现在村里人情往来确实变了味，越搞越重！"

大月同样愤愤不平，她立即接过丈夫话头："可不说呢？去年门口小虎结婚，正月初六吧？上头时两个舅老爷一人一万！一屋子亲眷哪个不咂舌头。后来才晓得他小舅老爷鱼塘折本还亏得凶，是拿包钱（高利贷）来应场面的。听说是三分的利息，真不低！你说他脑子是不是进了水？这哪是打肿脸充胖子，简直是作死！面子就那么重要啊？来往来往，有个差不多就中了。你们男的就是死要面子活受罪。话说回来肩膀上这颗骷髅头确实难顶。噢对，你不是知道这件事吗？"

四六这会儿没有心思和老婆扯闲篇，仰着一张黑脸闷不吭声，盯着天花板发呆。大月瞥一眼丈夫紧锁的眉头，似敲打又似宽慰："哟，还真把自己当一把手了。我就见不得你这副愁眉苦脸的熊样，一点事情扛不住！再说这个家就靠你一个人吗？我不挣钱啊？船到桥头自然直，活人还能给尿憋死？只要一家人齐心合力，天大的坎都能跨过去。不要急，到时总归有法子。"

四六心情沉重，斜睨着反唇相讥："说话口气越来越大，说得也真轻巧。

依我看就落一张死嘴。也不想想你才去几天！头尾不过一个月，能拿几个钱回来？老老小小塞牙缝大概能对付一段。"大月今晚一反常态，不理会丈夫的奚落，嘴唇朝门外努了努，用眼神示意他："你没见春杏这两天精神头上来了？走路哼哼唱唱的，正在兴头上呢。我打算向她开口。"

四六诧异之余沉吟不定："怕不行吧？"大月笑嘻嘻迎着丈夫目光："你进门前我试探了一下。她先没有吱声，后来说自己身上没几个钱，结婚时娘家没什么陪嫁。我以为拿不出了，结果后来又说只能少拿一点，怕不抵事。"四六得到意外惊喜一时不敢相信，盯着房门愣怔三四十秒，似乎要透过门遥望儿媳，以证实其中的虚实真伪。夫妻俩一时没有声音，四六靠在床头未动，心里却涌出一股暖意。终于，他长舒一口气，心中很觉安慰。大月也不言语，只陷入自己的沉思里。是啊，如今的人情的确太多，结婚的、搬新房的、孩子满月的、新店开业的、给老人做寿的、小朋友抓周的、做十岁的、考上大学的，杂七杂八，真是不在少数。

今年的形势的确不同寻常。大家伙儿盼星星盼月亮，却始终未见任何动静。按照往年惯例，腊月二十以后，师傅们一一收工。本应陆续返程的他们，现在没有一个人动身。接下来几天，没有人碰头，更没有人牵头，员工们自发聚往公司。

他们或三三两两或三五一群，半小时半小时地等候。倚门的、散站的、蹲着的，时间一长有的干脆捡拾几块碎砖垫着，直接一屁股坐在地上。有时一个钟头，有时两三个小时。见实在没有指望，一部分人自行散去，但仍然有几个年纪大的不肯离去，中午去附近小吃摊临时垫巴一点，明知没有希望依然折返，干坐在门口守株待兔，有时竟消耗一整天。公司其实就是三间平房，而且是那种彩涂钢板搭建的临时简易棚屋，天天大门紧闭，日日铁将军把门。

大家伙儿再也沉不住气，直接微信、电话给假（贾）老大，义愤填膺之际干脆一起上阵，轮番轰炸，进行集体抗议。反正已经歇工，眼下拿到钱就是头等大事也是唯一的大事。没承想贾经理完全沉默，仿佛突然开悟变成一位得道高僧，只管闭门修炼、静心持斋，任凭山门喧响、小鬼躁动，岿然不动，似乎忘却人间烟火，不问世俗尘事。

这一来，大家伙儿格外怒火中烧、愤愤不平。自己拼死拼活辛苦一年，怎么着也不能空着双手回去不是？一家老小都在家里等着，眼巴巴早在埂头上盼望。一分钱不揣怎么回去见他们，怎么面对父母儿女的那几双眼睛？

就这样拖到腊月二十五，有工友告诉四六，老板今天会发工资。这一天四六一直握着手机，无数次打开微信，生怕一不小心漏掉信息，午饭时总算等到微信转账红包。四六看见后喜不自胜，迫不及待点开。结果大失所望，只拿到了总数的一小半，整整少了5万元！

他立即打电话询问，发现同伴们全部如此。几个人决定立即去公司，有人提醒肯定也是婚后媒人秋后扇——没人理无人管，但多数人表示先去了再说，就算撞门框也得到一起商量。怎么着也须拿出对策来不是？是时候给姓贾的提个醒了，他好像完全忘记了自己的身份，忘记了自己也是长江边出生，也是土生土长的大公圩人！

很快地，到下午一点就集中了二十多人，后又陆续过来一些，一点半左右差不多全齐了，只有一位因家中有事已经返程，好像是老父亲在集镇上被电动车撞了。大家伙吵吵嚷嚷喧闹不歇，七嘴八舌表达自己的愤慨，紧急磋商后意见渐趋统一，最终集中多数人的智慧，推举两名职工当场联系老板，代表所有职工要求贾经理立即前来，当面锣对面鼓解决，否则三十多人立马过去拜访！

杠子头小尹刚被推选为职工代表，年轻气盛的他这会儿正亢奋着，对着手机直接大喊："地址是不是雨韵阁某某栋某某室？"电话开着免提，大家听得清清楚楚，众人一齐抻长着脖子凑向前方。几十颗脑袋交错排列着，它们或粗大肥硕，或瘦削尖细，或精光锃亮，或黑白夹杂。男人们挤挤挨挨，闹闹哄哄的嘈杂喧嚷忽然消失了。

沉默两分钟后，电话那头终于传来声音，听起来没有一丝含糊，底气十足的男中音已是愠怒："哟，不错嘛！看来你小子翅膀长硬了，不知道自己几斤几两了是不？告诉你，老子过的桥比你走的路都多！好，我倒要看看就你们几个东西，到底能整出什么幺蛾子？把几根花花肠子掏出来晾晾！干活不中歪门邪道倒是不少。还真是阎王老爷一出门，小鬼就直接蹬梯子，要上房揭瓦了。别走噢，都别走。我马上过来！"

听到老板恼怒，众人一时有些愕然。两位代表面面相觑，忽然有些心虚。平日里都是贾老大吩咐，什么时候轮到他们说话？想到那一张没有多少表情的长脸已是气短，气急败坏之下更不知有什么后果。想到此，几个胆小的想抬脚走人，但碍于其他人不便迈步，走了以后还怎么出门，恐怕脸上只能顶个葫芦瓢了。

年轻的代表回过神来，心里给自己打气，累死累活干完一整年，只是要求拿回自己应得的辛苦钱，难道不是理所应当的本分？绝对理直气壮啊！姓贾的当甩手掌柜，每天轻飘飘晃着两只膀子，要么在工地转几圈就开溜，要么一头钻进工棚喝老酒。人总得长点良心吧。你这么平日里轻轻松松歇着，年终结算时还大头拿着，怎么好意思亏底下人的几个小钱。

众人炸开了锅，人人心里都憋着一口怨气，众口一词谴责姓贾的真不是东西。明明自己亏欠了大伙儿，气焰还如此嚣张，看样子根本没把职工们放在眼里。这样不仁不义的老板不要也罢，反正城里到处需要农民工，到哪儿都能找到一碗饭吃。此地不留爷，自有留爷处！

几名年轻人怒火中烧，激愤之余当场表示明年肯定走人；年长的终究有些耐心，认为暂且耐心等待，看他来了有何说辞。姓贾的也是吃白米饭长大的，总归算在人里面吧？毕竟没有投胎牲口。亏欠员工这么多钱，心里就没有愧疚羞惭，还能硬得像一只鸡肫？估计也就是一只煮熟的烂鸭——就落嘴硬了。

难道这小子在外面混了几年，当真吃了熊心豹子胆，一点不顾故土情义，非得与兄弟们彻底决裂、公开为敌？真到那一步，就算鼓足勇气再回乡下，也只能戴着面具见父老乡亲；就算拿着中华烟逢人就递，觍着脸堆起十二道笑纹，回村里招人只怕亦是没有可能了。

四十分钟后，贾老板赶到。他骑着那辆半新的本田摩托，急风骤雨一般呼啸而来，威风凛凛直冲到属下们面前。一个漂亮的急刹车，车身不满地怒吼两声停下。他跨过右腿并不下车，侧身在爱骑上坐定，十分洒脱地面向众人，摘下头盔后不慌不忙捋了捋头发，目光如炬将全场扫视一遍，最终视线聚焦在其中两个，虎狼似的眼神仿佛要将二人吞噬。他面无表情开口说话："哟，到得挺齐嘛！早上微信里不都说过了？今天我是发给你们每一个人，说得再清楚没有了，不需要重复了吧？不过现在既然聚在这里，我再郑重道歉一次：对不住了！暂时宽限几天，我保证开春后一准付给大家。"说着脸上挤出几丝笑容。

一时没有人吱声。男人们个个表情凝重，一同沉默着，似乎是在犹豫，又仿佛正在思索。人人心里有一百条理由，人人心里有一肚子委屈，有无数的话语需要宣泄，临了却不知怎样开口，一个个犹如锯了嘴的葫芦。有的看着老板愣神，有的瞅着同伴发呆，有的抬头望着天上，有的盯着自己脚下。

两分钟后小尹第一个开口："老板你自己说一句：这钱该不该给？！大家伙儿拼死拼活累了一整年，到头来少拿一半的钱！你刚刚说宽限几天是吧？好，那你告诉我们究竟是三天五天还是十天八天？推迟一点也行，有没有个准日子？你要给个准信，大家伙儿也不是不讲道理。差得少也就算了，现在缺口多大，你让我们怎么回去？！我是迈不开这两条腿，自己都说服不了自己！家里老婆孩子都在等着，在外面待一年了，空巴一双手怎么回去？我就不明白，不管城里农村，所有上班的都是按月领工资，坐办公室的月头就拿钱，怎么建筑行业就另搞一套？这是哪个王八蛋起的头？怎么就单单整我们？农民工就活该倒霉比别人低贱一等？！"

贾老板不仅没有生气，脸上反而露出笑容："我不是说得清清楚楚，这两天也在外面跑着催账，等要回来了，肯定全部给你们结清。我是能跑掉还是怎么着？前几年在这里干的差过你们钱没有？以往不也有这种情况，后来不全部补齐了。哎，老李可以证明啊！还有老江。你们告诉大伙儿我讲假话没有。咱们实事求是，有就有没有就没有，摸着良心大声说！你两个老同志了，今天就给我做个证明。你们想想，我要是年年亏弟兄们辛苦钱，这么些人还会站在这里，不早跑出八百里远了？小尹你听着，昨晚一个客户跟我反映，你给人家做的防水根本不合格，马桶后面两处渗水！就是上个月你去的春江花园那一家。我只有赔礼道歉跟人说好话，你自己去把屁股擦干净，等会儿就去，不要让我

149

再给你收拾烂摊子！年纪轻轻的先把事情做好，拿出一点腰子样（好样子）来，再来和我讲话！后面再有业主投诉，那我俩就不好说了，到时候你自己拎包滚蛋，省得我再费事。我说大家伙儿都是喝丹阳湖水长大的，都是家门口再熟悉不过的兄弟，就拜托大家体谅一回，算我欠各位一个人情。明年春上钱一到手，我请大伙儿上馆子喝酒！"说着他站起身朝众人弯了弯腰，双手握拳不停地抖动作揖。

小尹听到这一番话，众目睽睽之下委实挂不住脸面。他没有理会身边内涵丰富的目光，只满腹狐疑带点探寻注视着老板，似乎要证实其中的虚实真伪，又仿佛是在心里重新评估那家的真实情形，沉默一会儿终于发声为自己辩护，不过听起来好像没有那么自信："不可能的事情！我干的活不至于那么次。自己几斤几两心里清楚得很，可能有其他毛病，但漏水不会，肯定不会。我不相信，绝对不相信！对，我现在就去。幸亏钥匙还没交，我倒要看看究竟是怎么一回事。"说着快步走向墙角，推出电动车一跃而上，眨眼之间便不见了身影。

这时，被点过名的老江师傅站了起来："承蒙老板看得起，要不我来说两句？刚才贾老板说得不错，我在这边已经干了几年，具体两年半吧。前面是有拖欠，后来也确实清账了。前面我说过半个不字没有？但这回情况不一样。我比老贾你虚长一岁，今天就托个大。兄弟哎，你欠得少也就罢了，这次不是缺了一万两万。每个人差了这么多钱，谁能接受得了？换你会答应吗？老爷们说话拍着心口！你刚才让我做个证明，那我就来做个证明。要不是看在贾老板你也是喝丹阳湖水长大，土生土养大公圩人的分上，实话告诉你，今天事情就不会这么个做法！干活拿钱不是天经地义的事情？哪有辛辛苦苦干了这么长时间不给工资的。不在道理么！"

"不瞒你说，这两天大家也没闲着，几个人跑去咨询了律师，人家给我们指了几条路。有劳动仲裁部门，哟，还有什么？小孙……噢对，叫劳动监察大队，实在不行还可以去政府门口静坐。这年头穿皮鞋的就怕遇上光脚的。我们这些人叫什么？一无所有还有什么好在乎的，又有什么需要顾虑，豁不出去的？其实这种事动静越大越容易解决，还越快解决。可大家伙儿一条路没走，到今天没整一点响动，安安静静守在这里，跟你有商有量客客气气，还求着你过来解决问题，半个字没有得罪你，唾沫星子往你身上溅一点。为什么？！吃亏就吃亏在乡里乡亲的分上。你认不认他们是一回事，但他们认你！你的这些个农民兄弟心眼不坏，他们心里有你，不想为难你，更不想往你脸上抹黑，因为你毕竟还要在这里混，也晓得你不容易，说到底还是认你这个家乡人。"

"这两年农民工讨薪的情况，你肯定比我清楚。他们是怎么做的？人家老板又是怎么做的？哪有像我们这样的？还低三下四求着你过来！难听的我就不说了，你今天晚上躺床上想想吧，好好想一想。今是腊月二十五了，年边上哪个没事？明天我女儿家办酒，外孙子满月，你让我这个当外公的去还是不去？你好好瞅瞅眼前这些人，这两天哪个不是电话呜呜叫。大家伙儿急得猫抓一样，还只能天天在这里干耗着。现在我根本不晓得怎么搞！听说火车票买不到了，前两天村里还有合租面包车过来接人的，今天我没听到消息，估计后面更够呛，现在想回去真不一定回得去了。你真打算让这帮人留在无锡过年啊？三十晚上如果还在这里，到时候就不好说了。你不让这帮人安生，自己能安生得了？我们过不好年，你能过得好吗？！到时候可别怪大家不客气。这里算提个醒吧。"

"我这个人是大老粗，有什么说什么，心里有话不想藏着掖着，也不会拐弯抹角，说的不对的你多担待。不过句句是心里话，也是实话，总的一句话，希望你赶快解决。你有难处我们也体谅，但怎么着也得三股里面给个两股，有个七八成账啊！你说是不是这个理？这点要求不为过吧？实际已经退到墙角了。老板你今天既然来了，咱们就把门窗彻底打开，老爷们敞敞亮亮说话！麻烦你现在就给个痛快话，年前究竟能不能解决？具体什么时间打到账上？让这帮人安安心心回家等着，行不行？！累死累活一年了，过年总得让大家踏实歇几天吧？你自己也踏踏实实歇几天！"

场地上掌声四起，而且异常热烈。几个小青年用哨声表达自己的支持，更是一种对老大哥勇气的褒奖。现场气氛立刻活跃了，凝重严肃变得轻松活泼，沉默焦虑转为喜悦舒心。众人脸上表情开始丰富多彩，很多人露出十分欢乐的笑容。场地上洋溢着一种热烈和谐的氛围，暖意融融的，春天仿佛就要来了。

贾老板吃惊得张大嘴巴，一瞬间竟有些不敢相信自己的眼睛。想不到姓江的闷葫芦一下蹦出这么多炮仗！看样子自个儿平日里只在门缝里瞅他了。然而这的确怪不得他。这个瘦削矮小的中年男人，今年刚过五十岁，却已经把长江黄河两条母亲河深深镌刻在自己额头，更把长白山上的白桦林直接移植到自家山顶，仿佛上苍给予他格外的眷顾恩宠，让岁月格外抚摸了几回。

贾老板心中叫苦不迭，后悔自己看走了眼。原以为这个平日里只知道埋头干活、闷头吃饭、抱头睡觉的木头桩子，只是一截老杨树根，可能这辈子也没有开口的时候。今天这是怎么啦？居然完全出人意料！难道是三伏天墙根底下的老葫芦啪一声炸裂——突然开窍了？一张破嘴竟然这样利索！当真是人不可貌相，海水不可斗量。看起来一瓢猫腥鱼（小鱼）里绝对可能混杂三四条泥鳅，一群野狗当中或许就隐藏一两匹土狼！

贾老板突然遭到重击，心中刮起十二级飓风，波涛汹涌一时无法平静，感慨万千之余，不由得思绪飘飞，一下跑出几百公里。正胡思乱想之际，一个三十多岁的小青年径直走到面前。他定睛一看原来是小孙，也是工地上有名的孙猴子。小孙说："贾老板你给句痛快话，让我们吃颗定心丸好不好？我家里都火烧眉毛了，再不解决真要疯了！这个礼拜我老婆一天几通电话，昨天骂我是不是死在外面了，为什么到现在还不滚回家？我说了她死活不相信，非说我在外面没干好事！你说我冤枉不冤枉？今天早上干脆给我下最后通牒，说家里到现在一事未弄，等着我拿钱回家买东西，我再不回去她就弄两个小的到无锡来过年，还说假如确实是老板没付工资，她过来当面向你要，还向我夸口说保证能要到！我也是混得倒板（很差），娶的老婆这辈子屁本事没有，但吵架绝对是一等一的高手，什么活儿都拿不起来，就一张嘴拿得出来。老话讲，说得水能点灯，但在她面前压根不算什么。我告诉你，死人真能被她说活。"

"我也不怕大伙儿笑话，实话告诉你们，两个小时不歇嘴完全是毛毛雨，人家五六个小时不歇嘴！去年过年前，差不多也是这个时候，有天晚上她从六点钟开始骂，一直骂到夜里十二点！中间一点不带停顿，就喝了两口水。我本来迷迷糊糊想睡觉，结果反而搞清醒了，一夜没眨眼毛（没睡着）！不过那一次她也元气大伤，喉咙搞哑了，也有好处，消停了半个月。嘿嘿嘿，你们不要笑，有什么好笑的？你们在家哪个不被老婆骂？三愣子你说什么？打架？天天打架还怎么过日子？挑事是吧？你也不是省油的灯！老娘们爱骂骂去呗，反正不疼不痒。女人嘛，睁只眼闭只眼也就过去了，人这辈子不就那么回事。把自己当个聋子哑巴不往里装不就得了？她骂完了还不是乖乖照做事情？烧饭洗衣服搞卫生，管孩子干家务一桩不落。这几年我不在家，田里活儿不都是她？我也就是看这一点才不计较的。"

"哎……扯远了，扯远了。别废话，你们少啰唆，我跟老板说话呢！经理我一点没有夸张，她在村上吵起架来，不把人祖宗十八代撅翻不得歇嘴，吵不赢更不会歇嘴。我这个老婆在村里是出了名的，邻居们见了就让，我家里没有一个人降得住，我更没有办法。我家老爹老娘为了躲清静，跑到河那边的田里自己盖了小屋，两个人搬得八丈远。三十晚上喊他们回来吃年饭，结果老娘对我一顿冲：'吃你一碗饭，要听你老婆一稻箩话，我怕不消化！哪天她一不高兴跑过来堵着门要饭钱，我们两个老东西招架得住？你那边门槛高，老不死的年纪大跨不进去了，还巴巴地觍着脸跑去讨人嫌？你看着我干什么？这不都是你老婆的口头禅？她开口不是老东西就是老不死的，我和你老子从她面前过一下都戳眼睛，还敢厚着脸皮坐到你家桌上？那究竟是吃年夜饭还是吃你女人眼珠子？！'经理我根本不是吓唬你，不信你现在就可以问二狗子，看我说的是不是事实？她万一真过来了我绝对劝不住，肯定要找到你那里去，到时候半条街都热闹了。远的不说，你家上三代祖宗在坟里只怕是睡不安稳了。"

场地上顿时热烈喧腾了！师傅们人人忍俊不禁，个个乐不可支，没有人能够控制自己。男人们有的扑哧一乐，有的哑然失笑，有的嘻嘻哈哈，更多的则是开怀大笑。到后来有人忍不住直拍自己大腿，有人捂着肚子直不起腰来，有人前仰后合完全不能自己。现场几乎炸开了锅，一时成为欢乐的海洋，如同过节一般热闹喧嚷。姓孙的小青年完全成为全场焦点，人们的注意力一齐集中到这位活宝身上。

几个人拿他逗乐开涮，呵呵嘿嘿说笑不止。一个人用拳头对着他胸脯上捣，另一个在他头上用力一巴掌，还有一位揪住他的耳朵往外搋。他嬉皮笑脸完全不嫌寒碜，应付得游刃有余，似乎还有点享受，十足的一只皮猴子。这时，旁边一位一脸坏笑着走过来对着他耳语："你跟老婆干那事时她骂不骂你？要是不骂，我教你一个法子，下次她一开口你就把她往床上拖。她要是不肯，干脆一把抱在怀里直接亲嘴，她不就骂不成了？！"

孙猴子忍不住扑哧一笑，同时一把掀开对方，笑着骂道："滚！有多远滚多远。好你个龟孙子，一肚子臭鱼烂虾，简直是缺德带冒烟！"这位仍不省事："回家试试，保管有用。我就不收费了，还不赶紧谢谢我？金点子免费送给你的。"孙猴子一边直接抬起右脚，一记二郎腿扫过去，一边骂道："回家用在你老婆身上，自己耍着玩去，再瞎说八道当心老子一脚踹死你！"

几名小青年说说笑笑、打打闹闹，在水泥地上来回乱窜，全然忘记了今天肩负的使命，竟然十分快活自在。就这样场地上吵吵嚷嚷好一阵，半晌才渐渐平息。七八分钟后，有人想起了今天的正题，立即大声喊道："别闹了！别闹了。都安静，安静！听老板怎么说。"

一句话将所有人的视线一下拽回到他们老板身上，发现他不知什么时候重新坐回车上，准确地说只有上半身匍匐着，两只胳膊肘搭着左右把手，一颗头伏在车头上一动不动。很快地，全场安静下来。员工们静静注视着自己的老板，多数人是一副研究观望的神色，也有几个带点幸灾乐祸的意味。

贾老板终于抬起头来，跳下车后双手胡乱抹拭几把脸，在无数目光的聚焦中瞬间凝身醒神，不过他依然镇定自若地将所有人扫视一遍，然后正色说道："我先谢谢弟兄们！谢谢大家看得起我。这几年虽然不常回去，但丹阳湖始终在我心里，我贾老二永远是大公圩人。现在不说废话，江师傅、李师傅你们也看到了，医院几栋楼的装修基本结束了。这是今年最大的工程，年后马上就要交工，到时候还怕少了你们的不成？我前几天连跑几趟催他们验收，想在年底把账结清。人家说年前来不及，索性等年后一并完成。你们想想，现如今哪家医院不是财神菩萨，能少我们这两个小钱？所以老少爷们，笃笃定定把心装肚子里，明天全部安安心心回家过年。今天早上我已经联了一辆大客，明天送你们回去。我保证，明年开春结算后一准付给大家。我也不怕丢丑，年底实在是没有法子了。老实说，你们就是再逼，我也变不出钱来。当然，欠钱是不应该，我向大家赔礼道歉了，对不住，实在对不住！就请大伙儿帮我一个忙，缓我几天行不行？"

现场先是沉默，之后叽叽喳喳声又一次响起。四六站起身拍了拍屁股，第一次发表意见："老表你说得轻巧，公家的事情哪有准信？一拖还不知道多少天！春天验收，秋天结算也不一定。工程一开工，甲方就打钱过来，大的工程几次拨款，人工费早含里面了！都是长年在工地干活的人，这些能不清楚？说的话首先要让人信！你能不能说一声，这笔钱到底挪哪儿去了？你既然能拿出去，也要有把握弄回来，实在不行就从旁处挤一点。老表你千不该万不该，不该把大家的辛苦钱搞到别地去！人家欠工资是付个七八成账，只差一点零头，你这个开玩笑，实际等于只拿了一半！我今年过年一堆事情，早就急等着这把米下锅，现在搞成这副烂摊子。老表不是我说你，再怎么困难你也不能动这个钱！"

贾老板这会儿已走到四六身边，他一把扯住四六的衣袖："老表你怎么回事，怎么一点情面不顾？哪有这样当面拱火的？临来我还想让你帮着说两句。你倒好！竟然当面不散光（不给面子），还站出来拆台！好家伙，真是没想到，看你这个人平时还蛮忠厚，想不到临了直接抢起锤子，照人脑袋上就是一家伙！你这什么亲戚？！"他盯着四六看了两眼，满脸不悦扭身走开了。

一阵中国风的彩铃音乐响起，是贾老板的华为手机响了。所有的目光全部聚焦到他的身上，所有的耳朵一齐竖起，只见他眯着眼睛看着前方，嘴巴里喷出一股股热气："什么？！在哪里？真这样说的？什么时候？我马上来。你等着！"众目睽睽之下快速走到摩托车前，一下跨上坐骑，侧过身对着众人高声说道："我有事先走了，我们年后再说。大家伙儿都放宽心，你们出力气挣的是辛苦钱，我这个人讲良心道德，不会昧这样的钱！何况还都是乡里乡亲的，老家的路我总得走下去吧？本来我打算明天回去的，眼下只能看情况了。老实说这个年我也是难过。说了你们也许不会相信，我现在手头比你们还紧。偏偏老父亲过年八十大寿，我本来不想麻烦，昨晚老大打电话要热闹一下，说老头子没有反对。我只好实话实说，结果老大让我直接回去，说什么都不用烦神，全部由他张罗。老头子也真是，一个人还过什么生日？！老大都开口了，这种情况我就是想装死也不行。老家人都认为我在外面混得不错，其实外人不知内人事，我的不易几个人真正了解？我的苦处又向谁去说？唉，不讲了，算我求大家一次，明天都踏踏实实回家过年。前后不就半个月时间嘛，咱们来年再聚好不好？噢，明天早上车子在中冶华天门口等大家，八点钟准时开车，都不要迟了，过时不候啊！后面没车回去我就无能为力了。刚才儿子来电话说他妈胆结石又犯了，医生说要开刀，喊我马上去医院。真是焦头烂额。年关年关，今年这个年还真是一道关口。"

他说着扭过身子朝众人拱起双手，又一次点头作揖："对不住了，实在对不住！宽限我几天，再宽限我几天！那就这样了。包的大车都能坐下。明天踏实回家过年，一定得回家过年，再不走真回不去了。电话又响了，儿子又催了。回去吧，大家伙儿都回去吧！我先走了。"一转身摩托车"轰隆"一下冲出几米远，不过三秒钟便消失在巷口。

场地上一时寂静无声。三十来人愣愣地望着老板的背影，心里说不出的滋味。前面是义愤填膺、慷慨激昂地要立即解决，现在却是五味杂陈。几分钟后，众人又一次叽叽喳喳，这一回却是意见不一，有的仍旧激愤无比，有的口气稍缓了些，有的干脆沉默不语。每一个人都在心里又一次掂量，每一个人都进行着下一步的筹划。

有个高个子提出去上级公司，有人当即予以驳斥，现在都是独立核算，等于就是单干，你打算去哪里找人家？就算找到又能怎样？谁会不帮老板说话，向着底下员工？有人提议去劳动局，几个人马上反对，说去了也是白搭，就算能够受理，一经过公家少则三五个月，多的甚至一年半载，要不要得回来还是两说，可能还得先掏几千块钱的诉讼费，而且和贾老板的梁子一定是结下了。还有人仍然建议直接去家里，旁边一位提醒他："刚才不是说去医院了？要做手术家里鬼毛都没一根，跑去还不是撞门框子？"

第二天早上，四六上车前尚有一丝忐忑，结果发现几乎满座！他找到后排一个空位，放下包裹赶紧坐下，心情已坦然。注视着前面或黑或灰，或方或圆的脑袋，他认认真真默数一遍，发现刚好三十人。一路上男人们基本无话，每个人都是沉默的，大家彼此间早已非常熟悉，无须客套寒暄，也不愿说些什么，因而差不多没有交流。

三四个小时的车程说短也长。男人们大多双臂环抱交叠在胸，从前面或两侧车窗各自眺望出去。有一位上车便打起瞌睡，脑袋先是一上一下小鸡啄米，之后长时间垂挂胸前，随着汽车高速疾驶一路震震颤颤，宛若一名醉汉似的身不由己。

上午天气很好，灿烂的阳光透过玻璃直射进来，暖意融融的很是舒适，男人们沉重的心增添了几许温热。今天已经腊月二十六，看起来过年也会有晴朗的好天气。这般明亮暖和的太阳，着实是回家团圆的好日子。

掐着指头算一算，大家外出足足三百多天，哪一日没有牵挂丹阳湖，哪一晚不是梦回大公圩？现在，马上就要与父母妻儿相聚，脑子里早已数次呈现这样的画面，一幅幅、一帧帧很是清晰：孩子们叫着喊着飞跑过来，一头扎进怀里拥着抱着，老父亲默默走过来接过背包，老母亲只知道擦着眼泪痴痴凝望；接下来的几天，老老小小欢欢喜喜去集镇采购年货，吃的穿的用的送的，大包小包喜滋滋往家里拎；一家人开开心心吃一顿丰盛的年夜饭，适当给孩子们一点压岁钱，半公开半隐瞒给爹娘一些零花钱；初一初二带着妻儿高高兴兴去给舅爷岳父拜年，初三初四热热闹闹招待上门贺岁亲戚。

在温馨的家里度过的十天半月，每一日都是美食佳肴，每一日都是舒适惬意，每一日都是轻松自由，每一日都是陪伴休闲。如此这般难得的天伦之乐，也是一年中最幸福的一段宝贵时光，万不可轻易破坏，任何人都没有这个权力！先高高兴兴过个春节，不愉快的烦恼事情，暂时统统搁置，怎么着也不能影响了一家人的欢乐，一切还是等过年以后再说吧。

然而四六家的这个年注定不能愉快。因为小涛年关未归，全家笼罩在深浓的阴影里。虽然明知他在里面还算不赖，明知年后时间不长就会回来，但过年缺席还是第一次。三十晚上吃年饭少了一个人，况且还是小涛，一家人心里都不是滋味。每个人都尽量回避着这个敏感话题，每个人只专心做自己的事情。不过陈家也有自己的欢乐：新房的预购与三个可爱的孩子。

128平方米的三室两厅，无锡大城市的商品房，一步到位的新房！陶庄村找不出第二家。想想就特别带劲儿。几天来，四六仔仔细细向父母介绍房子的户型结构、方位朝向、采光通风等，每一功能区均详尽描述。借助手势与老屋一一比较，帮助他们建立初步印象，又告诉老人关于城市住宅的一些新名词，比如公摊面积、绿化环保、楼间距宽、噪声控制等，让两位老人家惊奇之余好一阵惊叹：城市里造几间房子这么麻烦！不过这些人真聪明，脑瓜子怎么能想出这么多道道？

感慨之余又一次郑重叮嘱人到中年的儿子：做事打起精神，切不可疏忽粗心，否则一不小心弄出纰漏，就会叫人逮住了把柄；一个人爬高踩低一定当心，仔细望着脚底，做事慢一点不能莽撞；马路上车多人多，骑车靠边，不要接听电话。古话绝对不会错：小心驶得万年船，疏忽大意失荆州。你肩膀上担子不轻，好好珍重，老老小小三代人在城里生活，难为了！四六低眉顺眼答应着，宛若一个听话的孩子。

一年年的外出务工，一年年与双亲分离，特别是小涛进去以后，他更深刻体会天下父母对儿女的这份感情。那种无时无刻、细致入微、无论分别多远也不会减轻半分的关注目光；那种牵肠挂肚、患得患失、无论分离多久也不会削弱丝毫的舐犊情感；那种无论子女年幼老迈、美丽丑陋，抑或健全残缺，永远始终如一、至深至纯的诚挚情感，他已深深懂得。

所以任凭二老絮絮叨叨、啰啰唆唆，任凭他们关怀叮咛、求全责备，四六照单全收、不辩一词。毕竟千孝不如一顺，就算他们说的不妥甚至错误，那又怎样？世界如此之大，人口达七十亿之众，可还能找出这样待你如初的人吗？何况两位老人家长期留守，长年清冷，如此短暂的相聚，如此短暂的欢悦，还能说出任何其他的吗？

至于三个孩子，更是全家的开心宝贝，尤其是一对双胞胎，叽叽喳喳一刻不停、蹦蹦跳跳半点不歇，乖巧而又稚拙，伶俐却娇憨，正是三四岁小儿充满烂漫童趣的时候，天真活泼的小模样委实招人喜爱。

今年的年饭自然不同以往，但变化中也有一些守恒。老两口秋天赶集时特意采购的大圆桌没有抬上来，靠在墙角那么新崭巨硕，几乎占据半面墙壁，但不受待见遭到冷落。今年用的还是那张老式八仙桌，开饭时间也与去年相同，因为须得早发；大门也照老规矩关上——财气一定得收在家里。

下午两点，老爷子牵着大曾孙志鹏，坐到最尊贵的东面首席；四六与老婆各抱一个小的，分坐西侧与北边，这里属于位列二三的席口；春杏和奶奶坐在下首南边。孙媳妇辈分最小，按常规应负责酒水饮料的分发服务，不过这一项今天直接省略，因为根本没有人喝酒，也没有人喝饮料。她下午本打算去村口小店买两瓶椰奶，但思忖两分钟觉得不妥，自己其实也没有兴致，所以没有前往。

近五六年里，特别是自从春杏进门，陈家的年夜饭起码十二道菜外加一汤，而且有质有量色香味俱全。今年大月自己做主俭省为八菜一汤。八不离发，无论如何这点意思一定得有。虽说有八个碟子，其实没有几道大菜，每一盘分量亦减去不少，主妇心中自然明白：光吃点饭着实不费菜蔬。

现在，饭菜悉数上桌，八个人全部坐定。一年中唯——次犒劳自己家人的这顿丰盛宴席上，往年老太婆总会说出一篓子吉祥话，送给家里的每一位成员，祝福子孙们来年平安如意大吉大利。今年这一项同样大打折扣，老人只夹了一块红烧肉给儿子，让他在外面做事顺风顺水，说话时表情严肃声音低沉，其他人竟一概省略，一句话结束了新年祝词。春杏猜测按惯例第二顺位是小涛，祖母说不下去所以卡壳。往年这一顿饭，大家伙儿喜笑颜开，欢声笑语不断，一家人边吃边说总得持续一两个钟头。

今年情况特殊，大人们各自默默扒饭，偶尔伸一下筷子，也只是夹一点蔬菜。大月更是没有胃口，咽下两口米饭便放下饭碗，低着头专心照应两个小的。最高兴的是小字辈兄仨，没有受到丁点影响，狼吞虎咽吃得有滋有味，眉开眼笑享受着美食。小宝啃完一个鸡腿，看见大宝没有吃完抬手要抢，被妈妈呵斥后噘着小嘴，一副欲哭未哭的可怜样儿。

大月赶紧夹起一块红烧肉送到孙子碗里。小宝一咬发现新大陆，赶紧埋头专注新的目标，"啊呜"一口吞进整块，腮帮立刻鼓出一个亮晶晶的肉包，脸颊鼻尖几处沾上酱油，惹得大人们一齐微笑。饭后三兄弟开始磕头拜年，志鹏做得有模有样，双胞胎兴趣盎然学习哥哥，无奈怎么努力却只有五分相像，两人吵吵嚷嚷一遍遍模仿，四条小腿弯曲起立不下十余次。老爷子乐呵呵端坐着先泰然领受，后从贴身衣兜里掏出几张新钞，分给三个曾孙，每人100元。四六笑眯眯地看着孙子们，眼神里充满慈爱。他跟在父亲后面同样递给他们三张，表达当爷爷的一份心意与祝福。

大宝小宝争抢着把钱送给妈妈。志鹏看着弟弟们的表现，拿着钱捏在手里半天不动，磨磨蹭蹭不想上交，眼神里满是不舍。春杏忍不住走上前去，在大儿子粉嫩的脸蛋上啪地亲了一口，帮他把200元塞进口袋。两个小的立即追过来，将脸一齐凑到妈妈跟前。春杏一把揽过一双娇儿，蹲下身把他们搂抱在怀里，左右亲个不停。母子四人相拥在一起，笑盈盈互相对望着，场面特别温馨感人。

大人们静静凝视着这一幕。大月没有像从前那样打趣："做爷爷奶奶有什么用？累死了还不如当妈的一句话。"只是默默瞅了两眼，便起身收拾碗筷。老太婆坐着没有动，似乎忘记了应该帮儿媳拾掇。她含笑注视着，并抬起衣袖轻轻擦拭眼角。一双被皱纹严密包围的眼睛，这一刻却流露出无限的温柔。

正月初五上午，老爷子骑着他的小三轮拐上公路。这一趟是他新年里第一次出门，并且是三十多里外的远门。出门前老太婆拎出四样点心放进车斗，一再郑重叮嘱：路上车多人多，不要骑快，不能望呆，下午早点回来。

今天的天气不是很好，早上的云层虽厚实密布，但仍有一些亮色，现在却是完全阴沉了。凛冽的朔风从遥远的东北刮来，直刺进人的胸膛，冷透人的心肺。路边的柳树一刻不停地摇摆，一阵阵的哀嚎呻吟。

陈老爷子缩一缩脖子，双手握紧车把，埋怨老天有些不作美，心里猜测可能会有一场雪。老爷子穿得笔直周正，心无旁骛在水泥路上骑行，目光专注坚定，从容避过一路的车辆行人。

今天的目的地是他的远房外甥家，就是四六干活的表弟贾成林家。其实贾成林是大月娘家姨妈的小儿子，与老爷子没有任何交集，所以他既不认识这位外亲，更没有去过家里。今天有点唐突了，但实在是别无他法，所以只得亲自走一趟。临来前老太婆不放心，当丈夫的却满不在乎：只要有确切地址，带一张嘴出门，还怕找不到地方？！

四六本不想让父亲出面，一则老爷子年事已高，这几天乡村公路上车辆行人川流不息，堵车、斗嘴、喝酒开车各种状况，老父亲独自一人驾驶小三轮走远路，如同独木舟在汪洋大海中漂流一般危险；二则这一趟任务艰巨，并非走亲戚拜年，而是伸手向人讨钱。正月里讨债更遭人嫌。想到年迈的父亲不受人待见，四六心里已经难受，更别说可能发生的其他事了。

但老爷子意志坚定，已经下定决心，理由有三：一是自己小三轮驾龄五年，自行车骑行二十年，平日里赶集买点小东小西都是一个人，单独出门多少趟了。路上这点车能跟螃蟹上市那会儿比吗？一两个小时无法动弹那都是正常，高峰时市场上的车就如潮水一样，小三轮"砰砰哐哐"左闪右突，在夹缝中不是来回照走，出过半点岔子没有？所以压根不用担忧。二是新房开年后马上要第二次交款，无论如何这笔钱得拿回来，否则不是周转不开，而是根本筹措不到。得力的几户亲戚不是没钱就是有事，可能的两家年前就装聋作哑根本不予理睬，情急之下老太婆直接挑明，人家立即岔开话题。三是自己出面较为妥当，策略是先礼后兵。先把家里的困难摊上桌面，尽量兵不血刃和平解决，万一贾老二要赖不给，只能放下身段应付，甚至不惜撕破脸皮。总之付出一切代价，也得把钱拿到手，并且争取全部拿回来。

老爷子觉得自己好歹算个长辈，按道理贾老二应该有所考虑。万一他不讲情面发生不愉快，大不了以后不与他发生瓜葛，让四六去别处干活，与这家人老死不相往来。不过话虽如此，还是尽量不伤和气。四六还得去工地干活，之前已经惹恼了贾老二，不能再让他去人家家里讨嫌了。自己毕竟这把年纪了，贾老二怎么着也得顾忌一点吧？新年头上，想必不会多说什么。自己有礼有节还带着点心看他，这么客客气气还有什么话说？

谁承想这位外侄根本不在家！老爷子十点多钟到达，屋里头只有贾老二媳妇，而且是从房间被惊醒出来的。只见她一身棉衣棉裤披散着头发，老爷子只觉得粉红的色彩里包裹着一团东西，圆圆滚滚的，显然睡衣颜色鲜艳了一点。然而她脸色倒是不差，看起来不像刚动过手术。老爷子双手奉上礼物，表达着自己的关怀祝福。面对着首次登门的稀罕亲戚，而且是年逾古稀的不速之客，女人诧异之余很快猜出大概。

她没有过多客套，但也没有失礼，感谢之余倒了一杯热水又拎出半袋鸡蛋糕，这才开口说话。她告诉这位远房表亲：丈夫今天一早出门，不知道去了哪里。自己平时不过问他的事情，他也不让自己插嘴，说完便不再吱声。老爷子笑着说："大外侄这两天肯定忙，没事，我等他。"女人瞅他一眼，似乎想说什么，张了张嘴却没有出声。老爷子望着另一侧厢房似乎想唠家常："两个小的不在家？"女人说过年都在爷爷奶奶家，又表示自己得上床躺一会儿，没等老爷子搭话就径直跨进里屋，关上房门后再也不见动静。

老爷子只得一个人在堂屋清坐。他拿着自己的老年机，掏出儿子写的小字条，对照着拨过去，嘟嘟嘟半天却是无人接听，心想可能贾老二有事，等五分钟再打。结果他拨了三次，均是无人接听，丧气憋气之余，只能打电话给四六，告诉儿子实际的情形，让他联系贾老二。一分钟后四六回拨过来，说对方已经关机。

老爷子在门口呆呆站着。他看着阴暗的天色，听着呼啸的寒风，想到儿子四六，想到孙子小涛，想到三个曾孙，想到陈家眼下的困难局面，心里无比苍凉。再想想自己，一生摸爬滚打，风风雨雨已经七十余载，真是一眨眼的工夫啊！

不知过了多久，老人终于拉回思绪，听见隔壁传出"哗啦哗啦"的声响，知道是在打麻将。他循着声音摸进去，发现两男两女玩得正欢，旁边桌子前几个孩子在打游戏。他定定地瞅了一会儿，看见两个男孩不过十岁左右，正专心致志点戳手机，一个六七岁的女孩拿着平板电脑，同样操作得十分熟练。大人孩子互不干扰，但他们的神情倒是特别相似，每一个均是眉开眼笑、喜气洋洋。

老爷子瞅准和牌的间隙，赶紧大声询问。几个人一同抬起头来，对着他仔细打量。位居中央的麻将机尽职尽责工作着，一边把上副牌整整齐齐推送出来，同时肚子里"呼噜呼噜"殷勤洗开下一副麻将。四个人开始抓牌码牌，其中三个唧唧呱呱进行总结反省，分析归纳着自己的失策或胜算，唏嘘感叹着自己的背运或幸运，长吁短叹却又嘻嘻哈哈，捶胸顿足而又快乐无限。他们语言并无交集，然而相谈持续热烈。剩下这个可能是主人，只见他嘴巴里斜叼一根香烟，半截烟灰正要掉落下来，袅袅的烟雾熏得他眯缝起眼睛。

男人没有直接搭话，只上上下下审视着老爷子，这一番动作丝毫没有影响他的动作，出牌仍然迅捷灵活。两分钟后他才朝这边慢悠悠开口："没看见。大过年的，还不是出门拜年了？他们当老板的过年事多，哪会在家里歇着。你是他什么人？"得知是贾家亲戚后，神色更加怀疑："他不晓得你过来？再说他老婆不是在家吗？！"

老爷子只得整回，见亲戚家堂屋没人，知道贾老二媳妇还在房间。他站在外间愣怔几分钟，想提醒屋里人只得大声咳嗽，房间里没有反应。他打定主意要等，干脆在椅子上坐下。百无聊赖之际抬眼细细观察，发现这家不过是普通的二层小楼，家具陈旧，装修过时，唯一比较亮眼的是一架紫红色木质楼梯，然而楼梯间却是杂乱不堪：正中有两个半鼓不鼓的红格蛇皮袋，口沿收得特紧，不知装着什么古董宝贝；五六个尺寸相当的鞋盒错乱堆叠着，厚厚的浮灰掩盖了它们的真实容颜，几只梅花状猫爪印尤其醒目；一侧的茶褐色塑料桶里浸泡着一些年糕，水面上泛起无数大小不一的灰白色泡沫，显然四五天都没有换水；旁边的竹篮里一头是二三十颗油炸肉丸，另一头下面有五六根香肠，口沿边斜靠着两条腊肉。它们就这么亲亲密密紧挨着，就这么无遮无拦敞开着。老爷子奇怪为什么不吊在空中？这不是成心送给老鼠猫们过年吗？

忽然，老人肚子里一阵蠕动，顿感饥肠辘辘。他走到桌边三下五除二吞下两块鸡蛋糕，又喝掉半杯热水，身体立时舒服不少，吃饱喝足后瞅见西面靠墙处有一张小沙发，看起来还算干净，便挪身斜靠在上面。房间里依然没有声音，两下里都是静静悄悄，不知道是在歇息，还是在互相听着动静？不一会儿老爷子脑壳昏沉，一颗头渐渐往下耷拉，随着呼吸拉长，居然传出低沉的鼾声，几分钟后又突然惊醒，睁开眼睛茫然四顾，才知道身处陌生环境。他呆呆坐了几分钟，懒洋洋站起身又一次踱出门外，这才留意大门口竟然没有铺水泥，仍旧是黑黑的泥巴地，深深浅浅的凹坑让他想起从前的老屋。大门左侧随意栽插的几株花苗，几乎全部枯死，看着很是可怜，不过东西两端的不锈钢护栏，倒是精光锃亮十分夺目，下面有一些杂草没有清除，这个季节竟然还有小半青色。

就这样等到下午两点多钟，老爷子还没有混上中午饭。早晨临动身吃的一碗山芋烫饭，三十几里路骑下来，早就消化得无影无踪，两块鸡蛋糕也已消耗殆尽。肚子里几次搭台唱戏，见主人不予理睬干脆整出五分钟荆州花鼓——曲调音域宽阔，唱腔高亢朴实。老爷子自个儿亦是奇怪——几根大肠竟能发出如此有力的声响！有几分钟飘荡摇摆得老爷子特别虚弱，一瞬间使他回忆起遥远的饥荒年代。他把剩下的几小块鸡蛋糕全部塞进肚皮，瞅着台子上自己带来的吃食，咽着口水抿了抿嘴，犹豫一会儿还是克制住没有动手。

三点钟左右，贾老二媳妇终于跨出房门，手里捧着两桶康师傅方便面，一一撕开后兑水冲泡，合上纸盖熟练地用叉子叉紧，放在桌上等待，然后坐下来对着老爷子说话："表姨爹害你饿肚子了。成林晚上还不晓得回不回来？时间不早了，吃点东西垫一垫你就回去吧。天又不好，万一下场雪真回不去了。"老爷子这会儿横下一条心，直截了当回复："我等成林回来，他不回来我就在沙发上睡。"贾老二媳妇脸色立刻多云转阴："我说表姨爹你一把年纪了，干么事呢？不是说了来年付给你们，非要逼得这样紧啊？！你看村上人，哪个像你们这样，亲眷倒不顾情面，搞得这样碜巴巴的，也真做得出来！"

老爷子心里憋了一肚子火，早已噌噌直冒无处发泄，这会儿再也控制不住："是我做得出来还是你们做得出来？这钱该不该给？！今年实在周转不开，不然我也不来。等了大半天了，影子都没看见，我说什么了？！今天不见到人我是不会走的。实话告诉你，见到了人不还钱我也不走。我倒要看看，哪个敢把我怎么样？！"贾老二媳妇一下站起身，一边两手使劲互相拍打，一边嘴巴里蹦出："笑死人了！真的要笑死人了，还有这样的瘌痢头！"跟着尖声尖气叫骂开了，声音根本不像一个气衰力弱的病人，"我说你这么大年纪给鬼长了？！真是老不识数！你自己说说，他不回来你住这里方不方便？像不像话？！老成倭瓜了，还要跑到这里来当臭料！陈家也真是倒门框子，儿子孙子一个个缩在洞里当王八，让一条老狗出来到处乱跑乱咬，真是活现世！看样子以后也不会有多大发相（近似于福气出息一类），子孙后代落下这样一群乌龟头！"

陈老爷子起身一下冲到贾老二媳妇面前，伸出右手想要扇她耳光，胳膊抬到半空猛地刹住，紧握的拳头在那里抖动不止，张着嘴吁吁直出长气。贾老二媳妇似乎被吓住了，赶紧闭了嘴巴，心虚气短间一时不敢轻举妄动。老爷子强压怒火直视贾老二媳妇两分钟，咬着牙转身踱步到沙发边，这次向右一仰彻底躺平了，一双鞋直接架在上面，很平静地发出庄严宣告："本来不想当臭料，这回当定了。"说着双手抱头闭起眼睛再不开口。

贾老二媳妇醒过神来掏出手机，瞅了两眼却塞回口袋，又走到门口看了看天，转回身时两眼圆睁，几步跨到老头子面前，毫不犹豫拖他胳膊："起来起来！我要出去了。快点，快点！我要锁门了。"老爷子不理不动，就像一块石头压在那里，任凭推搡拉拽，也没有移动半分，真正稳如泰山了。贾老二媳妇走进房间，"砰"的一声关上房门。老爷子听到里面有细碎的声音，显然是正在与家里人联系。

七八分钟后女人重新跨出房门，这次已经换下睡衣穿戴整齐。她手上拎着一只红色礼盒，面无表情走向大门，屁股后面扔下一句："我走了。"老爷子先没有起身，十秒钟后改变主意，大步流星追赶上去："我跟你去。"女人转过身盯着老头，见他表情决绝知道无法摆脱，只得收住脚步站在门口，发呆两分钟转身折回，进门后一屁股跌进椅子里，恼怒愤恨却又无可奈何，眼睛直瞪着老头子，恨不得将他生吞活剥。

终于，贾老二媳妇长叹一口气仰靠在椅背上，这才瞥见桌上的面桶，一伸手拉过来，打开盒盖发现面已软烂，没有招呼客人，旁若无人径自吃起来。老爷子端起另一桶，退到沙发边跟着吃面。主客二人呼噜呼噜两分钟，一会儿的工夫便各自抬头，舒舒服服地喝汤顺气儿。女人的目光不自觉溜向老爷子，显然一碗面虽化解了她的饥饿，却没有化解她的愠怒。吃饱喝足之余，精神头明显上升，顷刻之间战斗力倍增，也更兼具一份智慧与耐性。

贾老二媳妇眼睛微微眯起略带点斜睨，里面似有数不清的绣花针飞射出来，似要戳破老家伙半寸厚的脸皮，然而说话不温不火，语气很是平静柔和："我说表姨爹，你也真是的，七八十岁的人了，何苦呢？钱不可能不给你们，只是缓两个月。你在这里蹲一天了，有没有看见别人？他们心里有数的，真要打水漂，能安安稳稳在家里过年？你说是不是这个理儿？我们两家毕竟是亲戚，成林开公司那会儿，第一个想请的就是四六。这几年亏待他没有？怎么着也不应该生分，那不是给外人看了笑话？所以不至于走到这一步。现在手边上确实没钱，你蹲了这把天，要有我早拿出来了。回去吧，再不走天就黑了，万一雪下来，真走不了了。这么大年纪出门不容易，老年人骨头不经摔，有个磕碰闪失就划不来了，你说是不是？表姨爹你放心，成林回来我一定好好跟他说，让他挤一点先给四六。这样总可以了吧？天色不早了，你先回去，路上当心。"

贾老二媳妇说着从口袋里掏出几张钞票，塞进老爷子手里："这400元钱拿回去给小家伙买点吃的。过几天成林要到了钱，我让他亲自送到你家去。我要不是开刀，就和他一起去了，一两年没有看见表姨娘，真想看看她。也不知道电话号码，不然我就打电话了。表姨爹那我就不送了，你路上走好。"老爷子一瞬间有些茫然，迟疑三十秒醒过神来，把400元放在桌上后开口，说话语气同样和缓："等了这么长时间，帽子没见一顶。今天这么远的路过来了，也不能白跑一趟，还是见到成林再说吧。"

贾老二媳妇看着老爷子几乎就要绝望，足足盯了一分钟，眼睛里嗖嗖疯长出尖刀，恨不能立刻刺穿老爷子的胸膛，让他立马倒地不省人事、血肉模糊，最好从此卧床不起。终于，贾老二媳妇起身踏进房门，同样"砰"的一声，之后再也不见出来。

晚上六点，天已经全黑，屋子里却很亮堂。老爷子端坐在堂屋中央，正"咕吱咕吱"享受着美食——自己带来的一包牛奶夹心饼干。现在，他已经没有任何犹豫，也没有任何生分，就像在自己家里一样自由。少顷，他跑到厨房找出一只电水壶，接上自来水插上电源，在小家电的鸣响中，一口气干掉一袋饼干。

老爷子吃饱喝足后开始洗漱，在厨房看见一条毛巾，不管三七二十一扯下便用，洗脸洗脚一次解决，之后又四处张望，终于在拐角的小房间发现下一个目标。他抱出一床被褥放到沙发上躺下，窝成筒状打算垫盖合一。穿着羊毛衫一头钻进去，可弓身缩背前后挪移，怎么也不能舒适，折腾两分钟干脆爬起来，抱起被子回到小房间，利落脱掉毛线衣裤，就像在自己家里一样单衣单裤，这才上床舒服地躺倒。

贾老板晚上果真没有回来。第二天早上老爷子七点钟起床，烧水洗脸刷牙，需要什么找到就用，完全就像是在自个儿家里了。早上下年糕，看看篮子里的肉丸索性放进几粒；中午用电饭煲淘米，麻溜切下一碟咸肉香肠，放在上屉一同蒸煮。十二点钟准时开饭。

女人恰巧从房间开门，一探头看见老爷子正把乒乓球大的肉丸一口塞进嘴里，右侧腮帮立刻鼓出一个半球，真是气不打一处来，极度恼怒之下压根想不起来避讳，当着老爷子面直接拨打电话，接通后对着手机大吼："马上回来！再不回来房顶都要被人拆了。你不晓得家里被人糟蹋成什么样子！今天不回来，你就死在外面永远不要回来了！"

下午三点，贾老二终于回家。碍于情面，亲戚间略作寒暄，却免不了三分尴尬。知道老爷子已经下定决心，不达目的不会罢休，他也不再多费口舌。叔侄二人斜对面干坐着，没有人再说话，屋子里静静悄悄，只有一台老式座钟，嘀嗒嘀嗒格外刺耳。他们虽谁也不看对方，但显然都在对方眼里，并且一直沉落在他们心里，沉重犹如磨盘。

贾老板僵坐着喝了几口水又干咳几声，这么无声对峙终不是办法，只得关上房门向老婆开口。孰料女人直接回怼过来："去年一长年，你一个钱没有拿回来，我还没有说你！家里多少钱你不知道？两个孩子都在上学，一年花费几万，还向我伸手，也好意思说得出来。"贾老板被冲了一鼻子灰，低头思忖两分钟，开始向外拨电话。第一位说过年忙，今年花钱的地方实在太多，抱歉抱歉；第二位说自己最近也不凑手，还想向老贾你开口呢；第三位说自己正在外面有事，没有时间，干脆挂了电话。贾老板先是挠头抹脸，之后闷不吭声坐在炕沿，垂头丧气半天一语不发，真个被抽去筋骨了。

贾老二媳妇听着男人的电话，看着他的窝囊样，沉默两分钟后拉开房门，伸头又瞧见老东西仰靠在沙发上，十指交叉枕在脑后，神色悠闲得活似一位老太爷！她"砰"的一声关上门，瞟了死鬼丈夫两眼，反身折向衣柜边，在一件女式大衣里摸出一张银行卡，摔到男人面前："喏，从里面取三万块钱，给他！算他狠。真正是瓜子里嗑出臭虫来，什么仁（人）都有！赶快把这个瘟神送出门，眼巴前才能清净。再这样下去我真要疯了！"

贾老板捏着卡片向媳妇笑，走过来抓住她一只手，似乎想腻歪一下。贾老二媳妇皱着眉头一把甩开，神情竟如吃了苍蝇似的："去！钱弄哪去了，别以为我不知道。打麻将又输了吧？一场麻将三四千，就你这个臭篓子，不逮你瘪逮谁的瘪？！喝了酒还打麻将，不是把白花花的票子直接送给别人？这么多钱甩到水里响都不响！你这么天天赔着小心伺候人家，这几个人给你介绍什么项目了？怎么到现在影子都没有？他们背后还不知道怎么笑你呢！以前一天到晚怀里捧个酒瓶也就算了，现在倒好，一副麻将背背心上，天天往外送钱！我问你，这个家你是不是真不要了？两个小的不打算管了？他们总是你嫡嫡亲亲生的吧？！我是不在你的眼睛里，也管不了你，我说的话你完全当个屁！可现在怎么样？自己看见了吧？外面结交那么些狐朋狗友有什么用？可有一个人愿意帮你？谁能靠得住？！你就这么混吧，好好地混！再这样下去不出两年，房子都要送给人家，我们娘儿三个只有到大街上讨饭去。到时候你贾老板就光彩了！"

四六家的新房是恒天绿洲二期住宅，位于小区西南一侧，属于这栋高层的顶楼，房号为 3106，预交定金 2 万元。工地占据着一片很大的地皮，此刻正是一片繁忙的景象——南面几栋楼的地基已经挖开，一个个巨大的凹坑里，均有两三台挖掘机拼命往下挺进；北边几栋已显露出五六层的框架，无数根钢筋密密竖立着，外围全部由绿网防护；中心位置的空地上，一台粗硕的搅拌机正在"呼哧呼哧"努力工作，几名工人抡着铁锹铲东西，一只装满水泥的大筐徐徐上升，上方的吊缆在顶端拐弯处摩擦着发出"咕叽咕叽"的响声。春杏每一次接送老大，都会打旁边经过。只要走到这里，她总会不由自主扫视两眼。

大月早已重新上班，就在附近一家吃食店，全名"英子包子"。中等规模的店堂，共有五六位女性服务员。她每天早上四点上班，下午两点下班，月工资 2300 元。大月觉得不错，离家近歇工早，每天下班直接去农贸市场，买完菜回到家，春杏就去接孩子。她看着两个小的捎带着干点杂活，儿媳到家她就开始准备晚饭。最烦神的是志鹏早上去幼儿园，春杏每天只能将两个小的锁在家里，自己骑着电动车飞快地来回。这一阵两兄弟迷上新买的玩具——轨道火车，每次总会玩上半个钟头。出门前志鹏背着书包在门外等候，春杏先将它们一一摆好，趁两个孩子不注意赶紧溜出屋外，在外面把门锁死。

一周以后，双胞胎对这一项兴趣明显减弱。春杏从床底纸盒里掏出飞碟、积木，几天后又换上事先买好的吃食，就这样来回变换花样哄着他们。很多时候大宝小宝吵着要和哥哥一道出去，有时哭闹得很厉害，甚至拼命拖拽着妈妈，怎么也不肯撒手。每当这时，春杏只得用力掰开几只小手，假装生气狠心推开他们，猛地带上门吧嗒一声锁紧，牵着老大赶紧下楼。身后传来撕心裂肺的哭叫声，隐隐地总会持续很久……

上班上学的高峰期，马路上异常繁忙。车水马龙、人流如织，各种的汽车喇叭声、电动车的"嘀嘀"声此起彼伏。她带着儿子，小心穿梭向前，同时心里宽慰自己：出租屋的窗户阳台安装了防护栏，两个孩子的安全应该没有问题……春杏到家时两个孩子早已平息，可能心存小小的不满，对她的归来完全熟视无睹。有时各自玩着玩具友好地和平共处，有时拉开抽屉翻找小玩意，有时站在冰箱前往嘴巴里塞东西。可有时没几下便你争我夺，激烈拼抢，很快开始新一轮的近身肉搏，几分钟后往往传出杀猪般的鬼哭狼嚎！

清晨，一阵低微的手机闹铃响起。大月轻轻坐起身，就着窗外微弱的光线套上衣裤，拉开房门走进卫生间。一束月光还在这里逗留，她挤上牙膏草草刷了几下，手捧自来水在脸上搓揉两把，低着头凭感觉捯下毛巾，胡乱擦拭后蹑手蹑脚走出去，掩上门开始下楼。她抬头望了两眼，天空有几颗星星，一轮明月已走到西边，满弦的月光洒下一地清辉。

城市这一刻不是特别安静，因为马路上渐渐有车辆行驶。她快速穿过小区，一会儿便到了店门口。已经有两位姐妹在店堂里忙碌，她立即加入她们，动手择菜、洗菜、切菜。中型绞肉机正在大口吞吐，一只直径约一米的塑料盆，在地砖上接应着瀑布一般流下的肉糜，一层一层堆叠着马上就要满盆；案板上是昨晚和好的面团，这会儿膨胀得如同半爿猪躺在那里。这时一前一后又进来两人，她们套上围裙直接拍蒜切葱。

大约一小时后，所有的菜肉全部倒入机器里准备搅拌，关键时候主人终于出场。她走进来往里添撒调味料，一整袋一整袋不知倒了多少，大月印象最深的便是食盐，觉得"简直就要把人齁出毛病"，谁知最后压轴的味精、鸡精，才是真正的主角，才是老板的最爱，它们每一位皆是分量十足！终于结束所有的准备工作，姐妹们开始最主要也是最轻松的工作——包包子。

女人们在巨大的案板边围坐成半圆。面前一个大盆，里面的肉馅活似老家盛放粮食的稻囤。对面的男人将面团快速切开，麻溜儿扔向这一边。女人们坐在案边两只手默契配合着，拿起面团不停地抻拉、压平、夹菜、翻卷、快捏。屋子里起先没有什么声音，只有喊喊嚓嚓的操作声，中间有一两位打了哈欠，每个人都带着困意，却不耽误手上的进度。

半小时后，屋子里有了生气，开始有了说话声。先是一两个人，断断续续的你一言我一语，不一会儿，大家伙儿逐一参与进来。话题很是丰富，呈跳跃式展开。大到天南地北、五湖四海，小到家长里短、菜价贵贱，从孩子学习、补课辅导、超市打折、淘宝京东，到综艺节目、女装面膜、休闲旅游、房价波动，甚至中国足球、黄金价格、美国总统、太空宇宙，皆可以信手拈来、畅所欲言、褒奖批评。

两个月后，春杏收到来自太湖边上的第二封信。

全文如下：

杏：

你好，家里都好吧？

一别已近半年，爸妈都还好吗？孩子们一定又长高不少，志鹏就要成为一名小学生。二老辛苦了，你也辛苦了。

这封信单独写给你，是想和你说说心里话。不知你现在是否已经愿意听我说话？

我在这里一切都好，每天吃饭、干活、学习、睡觉，基本是固定程序，已经习惯了。

杏，自从来到这里，我无一日不在思考：自己为什么会有今天？如何一步步走向这里的？

回顾不长的人生经历，不过"简单"二字，然而就是这一小段的旅程，已有许多缺憾，一部分亦已无法弥补。希望在未来漫漫岁月中，随着时间推移，你能够淡忘几分。

上学伊始，自认虽资质平平，但不至愚钝不堪。只因年少无知的顽劣天性，父母长期的外出务工，乡村教育的疏漏缺失，祖父母一贯的宠溺放任，导致功课荒废，初中毕业即辍学务工。十六岁的懵懂少年来到这座陌生的都市，实际就是一名城市流浪儿。凭着出卖体力，凭着吃苦耐劳，凭着一腔热血，在这里艰难拼搏，维持着最低的生存需求。

二十三岁，承担基层管理工作，有机会接触到社会的某些形态，而头脑中吸收的东西太少，缺乏对现实世界的清醒认识，可以说身心完全虚空轻浮、混沌无状。形形色色的城市霓虹诱惑了我，我开始好奇向往，想要涉猎尝试，想要在单调平淡的生活中有些新鲜刺激，于是有了第一次的开始。说实话，起先的确有些新奇满足，可一段时间后便失去兴趣，只是偶尔重复一次罢了。

以上所述，似乎是在给自己寻找理由开脱，的确不是，只是陈述客观事实。虽然有这些因素，但终究不能成为为自己辩驳的理由。一句话，铸成今天这种大错，最直接最主要的就是无知与年轻。精神食粮远比物质需求更为重要，一个人没有食物不能生存，但是缺乏文化，根本就是一具行尸走肉。

杏，你知道吗？能认识到这一层，我觉得还不算太晚。这段时间，除了完成所里的学习任务，我每天都在看书，主要是以后工作需要的，还有一些喜欢的杂书，可以说每一天都很充实。可能你会说一切已成定局。是，所有的错误罪责，终究是自己酿的苦酒，终究要自己一口口艰难咽下。种因得果，没有什么可抱怨的。其实荒唐时也知道这一天会很快到来，只是想不到会以这种方式呈现。

通过这一段的学习，我已经真正认识到毒品的巨大危害。这一刻反而庆幸，庆幸能够进来，否则虽然只是偶然尝试，但后面很可能继续。一旦上瘾，不知会滑向怎样的深渊？杏，请你放心，我已深刻明白它的极致可怕，从今以后，毒品我是绝对不会沾染了。至于其他方面，这里也不再向你保证，就请你看我以后的行动。

杏，我们为什么要来到这个世界？人生在世，究竟有何意义？我们这一生该做些什么？你想过没有？可能你又会说我胡思乱想了。是，以前我也不曾考虑，但现在经常会想这些，完全没有明确答案。其实这一刻也很茫然，只是有一点感悟而已。

我们来到这里纯属偶然。这个世界早已存在，不会因你我的到来或是离开改变分毫。你我只是蝼蚁、微尘，于这个世界而言，根本不值一提，相信你一样有所体会。再想想我们年少时候，那些理想信念，早已不复存在，年轻时的青春热血，也如云烟一样渐渐远去。其实多数人的生活仅仅是空虚乏味的不断重复。这么说来，我们不是完全没有必要存在？

一年四季，春生夏长秋收冬藏，其实人的一生不也如此？一个人像春苗一般破土出芽，年轻时旺盛勃勃，中年成熟不久便逐步衰老，最终走向死亡的终点。杏，我觉得你我存在的意义乃是这中间的过程。无论如何，我们来过，走过这生命的一程，已经足够。更重要的是我们创造了生命，完成了自己这一代的继承延续。这应该就是我们承载的使命，也是你我存活于世的意义与本质。我们一齐努力要做的，就是让这趟旅程鲜活生动一些，更加精彩一些。

杏，谢谢你。是你不离不弃，陪伴着一路走来，才让我领悟这些。以后的旅程，我会好好努力，也会更加珍惜，以不负我们的孩子，也不负我们生而为人的职责使命，让我们的人生丰满一些吧。

吻你。这一刻，非常怀念我们在一起的美好时光。

杏，我要还你后半生的温馨甜蜜。

等着我，你的男人已经归来。

涛

2016 年 3 月 5 日

晚饭时，大月对丈夫说："小涛来信了，是写给小杏的。"四六瞥了儿媳一眼就低头扒饭。春杏没有搭话，一边看着两个小的吃饭，一边自己吃饭。大宝小宝学习独立吃饭不久，坐在小桌边互相瞅着挖饭，一勺一勺舀的倒是不少，就是洒下的饭粒太多。春杏不时纠正指点着他们，并叫兄弟俩捡起洒的放进嘴里。俩孩子刚开始都很听话，乖乖地服从妈妈的指挥。小宝后来不满直接瞪着妈妈，噘着小嘴歪着头就是不动，但妈妈的眼神更加严厉，他吓得立即低下脑袋，幼小的心里虽然十分不满，但慑于威严只能乖乖服从。

饭后春杏回房间拿来那封信，递到公公面前说："喏，在这里。你看看吧。"

四六盯着信封瞅了两眼说:"专门写给你的,我们就不看了。"一时间,几个大人静静地没有什么话。志鹏自觉去房间写作业,只有两个小的在沙发边蹦蹦跳跳,又在墙角拿起玩具手枪,互相瞄准着准备战斗。大宝身子后仰作势开枪,小嘴里模仿着发出声音"啪!""啪啪!"忽然又冒出两三个字的短句,叽里咕噜如同鸟语一般,着实令人费解。每到这种时候,妈妈一如既往不予理睬,奶奶一如既往自顾做事,唯一的观众就是爷爷,总是一如既往笑眯眯地瞅着孙子。

大月在厨房收拾完毕,回到客厅发现四六没有洗澡,闷坐在桌边不动。她看着丈夫,等待一会儿,四六还是木头一样,半天没有动静,便试探着小声说了一句:"他爸,我想去看看儿子。"男人依然沉默不语。大月见丈夫没有反对,更没有像上次那样大声训斥,话语往前进了一步:"也有这么些日子了,我们俩都去看看吧。"四六终于开了金口,瓮声瓮气回复一句:"要去你去,我不去。"

大月声音一下提高许多:"你不去我一个人哪去得了?你也不是不清楚,我出个门东西南北都分不清,你叫我往哪里走?"又想起牵肠挂肚的儿子,"也不晓得他怎么样了?胖了还是瘦了?我也是糊涂了,那种地方哪能长胖。还不晓得被勒(折腾)成什么样子了?我可怜的儿子,你也真是作孽哎!"说着便有了哭腔。她撸一下鼻涕,又抬起衣袖擦拭眼睛,本想克制住自己,可挑起的话头一时无法遏制,半年的思念惦记积聚得太满,只能直接干脆哭出声音。

四六在对面拍着桌子:"哎哎哎,干什么干什么?他在那里有吃有喝,你有什么好哭的?上次来信不是说好得很,跟家里没有多大区别?"大月直盯着他:"你知道真的假的?他还不是怕我们担心?那种地方还能比家里好?打死我也不信!你也真是狠心,说了几次就是不松口。我就问你一句,小涛是你亲生的,还是我从外面带来的?"四六嘴巴一努,用眼神向儿媳房间示意:"你多大年纪了?这说的叫什么话?也不知道寒碜。"

大月边哭边诉:"我可怜的儿啊,真不知道你成什么样子了,有没有挨打受苦啊?是不是已经瘦得皮包骨头了?我天天想你。你进去这半年,你妈淌的眼泪要用脸盆装。我的儿啊,你究竟什么时候才能回来?你这个不成器的东西,怎么就闯下这么大一个纰漏?一家老老小小都在踮脚望着,你晓得不晓得?"

大月一直不停地啜泣哭诉，十分悲切愁苦，伤心难过到了心坎里。四六先不吭声，接着挠一会儿头，又朝儿媳房间看了两眼，终于应了一句："那就去看看？"大月立即抬起头，来不及擦去脸上的泪珠："真的？去！当然去。"一家之主坐在桌前依然稳如泰山："我来想想怎么走。"大月擦干眼泪立即走进儿媳房间："小杏，我们一起去看看小涛，你爸已经答应了。"

春杏坐在床沿正看着老大拼读看图识字的册子，头没抬回应一句："我不去。"大月走到志鹏身边蹲下："鹏鹏，我们去看爸爸好不好？想不想爸爸？"志鹏一下仰起脸，高兴地说："想，我要去！我要去看爸爸。"两个小的马上围过来，跟屁虫似的一起说着："想，想，看爸爸，爸爸……"志鹏干脆扔了作业，喜笑颜开地拖着奶奶："什么时候去？明天吗？志鹏想爸爸了。奶奶，我想看爸爸，我要看爸爸！"大月一把抱起懂事的孙儿："我的心肝哪！你爸没有白疼你。好，我们一起去，过两天就去。"又面向着儿媳，直接说出自己的主张："孩子都这样了。小杏，其他什么话也不说了，我们全家一起去！"春杏没有吱声，只是将两个小的牵出房间，去卫生间给他们洗漱。

一周以后，上午八时，一辆黑色小车行驶在环城国道上，司机是四六的本家侄子更生，自然也是车主。他以前一直在南方，听说佛山、珠海、东莞都待过，今年也到了无锡，在一家羽绒服厂带班，堂弟的事情他是年后听说的。小涛过年没有回家，村里人关心询问的不少，四六两口子嘴巴封得很严，全家人口径统一，只说年前工地出了事故，摔死一个外墙装修工人，春节期间防止家属闹事，公司指派几名中层每天值班。

村里人大多信以为真，只有两家女人打听事故细节。大月说当时工人在吊篮上粉刷外墙，高处绳索接扣突然松开，连篮带人从二十几层的高空摔下，当场死了！公司打算赔偿 60 万元，死者家属不同意，年后可能上法院打官司。实际的情形是事故确有其事，而春节值班并无其事。更生开始也没有起疑，后来发现叔叔一家人春节期间很少出门，连最爱串门的二奶奶也一改往年的习惯，不再跑东家走西家拉话，一直窝在家里，顶多就是晴天在门口晒晒太阳。

四六叔往年总是拎着茶杯，天天去村里的麻将桌旁看热闹，今年两台麻将机边根本瞧不见他的影子。更生觉得不对头，瞅准叔叔上街买东西的当口，把他堵到一边直接问："我哥出什么事了？怎么过年都没有回来？"四六支支吾吾不肯说，更生再三保证不会在外面漏一句口风，他才三言两语告知缘由，之后再三叮嘱他千万不敢说出去，一个字一句话也不能漏风。叔侄俩还没说完，恰巧对面过来一位邻居，两个人招呼一声赶紧走开。

小车上满满当当。四六坐副驾驶，后排一共五人，婆媳俩各抱一个坐在两边，志鹏在中间。更生打开导航，悦耳的女中音预报约五十分钟到达。天气很好，已经是初夏时分，路边的绿植正是生机勃勃的时候，不时有花儿探出脸向小车打招呼，微风从车窗边缝溜进来，清爽而又舒适。大宝小宝很是兴奋，扒着车窗瞧个没够，看到新鲜的就兴奋地发出一连串的"嗷嗷"声，回过头叽里咕噜向大人们报告，不时淌出一两滴口水。志鹏则老练沉稳许多，像个小大人似的静静坐着。不过他也有自己的小乐子，喜欢看前车尾部的车标。

他现在已经认识几十种汽车品牌，兴奋地指点着奶奶认识，大月随着孙子的比画也认识了几种。一路上两个男人基本没有声音，春杏也没有什么言语，后来大月反复教导两个小的练习称呼，大宝小宝在大人的腿上小鸡啄米似的用力点头，配合着动作没完没了地一遍遍重复，用各种不同的音高节奏喊出："爸爸！爸爸！"

一行人很快到达目的地。因为几天前已经联系，陈涛请示所里领导也已得到批准，几个人登记核实信息后，径直踏进这方他们牵念已久的土地。更生第一感觉是进入一所中学校园，这一刻，偌大的场地上没有一个人影，好像学生们集中在教室上课一般，但走了几步便自我否定了。

由大门进来，两边是高高的围墙，顶端全部安装高压电网；主干道是一条宽阔的水泥路，笔直的路面上等距离间隔着十几块玻璃橱窗，一行硕大的警示标语很是醒目——拒绝毒品，热爱生命；两侧向北二十米全是草坪，密实的青草正勃勃生长，呈现出一片绿油油的喜人景象；再后是长方形的水泥活动场地，已经被运动器材占据大半的区域，球桌球网、球架球门、单杠双杠一应俱全；道路尽头是一幢白色大楼，显然是这里唯一的建筑，有七八层高，跨度很宽，两侧已接近围墙边界，楼顶处矗立着八个红色大字：依法履职、科学戒治。

这是一间十二三平方米的小型会客室，中间一方紫红色茶几，旁边是一张半成新咖啡色布艺沙发，其余再无他物。一家人包括更生就在这里等候。大人们凝神屏气，紧盯着对面的一道门。孩子们开始吵吵闹闹，几分钟后依然不能安静，爷爷一声怒喝，当妈的直接扇了两巴掌，奶奶也不再安慰，同样黑着一张脸，一个个便自动歇了火。可几个人左等右等，好一会儿不见动静。

十分钟后，那扇门轻轻打开，所有人盼望已久的那一位终于出现。只见他一身绿色的宽松衣裤，上身已经是短袖。发型完全改变，直接剪成平头，脸色粗黑了许多，脸颊却明显饱满了。大月猛地扑过去大叫一声："儿子！"便一把抱住他失声痛哭起来。陈涛喊出一句："妈！"一头趴在母亲肩上，像被什么东西呛住咳喘着大声抽泣，眼泪肆无忌惮地倾泻而出，两只手同样紧紧抱着母亲。后面站着的四六、春杏也是泪流满面，三个孩子惊异地看着这一幕，一动不动站在原地……

两分钟后，四六见老婆没有停下的意思，只得提醒她："好了，让他看看孩子。"大月抹一把眼泪，又替儿子擦去泪水，牵着他的手到沙发边坐下。几个孩子还在怔怔地瞅着面前的"陌生人"，春杏抱起大宝交到他手上，自己退到后边。大宝仰脸偷看一下这张很是陌生的男人脸，小腿用劲直蹬想要下地。陈涛一把搂紧了他，孩子委屈地噘着小嘴，几乎就要哭出来。大月起身一把抱起志鹏，直接放到儿子的另一条腿上，自己又搂着小宝坐到儿子身边，一边叫几个孩子喊爸爸，同时伸出手摸着儿子的脸，看着他笑又淌出眼泪。

四六从口袋里掏出600元，走过来递给儿子。陈涛推回父亲的手不肯接，说这里什么都不缺，不需要用钱。四六直接塞进他的胸兜，温和地说："万一有个事情，有点钱心里不慌。"陈涛转脸面向更生："现在还好吧？今天辛苦了。"更生正望着他衣服背后的白字：无锡强戒，下面是编码——0129，这会儿赶紧回答："挺好的。哥，你说哪里话，我们是一家人哪！"陈涛微笑着点点头又转向老婆："小杏，你瘦了一点。"春杏避开他的目光小声回答："还是老样子。"

大月抬起屁股将带来的一包吃食推到儿子身边，掏出一个苹果给他："吃。在家洗好的，从今以后平平安安的。" 陈涛咬了一口，见几个孩子都眼巴巴瞅着他，便要递给大宝。大月一边阻止，一边拿出零食分给孩子们。陈涛把一个"平安果"大口大口吃得精光，同时打听房子的事情，又问起老家的爷爷奶奶，气氛渐渐祥和融洽，之后陈涛逗玩着孩子们。大月问他在里面的生活，具体做些什么事情，有没有遭人欺负。陈涛一一回答母亲。四六问最短多长时间，大概什么时候能够出去？陈涛说规定是两年，但表现好的可以提前，自己已经向所里申请，暂时还没有消息，近期准备再申请一次。一家人听后神情黯然、一时间默然无语。大月再三嘱咐儿子一定好好改造，陈涛沉默着用力点头。

　　其间志鹏忽然想起什么，伸出小手从口袋里掏出一张纸，已经整整齐齐叠成五六层。他很小心地打开交给父亲："爸爸，送给你。"陈涛接过来一看，原来是幅水彩画，上层是红色的太阳和蓝色的云朵，边缘处有一些绿树、房屋，中心位置画了很多五颜六色的小人。前面三个矮一些，后面三个高出一头，右侧明显留出一块空白，显然是缺席了一位。下面是几个歪歪扭扭的铅笔字——爸爸，我想你。陈涛再也控制不住，猛地搂紧儿子，大声哭了出来……

　　这年秋天，陈志鹏小朋友跨进学校，正式成为无锡市一名小学生。开学这天，孩子一身崭新打扮，上身是纯白镶边短袖衬衫，下身为藏青色背带短裤，雪白的短袜外面是乌黑的仿皮凉鞋，肩背着印有太空战士图案的深蓝色书包。这些都是春杏在开学前几天带着孩子去选购的，目的是不让儿子输给城里孩子，自然也为激发他的兴趣。

　　母子俩早早出发。志鹏在妈妈的电动车上坐不住，一会儿就吵嚷着要下地行走，春杏看时间还早就依了他。孩子一蹦一跳如同一只快乐的小兔，满脸兴奋地往前直蹿，春杏在后面大声招呼他当心车辆。一刻钟后，两人拐过校园墙角，看见送孩子的家长从几个方向聚拢过来。校门口人头攒动、喧闹异常，通道口被堵得水泄不通！春杏牵着儿子好不容易挤进人群，志鹏在校门口和妈妈告别后，立刻融入小伙伴们自动成行的两列路队中，喜滋滋地踏入自己向往已久的这方圣土。

谁知一周以后，春杏下午到校接孩子。班级路队出来时，小朋友们纷纷向她告状："陈志鹏被老师留校了！"春杏赶紧先去班级再寻到一年级组办公室，看见儿子一副可怜兮兮的模样，显然已经哭过一鼻子。他笔直地站在语文老师的办公桌前，正好比桌子高出一个脑袋，一动不动杵在那里，先呆呆地望着老师，又畏惧地看着妈妈。

　　春杏忙问怎么回事？刘老师说："你儿子拼音完全跟不上，简直是一塌糊涂！"春杏急忙询问老师，孩子上课有没有听讲？是不是在做小动作或是分神？老师思考一下说："这个倒还好，就是拼音完全没有入门，根本一头雾水。上了这么多节课还是晕晕乎乎，好像没有睡醒似的，压根辨不清东南西北。"春杏忙问："这是怎么回事？在家背古诗，数数都还行，怎么语文会这么弱？"

　　刘老师问以前有没有学过拼音，又问孩子就读的幼儿园是公立还是私立。春杏回答以后，老师"哦"了一声，说："难怪孩子跟不上。现在公立幼儿园提倡'零起点'，不提前教学小学内容。"接着刘老师又告诉春杏，"如今小学语文教材，一年级新生首先学习的就是汉语拼音，虽然只有 26 个字母，但 23 个声母与 24 个韵母分别组合，会产生 400 多个不同音节，其中部分读音特别容易混淆，确实难以区分，比如边音鼻音，前鼻后鼻，平舌卷舌，还有整体认读音节等，很多成年人都不明就里，对六七岁的儿童的确是很大的挑战，因此出现困难实属正常。"

　　春杏忙问："其他孩子怎么能够掌握。"老师说："班上绝大部分孩子都有一些基础，有的在私立幼儿园学过，有的可能暑期去辅导班突击学习过。陈志鹏出现这种状况，家长一定要高度重视，认真督促孩子，争取早日跟上，否则不仅影响班级成绩，孩子自信心也会遭受打击，对以后学习可能产生负面影响。"春杏连连点头，表示非常感谢老师对孩子的关心，保证认真配合学校，当即请教具体该做些什么。刘老师回答多读多背多听写，并向春杏做了具体示范指导。

　　这天早晨，春杏把儿子送去学校，转回后不到半个小时，就被老师电话直接催请。春杏慌里慌张将两个小的锁在家里，骑着电动车拐弯到包子店，让婆婆临时回家照看，因为小宝今天有点拉稀，自己赶紧再次奔向学校。这一次大门口空无一人，校园里也很安静，显然还没有下课。她在办公室门口电话告知刘老师，自己已经在这里等候，还在课堂的刘老师让她直接去一年级（2）班。刚到教室门口，春杏一眼看见儿子站在黑板旁边，小志鹏看见妈妈后低下头翻卷着自己上衣边角。

刘老师立即拿出讲台上单独放在一边的语文本，打开给家长看。春杏一瞅上面全是代表错误的红圈，一片红彤彤的格外刺眼，下面批注20分！刘老师盯着春杏大声质问："你自己瞧瞧，能不能看得下去？！在家到底有没有管？为什么还是这种结果？你们做家长的就这么敷衍老师吗？你糊弄的不是我哎，是你嫡嫡亲亲的儿子！你知道不知道？我真是搞不懂，你们这些家长怎么能这么不负责任？！"春杏解释一直让孩子拼读默写的，只是自己拼音也不太懂，所以也搞不清是否正确？确实辅导不了。

三十岁出头的刘老师左手抓着书本，右手拿着教鞭，听闻后更加激动，一刹那有些气急败坏，面对全班46名学生，面对一双双清澈无邪而又懵懵懂懂的眼睛，忽然大声冒出一句："真是文盲生文盲！"春杏脸上一阵红一阵白，心里的火苗往上直蹿，似乎马上就要爆发。刘老师见她脸色难看，不知是出于心虚，还是嫌她碍事，直接打发说："你回去吧，回家好好考虑。我要上课了。"春杏注视着儿子，见他正眼巴巴望着自己，禁不住鼻子一酸，一时间想对儿子说话，又不知道该说什么，只剩咬一咬嘴唇，最后看一眼儿子便立即转身，逃也似的走开了。

回到家婆婆还在，看见儿媳眼睛有些红肿，简短询问几句赶紧回去上班。两个小的吵着要吃饭，春杏下了面条端给他们，自己心中难过没有胃口，就将锅里剩余的几根面条和一点汤水对付了。大月下班后直接向儿媳建议，明天去超市办卡，送给语数两位主课老师，又告诉儿媳包子店里议论的情形。原来大月说出今天的事情，店里的姐妹们上来就问：教师节有没有表示。大月一脸茫然问表示什么。结果几个人都笑话她，说怎么连这个都不知道，真是老土到家了，也难怪小家伙不招人待见。

大月老实说的确不知道，也没有听儿媳提起，应该没有这回事。心直口快又喜欢说笑的店主直接说这年头哪有不给老师送礼的。你们这一家人好像不是生活在地球上，是不是刚从外太空跑过来，或是从别的星球移民来的。大月不解地说刚上一年级就要送礼，以后还能脱掉？那不是给自己套上紧箍咒？再说只要孩子好好学习，送不送礼应该不打紧，送礼的人家毕竟只是少数吧？

一位姐妹见她完全不开窍，很热心地道出其中玄机。现在绝大部分家长都尊师重教，装聋作哑的肯定也有。这种情况下，哪些人有所表示，怎样表示，老师可能印象不深，因为全班几十个确实难以记清，但哪几家一毛不拔，没有任何表示，老师印象一定深刻！不要说老师平日的关注重视，课堂提问的机会点拨，如今班级排座位、竞选班干部、后期嘉奖表彰，都与这一项有实际关系，甚至可能直接挂钩。就算老师不会这样，但花点小钱能买个安心，不是更好。这些话说得大月没有了声音。

后面姐妹们热心地给予具体指导，告诉她这边的行情——基本都是送卡，因为送东西不一定适用，这两年小学一般 500 元，少一点 200—300 元也有，中学起步就是 1000 元了。四六回来后听说此事，当即到房间拿出小红本存折，递给儿媳让她明天就去银行取钱。春杏起先不肯，说刘老师出口伤人不愿送。大月严肃地告诫儿媳："人在屋檐下，哪能不低头？志鹏在她手里，你可千万不能和她闹僵，一切都是为了咱志鹏。听话！"

第二天下午，春杏去接志鹏放学，她在校门口接到儿子后，没有立即回家，而是拐到僻静处待了一会儿。大约二十分钟后，校门口已经没有家长，春杏对门岗保安丢下一句"老师找家长"，领着儿子又进了校园。她让志鹏在一边等候，自己当即跨进一年级办公室。刘老师正在埋头看手机，可能是某个视频比较幽默，她笑嘻嘻地正在乐和。

春杏蹑手蹑脚走上前，将一个本子轻轻放在她面前，弯下腰低声说："刘老师，这是陈志鹏的作业。"刘老师一脸诧异地盯着她。春杏赶紧将本子快速掀起一角，一张深红色大润发购物卡一目了然。右下角白色数字略小，但依然清晰显示：500 元。刘老师没有吱声，春杏看着她轻吐一句："谢谢老师。"

赶紧转身离开了。

这天晚上，志鹏写完家庭作业后，着手完成妈妈额外布置的任务——报听写。春杏先报：铅笔。志鹏小嘴里一边拼音一边写出字母。春杏坐在儿子身边，比他还要忙活。她快速翻动着新华字典，先查部首再找页码画数，查到后把正确读音写在另一个本子上。再报出下一个词语：橡皮……母子俩同步忙碌着。二十分钟后，小桌上的十几样东西，母子俩已经全部用拼音写出。春杏照葫芦画瓢给儿子批阅，督促儿子订正又分别抄写拼读三遍，完成后将错误拼读重新听写，再一次订正抄写拼读，如此循环，直到完全正确，今天的作业才算结束。十五个词语孩子第一遍写错十二个，前后耗时四十分钟。第二天晚上春杏一一报出客厅物品，方法完全同上，错误亦是不少，不过后面渐渐改观，一周后明显进步，这一项额外的作业总共坚持了两个星期。

一个月后，一年级新生家长会如期举行，很是隆重庄严。家长们分坐在六个教室，小喇叭统一广播校长讲话。年富力强的李校长一口标准的普通话，磁性的男中音着实悦耳。他首先代表学校衷心感谢265名家长，能够选择实验小学的分校团结小学。因为这里不仅有美丽如画的环境、窗明几净的校舍、刚刚铺就的塑胶操场，更有一支高素质能力强的团队—— 一批品德高尚、热爱教育、教学严谨、作风过硬的教师，有本市所有小学中最多的区级骨干教师，而且是本区唯一的一所师德标兵学校！所以孩子们在这里不仅能够学习丰富的科学文化知识，更能培育出优良的品德操守和良好的行为规范，相信家长们在不久的将来也会深深认同并深切感受这一点。

休息十分钟后，各班自行召开家长会。一年级（2）班的家长依然就坐在自己孩子的位置，孩子们依然紧贴着站在家长胸前。先是数学老师上台，自我介绍后向家长报告本门学科目前的学习任务与目标。这两周学习10以内的加减法，每个孩子口算必须正确而且迅速，人人须达到脱口而出的过关标准。因此家长在家需要定时抽检，每天20—30道即可。稍后学习20以内的加减法，要求也是与上述相同。这些都是最基础的计算，也是为100以内的加减法做准备，家长亦可提前教孩子学习。

目前孩子们刚刚入学，最重要的就是培养良好的学习习惯，如专心听讲、认真书写、坐姿端正等，所以请家长务必督促孩子把字写好。这里的字自然包括汉字和数字。每一天认真检查孩子的作业等。另外请家长们放心，虽然自己走上工作岗位刚刚一年，但是有信心带好这个班，希望通过师生共同努力，给孩子们打下最坚实的基础。

一阵热烈的掌声中，第一位老师走下讲台，第二位老师跨上台阶。这一位自然是刘老师，也是本次家长会的主角，因为同时兼有班主任与语文教师的职责。两份重任担在肩头，她开场同样是向家长致谢，感谢诸位在繁忙的事务中能够抽出时间参加家长会。今天各位尊敬的家长全部出席，自己很高兴很欣慰，衷心感谢大家对学校工作的支持，但作为孩子们的父母，这是理所应当的，所以希望以后的家长会，不要出现爷爷奶奶或外公外婆，更不要出现某人缺席的情况，否则虽然自己年轻，虽然资历尚浅，也不会原谅宽宥，到时可能双方都会尴尬。因为一切为了孩子们，为了他们德智体美劳各方面都能够健康成长！也相信各位有素质的家长，一定能够理解并给予配合。

接着同样是请家长严格督促孩子们养成良好的行为习惯，如早餐一定在家吃饱，周一升旗人人穿校服（注意：如果忘记铁定不让进校门，立即返回换好校服方得进校），体育课记得带跳绳或毽子，每天服装必须整洁干净，兜里自备一小包面巾纸，给孩子装上一杯水。后面天气越来越冷，建议换成保温杯。并反复提醒家长注意孩子在家写作业的坐姿。因为现在戴眼镜的小学生越来越多，所以务必请各位家长杜绝孩子玩手机看电脑，看电视不可长时间近距离，同样强调书写的重要性，等等。之后刘老师就开始个别点名，挨个表扬班里的优秀学生。

其间，刘老师特别表扬了陈志鹏，说这名同学开始并不出色，汉语拼音几乎跟不上，一口老家的方言，但家长高度重视，孩子聪明肯学，老师紧抓不放，最近进步非常明显，现在拼音听写几次 100 分！并当场翻开陈志鹏同学的语文作业本，上面的拼音字母工整清晰，一个个红钩非常醒目，表示奖励的小星星有五颗之多。

班主任带头鼓掌，教室里立刻掌声四起，同学们投来羡慕的眼光。春杏转脸看儿子，志鹏的小脸涨得红红的，肩膀一耸一耸，脸上忍不住绽开笑容。第一次面对这么多赞许目光，激动中又有些羞赧，想要控制，最后实在憋不住，终于露出八颗碎玉般的白牙，如春天的花儿一般笑开了。

两小时后，家长会终于结束。这一次，春杏同样自动留了下来，坐在位置上没动，几名家长在讲桌前围着刘老师，意犹未尽地进行个别交流。十分钟后，几个人先后走出教室，刘老师收拾东西准备离开。春杏赶紧走过去，对刘老师连声道谢，说非常感谢她，倘若没有老师这一段时间的帮助，孩子不会取得这么好的成绩。

刘老师听后笑容可掬、十分高兴，说陈志鹏同学这次进步这么快，是学校家长双方齐抓共管的成果，二者缺一不可，当然也离不开孩子的努力，自己不会完全贪功。现在老师们也越来越喜欢陈志鹏，又笑眯眯地转脸看着自己的学生，鼓励孩子以后好好学习，天天向上，争取一直保持好成绩，成为班级的领头羊。

志鹏望着老师笑着不作声，春杏摇晃他胳膊催促他说话，孩子用力点头并予以保证。三个人一同走出教室，气氛十分和谐融洽。分手时，刘老师转过头对春杏说："志鹏妈妈，之前怕你误会，购物卡当时没退给你。现在，志鹏同学这么优秀，卡可以还给你了。"

这年国庆，春杏接到丈夫第三封信。

爸、妈、杏：

你们好！孩子们都好吧？

刚来时度日如年，怎么也不能适应，不过人的潜力真是无限，什么坎坷终能迈过。屈指算来竟是整一年了。时间是最好的良药，不知不觉中已抚平伤口。先向你们汇报：这里每月十号都安排常规检测，我第一次呈阳性，其余均为阴性，"成绩"一直位列第一。这半年已先后三次向领导提出申请。现已满一年，鉴于个人的良好表现，高所上周安排我做了全面诊断评估，报告显示各项指标完全正常。昨天他已代表所里向上级正式呈文，如果顺利，批复不久就会下达，希望能够如愿吧。

哦，忘记告诉你们，高所就是高所长。他是这里的一把手，也是我尊敬的一位长者，还有两年就要退休。我们正式认识大约在半年前。因为我晚上大多在阅览室度过，他有时过来查资料或浏览杂志，渐渐有些接触。开始交流并不多，只偶尔说上一两句，后来慢慢交谈得多了，就这样逐步走近的。

他外表冷峻威严，有时火气很大，但有一颗仁爱之心。后来交流日益深入，发现有些问题我们看法比较相近，他有时很认同我的观点。有几次谈话时间很长，交谈也比较透彻，应该说从那以后感情更进了一步，现在某种程度上甚至可以说我们已经成为朋友。他很关心我，对我的情况很了解，也希望我能够早日出去。前两天告诉我，说会向上级如实反映我的事情，替我全力争取，还说就目前形势看应该问题不大。不管这次能不能出来，我都对他深怀感激，这份恩德会永远铭记。

杏，志鹏上学以后，是不是适应？现在情况怎么样？我这辈子没有文化，不仅活得卑微，还栽了跟斗。我们的下一代不能延续这种失败，所以杏，你的担子最重。爸妈已经年高，就算再苦再累你也要担负起来。可能你认为我现在没有资格这样说话，但恳请你，务必认真教育志鹏，务必严格管理。如果不懂有困难，就去学校请教老师，毕竟他们教育过很多孩子，有很好的教育经验，也一定会帮助我们的。

杏，虽然城市教育费用高昂，我们还背负着沉重的房贷，比别人承受的压力更大，你也总是为孩子们的将来烦恼，为我们以后的日子发愁，但我觉得如果孩子们能够学到一定的文化知识，能够学到切实的真本领，将来我们就无须忧虑。因为那时他们不仅能够自立，而且会有尊严地生活。知识是人间最宝贵的财富，无论处在什么时代，丰富的知识财富一定会带来丰富的物质财富。所以我们这辈子最重要最有意义的任务就是把他们培养成才，培养成国家需要的人才，而不是在银行给他们储存一笔钱，完全不是。倘若真有那样一天，他们就是我们陈家三棵大树，就是我们陈家三条小龙。

加油，杏。虽然你丈夫曾摔倒在地，但站起来依然是条汉子。希望能成为你后半辈子最坚实的臂膀，真的期待能够早一日紧握你的手。我在这里一切如常。在家体重 130 斤出头，现在基本稳定在 140 斤，长了七八斤。呵呵。

中秋已过，愿以后每一个月圆时分，我们一家人能够欢聚一堂。

爸妈辛苦了，致以衷心感谢。儿子爱你们。

小杏辛苦了，爱你想你。

祝孩子们健康快乐成长。

小涛

2016 年 9 月 28 日

第五章

已进入深秋，田野里一片空旷苍黄。丹阳湖一带方圆几十里，种植的粮食作物主要是水稻，以及少量的大豆、山芋，油料作物为芝麻、花生、油菜。眼下，庄稼早已收割进仓，棉花亦已采收完毕，大小不等的田垄间只剩禾苗的茬，短短簇簇挺立在那里，少数的还竖着一些枯黄的水稻，自然是被主人偷懒或忘却而遗留的。

大片的水塘已经干涸，呈现出土地原有的本色。因为这一段养殖户均已清塘——将水中的螃蟹、鱼、虾全部捕捞，塘水彻底抽干，水草全部清除，将塘底晾晒一些时日，之后撒些石灰粉予以消毒，来年开春再灌水进行鱼虾蟹苗的投放。一个个巨硕凹陷的大坑，横七竖八仰卧在蓝天下。

这天早饭后，老爷子扛着锄头，老太婆拿着竹篮和锯刀，一起来到自家蔬菜地。这一周天气很好，电视里说下礼拜有降水，所以他们得抓紧完成一项重要工作。一条宽宽的沟沿上，老太婆蹲着身子 "杀菜"，然后抱起菜堆送到小路那边晾晒。太阳已经升高，清晨的空气湿润舒适，已经有一些凉。

今天的露水很重。老太婆小心地将身体避开，尽量不碰到菜叶，但一会儿的工夫，两只裤脚还是扫得半湿，而且沾附着许多草屑。不过她已顾不得这些，割下几棵就立即抱到路边。老爷子跟在后面，在她刚刚腾空的那里锄地。他的工作更加辛苦，因为脚下每一处均须深挖深翻。这种松土暴晒两三个日头才可以进行新一轮栽种。老太婆收割一会儿后感觉疲累，直起身体歇了一歇，瞧着自己成果又瞅一眼四周。田垄间几乎望不见一个人，只有几名老人分散在四周的菜地，大多进行着相同的工作。

老太婆抬头仰望着天空，蓝天一碧如洗，太阳温煦地挂在天上。她转回头瞥一眼老头子，看见他正弓着身子，把锄头高举到半空，使出全身力气向下掘去！她不敢耽搁，立即蹲下身着手下一批收割。老两口忙活一上午，终于将青菜全部放倒，摊开平铺在路边。老爷子又一次挥舞着锄头，不过这会儿有些热，他已经脱掉春秋衫，只穿一件毛背心在使劲。

老太婆同样脱了外衣，准备回家做饭，临走时看见老头子脸上汗涔涔的，脖子上青筋暴起，她拎着篮子叮嘱一句："不要太累了，弄不完下午再来。"说着径直走向小路那一头。老爷子听见停下手头活儿，双手握着锄把，下巴压着锄柄顶端，站在原地歇息，眼睛扫视一遍自己脚下，看着老伴后背高声回她一句："就剩巴掌大一小块了，还用单独跑一趟？"

不过午饭后老夫妻还是一同过来了，这回是把青菜进行翻面晾晒。两个人从东西两端开始，不断向中间挺进会合，不长的两条青绿色队列，不到二十分钟就完成了。因为隔两小时还需再次翻面，现在，他们面向太阳坐在小路一侧，开始休息聊天。

两人今天反复侍弄的青菜，是这一带特有的品种，名为"矮墩棵"，小小的个头向四周生发出许多肥厚的叶片，上端的菜叶明显长于底部的菜茎，无论直接炒食或腌制炖煮，都是爽脆鲜嫩，很受欢迎。这一刻，两位老人看着自己一个多月里天天浇水、精心侍弄长大的小东西，一棵一棵青翠碧绿、胖胖嘟嘟、挤挤挨挨地密密排列，宛若一个个细娃娃一般。

老太婆先开了口："中午吃饭又不舒服了？"

老爷子闷闷的："还是有点噎。"

老太婆关切地说："一个多月了，明天去村里医疗点看看。"

老爷子有些不屑："还不是老样子？再说那里能看出什么？省得费那工夫。"

老太婆脸有愠色："你总说人家不行，方圆几个村的人不都在那里看？"

老爷子赔着笑脸："不用担心，没事的。我也就是随便说两句。"

老太婆仔细看了看他，关切地说："好像又瘦了一点，这两边脸明显松垮了，脸色也没以前好看。身上有没有不舒服？"

老爷子笑话她："多大年龄了还能好看？这年头不是说老年人瘦点好吗？"

"总是要贫嘴！我说的是这个意思啊？正经话，过两天等手头活忙完，我陪你到镇上医院瞧瞧。"老太婆笑盈盈地转脸看着满眼的青菜。

"有什么看头？到这把年纪了，有点小事很正常。按了葫芦起了瓢，总会这里那里多少冒一点。你说一个机器零件，用了几十年，还能不松动生锈？没有中途撂挑子已经对得起你了。"

老太婆忍俊不禁笑了出来："你总是一套一套的歪理。不舒服哪能不看医生？"

老爷子拍拍她的手以示安慰："我自己的身体还能不清楚？真有毛病今天还能抡锄头翻这块地？这几年还可以对付，我心里有数的。不过也就是睁只眼闭只眼了，还能指望像年轻时那样铁板生硬、板板扎扎的？"

"你就是犟脾气，看看没事不是更放心些？过两天还是去瞧瞧。"老太婆伸手掸去他背部几根草屑。

"再说吧。今年过年小涛不晓得能不能回来？"老头子望着远处的深空，脸上转为幽幽的神色。

"昨晚四六打电话，不是说希望蛮大吗？"

"那是小涛信上说的，哪会有准儿？还不晓得是不是他宽家里人心的。"

"不会的。当真没有这事，他还能骗家里人？我不信。"老太婆摇了摇头。

"他说谎蒙骗我们的事情还少啊？以前我也认为不会，现在真不敢说了。唉……这孩子。"老爷子长叹一口气，看着沟沿上的菠菜香菜、萝卜青蒜，在午后金色的阳光里，一片郁郁葱葱、绿意盎然的喜人景色。

两个人一时无语，双双陷入沉默。

老太婆望着身旁的小河。不远处，五六只花鸭在互相追逐、轻松嬉戏。一会儿又像听到谁的召唤，一部分优哉游哉地并肩而去；落单的两只继续钻入水底觅食，又挺立在水面拍打双翅，飞速甩开满头满身的水珠。晶莹透亮的水滴四溅开去，折射出闪亮夺目的光彩！青绿色的水面上微波荡漾，一道道涟漪持续不断往前推进，到达岸边依然不能停息，不断往上翻卷攀越、用力拍击，发出无比欢快的啪啪脆响。

过了好一会儿，老太婆才醒过神来回应丈夫："是啊。你说现在的孩子，我们确实看不懂了。小涛一直在这里长大，从小懂事听话，也没闯过纰漏，到了城里，短短几年的工夫，完全变了个样。"

"说到底还是没上大学。肚子里没有装进东西，芯子完全是空的，看到一点花红柳绿就迷了；身子轻飘飘的没有一点定力，不能落地生根，刮一场风就站不直了。"老头子说着，似乎心里早有了结论。

"现在说这些也已经晚了，这都是一个人的命，是他命里的劫数，根本逃不掉的。唉，也是个苦命的娃娃。"老太婆无奈地摇一摇头。

"就看他自己的悟性了。早晚得碰上，现在年轻还来得及。这些劫数对他也有好处，吃了这么大亏要长点记性了。其实坯子还是一块好钢，以后会有点定性了。"老爷子不慌不忙说着，一副从容不迫的模样。

"今年过年再不回来就包不住了，全村都要晓得了！我们家祖祖辈辈清白，从来没让人说过闲话。小涛啊，你可不能丢脸哎，不然我们这两张老脸往哪搁？你父母亲的脸又往哪搁？陈家祠堂怎么走得进去？小涛啊，你千万不能再马虎了，听见没有？你可要长点心哪！"老太婆说到后面忽然大声喊出一句，仿佛孙子就在跟前似的。

两位老人又一次陷入沉默，陷入自己的思绪里，坐在那里许久未动。太阳一点点西斜，将他们的身影渐渐拉长……忽然，老太婆惊醒似的直跳起来："把正事忘了！"两个人又一次走向东西两侧，弯下腰重新投入工作。苍茫的田野中，两个人弓着脊背一寸寸往前蠕动，黑色短小的身姿犹如剪影一般。

远处，夕阳已走向西边天空，落日前的余晖依然明亮温暖。一片乌云已悄悄临近，浓黑的阴影马上就要遮盖甚至淹没这一片灿烂的夕阳。

第二天晚上，已经是掌灯时分，老两口刚刚用过晚餐，仍然坐着没有动，因为夫妻俩忙活了整整一天。他们先用两只竹篮分几批将所有青菜统统挑回，因为窄窄的小路上小三轮根本无法骑行。他们在村西河边的石板上一棵棵清洗干净，再一趟趟全部运回堂屋，放在早已卸下擦洗过的一扇门板上。老爷子赶紧去邻村专门称来七八斤粗盐，老太婆也把角落里的一只大缸洗刷几遍。

大缸高约一米，直径略长一些，口阔沿宽下端渐收，清洁以后重新焕发出迷人的新姿，紫黑油亮光光溜溜。这是一口历史悠久的宝贝，据说老太婆出嫁过来就瞧见了。如今一年中只用这一回。平日里总被主人遗忘在犄角旮旯，但今天这位却是一号。终于，所有的准备工作悉数妥帖，所有的物品器具一一齐备，全部在这里恭候侍立，静等着进入下一个环节。

两个人休息几分钟，赶忙起身预备开始，因为"矮墩棵"们差不多已经晾干。这一次老爷子是完全的主力，老太婆只负责协助。老太婆先在缸底稀稀撒上一层盐粒，抱起十来棵菜铺进去，一一码放紧密平整，又在上面撒盐。老爷子早已在一边等候，一双赤着的大脚早已用肥皂洗了几遍，这时将两只裤管翻卷到膝盖以上，小心跨进缸内开始"踩菜"。

只见他站在中间，用力踩踏着一棵棵菜。这可是门不可小觑的技术活儿，不仅要有一定力量，而且须均匀适度；也有时间讲究，因为既要将盐分渗入进去，还不能踩得稀软过烂。不是每一个成年人都能干这种活。据说最好挑选汗脚的男子担任这份差事，他们踩出的这种腌菜往往口味更佳更受欢迎。老爷子一丝不苟认真工作着，神情专注，不时低头审视检查，以保证每一棵都能踩软踩"熟"，两分钟后才抬脚向旁边移动。他就这样在缸里缓慢"画圆"，有时也和老伴聊上一两句。第一层完成后，老爷子便坐在边沿处的高凳上，一双脚立即抬起放置于缸顶两侧，稍事歇息。老太婆再次抱起一堆菜铺平、码满，再次撒盐预备妥帖，老爷子随即站起开始第二轮的工作……

两小时后，老太婆最后撒盐封口，七八袋食盐全部用光，一切终于结束。门板上彻底清空，所有的菜均已深潜缸内。老爷子搬出一块几十斤重的石头，压在上面，自然也是清洗干净的，最后盖上一只大灶锅盖。两个人合作准备把这一满缸移归墙角处。老爷子在前面双手拽住缸沿，老太婆后面使劲推着缸身，奋力中的两人身体倾斜成完全相同的姿势，一律与地面夹角呈35度平行向前，老两口每次皆使出十二分力气，却只能使这尊庞然大物移动小半米。

就是这五六米的直线距离，老两口中途不知停顿多少次，而且每一次均需歇够三分钟。有一晌老爷子忍不住开口抱怨："明年不弄了，太费事！还是买点吃。现在超市里酱菜还多，换着花样随吃随买好得很。"老太婆喘着粗气，可还是大声训斥丈夫："天天买架得住啊？你有多少钱能这么糟践。咸菜都不腌了？！就算别人家不弄我家都少不了，光无锡就要带去多少？他们哪一回来家不是坛坛罐罐拎走好几个？这么些人在城里生活容易吗？大大小小七八张嘴，一个月伙食费花费多少？家里土产货还不多给他们贴补一点？更生过两天来家，我打算让他捎去一些。你别看现在是一大缸，连吃再带，到过年也就能剩下一半了，明年开春还不晓得能不能对付下来。你现在脾气也是不得了，做这点事情还不情不愿牢骚一大堆，絮絮叨叨像个婆娘一样。开口就是买买买，到底要不要过长远日子了？这哪是吃更饭的鬼说出来的话？！"

老爷子被教训得一下成了三尺长的梯子——搭不上檐（言），只得闷下头再一次奋力向前。这一次发力老太婆脚底一滑，一个趔趄下巴猛地磕到缸边上，差点碰掉上边仅剩的一颗门牙！

这是家家户户秋季里的重要工作，每一家都是认真筹备、不敢马虎。因为这一项差不多是之后半年、全家早餐的必备菜品，更重要的是到了天寒地冻的日子，或是风雨下雪的三九天里，倘若无法出门，抑或想偷个小懒，女人们只需在家里随便掏出一棵这种"缸腌菜"，切一块也是自家腌制的腊肉，再放入一把粉丝、两块豆腐或鸭血，不到一小时，就是一个鲜美无比的"小锅子"。

老两口忙活几天，这项艰巨任务终于告一段落。两人轻松地坐下休息，不由得同时盯着面前的大家伙愣神。少顷，老爷子倒出一杯水喝，老太婆起身走向房间，忽然听到咳嗽声，显然是老爷子呛了嗓子。她没有回头，略带埋怨地说："你就不能慢一点，这么着急做什么？"可身后的声音不但没有停止，反而愈加激烈。她赶紧回头一看，发现丈夫还是坐在那里，一张脸已经涨成猪肝色，显然难以承受这种令人窒息的折磨。

她快速上前两步，伸出手在他背上反复拍打，先八分用力又赶紧改为五分发力，竭力帮助丈夫缓解平息。五分钟后，老爷子稍稍安静，端起杯子喝了一口想要漱嘴，不承想立即引发新一轮咳喘，一口水猛地喷溅出来。激烈抖动中，杯中的水立时摇晃泼洒出许多。这一次来势更加凶猛，连续不断的咳喘一阵紧过一阵，尖厉剧烈里嗓子似有破裂之声。老人痛苦得无法忍受，一颗头弯到两腿之间，已与椅面接近平齐，嘴巴里不时往外吐。

四十分钟后，两人躺到床上，老太婆直接开口："明天去镇上医院，一点不能耽误了！"老爷子已经耗费了大半的气力，闭着眼睛低低地说："只不过呛了一下。你不要紧张，没事的。"但明显言不由衷，声音显得无力。床那头老太婆担忧的声音传来："你后面吐出的东西颜色不对，发绿还带黑，叫人怎么放心？"

第二天一早，老两口坐车赶到镇里的中心医院。乡村医院病人稀少，一位头发花白、面容年轻的男医生，特别认真地一番问诊，包括症状、饮食、作息、方便等，所有细节一概问到，其间几次审视病人，最后让老爷子明天空腹过来做胃镜。报告出来后，老爷子又一次坐到医生对面，这一次对方没有多说，直接建议去县医院再看一看。老爷子问："是不是得了大病？怎么还要去旁处，你这里还不行？"大夫看着他说："那里设备先进看得清楚些，还是去查查再说吧。"

隔天，老两口赶往县里的人民医院。这次接待的医生年轻一些，仅有三十多岁，很是年富力强。一双炯炯有神的眼睛，透过薄薄的镜片直盯着老爷子。也是一番仔细询问，除去与前次相同项目外，增加验血验尿验便，CT全身扫描探查。一系列检查后，又是两天等待，之后所有报告全部到手。这一次医生支开病人单独请进家属，直接告知诊断结果是胃癌，而且清晰呈现晚期症状。

这真是大晴天响起了一个炸雷！老太婆一刹那被震惊得目瞪口呆、惊慌失措，一时间六神无主，恍恍惚惚半天回不过神，呆愣几分钟后怎么也不相信，当即提出质疑："医生，你会不会弄错了？他身体一向没有毛病，在家还是劳动力，什么活都能干！你今天一开口就告诉我这种结果，叫人怎么接受得了？癌症这两个字能是随便出口的？！大医院不也有误诊的时候？"见大夫没有说话，她一把抓住对方胳膊，祈求地望着他："老头子不能有事的，千万不能有事！麻烦你再好好看一看，求求你再仔细查查！"

老人的眼神饱含祈求，医生似乎有些不忍，但停留半分钟依然冷静告诉她："家属的心情我理解，短时间确实很难受，但诊断结果是准确无误的。如果有怀疑，可以去别的医院再查查。"老太婆一屁股瘫坐在椅子上，眼泪一股一股流下来，在医生办公室里嘤嘤哭泣起来。医生又给出建议：尽量满足病人，不用再忌口，想吃什么就给他吃点什么。

老太婆坐在墙边抽噎着，无法抑制自己的悲伤，对方的话语仿佛没有听见，几分钟后擦掉泪水出去寻找老伴，看见老头子先不知道说什么，停顿一会儿后说："回家吧。医生说没什么事，老年人都是这里那里不舒服，有点小毛病，正常。"一路上两个人坐在大巴车上，各自沉默着没有说话，不约而同看着窗外。近处一栋栋欧式风格的小楼，白墙红瓦飞檐尖顶，绚丽醒目地一一掠过；远处的树木、村舍、河塘、田野，悠然自得铺陈在蓝天下，不紧不慢地朝后退去。

晚上老太婆借口出去买点调味料，立即打电话告诉儿子这个天大的不幸。四六同样不能相信。母子俩电话这头是语不成句、泣不成声，那一头则惊诧莫名。四六当即表示明天回来。第二天中午四六到家，第三天径直带着父亲赶去南京。这次来回一共用去一个礼拜。父子俩擦黑到家，老太婆见儿子脸色阴沉，什么也没有跟自己说，心里明白了八九分，没有再问他什么。

四六又在家待了两天，一直陪在父母身边，和他们说话聊天拉家常。父亲先问他腰平时还疼痛不？他说活累时会有感觉，阴雨天明显有痛感，不过现在天天喝药酒，有事无事都泡一点，当喝水了。他问父亲放出去的钱还有多少没收回来？老爷子说还剩六七万，两家答应年前还清，看情形问题不大。

四六接着告诉父母许多事情。小涛今年有望回来，说是进入社区进行戒毒，实际等于释放回家。儿媳情绪现已稳定，要不是三个孩子牵绊着，这一次很可能一拍两散了。这件事说到底还是那个不成器的东西闯出的纰漏，跟春杏没有多大关系，经过这一段以后，应该得到教训了。希望儿媳妇也能成熟，以后对丈夫体贴软和一些，能够体谅男人在外打拼的辛苦不易。但愿小两口能够和睦相处吧，可千万不敢再提离婚的话。预购的新房地基已经露出地面，合同上标注是明年九月拿钥匙，虽然后期还有通水电气、小区绿化一些事，但看进度应该不会延迟。志鹏眼下在学校成绩挺好，老师也夸孩子聪明肯学，这一项首功应归儿媳，当妈的管教很严也是用了心的；两个小的乳牙已经长齐，现在完全跟大人一样吃喝，上个月春杏停了他们的牛奶。兄弟俩已经会说一些稍长的语句，整天价吵吵嚷嚷没有歇嘴的时候，晚上确实影响老大写作业，为这没有少挨他妈的"毛栗子"，只有等过两年长大懂事些，再搬去宽敞的新房才能有望改善。现在工地上基本不做点工，清一色全做包工，不过这样反而有好处，因为没有人偷懒怠工，有时五天的活儿三天就能完工。今年工价略有上涨，干满一天铁定拿到四百块。自己也是心满意足的。大学生念那么多书出来，又能拿几个钱？还一个个文不能文武不能武。上次谁家小子戴个眼镜人五人六的，结果到田里干活秧苗稗子分不清，现在成了村里的话把子。你说喝那么多墨水有什么用？这几年农民工在城里买房的越来越多，自己这个月干活的小区是拆迁安置房，房价比商品房便宜近半，据说有三分之一的业主是外来户，老板说都是外来务工人员。现在城里人的生活压根离不开农民工，吃喝拉撒哪一样不是他们负责？从禽蛋肉菜、牛奶早点、快餐小吃的供应，到城市绿化、环境卫生、门岗保安的守护，至于脚上穿的鞋袜、身上内外的服装，哪一家厂里不是农家子弟占据大多数。更不用说近年来穿梭在大街小巷的快递外卖小哥，清一色全是年轻人，几乎是他们承包了……四六最后说出重点：要父母这次和他一道去无锡，在那里住一段到过年再回来，或者临时去几天也行，主要是请二老到那边看看孩子们。

老爷子笑嘻嘻听着未置可否。老太婆瞅着丈夫有些高兴，忍着悲伤寻找话题，同样打开话匣告诉儿子村里的一些事情。谁家小子今年上半年离婚了，是他在外面七荤八素有了姘头，家里女人其实很贤惠。一双儿女真可怜，如今还在村里上小学，只有爷爷奶奶照看着，半年也望不见他老子，其实等于失去爹妈的孤儿。老两口天天愁眉苦脸，出了这么个不顾儿女的，一家子老老小小苦成黄连了。

陶家那个念书的女儿今年高中刚毕业，出去打工不到一个月，就被一辆私家车当场轧死。听说驾驶员喝了酒，他老子是开厂子的，一下拿出 80 万元私了，两个哥哥每人得 30 万元，父母拿了 20 万元。钱倒是赔得不少，以往还没有这么多的，就是女娃年纪轻轻的实在可惜，一朵花苞苞还没开就落掉了。

后村的老吴家老二背部有点罗锅，你还记得不？他父亲以前不是在对面的土窑烧砖？三十多岁没有讨到老婆，半年前托人从云南说来一个。送亲时女方来了一二十人，来回路费吃喝连酒席，给孩子红包外加买给新娘子的衣服金器，一共花掉9万多。想不到那个女人是专门在外"钓鱼"的老手，在这里前后总共住了半个月。有天下午趁这家人不注意，她悄悄在手机上招来一辆出租车，跨上车几分钟就溜得无影无踪。

这种骗子实在可恶，你真要从事这种勾当，就去找那些有钱人，怎么跑来骗这种可怜人的血汗钱。这样蛇蝎心肠的祸水女人，过去是要被凌迟的，非得千刀万剐才能解恨，才能让她尝尝骗人的滋味！现在这家追着媒人要钱，媒人说自己也就得了几百块茶水钱，眼下就是跑到云南肯定也见不到人，一个山头一只虎，搞不好自个儿小命还要搭在那里。家里老婆天天骂，弄得老吴一个大男人在村里不能安生，六十多岁还躲出去打工了。

老头子忍不住打断她的话："怎么老说这些糟心事，你就不能说点其他的？"老太婆挠着头皮想了想，又说出这么几件。隔壁村谁家两月前添的小孙子，刚落地七斤八两，两只眼睛乌溜溜的，小模样就像年历画上的报喜娃娃，着实招人稀罕心疼。现在国家对农村的政策确实好，公粮任务一概免除，种田还发补助给农民。你说祖祖辈辈何时有做田不交租的？自己活了一把年纪，想不到还能遇上这种好事。

今年邻村的老王家养螃蟹发了大财，一下赚了40多万元！老王家儿子承包的几十亩水面，去年亏损20万元，大伙儿都以为爬不起来了，结果这小子横竖不服输，硬是往乡里跑了多少趟，办什么来着……哦，好像叫小额贷款，东拼西凑今年照样干，现在鲤鱼打挺——彻底翻身了。真是一个打不死的李逵！其实人长得根本不起眼，矮个子还黑黢黢的，压根看不出来还有这份能耐。说到底是人家运气好，总归有这个水财命。今年丹阳湖大户承包，最多的达到了五百多亩。虽然人人都讲不赚钱，但这种规模的大户赚头还是不小，四五十万肯定是轻轻松松坐在屁股底下的。

两代人轻声细语交谈着，整整一天没有歇嘴。三个人都有一些意犹未尽，也有一些新的体验。四六觉得几年里也没有和父母说过这许多话。他很是讶异，是自己平日里真的太忙，一直疏忽淡忘，还是完全没有在意，压根不曾考虑过这些？他还是第一次发现和父母有这么多想说的，这么多说不完的话。为什么以前都没有发觉？一年365天，自己在家的日子的确太少，和他们单独相处更是难得。可每年过年回来，前后也有二十几天在家，而且是春节歇息的时候，为何交流仍旧稀少，总是那么轻描淡写、司空见惯的几句话？开口不到三分钟就没有了下文，仿佛从来没有今天这样的时候？他不觉深深叹息了。

　　人啊，为什么总是要等到最后一刻才幡然醒悟，一切无法挽回方才醍醐灌顶般地警醒？平素的日子里，我们总是对他人礼貌尊重，而对身边之人随意寻常；总是对同事亲友热忱亲切，而对父母家人漠视忽略。难道是因为相守太久，日日陪伴身边，早已磨损了我们的热情？或许是因为相伴太长，年年守护在这里，完全腐蚀了我们的耐心。一天天、一月月、一年年，平淡、习惯、麻木、漠然甚至无视，忘记了他们正一天天老去，可能某一日会突然离开，永远不再回来。这一刻，四六的内心充满了忏悔，深深的忏悔、自责……

　　下午母亲让四六去蔬菜地，他前脚出门老太婆后脚跟着溜了出去。两个人在村西草垛旁站了半小时。四六告诉母亲：南京医院和这边诊断结果没有出入，同样明确告知病人癌细胞扩散，手术已经没有意义亦无须用药，回家善待病人，珍惜剩余时间，病人有什么心愿尽量满足，其余再无须考虑。追问还有多长时间？医生说就看发展速度，每个人不一样，长则一两年，短则一两月。当时要求直接住院，医生说须等几天才能腾出床位，其实住院意义不大……之后母子俩不再说话，各自长时间流泪。老母亲当着儿子的面更是涕泪横流，抑制不住大哭了一场，近日来的痛苦憋闷得到宣泄，心里多少轻松了些。

　　村里人见老两口十几天来进出不似之前，不知道什么缘故。这天上午，几个老伙伴一起过来，看见老爷子坐在门口晒太阳，便关切地询问：家里是不是有事情？老爷子一双手放在膝盖上磨蹭着并不起身，望着远处天空淡淡地说没什么事，脸一直朝外并不看他们。老伙伴们一时有些纳闷，互相交换眼神后纷纷表示：如果需要帮忙尽管开口，乡里乡亲的不用客套，何况都是几十年的老邻居了，又开玩笑说老家伙们别的没有，凑到一起力气还是有一把。谁知老爷子还是不理不睬，闷葫芦似的一声不吭，弄得几个人很无趣。其中一位手指向旁边示意大家，大伙儿进屋绕了一圈，终于在后面小厨房找到老太婆。

她先借故搪塞几句，后架不住这几位一再追问，情不自禁流出眼泪，向老伙伴们一一说明实情。这一来，方圆几里都知道老爷子得了癌症。第二天堂侄过来看望，言谈中发现大伯似乎并不知情，赶紧掩饰说四六哥让他过来看看有什么需要帮忙的。第三天老太婆娘家兄弟两口子过来。弟媳看着姐夫一脸同情之色，话语中充满安慰，中间有一次提到癌症，说其实能够治好，前两天电视里不是讲哪里有人得了这种大病，十几年还活得好好的，现在天天跳广场舞呢！

人走后老头子立即盘问，老太婆矢口否认，可不争气的眼泪自己流淌出来。老爷子瞅着她这副神情，长叹一声说："我自己的事心里清楚，你就不要瞒我了。几个医院检查多少天，不打针、不吊水、不住院，一家也没有提到治病，不是再清楚不过了？唉，能活到七十五岁，世上人景也看过了，苦日子好日子都尝了，可以了，够本了。"

老爷子病情发展十分迅猛。半个月后，不仅食欲减退，吃不下东西，人消瘦得厉害，而且出现明显胸痛、黑便。了解到西医对癌症尚没有有效的治疗手段以后，老太婆打听了各种偏方，她无一遗漏给老伴做出尝试。先是核桃树枝煮鸡蛋，花钱请人从外地辗转买来，连吃三天没有任何起色；接着中药泡澡熏蒸。

老爷子每次熏足二十分钟。两个人一齐努力，也得颤颤巍巍几分钟才能上床。老伴搀扶他起来时已不忍再看，因为老人一根根肋骨如搓板似的突出，胸背厚度只剩原来二分之一；两条腿就像两根细长的麻秆，稍不留神就可能折断。如此先后尝试四五次，依然没有盼来期待中的改善。跟着去这一带有名的郑中医那里针灸，来回都是请村里的一位老哥们驾驶小三轮。老爷子裹着棉毯坐在中间，老伴在身边扶撑着他，就这么一趟趟往返十天，仍然没有好转的迹象。老太婆又到田埂旁的土洞里挖出几只蟾蜍，隔天一只蒸熟送到床边。老爷子在老伴温柔凝视的目光里，像个听话的孩子，一点点艰难咽下。她还托亲戚弄来两颗蛇胆，放在温水中让老伴吞服。墨绿色的小点在眼前漂浮，令人惊惧又疑惑。老爷子静静看着，沉默几十秒后，依然没有二话，一仰脖子还是吞咽了。

老太婆先是一项项逐个试验，后来干脆交错或并列施行，中间几乎没有什么停顿，但一切的努力如同被窗外凛冽的北风肆虐地扫过，最终什么也没有留下。

四六回到无锡后，每晚一个电话，之后又请假回来两次，每一回都动员父亲去南京住院。老爷子坚决不肯，说一定要在自己家里走，"老了"不能成为孤魂野鬼。在家的几天，四六整日陪伴着父亲。又一次坐在南屋床前，四六已经没有什么话，只默默低垂着头，偶尔替父亲垫一垫枕头、掖一掖被角。儿子来家的日子，老爷子兴致总是高些，不再一直躺着，会叫儿子帮忙支撑着倚靠在床头。他看着儿子，微微地笑着，开始回忆过去的一些事，低低地说给儿子听，大多是自己年轻时的往事，或是儿子小时候的调皮淘气，累了闭眼休息几分钟，清醒后又问小涛问无锡的孩子们。

四六叙述时尽量拣些孩子们机灵活泼、聪明可爱的短小乐事，老人听了脸上露出浅浅的笑意。这一番交流耗费他很大的气力，他又一次闭上眼睛。四六起身抱着父亲的上身将他慢慢下移，帮助他躺平，替他盖好被子压实肩头，又查看一下电热毯的开关，起身拧一条热毛巾，小心细致地替父亲擦脸，让他舒服一些，接着灌上一个热水袋，塞到他的脚边，最后坐下来，静静地注视着父亲。

房间里的光线开始暗淡，但黄昏前恰有一束阳光投射到老人身上。他的脸颊下巴均已深深凹陷，几乎就是一尊头骨模型，脸上没有一丝肉色，苍黄得如同街头的铜塑。深冬的残阳映照着他，他就这么无声无息地躺在那里，似乎已没有一丝生气……四六默默注视着，不自觉流出眼泪。他立即低下头轻轻擦去，一会儿又忍不住啜泣，赶紧拔腿奔逃出屋外。

现在老爷子已经不再下床，电热毯基本是24小时工作，一直保持低温状态。三餐饭食都是老伴端到面前，从半碗、小半碗、两勺、一勺，一天天逐渐减量。每一次吃饭都特别遭罪，因为一吃就吐，吐了再吃，接着又吐，不仅将吃的一点东西全部吐出，有时五脏六腑似乎都要呕出了。剧烈的呕吐伴随而来的是剧烈的胸痛，遍身的疼痛，完全无法承受、真正生不如死，后来就不再想吃。

老伴每一日端来的都变着花样——米粥、面条、稀糊、骨汤，想着法儿添进些许肉末、鱼泥、蛋清、嫩叶，味道很是鲜美。他有时看着闻着，也想喝一点，也想咽两口，可总是惊天动地地呕吐，让他再也没有了尝试的勇气。昏昏沉沉不知躺了几个小时，老伴又一次把汤匙递到嘴边，他虚弱地抬眼看着老伴，想要推开她的手，可面对她祈求的目光和眼眶里就要溢出的泪水，他禁不住又一次张开口。

床头边已经固定放置着一只痰盂，白日里老人的头经常低垂在这里。有时整日里就喝一点热水，肚子里有饥饿感，老伴就把床头柜上的鸡蛋糕捏下一小点，捻得稀碎，拣一点点碎末放入他的嘴里，他轻轻抿一抿。后来喝水也吐，白天黑夜就这么一直躺着，迷迷糊糊不知道外面什么时辰，实在难受时自己尝试着想要坐起，可再努力也无力起身，根本失去了气力……心里明镜似的，知道大限走到了跟前。

这天晚上，老太婆也上了床。现在她已经和他睡在一头，因为夜里丈夫可能随时呕吐，她须替他披棉袄、盖被子，也须随时下床倒水。因为怕夜里翻身、使他受凉，也尽量少碰他皮包骨头的身子，便在床里另加了一床棉被。听到老头子低低的呻吟，她柔声问："要不要吃一粒止痛片？"见丈夫没有回应，她起身挪到床那头，一双手伸进被筒里，自下而上小心揉搓他的两条腿，以便使他松快舒适一些，这是她最近每晚一定完成的工作。

她使出三分力道，从左脚踝开始一点点往上移动着。两分钟后，老头子停止了呻吟，显然感受到她的动作。她见有了效果，更加仔细小心地揉搓着。十几分钟后，她下床到厨房端出锅里的半碗热牛奶，慢慢喂了两勺，丈夫一点点细细抿下。她放下碗钻进自己的被窝，丈夫伸出一只手，轻轻拍一拍老伴胳膊以示感激："辛苦你了。"她伸出手替他拂一拂头发，又摸摸他的脸，略带嗔怪地说:"儿子几次要你住院,你就是不点头。唉,这辈子什么也没落下,就落这个犟脾气。"

老爷子虽闭着眼睛,但这一刻似乎有些安逸,脸上漾出笑意,低声说:"这是绝症,看不好的,还糟践钱干什么?"停了一停又说,"有三个小的,负担很重。小涛还没回来,老老小小全靠他。房子上还差几十万,不能增加他的负担了。"老伴鼻子发酸,轻轻摇他胳膊:"你总是想着儿子、孙子,怎么不想想自己,不想想我?你这辈子吃了一世的苦,末了生病还不去医院,你说能不能对得起自己?亏不亏得慌啊?"

见老头子睁眼看着自己,她忍不住哭出声音:"你要是有个三长两短我怎么办?你就这么狠心丢下我不管了?"说着眼泪成串地流淌下来。丈夫眼睛里也溢满泪水,费劲侧过身面向老伴,一只手轻轻握着她:"我走以后,你就去无锡城里生活,不要一个人在这里,太孤单太冷清了。"说着擦去一把眼泪,顿了一顿,深情地看着她:"总得一个先一个后,我走在前面是有福气的,难为你这一段照应我。我走以后你自己保重身子,要好好地活着,好好地活着,不要难过,不要哭。听见没?"说着眼泪一下溢出来,鼻子里使劲吸溜几下,啜泣起来!

老太婆一下扑在丈夫身上,将脸紧紧贴在他瘦骨嶙峋的胸前,他疼痛得唤出"哎哟"一声,她赶忙直起身体。就这样两个人面对面痛哭着,谁也没有克制自己,谁也无法抑制自己,任眼泪恣意流淌,一双手却始终紧紧握在一起。这种极度悲伤哀恸的声音,从这一间小屋传播出去,在乡村的四周飘散开来,伴着长夜里朔风的悲鸣怒号,在深冬的旷野里持续回旋着,很久很久……

又一周后,陈家不再冷清,几乎每一天都有访客。亲戚们一个个过来,也有夫妻一道或几家结伴的。这边看望病人一般是上午,但现在不再顾忌这些。所有人均心知肚明,老爷子没有几天了。亲戚们也已多次过来,所以再无须避讳什么。自然地,每一家都会表示一份心意,老人现在基本粒米不进,所以没有人买吃食,直接在他的床头塞上一点钱,每一家数额大致相当。前几年圩埂一带看望病人一般是 200 元,现在老爷子是要命的大病,加上近年来婚丧嫁娶，随礼的行情逐步上涨，如今每一家出手大多 500 元。

老太婆先收了两家，晚上躺在床上思忖半天，打电话征求儿子意见，商量后做出决定：一律不收礼。后几天无论亲友们怎样客气、如何说道，她坚辞不受，说是儿子交代的，不可破例。她再三道谢，前面的说明情况后也坚持退回了。冬天本是农闲的时节，留守在家的亲戚们一是叹息老人病得太快，二是有感于老两口平日的礼善待人，每隔三五天便再次探望，近一点的几乎隔天就跨进门槛，后随着老爷子"一天不对一天"，有几位是日日过来探望了。

村里的老哥们更是终日坐在这里。都是几十年的老伙伴，如今突然离别在即，别的不能做什么，最后的这一段时间，总得好好陪他一程吧。这间朝南的小屋里已固定放置着几条长板凳。这会儿，几个男人坐在老爷子面前，静静地望着他。窗外阴沉沉的却没有下雨，虽然已近晌午，屋子里仍是阴暗得很，不过照例没有开灯。老人一如既往躺在那里，一如既往一动不动、无声无息，身上覆盖着两床厚厚的棉被，犹如高高隆起的一条山丘，横亘在板床的中央。

大家伙儿先没有声音，随后两个人出去抽烟，其余的三个人开始说话，轻声交谈着什么，自然是与床上的这个人有关。他们纷纷感叹着，"才一个多月""太快了，真是太快了"。都说前一阵还那么"身魁力壮""一身腱子肉""三榔头捶不死"的老汉，想不到会这么迅速地衰弱枯瘦，几步就迈向终点。村里一位长期"药罐子不离身"、整日里"痨病鬼子"一样的老哥叹息："做梦也想不到他会走在我前面！我们几个排排数，大伙儿都说他笃定在最后。长命百岁不说，我以为再活二十年总是没问题，谁承想会是这种结果？"

旁边一位四十多岁、号称"小诸葛"的村邻说："世上的事情谁能说得清？不是有那么句话，天有不测风云，人有旦夕祸福？照老爷子这种情势看，平时身体硬朗的人，有点伤风感冒直接扛过去了，一旦有事发出来可能就是大病。像你这种的还真不用担心，有点小毛病就直嘘鬼叫，打针吃药挂盐水，哪里等得到生大病？"几个人一下被他逗笑了，不约而同瞅瞅床上，发现老人仍然昏睡在那里，没有一丝动静，仿佛这一切完全没有听到。房间里气氛渐渐活跃，几个人打开话匣，纷纷聊起别的话题，比如互相打探今年的收益，孩子们在外的境况，最近村里的新鲜事等。

大月带着两个小的先回来了。因为志鹏上学不能耽误，春杏留在那里照顾，四六还有两天，须将最要紧的活儿处理完毕。大宝小宝第一次站在太爷爷的房间，似乎很惊奇也很惧怕，双胞胎的表现惊人地相似，都瞪大眼睛一声不吭看着老人，一边一个拽着奶奶的裤腿，怎么也不肯走到太爷爷床前。

大月大半年第一次看见公公，压根不敢相信自己的眼睛。一张老式的雕花板床上，一位枯瘦如柴的老人，一动不动平躺着。他花白的头发有些拖曳，嘴巴完全张开呼吸，同时伴有轻微的气喘，脸上已呈现出濒临死亡的青灰色。大月不禁想起今年过年时，公公是那样地神采奕奕、精神矍铄，总是乐呵呵地忙前忙后、不肯停歇，没事时经常一手一个抱起双胞胎玩耍。孩子们坐在他的腿上不肯消停，太爷爷总有逗乐好玩的小把戏，变换着花样让曾孙们在自己身上多待一会儿，那么喜笑颜开、精神抖擞……

怎么转眼之间就变成这副模样？！她的鼻子一酸，不知不觉哽咽了。几分钟后，老人终于听到周围动静，努力睁开眼看着两个孩子，露出了一丝笑意。大月立即催促孙子们："快，叫太爷爷，快叫太爷爷。"兄弟俩没有见过这等情势，幼小的心灵极度惊惧，小宝吓得往奶奶身后直躲，大宝哇的一声大哭起来。老爷子无力地闭上眼睛，大月扶着两个孙子跨出房门。两天后，四六搭更生便车回家，隔一天，春杏领着志鹏坐车回来。

志鹏站在太爷爷床前，同样怔怔地瞅着，睁着一双大眼睛望着老人又看着妈妈，用清脆的童音唤着："太爷爷，太爷爷！"见对面没有反应，他提高了嗓门。老人终于有了知觉，上下嘴唇微微合拢一些，眼睛睁开一条细长的缝隙，眼珠缓慢游移着似乎是在寻找，嗓子动了一动，却没能发出声音。四六眼泪往下直淌，三代婆媳各自发出不同的低泣，先是极力克制着，后来止不住发出哭声。一家人在老人身边一齐低声啜泣，房里一片呜咽之声……他仍然直挺挺躺在那里，没有什么反应，似乎灵魂早已脱离了这具躯壳。

两天后，午夜时分，油尽灯枯的老爷子进入弥留之际，老伴儿、儿子儿媳、堂兄、内弟、两名邻居，几个人围在跟前。见公公明显变化，大月到楼上推醒儿媳，唤她赶紧下来，又跑回房间叫醒大孙子，慌慌张张给他穿衣服。志鹏从睡梦中惊醒，迷迷瞪瞪看着奶奶，乖乖地任她侍弄。春杏一骨碌坐起身，穿好棉衣棉裤，给两个小的掖好被角，又压上一床绒毯，这才放轻脚步跑下楼，房门口看见志鹏一脸茫然望着大人们，便一把将他拉到自己身边。

堂屋里灯火通明、一片雪亮，灯泡已经换成 100 瓦，显然是做丧事的准备。几个人站在房间里，几乎没有说话声，默默地、紧张地等待着。最后的一刻已然来临，老人正闭着眼张着嘴，喉咙里发出一长一短的拖音，中间一刹那非常短促急迫，立刻就要断气似的。两位亲戚交换一下眼神，一个人沉吟着说出一句："应该就在这三五分钟。"大月盯着公公，发现他的脸色比前两日好转，确实明亮饱满一些，心下猜测可能是浮肿的缘故。

几分钟后，老人的喘气声徐缓了些，大伯随即吩咐侄子："你上去靠着他。"四六停顿半分钟后点燃一支香烟，塞进自己嘴里，笨拙地小口吞吐出烟雾，同时脱了鞋子坐到父亲身后。几个男人帮忙将老人上身托起，轻轻扶拽着靠在四六胸前。少顷，老人又一次发出激烈的喘气声，这一次来势更加凶猛，喘息一阵紧过一阵，伴随着粗重剧烈的高音，喉咙口接连不断发出山一般的"呼——呼——"声……

春杏站在婆婆身后，一双手紧紧捂住儿子的耳朵，志鹏的小脸贴伏着妈妈的身体，一步也不敢动弹。又过了四五分钟，老人依然直挺挺靠在那里，粗重的喘息重新恢复成细鸣，一口气始终不能平息。所有人凝神屏气，大胆的还在看着，更多的人低下头或是将眼睛转向了别处。亲人们这会儿默默流淌着流泪，没有人发出声音。

终于，耄耋之年的堂兄开口对着床头大声喊道："兄弟，你就安心地走吧，不要等了！"四六一直仰着脸支撑着父亲，身体无法移动，两行眼泪顺着颧骨流到嘴唇边，费劲腾出一只手捏着烟蒂，同样高声对父亲说："爸！你走吧，小涛回来我叫他到你坟上磕头。你放心吧，我会把这个家照顾好的，你好好地走吧，不要等他了。爸……爸！你走好，你走好。呜……呜呜……"

屋子里立刻哭声四起。不一会儿，撕心裂肺的痛哭几乎冲破屋顶。涕泪横流中，几个人一齐望向那里……终于，老人的声音渐渐低微，最后完全停止，一颗头耷拉下来，歪在儿子的臂弯里，嘴唇仍然张开三分……一屋子的人高声痛哭着，惊天动地的哭喊声从小楼传出。一个男人走出屋外，炸响一串鞭炮，时间是凌晨一时五十八分。

天亮后不久，一辆白色殡仪车停在门口。十几位亲戚去送老人，自然是从家里的骨肉至亲依次往后排列，加上村里的两位老哥，坚持要去送一程。老太婆头十天一直熬夜伺候，昨晚更是一夜未曾合眼，丈夫断气那会儿差点就要跟着去了，后半夜哭干了眼泪，哭哑了嗓子，天亮前大月扶她上了床。老人靠在床头根本闭不上眼睛，伤心难过加上极度疲累，几乎就要昏厥过去。

窗外渐渐透出亮光，堂屋里开始喧响。一些人进进出出的脚步声，男男女女说话声，女客进门时猛然发出的、应付人情场面的或粗壮或细高的哭叫声，儿媳孙媳出于应酬、几乎同时出现的陪哭声，交替着已经不能停顿。听到嘟嘟的汽车喇叭声，知道老头子即将运往火葬场，老太婆挣扎着下床，浑身已没有一丝力气，两只脚一着地就像踩在棉花上一样，轻飘飘软绵绵的，好不容易挪到房门口，却被门槛绊住摔倒在地。春杏看见了赶紧跑过来，想重新扶她上床，无奈老人怎么也不肯，吩咐孙媳妇搀她上车。祖孙俩艰难行进两步，四六过来将她拽回，发现母亲完全虚弱不堪，觉得她再去火葬场可能会没有命回来，便直接抱起送回床上。老人一双眼睛又红又肿，哑着嗓子张着嘴，对着儿子直嚷嚷，又拉扯他胸前衣服。

四六没有时间和母亲讲理，直接将她托付给本家弟媳和村邻两人照看。其中一位端来小半盆热水，拧出毛巾替她洗脸擦手，又从桌上口杯里拿出一只缺了几齿的木梳，在她很是稀疏的头发上轻轻梳着。后来老人想再次下床，两人立即按住胳膊，轻声劝慰安抚着，没有让她起身。车子呜呜发动的一瞬间，她直挺挺躺在床上，流着眼泪闭上了眼睛。

一行人路上没有什么话，也不再有哭声，每一位都是默默无言。他们有的将视线转向窗外，有的仰靠在座椅上闭目歇息，有的径直瞅着前方，就这样静静地各自坐着。乡村公路平日里车辆稀少，尤其是一年中最冷的时候，清晨时分的中巴车一路畅行。干练的师傅只顾埋头开车，八点钟便到达殡仪馆。

春杏第一次来这种地方，心里有些惊惧，虽须照应几个孩子，下车后还是忍不住左右环顾，仔细打量了几眼。原来这里东北两面靠山，准确地说不可称其为山，因为就是矮矮的百米丘陵。一眼望去全是密植的松柏，只是不甚高大，这一季依然绿意葱茏。西南两面都是农田，平整而又开阔，眼下除了少数的油菜，其余则呈现出黄土的原色。

这里是殡仪馆与火葬场合二为一，兼具两个功能。房屋倒是不多，前面两间平房加上后边一座主楼，就是全部建筑。楼房是横跨东西两侧的二层结构，东边为办公区域，西侧是储存和火化间，中央的大厅特别宽敞，应为接待室兼告别间。这里最醒目的自然是顶上那一根无比粗硕的烟囱，巍峨高耸地矗立着，正不紧不慢徐徐喷吐出白色的烟雾。

路上四六以为不会耽搁什么，可能很早结束，谁知前面已经来了五六批。每一家送行的亲属都不在少数，有十几个的，有二三十个的，大多一拨一拨集中在一处。正是三九天严寒的时候，天空阴沉，北风就在不远处打着旋儿呼啸，似乎马上就要落下一场大雪。如此凛冽的朔风，如此寒冷的天气，大人孩子都有些不堪忍受，一些人边走边跺着脚活动身体。

门口露天处很是空旷。走廊里虽没有一张座椅，但因为避风早已站满了人，从东到西几乎已经没有空地，现在又挤进了四六家这一拨。不过人员虽然密集但比较安静，只有少数几个男人在抽烟，其余则大多沉默，中间也有偶尔的小声说话，基本属于本家族的窃窃私语了。

大宝小宝先怯生生瞧着周围陌生的一切，几分钟后不再好奇失去耐性，一同吵吵着要回家。志鹏懂事地哄着两个弟弟，春杏从背包里找出两粒不知何时遗留的糖果塞给他们。更生瞅着阵势不是一时半会儿的事情，觉得一堆人耗在这里太费时间，小声提醒堂哥是否可以找人疏通一下？四六正色回他："什么都可以找人，这个我不会找人。"

不过一会儿场地上就热闹起来。随着一阵铿锵的锣鼓声，只见六名身着制服的男人，排成两列步伐整齐地自东向西走来。他们一律上白下黑红帽金穗，前面两人均背着一面大鼓，整齐划一地敲击出有力的节奏，后四人抬着一座半人高似佛龛又似箱笼一样的东西。他们在百十人高度集中、惊异好奇的目光里，一个个昂首阔步、目不斜视地傲然而来，又威武雄壮、气势非凡地踢踏而去。

众人的目光先是惊讶地迎接他们远远走来，又一路恭敬地陪同着过去直到尽头，不过最引人注目的还是那四名壮汉抬着的、深红色抬箱里放置的、一个似为玉石质地的方盒，呈幽幽的墨绿色。大月私下打听到这个骨灰盒就是在殡仪馆购买的，开价 3600 元最后还到 2000 元。

更生站在大厅外朝里张望，发现这个时段，大厅里主要集中了一户田姓人家。此刻，东西靠墙的座椅上已经坐满了人，中间有几人站立着。一张很大的方形桌台上，静静仰卧着一位逝者。更生忍不住走上前，看到她的身形很是瘦小，年龄大约七十岁，眼睛闭合神态安详。一身簇新的棉衣棉裤，均为紫红暗花的绸面；头上一顶朱红色窄边绒线帽，花白的头发从颈脖后露出来，拖曳在枕头边有些纷乱；脚上黑袜外面套着一双朱红色绣花单鞋，在这寒冷的隆冬季节，显得瑟瑟了一些。

此刻，她的四周围着一圈亲属，两个女人在小声哭泣，一个男人在旁边擦眼泪。一名六十多岁的男人正在做事，他先从贴胸衣兜里拿出一枚袁大头银圆，插进死者嘴里，又托起她下巴将上下嘴唇抿紧一些；之后掏出两张崭新的粉色纸币，分别对折放到她左右手里，细心地帮助她握好，再盖上一床薄被，红色绸面，而且是鲜艳的正红色；最后在两边各放置几枝菊花，均为黄白二色。

亲戚们一一过来告别。先是一家家有序进行，后面有几人一道过来，十分钟后全体人员将逝者围成一圈。女人们先是小声哭泣，之后渐渐放声悲啼，一两名男人加入进来，最后所有的女人一齐悲号。一片呜呜咽咽之中，尤以三四名中年女人甚为强烈，她们边哭边诉，声音高亢清晰，特别"会哭"。其中一个人表现得最为突出，因为她一直闭着眼睛坐在墙角处，发出绵延悠长的哀怨女音，并且始终以"我苦命的亲娘唉"作为每一节祭文开头，将逝者大半辈子的好处、苦情、不易、贤惠、大事、小处、艰难、善行，从头至尾加上间断跳跃，连续哭诉了几十分钟，途中陆续有亲戚过来劝解，却始终没能使她平息停止。

　　一名工人推着一辆淡蓝色小车过来。三四个男人互相帮衬着将逝者抬起、平移、放下，哭喊声立刻汹涌而起。三四个女人拼命拖拽着小车不让离开，那名工人使出全身力气，小车也只能往前移动一点点。他有些着急地说："节哀节哀，来，让一让，让一让！"几个人还是不依不饶紧拉着小车，两个女人高声哭喊着："亲妈妈，我的亲妈妈！"

　　人群里一位老者瞅着有些不耐烦，用不高不低的声音说："好了好了，都歇歇嘴！自从摔了跤，她瘫在床上小半年了，遭了多少罪受了多少苦？多可怜啊！现在不是很好？有什么哭头？走了好，走了她自己轻松了，你们也轻松。平时孝顺点不就行了？现在喊妈妈，在世那会儿喊过几声？现在哭这么起劲搞什么？是心里愧得慌啊，还是真打算把她哭回来？"

　　一个男人跟着小声接上："真哭回来麻烦了，又要天天骂老不死的了。死了死了，还是了了好啊！"就这么乱哄哄一会儿，哭声渐渐低了。两个人在旁边推着小车，一群人左右簇拥着缓慢向前，走到走廊尽头拐到门口处，一个人迅速抽掉了手里的钞票，又麻利地伸手拿走死者嘴里的东西。工人反身关上门，几个人赶紧趴到唯一一扇玻璃窗户边，伸长脖子瞪大眼睛朝里观看……

　　四六　一行人中午回到村里。灵堂就设在一楼的客厅，也就是日常生活的堂屋，中心位置由两张几十年的杂木方桌，也就是农家普通的八仙桌拼接在一起。桌底的长明灯已经点燃，其实就是一盏普通的小油灯。

　　现在，桌上的物品已一应俱全。后半部是一只杏黄色玉石骨灰盒，闪现出清亮而又冰冷的光泽，它的两侧绘有喜鹊登梅图案，盒盖上画了一条游龙，总体是比较精致的。盒子的前面贴着老爷子一张五寸彩照，这还是几年前老两口去无锡，春杏领爷爷奶奶到公园游玩照的。当时他一直推辞不允，多亏孙媳坚持才留下这一珍贵影像。镜头前的他颇有一些不适，只睁大眼睛紧盯着对面，一双手老实地垂放在裤缝边，仿佛被什么情景吸引了，严肃的表情中兼有三分滑稽。

　　盒子两端散放着几枝菊花，自然也是黄白二色。前侧有三个并排的瓷碟，中间一个蜷伏着一只不大的母鸡，黄澄澄的表皮，一双眼已完全合上，青褐色的一张嘴也紧紧闭起，自然是半生的祭品；左边是三个色泽红艳的苹果，右侧是一串黄绿色香蕉。桌子最前面是两只细高的玻璃杯，一对红烛深插在杯中的米粒里，桌沿处平放着几根香，正冒出缕缕青烟，已经快要燃烧到桌面上。东面墙边斜靠着一个很大的花圈，白黄绿三色纸花错落其中，组成一个个大小不等的同心圆。桌子上方半空中已架起两根长长的竹竿，不过上面还没有开始悬挂。

老爷子的丧事三天结束。第一天主要是火化，下午有几家远亲前来吊丧，村里的三四位老伙伴也过来烧纸。正式的吊唁是第二天。天刚亮不久，四六夫妻俩便准备齐全。孝子披麻戴孝，头上是一顶由黄褐色粗麻布简单缝制、呈长方体的高帽，额前轻吊着三只白棉布团成的小球，腰间捆扎着一根长长的白色布带；孝媳则简单许多，只在头顶包上一块长一丈、宽一尺的孝布，同样是白棉布质地，在腰后长长拖挂着，几乎就要垂落到地。

四六一个人跪在父亲身边，先哭了一会儿。大月过来将他拉起，让他坐下稍事休息。因为后面很多的亲戚过来，夫妻俩必须全部接待到位。本家的陈姓亲属中第一个过来的是经水家。因为昨晚他就在这里坐夜（丧事期间，主家夜里始终灯火通明，安排男人们坐夜。一般前后半夜分开，每一班两三名男人即可，实在不行也得一人留守，万万不可断人）。四六委托他今天安排酒席，因而不敢耽搁。经水是四六二叔的大儿子，说是二叔，实际两人的太爷才是真正的同胞兄弟，论起来已经出了三辈，但两家平日里处得不错，大事仍然来往。

经水夫妻俩刚一进门，大月立即走过来拉着堂嫂的手，叫了一声："我的亲姐姐啊！"便高声哭了起来。对方回复一句："我的亲妹子啊！"同时亮开了嗓门。孝子四六早已低头跪在一边，因为天冷，他的膝下垫着一只蛇皮袋。经水把自己带来的两刀纸放到门外的火盆边，走到桌子前双膝跪地，帮忙的两位一个递给他一顶孝帽（死者下一辈男子均为白布高帽，额前钉有三小块半寸见方的黑布片；第三代孙辈男子无论大小，一律白布短帽，额前钉有三小块同等面积的红布，帽高约为前者一半；倘若死者福泽深厚，高寿仙逝时已有第四代嫡孙，则全部佩戴红色短帽。女子一律为头巾，按照高低辈分依次短去一截，第三代开始亦是红色头巾，往后以此顺推。不过系法略有区别，年长者一般全部展开覆盖整个头顶，往下于颈后打结；年轻人大多沿宽边对折两次，以发带形式自额前平系，往后于脑部打结。）一个人点燃三炷香递给他。他戴上帽子又扶正两下，双手接香轻握着躬身一拜到底，磕出三个响头又作揖三次，这才起身将香插进香炉，最后回到门边的火盆边开始烧纸。这边经水老婆开始磕头作揖，严肃认真地重复着丈夫相同的礼节。

夫妻俩随后走到西厢房，拿出 200 元执礼（姓陈的本家亲属按照亲疏远近以及双方类似事情来往的经济账目，一般出资两三百元即可；外戚的花费则须翻出几番才能应付。不过人情往来都是双方基本对等，大致保持平衡，一方不至长久吃亏或总占便宜）。今天管账的还是陈涛结婚时那一位，他认真记录着姓名、数字。

经水夫妻俩完成祭奠后，走向场院南面的平房。三四个人已经在厨房忙活，这回没有外请厨师，只是四六本家的一名弟媳，帮忙的几位也都是大月的妯娌。女人开始帮忙择菜，经水看到女眷们各司其职，厨房已启动"战时程序"，便放心地回到院子里查看新搭的顶棚是否结实牢固。经水摇一摇其中的两根铁杆，又仰面朝天瞧了几眼撑开的棚布，开始往场院里搬方桌长凳，自然是外借隔壁邻居家里的。

外戚里最引人关注也是大家伙儿最想看见的是陈家老中青三代媳妇娘家的吊唁丧礼。最先抵达的乃大月娘家。这是一支浩浩荡荡的队伍，前后拉开的距离竟有十几米，大小宾客一共 15 人（后来听说还从他们村邀请几位邻居）！大队人马刚进村口，两支唢呐立即又一次响起，庄严宣告着诸位贵客的到来。陶庄这一边自然早就预备妥帖。

按照主人事先的吩咐，五六名专门迎客的陈姓叔侄，立即跑步到埝头上分散进入其中，一边说出一两句客气话，一边接下对方的东西，代表主人表示着慰问辛苦和尊敬感激之意。队列前面是三个半大的孩子，他们分别拿着一个花圈、两幅挽幛（长长的竹竿上整齐悬挂着一个个白纸扎成的空心圆柱形直筒，外侧均绘有不同花色图案）；后边的成年男女每两人一抬，四个抬筐（竹子编成、比筛子大出一圈、专门为家中大事准备的扁圆形器皿，用于陈列各种礼品）已然满满当当。

第一抬是三荤三素。正中是一只白净的新鲜猪头，稳稳当当竖直放着，两只大耳随着抬者的步伐节奏一上一下不停颤动。周围一圈顺次排列着，两条大小相当的鲢鱼，每条有五六斤；两刀白肉同样相差无几，总重亦有十斤左右；后面依次平放着豆腐、粉丝、油果，同样堆叠得很高。这沉重的一抬，价值自然不菲，分量亦不容小觑，因为两名汉子肩上的竹杠往下弯出弧形。第二抬为鲜果糕点。圆心处是苹果、橘子，合放在一只漂亮的红篮里，共七八斤，旁边围绕的有两把香蕉、六条方片米糕、一对红蜡、一束鲜花、两卷鞭炮。第三抬比较简单，就是两床包装整齐的被子，为簇新的粉色真空棉。两个年轻的女人轻轻松松抬着，一点也不费力气。她们可能是第一次做这类事情，在大路上走着似乎有点不好意思，不时低一下头。第四抬压轴，自是格外丰厚。十条黄南京香烟，十瓶柔和种子酒，边沿处有六条毛巾、六双白色运动鞋，还有两件正规包装的男士衬衫，看颜色应是特别买给妹婿四六与外甥陈涛的。

四抬后面是从隔壁村里请来的唢呐师傅。两名乐师堪称经验丰富、技术娴熟，他们同声共气、步调完全一致，村头开始吹奏，村尾立即停止。最后压阵的是两名妇女，她们是大月的嫂子，轻松地空身走着，自然也是各自小家庭的半边天，某种程度上甚至称得上大半边天。两位舅爷早已参与劳动，一同在队伍里当着抬夫。这一次是两家共同合办，不过同样花费不菲。如今这一带都是这个行情，又有什么别的法子呢？也不能给自家小姑子抹黑不是？平日里这个妹妹对娘家也是有心的，再说哥哥嫂子哪一个走出去不是有头有脸？

春杏的娘家人一直到下午四点半才到，而且只有她父母两人过来。一是路程的确太远，来一趟着实不易。虽说时令已近腊月，但大部分亲戚依然在外打工，这么寒冷的天气，留守的老幼不便打扰邀请；二是春杏的小侄子这一周感冒发烧，兄弟小两口只能留在家里照应。陈涛岳父母清晨天不亮就从家里出发，走了七八里路，先搭早班车后又转两趟公交，下午三点终于到达这边的东塘镇。

两个人肚子里早已唱起空城计。

夫妻俩赶紧找到一家小吃店，每人一碗青菜挂面。三分钟不到便汤水不剩地消灭干净，随后抓紧操办正事。夫妻二人在小镇上从南寻到北，好不容易找到一家丧礼店，一番讨价还价后，购买了一床丝绸被面、一个花圈和两刀黄表纸。老板落款后，双方一起动手，在崭新的被面上用 20 张百元纸币拼出一个大大的"奠"字。三个人前后忙活一刻钟终于结束，夫妻俩立刻重新出发。亲家母双手抓握着花圈，亲家公举着这一十分简易而又特别隆重的杏黄色被面。

一路上两人一直并肩而行。女人的脸面始终偏向丈夫这一边，因为她必须随时注意半空中的粉红色大票有无滑落或被寒风吹离。幸好一路上行人稀少，两人就这么小心翼翼而又紧走慢赶五六里，终于看见了高高的大埂，赶忙甩开步伐从公路爬到埂面上。不承想埂头上东北风甚是猛烈，竹竿高处的钞票被撕扯得"哗哗"直响。女人小心护卫着花圈，又赶紧换到西侧瞪大眼睛紧盯着丈夫头顶上方，男人尽量避开风势将竹竿压低。两个人倾斜着身体艰难而行，但一会儿的工夫，发现还是很不保险，商量后直接下到外侧埂底、冬季露出的河滩小路上。

这里避风很多，不过能够看到挽幛的村民基本没有。二人默不作声又走了三四里路终于看到女儿家的小村，赶紧翻上埂头酝酿悲痛情绪。途中春杏几次打电话说让亲戚来接，父亲一直不答应，说就算亲戚愿意，自己也不能马虎。这些东西怎可随便拿上人家车子，无论是摩托或是私家车都是不可。迎客的五六名男人得到消息，立即跑步到埂头上恭迎贵宾，结果发现主家吩咐这么些人一拥而上，实在是中秋夜里打灯笼——多此一举了。

老太婆的娘家都是本本分分的庄稼人，也是讲情讲理的正牌门户。虽然自家姑娘已经出门几十年，在老陈家亦是劳苦功高、贤德兼备，如今到了这把年纪，更是修成正果、德高望重，按常理无须顾虑什么，但是娘家人该有的礼数还是不可缺少，故而仍是按照丹阳湖一带的风俗准备祭礼。不过相比前面两家，确实简单许多，因为所送丧仪摆在一起，总体价值不过七八百元，置办的也都是一些相对便宜的实用物品。

老太婆只有唯一的胞弟，虽有三个外甥，但他们一直在外打工。在家的女人们每遇到这一类事情，基本是装聋作哑不吭气，暗地里互相比着瞧着。自个小家庭的应酬积极应对，争相露脸，公共的人情基本是睁只眼闭只眼，能拖则拖能赖则赖。现在一如既往一个个推托男人不在家。老父亲三个电话打过去，老大说最近手里边确实没钱，让他帮忙先垫付一下；老二说让老爷子自己做主，自己没有意见，横竖怎么着都行；老三电话干脆没有人接，老太婆怀疑小儿媳妇给自己男人出的主意，两口子已经商量过。两个人长吁短叹一阵，心灰意冷之余，只得自己承担，怎么着也得把外场应付下来不是？

平日里三个孽子很少过问父母，老爷子早已年过花甲，外出打零工既做不动，也没有老板愿意雇用，所以老两口基本是自力更生自给自足。夫妻俩的两亩田自己种点水稻，一年的口粮也就够了。如今已经很少有村民饲养牲口，可老夫妻平日里没少养。因为他们俩的小屋在远离村庄的稻田边，周围有一户在外打工，以前租出去的两亩田因为养殖户亏本，去年几次找人洽谈都没有落实买家，就这么眼睁睁荒废了。春天的庄稼地居然青草一片，特别蓬勃旺盛。

老两口喂养了一群鸡鸭羊。一年 365 天这么长远的日子，所有开销用度都得小心攒紧，精心计算着一点点细水长流，丝毫不敢马虎。两个人睡在床上嘀咕几晚，反复商量多遍争论，终于统一意见，腊月二十六给三个不成器的东西每家送去一只老母鸡，每只足有七八斤。不过三个孽子也不是一毛不拔，除夕早上每一家让孩子们给爷爷奶奶送来两样点心。

三十晚上，老两口吃过年夜饭，并肩坐在床头观看中央电视台的春节联欢晚会，其间每人吃了两块绵软蜜甜的糕点。做母亲的总是心软，瞅见丈夫这会儿脸上洋溢着笑容，趁势劝慰丈夫一句："还是有点良心。算了，你也不要生气了，他们也不容易的。"老头子嘴里还在咀嚼，眼睛盯着电视没有回头："两块糖食就把你打发了？大过年的，不要提不高兴的事情。赵本山马上出来了，你不是喜欢看他的小品吗？"老太婆心思转移到节目上："今年赵本山不晓得有没有戴帽子？不会又是那顶破帽子吧？那么破还戴在头上，还歪成那样，你说如今有几个人会那副打扮？城里人真不厚道，不能这么糟蹋农村人啊。"

关于陈涛一年未归这事，村里早就议论纷纷，现在附近几个村落均已传开，沸沸扬扬地基本公开化了。是啊，去年春节过大年，陈涛竟然没有回家；老爷子生病前后两个月，孙子压根看不见人影；老爷子断气那会儿，仍然不见他的踪迹，做爷爷的痛苦挣扎拼死等候，临死都闭不上眼睛；办丧事这几日，亲戚们一家家全部前来，作为主家的老陈家嫡孙却始终未曾露面。情况如此反常，事实这般清楚，明摆着出了事情，而且一定是了不得的大事！

很多人私下在自己家里估摸揣测，几对夫妻躺床上兴致勃勃讨论半天甚至几个晚上，却仍然云里雾里不得要领。女人们更是七嘴八舌互相打探，几名快嘴妇大嘴女各自发挥超常智慧与想象力，三两天编出头十种可能。一些好心人出于关心也终于憋不住，于是直接开口询问。两位年龄大的老者客气地向四六发问："爷爷去世这么大事情，长头孙哪能不见人影？怎么着也得送他上山不是？项目经理天天跑工程是忙，但家里人'老'了还能不回来？再大的领导也是老子娘养的，还能不讲道理？现在村里说什么的都有，打电话多催一催。"见四六还是沉默不吱声便进了一步，"小涛是不是有事？不会真的出了车祸吧？"

四六心底猛地"嘶嘶"冒出小火苗，恨恨地蹦出一连串豆子："出什么车祸？这是哪个烂嘴东西胡说八道的？！吃饱了撑得慌整天瞎咧咧！那个不成器的东西不提也罢！"本家几位妯娌悄悄向大月打听，当妈的先顾左右而言他，实在抵挡不住只得轻描淡写回复一句："过一段就回来了。" 至于具体多长时间，她心里也没有底，所以再追问也只能装聋作哑不予回应。本村一名年轻女人问春杏，陈涛是不是出国挣大钱了。她脸色铁青地抛出一句："出国到阴曹地府挣大钱了！"唬得对方半天没有言语。

小时候更生、陈涛两兄弟总是玩在一起，村里几名好事者揪住他逼问，更生支支吾吾推说不知情。几个人怎么也不相信，其中一个人一口断定："这小子去年过年就没回来，大半年看不见他鬼影子，现在家里发生这么大事情，还是不见人，肯定是身不由己。现在既然不是车祸也没有出国，那么剩下只有一种情况：肯定是进去了！"几个人一齐望着更生的脸征询答案。更生觉得眼前这几位混世魔王不可得罪，那边答应堂叔一定保密也不好违逆，一时间觉得左右为难，情急之下脑子里开始急速旋转，灵光一闪采取了折中方案——既不承认也不否认。这一来村里一两天就迅速传遍开了：陈涛犯事被公安局逮起来了！

第二天晚上四六家最为热闹。因为他从十几里外请来了一支小型歌舞表演队，专为丧事举行演出。这两年在这一带颇为盛行。表演队下午四点到达，在场院里拉线布置后，提前吃完饭开始化妆。男男女女都是浓妆艳抹。晚上六时演出正式开始，场院里已经坐满了人，全村老老小小几乎全体出动。一则这种表演乡土气息浓厚，特别生动、风趣幽默，二则音箱完全高八度敞开轰鸣，"咚咚"的音乐激昂霸气。这么十几户的小村，没有人能够不被打扰，也没有人能够安静地待在家里，所以绝大多数村民晚饭后便从家里扛着板凳过来，将小小的场院围成一个椭圆。

大月端出一个竹筛，摊开的红绸布上是两条方片糕，当中横压的 200 元崭新大钞清晰可见。她直接放在中心处的方桌上，自然是静候宾客们的捧场。现在这种表演主人一般只给 200 元，其他全凭亲戚、朋友、乡邻自愿打赏，一个晚上少的也有七八百元，多的可达一千五六百元。在这种农闲季节，收入可谓相当可观。说是表演队，其实总共只有六个人，三男三女，因此每一位都是主角，出场率亦是相当高。

今晚前后总计十二个节目，有男女独唱，二人对歌，女子单人舞，男子独角戏、二胡演奏等。节目风格一扫压抑与悲伤，上半场完全没有愁苦的气氛，反而以喜乐欢快为主，自然是为了让全场观众看得喜笑颜开、熨帖滋润的同时，心满意足、心甘情愿地从口袋里掏出真金白银，也同时让逝者最后在家热闹享受一回，因而只在末尾保留一两段比较悲泣的表演。

最后压轴的女声哭唱，近几年这一带经常听到，也是每一家丧事的重头戏，特别震撼人心，凡是听过的人无不印象深刻。这一首自始至终清唱，长短不固定，全凭演员根据场上气氛自己掌握。一句句普通话与大公圩方言交错穿插的话语，通过女声高音清亮透彻、情真意切地娓娓道来，自然是诉说逝者生前的勤劳节俭、善良热情、慈祥悲苦一类，每一句都是夹着哭音，每一句都是哀哀倾诉，完全适应每一位逝者。语言朴素中略有润饰，自然中稍带夸张，听起来倒是朗朗上口、清楚明晰，曲调似乎是地方戏加以改进整合而成，每一段旋律大致重复循环，有时也稍有变化。最摄人心魄之处在于，如果是年长一点女人去世，每一段中间，演员皆会数次大声呼唤"妈妈"。那一声声饱含哭腔的呼喊真乃情真意切、悲痛欲绝，一定让人错觉就是她痛失母亲！这一刻的她绝对痛彻心扉、肝肠寸断，令在场的女眷们不禁悲从中来，各自低下头去又掬一捧泪水。村民们更是听得震撼不已、默默无言。

老爷子的坟地定在隔壁村的田垄边的公墓里，他是村里第一个进公墓的。前几年的"老"人们大多安葬在自家责任田里，今年村委会按照乡里要求选出一块空地，责成每个自然村一律集中安葬。三亩地的面积很是宽敞，四六第一个给父亲选址。

湛蓝的天幕下，几朵白云飘浮着渐行渐远。一片黄色的田野边，几条清澈见底的河沟纵横交错着延伸向前。不远处，小小的村落一个个伫立在绿色世界里，是那般的古老而又熟悉，但又增添了许多五彩缤纷的亮丽色彩……

现在，田垄的东南一角，临水的一侧，已经竖立一座醒目精致的小屋。小小的正方体墙基上，坐落着一座人字形尖顶，墙体为青白色瓷砖，屋顶为紫色琉璃瓦，四角的飞檐上，各有一条游龙昂首挺立。小屋的正面是一块高大的墓碑，深灰的底色上已镌刻着陈家四代人的全名，按辈分高低从左至右整齐的四列，四周饰以紧密缠绕的细叶花边，老爷子陈国保的大名以黑体粗字横向陈列于最上端。西北面已新栽两棵松柏，半人高的蘑菇形状，虽移栽不久又处在寒冷的季节，但依然一片绿意葱茏，很有生气。

老爷子第三天清晨七时出殡。六时四十分，所有的殡礼已搬出堂屋，一起在场院静候，所有的孝子孝帽、孝布、孝带佩戴齐全，全部集中待命。屋子里外挤满了五亲六眷和一些前来观看的村民，十几位妇女一齐高声哭泣，孝子孝妇在灵前一同叩拜。四六看着父亲遗像开始大声说话："爸，把你送出去了噢。你不要难过，以后在那里好好的，我有时间会来看你的。爸……爸！"说着大声抽泣着，止不住流出眼泪，双手捧起"父亲"，转身朝外走。门口等着的经水马上撑开一把黑伞，牢牢罩住四六和他手里的盒子。这时门外鞭炮震天、唢呐齐鸣、人声鼎沸，号哭声更是惊天动地。

时辰一到，大队人马开始出发，先是向南的村边小路，后是往西的长长一条田埂。五六十人陆续分散蜿蜒蛇行，前半段大多是孩子与男人，分别提拿或托举着头十个花圈、七八幅挽幛，还有两抬被面，每一抬竹竿上均折叠晾出两层，有四五床。四六走在他们后面，始终低头流泪小心翼翼地行走着。窄窄的田埂只容一人通过，经水高举着伞在后面费劲地紧跟紧挨着，两个人就这样配合着艰难前进。后面的女眷们都是空身行走，不过这会儿一个个啼哭得悲悲切切，每一个女人都包裹着长长短短的头巾。几个人一边哭一边诉，哭老爷子在世的好处，诉他今生的受苦，根据自己的辈分不时呼唤出"我的亲老子唉""我的亲爷爷哎"，大月、志鹏祖孙俩一前一后走着，当奶奶的一边哭一边照应着长头孙。

春杏跟在婆婆后面先牵着两个小的，拐弯后发现难行，只得让孩子们独自向前。大宝小宝终于得到解放，兄弟俩立刻撒着欢儿一路小跑，笑嘻嘻的很是开心快乐，不一会儿头上热得冒汗，完全不顾妈妈的阻拦，先后揪下自己头顶的红帽……队伍拉扯得很长，足足占据了三段田埂，浩浩荡荡，场面十分壮观。七时三十分，前面的人已经在墓地放起鞭炮，后侧的唢呐"滴滴嗒嗒"呼应着，南村路边的村民三三两两站在自家门口观看，远处高高低低的垜基上也有三五一群的大人孩子。

春杏的母亲和四六的舅母搀扶着老太婆走在最后，已经被队伍落下一大段距离。天亮前四六在床头劝说半天，无奈老人一直哭泣不肯。四六出门后老人一个人跌跌撞撞朝门外奔，两位亲戚赶紧跑过来扶她，柔声细语劝慰半晌，无奈老人一直坚持最后送一送老伴儿，不停地哭泣着向女眷们祈求。两人看着实在不忍只得依允她，便左右搀扶着簇拥朝前。三个人磕磕绊绊走到一半，行到转角处只得停下。极度虚弱疲累的老人无法行走，两人不管不顾使劲摁住她，附近的一名妇女送来一个方凳。泪眼蒙眬的老人最终坐在这边，痴痴遥望着西侧田垄那一头。

小屋前已燃起一对蜡烛，三盘供品摆放整齐。四六将父亲骨灰盒从玻璃小窗慢慢递送进去，放进小屋内半高的横基左侧，一点点扶正，又禁不住扫视两眼右侧空着的部分，这里自然是母亲未来的位置。他面朝墓碑双膝跪下，低声请求父亲："爸，你在这里好好的，我们会来看你的。一个人有点冷清了……爸，你要保佑小涛快点回来，保佑我们全家平平安安的。爸，你保佑小涛，好好地保佑他，让他快点回来……爸，如果你听得见，就好好地保佑小涛，让他快点回来……爸！求你好好保佑他……"说着涕泪横流，又倒身下拜。大月拉着志鹏跟着跪下，春杏自己磕头又按住两个小的磕头。

　　后面的女眷陆续过来，众人的哭喊声又一次达到高潮。几位亲戚跟在后面轮流叩拜，旁边花圈挽幛已经"噼噼啪啪"烧着。三九天的清晨，一侧的洼地里已有薄冰，今天还有一些风，一路上过来冻手冻脸冻耳朵，这会儿的墓地边却是烈焰蒸腾。几个男人用铁锹给两棵小树再次培土，又捡起一些碎砖瓦片放在小屋墙基边。

　　哭声渐渐平息，一些人开始回转。稍远的田埂上有一堆燃烧的稻草，田里有一张方桌，上面有一桶清水、几个热水瓶、两筒一次性纸杯。经水当家的在这里静候，叮嘱每一位亲戚先跨过火堆，再洗手喝一些热糖水。亲戚们大步走回，几个人将两竹竿被面原封不动抬回。这时厨房里留守的女眷们已经将饭菜预备妥帖。大家伙儿都是一早空着肚子送老爷子上山的，这也是必需的程序。一则表明这家的子孙后代会有饭吃，二则赶着太阳初升时下葬，以后的家业一定会如冉冉升起的太阳一般蓬蓬勃勃、越来越旺！

第六章

　　一天以后，一家人即将返程回去无锡。四六的工作早已稳定在那里，大月也在那里上班，志鹏已在那里上学，志成、志远在那里上幼儿园，如今又预购了商品房。无锡，陈家已与之融为一体，再也不能分割了。

　　这两天，老太婆一直要求留下。她流着眼泪恳求儿子，保证能够照顾好自己，不断向四六诉说："你爸他一个人住在沟沿，水凉风冷会受不了的。前几年收螃蟹的时候，夜里总要我陪他。现在一个人孤零零睡在那里，真成孤魂野鬼了。我哪里都不去，就在家里陪他一段。白天我去陪他说说话，年里面就在家，等开春后暖和一点再跟你出去。"儿子儿媳私下商量半天，怎么也不能放心。这一段老人伤心难过加上多日的疲累，身体已经虚弱不堪，后面吃喝若不能准时，再整日里愁苦忧郁、精神压抑，说不定很快也会出现问题，甚至可能跟随父亲而去。

　　四六对老婆嘀咕几句，大月拽着春杏，到老人床头轮番劝慰。大月恳切相邀，春杏一旁极力相帮，婆媳俩柔声细语半晌，老人靠在床上还是没有点头。大月激动之下忍不住高声了。说到丈夫在外的种种不易，说到那个不成器的东西至今没有消息，说到自己作为陈家媳妇的艰难求全——面对上有老下有小、两头都要照顾又很难顾全的局面，委屈时想要对四六抱怨几句，可看着丈夫千斤重担挑在肩上，每每总是叹一口长气，将所有的酸甜苦辣独自吞进肚子里。如今哪一天不是工作家务两头忙，哪一日不是里里外外一把抓？这几年何曾休息过一回,哪一天不是累得要死？一大家人的买烧洗涮都是老妈子买下来的，365天里从来没有一个礼拜天！有谁能够了解自己内心的苦处，有谁能够理解身为婆婆与儿媳双重身份的难处？不争气的东西把千斤重担撂给父母，自己只有将身心一齐交给下一代，还得处处赔着小心伺候，什么时候有过自己，什么时候想起过自己？伤风感冒总是扛着，小病小痛不吱一声，再苦再难都得自己熬着，所有这一切又能向谁去说？日子怎么就这么难？！大月说着说着忍不住抽泣起来，不再克制自己，第一次在婆婆、儿媳面前失声痛哭，弄得老太婆鼻子发酸，春杏呆愣着半晌无语。

　　老太婆见此情形不再坚持，抬起一只衣袖左右擦拭着眼泪，无声地点了头。四六两口子歇一天损失五六百，志鹏耽误一天功课也会落下不少，因而丧事后全家人一点没有停息，抓紧收拾整理。大月婆媳俩先将里外全部打扫一遍，包括门口马路、厨房场院、堂屋厢房、过道楼梯等，上下两层以及前后实用器具悉数擦洗、归类整收、码放齐整，又翻找出几块旧床单尽量遮盖。四六先将所借的方桌长凳与瓷碟杯碗等物品归还邻居，再去邻村超市把剩余的香烟白酒一一退还，结清丧事期间的所有费用。大人们忙得不可开交，三个孩子倒是特别开心，志鹏领着弟弟们在院子里玩，大宝小宝你追我赶，追逐打闹得不亦乐乎，后来兄弟仨又去太奶奶床边站了一阵。

　　下午一点半，更生开车过来等候，依然是那辆白色面包车，不过现在已接近乳黄，十足是饱经风霜的沧桑老伙计了。四六夫妻俩来回几趟搬东西，更生帮忙堆实码叠到后边座位上。春杏检查老大书包里的物品是否遗漏，把两个小的吃喝用品全部塞进帆布包，又灌上两杯热水插入两侧。志鹏从房间里搀出太奶奶，大宝小宝向哥哥学习，牵着太奶奶褂子衣角，后见她动作太慢，弟兄俩干脆跑到后面用力推搡她的屁股。老人第一个登上车，三个孩子、春杏、大月陆续坐进车里。两点左右，全车人一齐等着一家之主，看见他站在场院里半天不动。

　　四六抬头仰望着这栋上下均为三间的二层砖楼，默默凝视了几分钟。他清楚地记得，眼前这座不甚起眼的小楼，已经有二十四年的历史。当年可是村里的第一栋楼房。建造加装修前后历时大半年，总投资达9万元，当年欠下外债3万元。这两笔当时都创下村里的纪录……大月轻轻走到身边掸了掸他的肩头，发现丈夫还在凝望，不由得随着他的眼光上下扫视。墙壁上灰白的瓷砖已有些许脱落，二楼的铁质护栏斑驳，尖顶的绿色琉璃瓦亦已半旧，但在午后明亮的阳光中，依然闪烁着细碎晶亮的光泽……

她同样清楚地记得，眼前的这座老屋在村里有过多么辉煌的历史。思绪不由得回到从前，回到过去的遥远年代，眼前浮现出一幅幅鲜活的场景：

　　清晨，小涛兄妹俩迎着朝阳出发，一同去镇里上学。金色的阳光照耀着他们，投射出一片明亮的色彩。妹妹坐在自行车后座，面向天边的朝霞快活地唱着"摇啊摇，摇到外婆桥"，抡起小拳头敲击哥哥后背不断催促。小涛忽然发力使劲蹬踏，以致身体左右剧烈摇摆，26寸的"飞鸽"几乎就要摔倒。妹妹吓得大叫一声又叽里呱啦教训哥哥，小涛不管不顾使劲往前，自行车载着俩孩子一路"丁零零"欢唱着飞奔向远方……

　　中午，一家人围坐在小方桌边吃饭。两碗碧绿的蔬菜外加一盘油润的红肉，老老少少吃得有滋有味。俩孩子饥饿中狼吞虎咽，雪白的饭粒几乎不用咀嚼就直接吞咽了。当母亲的瞧着疼爱地说："慢点慢点，没人跟你们抢。"当父亲的却揶揄道："就像饿死鬼投胎，这是几辈子没吃过饭了？"小涛放下碗发现盘里竟然还有一块红烧肉，眼睛滴溜溜盯着又瞥一眼众人，偷偷伸出筷子想要多吃多占，当妈的赶忙拦住。奶奶看着孙子笑呵呵地说："给孩子吃吧。他们长身体需要营养……"

　　黄昏，老两口一同在厨房忙活。老太婆在灶台边举着锅铲不停翻炒，一会儿沿锅台弧形来回擦拭，又将两块抹布拉成长条压住木锅盖缝隙，边做边说，一张嘴始终不曾停歇。老爷子在锅膛下口往里添柴，身后的储藏很是丰富：有一捆捆的草把，还有小堆的棉花秸、黄豆秆，角落里竟然还有几块牛粪饼。他着实是耐心极好的听众，一边注视着炉膛里熊熊燃烧的火焰，一边倾听着老伴儿絮絮叨叨的家长里短，不怎么接话却一直微微笑着。火光将他的脸映得红红的，一会儿探出头往外张望，鬓角边竟轻吊着一根细长的草屑……

　　夜晚，一家人聚集在大月房间，兴高采烈地又一遍观看《西游记》。屏幕中的猴子是那般古灵精怪、顽皮可爱，虽历尽磨难依然忠贞不贰，特别是那变化多端的七十二变，引逗得老老少少纷纷惊叹，两个小的更是爆发出欢呼。每天只有两集还频繁广告，可这压根没有影响大家的观看情绪。一整天的辛苦劳碌结束，最盼望的就是晚间的这一段轻松享受。时间总是太快，一晚上总是太短，每每睡觉时几个人还觉得意犹未尽、回味无穷……

如今这几代人赖以生存的地方，这心灵深处永恒、唯一的家园，几年前还是那样温馨热闹，充满欢声笑语，令在外的人朝思暮想、魂牵梦萦，如今却是人去楼空。大月柔声对丈夫催促一句："时间不早了，快点上车吧。"四六默默收回视线，夫妻俩走到房门边"咔嚓"一把大锁；又来到场院南面，伸头瞅一下厨房，带上门"吧嗒"一把小锁；向前两步将两扇不锈钢大门用力拉合，"哐当"一声使劲锁上；最后上下左右环顾一遍，转身跨上面包车。一车人寂静无声，默默地望着这一边，连几个孩子都很安静。面包车等候太久，一发力"唰"一下冲出很远。四六在副驾驶位置回看一眼母亲，发现她与曾孙坐在一起，握着志鹏双手，头依然朝后侧转着，两行泪水正汨汨而下。

这天半夜，四六披衣起身如厕后，穿过客厅时似乎听到动静，便不自觉走到沙发边，打算替母亲掖一掖被角。他刚伸出一只手，忽然听到低低的抽咽声，似乎在极力克制压抑着。借着窗外朦胧的光线凑近一瞧，发现母亲紧闭着双眼，已经是一脸的泪水。他心头一紧，立即在母亲身边坐下，替她揩拭眼泪。老人一刹那忍不住发出两声更大的啜泣，睁开眼看到儿子，催他赶紧回房。四六径直跨上沙发，两只脚伸进被筒里。老人见此情景，干脆也披上棉袄坐起身子，又使劲拉拽被面，盖住儿子上身。四六同样用力，拉出更大的一块护住母亲胸部。深冬的午夜，母子俩并肩窝在破旧的沙发一侧，轻声细语、互相倾诉着内心的声音。

"儿子，你爸他……呜呜呜……"老人看见儿子，仿佛委屈的孩子见到大人，怎么也克制不住。

"妈，不要难过了，你身体吃不消的。事情已经这样了，只能想开一点。"五十多岁的儿子注视着母亲，见她悲伤得不能自已，忍不住双手将她环抱在怀里。

"呜呜……你爸吃了一世的苦，一天福没享。再想不到……呜呜……"老人在儿子的臂弯中，絮絮叨叨倾诉着。

"爸如果泉下有知，看到妈这样，他也会难过的。"四六极力抚慰着母亲。

"他一个人在那里太可怜，没有一个人陪，真成孤魂野鬼了……呜呜……"她悲悲切切地诉说着，始终沉浸在自己的悲伤里。

"妈，你不要想太多了。生到这种病都是没的救，富贵人家也活不了，何况我们普通老百姓。爸的病主要发现太迟了，要是早一点知道，没有扩散的话还可以开刀，那样也许能再活几年。"四六说着深深叹出一口气。

"他身体一向没毛病，平时吃药打针都很少，哪能想到一生病就成这个样子？"

"平时伤风感冒的人有点小毛病就发现了。爸抵抗力强，小病小灾自己扛过去了，能出现明显症状的都是大病。"

"你爸真可怜哎。老头子，你怎么这么命苦，生到这种绝症？呜呜……"老人说着又抬起衣袖擦眼泪。

"妈，你不要想太多了。比起那些躺在床上一年半载的老年人，爸遭的罪总算少一些。世上没有足意的人，人一辈子活在世上真是不易。妈你真的不要想太多了……你老是这样我也受不了。"四六流出眼泪，低声向母亲祈求着，抽回手往上拉着被角，这会儿他变成了一个孩子。

老人猛然间有些吃惊，赶忙止住泪仔细看着儿子，见他正低着头用手掌心擦拭眼睛，黑暗中她只能隐约看见他灰白的鬓角。她一下清醒了，立刻催促儿子："快回去睡一会，不要受凉了，明天还要上班。"

四六也收起眼泪："自从小涛出事，瞌睡就少了，一夜只能睡一觉，经常半夜睁着眼睛熬到天亮。现在也习惯了，还能扛得住。"

"小涛不知道怎么样了？这么长时间了，也该回来了。唉，这孩子一到城里就学坏了，花红柳绿的迷了心。现在全家人脸皮都被他削光了，前后几个村全晓得了。老陈家出了现世报劳改犯，几代人清清白白的名誉完全泡汤了。"

"妈，他不是劳改犯……不过也差不多。你也不要管人家怎么议论了，这个事别人迟早会知道的，咱还能把人家嘴巴用胶布糊上不成？说到底还是他自己不成器。明天我再到派出所问一下，年里面没有几天了，估计明年才能回来了。"

"小涛啊,你以后再不能糊涂了,千万得老实本分做人!摔了这么大跟头,现在得到教训了吧?孙子哎,人活世上就是一口气,你可得好好争气哎!对,新房子造好了没有?大月说腊月里要交钱,几十万是不是?还差不少吧?"老人的情绪先十分激动,后想起更重要的事情,又立即跳转了话头。

"原来差得不多,现在缺头十万了。小涛这一档事情大家伙都知道了,原先答应的两家都不肯借,打算向银行多贷十万,也不欠什么人情,慢慢还公家就是了。"四六仿佛已经拿定主意。

"那总共要向公家借多少?我问月儿她没有说。"母亲的脸一直侧向儿子。

"妈,你不用管这些了,你把身体养好,往后还得帮忙。春杏把两个小的接回来,你要帮衬照应。大月饭店最近忙,你来了她想干整天了,以前是半天的。所以妈,你还要辛苦点。这两天你先休息,过几天家里就交给你和春杏。"

黑暗中老人没有吱声,她看着儿子直接说:"我晓得了。这个家千斤重担压在你们两个身上,难为你们了。以后你们两个只管在外面忙,家里你就放心吧。"

半个月后,陈涛回来了,说是进入街道戒毒阶段,实际就是释放回家。这一天是农历腊月十八。一家人喜出望外,大月更是涕泪横流,搂抱着儿子哭泣着不肯放开,惹得春杏和老太婆在一旁抹下许多眼泪。陈涛笑着轻拍着妈妈的背,就像哄孩子似的对她说:"这不是好胳膊好腿回来了,头发丝都没少一根。好了好了。"两个小的怯生生不敢靠近这个忽然冒出的陌生人,太奶奶拉拽鼓励几次,大宝小宝怎么也不肯发出声音,只有志鹏大胆上前握着父亲的大手,清晰响亮地唤出一声:"爸爸!"陈涛一把搂过儿子,将头埋进孩子怀里同样大声哭起来。又过了一周,一家人全部打道回府,返回大公圩老家过年。

这一日距上次离家只有三十天左右,而且当初临走门窗均是紧闭,但屋子里还是积聚了细细的灰尘。一家人黄昏到家,大月婆媳俩当晚简单收拾整理,第二天掸扫洗晒一上午。现在无论是无锡或是老家,一家人的吃喝都是大月一人独揽,这一艰巨而光荣的任务似乎再也脱不开身。太奶奶和志鹏照顾两个小的,他们大多在院子里玩耍,有时撒丫子直接冲到门前马路,不过大宝小宝只要听到汽车喇叭声，就会条件反射似的跑向两侧。

四六这几天更是马不停蹄地跑个不歇。父子俩先去后村集中采购一批"应急物资"，包括两袋 50 斤包装的杂交米，两刀七八斤重的肋条肉，两桶金黄诱人的色拉油。四六又去镇上换回一罐液化气，到邻村的塘口称出两条胖头鱼和一些鲫鱼。这两天邻居与近处的亲戚送来的蔬菜也不少，都是冬天的当季菜，如香菜、包菜、大蒜、水芹，当然最主要的还是这个季节里最常见的青菜，高秆叶绿的这么一棵有时竟有三斤，楼梯口已经堆出两层。大月细心地将这些新鲜蔬菜用塑料袋一一分装，将它们头部全部捆扎入袋，尾根部蘸水放入纸箱，据说这样处理能保一周不黄不干、碧绿如新。还有一家拎来一袋山芋，大月早上洗净切碎后与晚间剩饭一同熬煮半小时，一锅黄白分明色泽诱人的杂粮稀饭就妥了。再加两勺绵白糖搅拌均匀，热热乎乎、黏黏稠稠、甜甜蜜蜜，三个孩子喝得很香。

四六采买结束后，抓紧年前最后的时间找几位要紧人物见面，商谈家里的几亩水田出租事宜。否则如果他们有了别的打算，就很难租出了。因为自家的七亩水田北面靠沟，他先走进承包这一片水塘的后村王家，试探地询问主人今年收成如何，开年有没有扩大养殖的意愿。结果对方说今年已经亏空很大一笔，当初承包期限五年，现在剩下两年，想转给别人一直没有寻到下家。现在是"吃也吃不得，撂也撂不掉"，完全是骑虎难下的两难处境。自己这几天不能想到这事，晚上一想肯定失眠，笃定是一宿睁着眼睛到天亮。

四六问他："为什么不试试养虾？这几年河虾、龙虾价钱不是上来了？螃蟹风险大，这两年养虾的人家不是都赚了？"屋里的女人立即开口，语气中很有几分揶揄："既然这么稳赚不赔，过完年干脆不要出去了，就把你家那几亩水田养龙虾得了！我看村里养龙虾的少，城里人又喜好这一口。你看一到夏天哪家馆子没有龙虾？开春你们两口子就在家里好好营生，反正你儿子回来了，他们自己去无锡不是一样的？"几句话把四六噎得半天没有声音，回过神赶紧丢下两句无关痛痒的话告辞出门。

他又找到紧挨水田东边的钱家，进门就夸钱老板两口子能干："今年这么多养殖户亏本，你们还能赚钱真是过劲（厉害）。村里人都佩服得紧。"钱老板一瞅四六神色，便清楚了他心里的小九九，直接打开天窗说亮话："兄弟哎，难为你给我夫妻俩戴高帽子。你一开口我就知道了你的心思，不用费唾沫星子了。我实话告诉你吧，明年我肯定还是养螃蟹，但不会增加面积。你那几亩田我是不会要的，倒是想吃下来，可惜没有这个肚量。你也不要浪费时间了，我老实告诉你，眼下这种形势，你真想租出去，就要降点价。一亩田小一千块，价钱太高了！"

四六觉得有点缝隙，赶忙接口："价钱可以谈。都是家门口邻居，还有什么不好商量的？不然你先报个价？"钱老板扑哧一下笑出声音："差点搞戗了，我是劝你呢。刚才不是明白告诉你了，年纪不大耳朵还不好了？不过看这架势，你那几亩田确实没人要。今年这个行情，养殖户考虑的都是转行或是收拢，哪里还有人再扩大水面？"四六企图作出最后的努力："养殖这个行业，一年一年的行情。今年很多亏损户转行，市场需求量还是那么大，明年产量下降说不定价格一下翻上来了。你搞了几年按说体会最深，这种事情不是经常有的吗？"

钱老板笑嘻嘻地说："大过年的你刚回来，年货还没有准备吧？就不要在我这里浪费时间了。我也是痛快人，现在就给你准话，我顶多把自己家这几亩水面弄一弄，别的不会考虑。"四六碰了两鼻子灰回家，心灰意冷地闷头坐着，半天没有挪动屁股，还在盘算着找谁碰碰运气。大月瞅见问他一句："看你灰头土脸的熊样，出门一趟这是咋了？"四六坐在那里就像一根木头没有应答，可能压根没有听见。

腊月二十八炸肉圆。因为时间仓促无法晾晒，熏鱼这一项直接免除。以前的年菜都是老两口提前备好的。这几年家里不仅养一些家禽，而且一直饲养几只山羊。往年他们回家时，四六总是与父亲合作杀羊。今年的羊前一段已贱卖给邻村，因而只剩炸肉圆一项。过年老老小小要吃，春节来客要吃，还需带一部分去无锡，所以大月打算多弄一些。她和儿媳将一刀肉全部剁馅，一上午两块砧板"乒乒乓乓"没有停歇。途中陈涛轮流替换她们，就这样结束时春杏还是嚷嚷着胳膊就快断了。这几天大人们都是一日两餐，孩子们不肯将就，这会儿春杏去厨房下面条给他们加餐。

大月把肉馅放进洗净的大澡盆内，将两块砧板上的肉泥碎屑刮净，切出一些生姜细葱，倒入四五斤从无锡超市带回的炒米，又放进七八块豆腐，磕出五六个鸡蛋，最后撒入细盐白糖，倒入老抽黄酒，这会儿澡盆里已堆出大半盆。大月检查一遍调味料是否遗漏，觉得全部妥帖后开始搅拌和馅。她的两只胳膊袖口翻卷得很高，双手在盆内做出一系列大幅度的动作，连续不断地翻、捏、挤、揉、搓、搅，上身随着手部动作，不停地前倾后退来回摇摆。大约十分钟后，乳白色馅料已均匀呈现在大家面前。这一番体力活下来，大月的额头已是亮晶晶的。

她咕咚咕咚灌下一杯水后，立即到厨房准备油锅。草把点着后径直塞入撅断的棉花秆，不一会儿，红彤彤的火焰便热烈舔舐着炉膛里的每一处角落。这边春杏预备一碗蛋液（因为蘸一点蛋液搓出，肉圆圆润且不易开裂，油炸后也更加金黄酥脆），和奶奶开始搓肉圆。三个小的趴到跟前萌萌地瞅着跃跃欲试，小宝更是伸手就抓。妈妈一巴掌打在他的小手背上，小宝吓得猛地抽回手，看见妈妈脸上还有笑容就没有哭，还调皮地吐出粉嫩的舌头。小涛领他们洗手擦净，弟兄三人围在盆边跟大人们学习。

太奶奶握着大宝的小手循循善诱，春杏把小宝扔到筛子里的肉条重新加工，志鹏认真地操作着，与大人们已经相差无几。大月过来先把孩子们做的端去油炸，两个小的闻到厨房里飘出的香味，立即扔了手里的东西颠颠地跟在奶奶后面直追。几分钟后大月端着一平碗肉圆牵着两个孩子过来，交代正玩手机的陈涛一定看好，无论如何不能让他们去油锅旁边。两个小的眼睛滴溜溜盯着碗里，陈涛帮忙吹了吹凉一些，稍稍冷却后一边递出一个，又拿出一个递给志鹏。志鹏志豆即......里东西，接过以后直接塞进红润的嘴里，啊呜一口咬掉一大半。

......点？，陈涛趴在爷爷的坟头，泣不成声。他没有让家里人知道，更没有告诉奶奶，只一个人偷偷来看爷爷。今天没有太阳，午后更是阴云密布，沟沿边冷风肆虐，每一处尽显深冬的凛冽。苍黄的茅草瑟瑟抖动，几株芦苇被推搡得几乎就要倾倒；光秃的树枝无处逃遁，被反复抽打着，只能发出呜咽一般的鬼魅啸叫。这一刻，陈涛觉得树枝抽打到自己胸膛、心口，直至五脏六腑，疼痛使他支撑不住，只能瘫软地倚靠在爷爷的墓上。他环顾四周，田野已经有一些昏暗，空旷寂寥不见一个人影。

眼前这一座孤苦伶仃的小屋，如果没有前侧这一方墓碑，这么低沉阴冷的乌云倾轧下，可能无法抵御寒冬腊月的萧索凛冽，更无法抵挡如此狂野肆虐的刺骨朔风。他呆呆地愣怔半晌，转身细细抚摸着墓碑上爷爷的姓名，后又将脸贴在"陈国保"三个字上，最后一屁股跌坐在地，一颗头耷拉到胸前，眼泪无声地往外滑落，不一会儿便涕泪横流，数度哽咽着几乎无法出声：

"对不起！爷爷，对不起。我知道我没有脸见你。是不是你老人家生气了不想见我，才会躲到这里来？我在里面想过多少次，回来后你打我骂我踹我什么都成，就是没有想到你会不理我，还永远都不理我！是不是我罪孽深重，你不打算原谅孙子了？爷爷你也太狠了，竟然这么突然就把我们全部撇下，我可是你的小涛啊……我知道错了，早就知道错了，为什么还不原谅，还要这么惩罚我？为什么不能给我一次改正错误的机会？老天爷，求求你，给我一次机会吧，就给这一次机会行不行？！为什么一次就把路堵死，还这么完完全全彻彻底底堵死？为什么要这么惩罚我？为什么这么残忍？我以为犯一次错还来得及，一切都能来得及……真希望这一切只是一个梦，真希望这一切没有发生……爷爷，我是你的小涛啊，你答应一声行不行……你答应一声，爷爷……"

陈涛佝偻着脊背跪倒在坟前，泣不成声，头在墓碑上不停碰撞，神情犹如一头受伤的骆驼。二十分钟后，陈涛终于擦干泪水，还是坐在地上，不过屁股底下已经多出一个草把。他开始看着墓碑和爷爷谈心："爷爷，小涛这一次栽了跟头，看起来是坏事，但我觉得是好事。你老人家可能不信，但在你面前孙子不敢撒谎。这一年在里面，我思考反省了很多，也体会领悟了不少，可以说第一次清醒认识了自己，也第一次比较清醒地认识了这个社会。怎么说呢？爷爷，你看这个世界这么广大无边，这么喧嚣繁华，花花绿绿的，外表看起来很吸引人，真正进到里面，才知道根本不是那么回事，实际上特别复杂严酷，而且深不见底。无锡打拼几年后，有一段我以为已经可以把控一切，事实上肤浅得很，压根不具备这种能力，这一点，我已经心知肚明。如果没有这一次的经历，后面一定会有更大的溺水，所以心里还是比较庆幸。爷爷，这一跤虽然摔得很疼，但没有白挨，孙子的筋骨坚硬结实了。"

"爷爷，我们都是男人，一个男人活一辈子总得承当些什么是不是？说到这里我可要批评你老人家一句，我上学那会儿你可没有尽到责任啊。爷爷你太溺爱孙子了，可能要你摘天上的星星，你也会端个梯子够一够吧？现在这些早已过去，虽然我没有学出来，但想起咱祖孙俩在一起的那些日子，心里总是暖暖的很开心。那段无忧无虑的少年时光，有时候真是怀念，应该是我人生中最快乐的一段日子了吧？唉，一眨眼的工夫小涛也已经长大，成为一个男人了，希望有一天能成为真正的男子汉。三十而立，是我该接过担子的时候了。父亲已经年过半百，爷爷你放心，小涛会好好努力的。希望今后能够把握自己，步子走得坚实一些。虽然前面已经有缺憾，但我相信后面会走得稳当一些。你老人家就在这里好好监督孙子……爷爷，你一辈子在这块土地上辛勤耕耘，现在终于可以歇息了。其实你老人家在这里挺好的，可以守望我们一家人，守望这一片蓝天白云，守望这一方净水沃土；可以和你喜欢的油菜、麦苗做伴，和你喜欢的稻田、蟹塘做伴，终于有时间好好看看一粒粒的种子发芽、生长、拔节、开花、结穗；好好守护这一片水塘、这一方田垄，这一片你永远离不开的绿色……爷爷，你就好好看着我们吧……天色已经不早，我得回了。爷爷你也早点歇息，过几天孙子再来陪你说话。"

村里关于陈涛的流言蜚语先前已如雪片似的漫天飞舞，几乎传遍了十里八乡的每一个角落，不过传播的版本各有不同，流传最广的就是车祸和"进去"。现在随着陈涛毫发无损地完璧归来，植物人的谣言不攻自破，后一种也没有人再公开提起，至于私下里各家是否议论，村头巷尾是否更加热烈地猜测争论他一年多没有归来的真正缘由，也就不得而知了。

新年的陶庄一如从前，一派祥和热闹的喜庆气氛。家家户户忙碌着认真过年，这是 365 天里最隆重吉祥的一小段欢乐时光。无论是从前贫寒困顿、物资匮乏的清苦日子，还是如今芝麻开花一般节节拔高的生活。物质堪称富裕丰沛，食物更是异常充足，平日的三餐早已大胜从前，肚子里不再缺乏"油水"。虽然如此，无论乡村城市，每一户人家对于一年里的辞旧迎新依然不肯马虎，依然初心不改，依然热情洋溢，依然兢兢业业勤勉准备、倾情迎接。

从腊月二十三"小年"开始筹备年菜年货，到采购家家必备、豪迈地不再计较数量价钱、似乎多多益善的鞭炮春联；从三十晚上全家一道祭奠列祖列宗到除夕十二点一家之主郑重大开"财门"；从娃娃们拿在手里的零星炮仗到很多人家整箱购进、打着呼哨一飞冲天、一连发出几十声巨响、在天空中竟能爆炸出各种造型、光芒四射、绚丽绽放的美丽礼花；从男女老少人人光鲜亮丽的外表，到孩子们日益鼓胀的红包压岁钱；从一家人喜气洋洋上城里逛超市，出来时每一位均是心满意足，家长们提溜着大包小包，半大的孩子边走边吃，到新年里亲戚们你来我往、彼此祝福、相互拜年；从宽阔的埂面上因为边侧停满了小车，相向而行的两车须耗时很长才能小心翼翼地穿插而过，有时司机们不知是生气愤怒还是烧酒没有下头，脸红脖子粗地忍不住在大年初一动粗口甚至撸袖握拳差点动手，到男男女女夜以继日地在麻将桌上尽情酣战、家家户户不时传出噼里啪啦的搓牌声；孩子们也有自个儿的乐趣，一个个拿着手机或平板电脑，在他们的游戏里同样十分快乐地遨游，同样夜以继日地激烈酣战或是激情闯关，痴迷的程度丝毫不亚于身边的父母……大人孩子都是乐此不疲、乐趣无穷，男女老少一个个满面春风喜气洋洋，这样的幸福生活往往要持续到正月初十以后才能宣告结束。

半个月后的无锡，总经理办公室。早上九点，四六像做贼一样溜进来，将门轻轻掩上，又四下张望一眼，当即从胸前的内衣口袋里掏出一张购物卡，从桌子外侧快速推向总经理面前。他麻利地完成这一连串的动作后，宛若石头落地似的轻嘘出一口气，这才有工夫打量一眼这间第一次踏入的房子，忽又想起自己此行的使命，又立即转换成立正姿势，一截树桩似的侍立在硕大气派的紫红色方桌边，靦着脸低下头、小声而又坚定地陈诉自家的困难，再三恳求总经理，让陈涛重回公司上班。

总经理先瞥了一眼面前的红色卡片，他不动声色地抬起头，目光炯炯地看着下属，微微仰起头靠在老板椅上，用有些浑厚的声音说："陈涛是一名比较能干的年轻人，曾经为公司做出过贡献，我个人是认可的，只是想不到后来出现这事，给单位造成了不小的负面影响，以后肯定不会再用了，因为后面还不知道会出现什么幺蛾子！"接着又感叹一句，"还真是没有想到，现在的小青年让人说不准。可惜了。"说着将卡片推向桌子外沿，之后收回眼光盯着电脑，专注于荧屏内的世界，右手食指不停地滑动鼠标上的滚轮。

四六杵在屋子当中进退不得，一刹那不知如何是好，完全失了主张，脑子里开始急速旋转"怎么办"。嘴巴里想要吐出些什么，又觉得昨晚酝酿半夜的腹稿已然全部抛出，对方明显是打发人走的架势，一时间焦急、委屈、心酸、难过，又掺杂几丝莫名的愤怒，百感交集中真是心潮起伏、十二级台风似的汹涌澎湃，情急之下，他忽然扑通一声双膝跪了下去！同时一颗头上下不停捣蒜，嘴巴里接连不断发出祈求："关总，求求你，求求你！你大人大量大慈大悲，给他一次改邪归正的机会，给他一次重新做人的机会！求求你给他一条生路，给我们全家人一条生路！求求你，求求你，你行行好，行行好！给他一条生路，给我们全家一条生路！"

总经理猛然间有些愣怔，场面完全超出预料，措手不及之余，只能停下手中操作。他呆呆地看着自己的员工，一分钟后反应过来，立即起身走到四六跟前，伸出双手拉他起身："陈师傅你这是干什么？你这不是要折我的寿吗？快起来，快起来！说起来你也是公司的老人了，辛苦忙碌这么多年，我们都是看在眼里的，有什么话不能好好说，哪里犯得着做出这些？快起来，快起来，有话好好说，再不起来我可要生气了！"

四六已是老泪纵横，万分的委屈心酸中，仍然执拗地不肯起身，仍然小鸡啄米似的一个劲地不断磕头。无奈关总力大气粗，硬拽着使劲拖他。四六不敢再违逆，半推半就站了起来。这会儿相互搀扶着的年纪相仿的两位中年男人，脸与脸相距不到十厘米。四六一双手紧紧抓住关总胳膊，两只眼睛充满渴求地盯着他，泪流满面、絮絮叨叨哭诉不停："我晓得自己是没有脸来这里的，可现在家里有三张要吃要喝的嘴，陈涛要是找不到工作，他的婚姻肯定是保不住的，几个小的眼见得成为孤儿，万一真有那样一天，我们这个家就散了！我不敢想那样的日子！不怕你生气，我左思右想几个晚上，唯一的办法就是来求你！关总，我实在没有其他路径，只能厚着脸皮到这里来，求你看在一家老小薄面上，看在我老陈多年为公司干活，做人做事老实勤快的薄面上，给我儿子最后一次机会，给他最后一次机会……求求你，求求你！关总你行行好，行行好！这一次请你无论如何帮帮忙，以后就是我全家人混不下去，在无锡大街上讨饭喝西北风，我老陈再也不会过来给你添麻烦！这一回你发发慈悲帮帮忙，拉陈涛一把，让我们度过眼下这个劫难。我老陈一辈子记着你的恩，我们全家人永生永世记着你的大恩大德。你就是陈涛的再生父母，你就是救苦救难的观世音菩萨……求求你，求求你！"

关总先是苦笑着想要挣脱，之后干脆放开手不再挣脱，只是定定地瞧着四六。他还是第一次这么近距离仔细观察这位已在公司服务多年的老员工。这个五十多岁、中等身材、敦敦实实的男人，以前到工地巡视，没有留下太深的印象，只觉得他话语很少，平日里总是埋着头一声不吭蹲在角落干活，任劳任怨，做事踏实稳当。

不经意间，关总忽然发现四六头发花白了很多，两边的鬓角也已斑驳，右侧的眉梢处清晰冒出几根白毛。这一刻，他佝偻着身子站在这里，不再是平日里一贯的安静顺从、略有几丝麻木迟钝的熟悉模样，而是完全陌生的一副神情：满脸的泪痕、满脸的焦虑渴盼，特别是这张黑脸上努力堆砌出的、怕有十二分之多的、恭敬的诌媚之色；厚厚的紫色嘴唇开开合合着，粗短的脖子上，硕大的喉结一伸一缩正在上下耸动；洗得发白的蓝色工装服因为刚刚开工，比较干净，难得的身上没有粉尘；特别引人注目的是两只眼睛，已经不再明亮，蒙蒙地睁着如同两片灰布，这会儿正死死盯着自己，仿佛只有从这里才能抓牢一根救命的稻草。

稳重、精致、追求儒雅的总经理，透过薄薄的镜片深深凝视着眼前的一幕，半晌没有言语，沉默几分钟后长长叹出一口气："陈师傅你今天真是难为我了。看在你舐犊情深的份上，看在你多年为公司勤勉敬业的份上，我也就不说什么了。唉，我们这一代人，在家庭里还是顶梁柱，都是上有老下有小，都有自己的任务和责任，活得不易啊。陈师傅你今天是打动我了，可怜天下父母心哪！其实陈涛这个小伙子还是挺能干的，希望这一次跌倒，能让他浪子回头，以后的路能够一步一个脚印。我们都祝福他吧。这样，陈师傅你先去上班，公司虽说是私营的，也不是哪一个人就能说了算，我再和其他人商量一下，回头给你一个答复。你看这样可以吗？"

　　四六一刹那突然看见一束豁亮的光，欢喜之中赶紧面向关总握紧双拳不停地打躬作揖："谢谢关总，谢谢你！我陈定贤永远不会忘记你的恩德，你就是我们一家的贵人！你的恩德我们一辈子记在心里。谢谢关总，谢谢你！"说着赶紧抓起桌边的购物卡，快步过去一把塞进关总手里。

　　关总摇摇头笑了起来："我这个人看不得男人流泪，更见不得人这副模样。好了好了，陈师傅你不用客套了，你今天已经说了一箩筐了。我看你老陈是本本分分的厚道人，才帮你们这一回的。话说回来，一个人年轻时走点弯路不算什么，只要重新改过就行。陈涛这次回来，希望他好好珍惜，第二次机会可是来之不易啊。这次淬炼以后，希望他还是一块好钢。你安心上班吧。噢，陈涛今天怎么没有来？"

　　"今天是我父亲的七七之日，他昨天回老家去了。谢谢关总，我去上班了。"

　　"等一下，把这个拿回去，给孩子们买东西。陈师傅你也真是，在我这里还用得着这一套？大家一起共事多年了，你这不是打我脸吗？"他说着走过来，将红色卡片放进四六手里。

　　四六拿着购物卡，嗫嚅着想要再说什么，看到关总温和坚定又有些威严的目光，不由自主地自动闭了嘴。

　　半分钟后，他怀着无比激动喜悦而又五味杂陈的心情退出了这间富丽堂皇的办公室，轻轻掩上门，走到走廊拐弯僻静处，将手里的卡片仔细看了两眼，重新揣回胸前的内衣兜里，出门跨上那辆已经陪伴他多年的电动车，身披阳光一溜烟向工地奔去。

半个月后，陈涛重回公司上班。自然不再是项目经理，这回和他父亲一样，是一位水电师傅。就像当初刚刚进城一般，父子俩日日夜夜重新并肩于一个屋檐之下。

时光温柔，清浅流逝。人间蹉跎，岁月流歌。不知不觉之间，三年的时间就这样悄悄溜走了。

6月8日，是陈家的新房动工装修、开工大吉的日子。一大早，父子俩就赶到恒天绿洲3106室，两人乘电梯上下几趟搬运东西，包括三四卷分量十足的整卷电线，五六十米水管，成袋的弯头及零碎配件，三十几个开关插座，两个小马扎，一些水电工具、两个人吃饭的家伙什等。稍后，四六拿出两盘鞭炮，沿着客厅的对角线交叉平铺开来。现在，两人悠闲地坐下歇息，等待吉时的到来。陈涛掏出手机看了一眼，发现尚有头十分钟，便起身跨出门槛走上自家的露台。

初夏的清晨，宽敞的平台上仍然有一些凉意，半空中不时有轻风拂过，凉爽舒适而又清新怡人。陈涛不由自主深吸几口，觉得空气里捎带着远处禾苗的青草气味，这种熟悉的乡野气息是他打小喜欢的。这种如遥远的丹阳湖边吹拂而来的缕缕清风，这种如昔年大公圩里田间地头四处弥漫的青草味儿，这种久违了的清凉中略有苦涩的草根气息，深深镌刻在每一位农民工的心灵最深处，让多少游子虽身处异乡却挥之不去、日日夜夜萦绕梦中始终无法忘怀。这种由大地母亲镌刻的生命底色，这种早已深入骨髓终身携带的气血印迹，让他一下喜欢上了这里，喜欢上了自己的新房。陈涛情不自禁张开双臂，仰起脸面向一侧的绿色田野，仿佛想要拥抱什么，后眯起眼睛朝着这一方向贪婪地呼吸着、深嗅着、体验着、迷恋着……

这一刻，他觉得自己内心有什么东西在缓缓沉落，最后稳稳地落入那里……终于一切都安顿了，终于一切都回来了，他觉得十分平静安稳、舒适满足；一霎时，他觉得这里才是自己背井离乡多少年以后，在都市拥有的一个家，一个安放心灵的真正家园……他就这样独自一人闭着眼睛仰起脸，面向远方苍茫的大地，面朝远处寥廓的天宇，一动不动地静静伫立，于半空中立成一个微弱的"大"字，晨光中犹如一幅小小的剪影。一时间，他的眼睛里已不知不觉湿润了。

几分钟后，陈涛沿着阳台缓步向前，朝着远处仔细眺望新房周围的景致。北面，是一望无际的绿色田野，是典型江南水乡的美丽景色。初夏时分，阳光明媚、空气清新、大地温润，正是植物生长的最佳季节，到处生机勃勃、绿意盎然，呈现出无比旺盛的生命活力。近处的水塘浅沟清晰可见，星星点点的村落点缀在绿色世界里，红橙黄绿中有更多的白色洋楼，远远近近地半隐半现，十分美丽；西边，是一家大型的现代化乳业生产基地，如今的环保意识早已深入人心，这里完全看不见废气排放一类的设施，亦听不到厂区里机器轰鸣的噪声污染，只有三座粗硕巨大的圆柱形建筑，蓝白相间、巍峨高耸地并肩矗立着，与恒天绿洲的高层建筑毗邻相伴、交相辉映。墙面上三组超大的白色数字稳居于各自的台阶，远处的人们一望便知，立即生出许多钦慕崇敬之心。

东南面乃是华东地区的重镇无锡市。此刻，都市全貌一览无余。近处的学校幼儿园、三甲医院、超市小区，旁边著名的4A级风景区、一座新兴的中等规模的游乐场，和这一刻显得格外低矮的别墅群（它让陈涛想起老家从前的旧房）呈现眼前；街道上，一些夜灯还没有熄灭，一辆辆小车活似一只只甲壳虫，正抖擞着精神爬向四面八方。它们似乎不知疲倦，似乎不眠不息，也似乎负重而行，似乎没有终点，就这么无休无止、永不停息地不断向前、向前……

远处，清晨的城市上空飘浮着一层淡淡的雾气，陈涛搜寻到几处地标性建筑，它们有一些朦胧。随着他的视线往前推移，鳞次栉比、五彩缤纷的各种商业住宅，高高低低、不可胜数的大小厂房，城市枢纽的高架线路，深色低矮、随处可见的一蓬蓬绿植，棋盘式四通八达、纵横交错的长长短短的道路，从近处一直延伸向遥远的天边；那里，一条近墨色绵延起伏的山峦，定格在东方的地平线上，一轮红日已缓缓升起至半高位置……

陈涛收回眼光转向近处，居高临下审视着小区，发现这里规划确实不错。每一栋楼前均有精心培育的绿植，眼下已是青枝绿叶、生机盎然。一块块苗圃中间，花儿开得热烈，就像一只只蝴蝶在绿色王国里漫游，赤橙黄白紫的很是缤纷鲜艳。小区东北角是二十多平方米的小型广场，标准的圆形结构中央是一座四角的凉亭，纯白的廊柱、橙色的顶面十分亮丽，旁边有许多深蓝色运动器械，外围有一个小水池，池面上似乎漂浮着少量浮萍里面有三座迷你喷泉，这一刻虽无人欣赏，但依然努力喷吐出清澈晶莹的水花。小涛前后左右巡视一遍，竟没有发现一个人影。

　　城里已经全面禁止烟花爆竹的燃放，加之刚刚拿到钥匙的业主们还来不及装修，所以新小区这一段很是空旷安静。看起来他们可能是第一家开工，所以父子俩打算冒险一次，放一次鞭炮，炸一炸，去一去晦气霉运，希望以后的日子能够平安顺利，旺盛红火。吉时定在六点零八分，一来寓意很好，六六大顺、八方来财都包含了；二来新房本已处于近郊，这个时间点小区里应该没有别人，但为更稳妥保险些，四六还是打算全部闷在家里燃放，否定了儿子去露台燃放的提议；三是这个时辰正是太阳冉冉升起的时候，父子俩憧憬着新的生活也如这初生的朝阳一般，节节升高、越过越亮！

　　不一会儿，恒天绿洲某栋高层顶楼处，忽然传出一连串的爆炸声响，持续的时间大约有二十分钟，不过距地面一百多米传播下来，威力早已大为减弱。倘若你站在大门口，耳边不过是几声轻微的响动，也许伴随几丝细弱的震感。

　　六时五十八分，陈涛敲下开工第一锤。装修伊始，第一项就是铺设水电线路。自己家里现成的两位资深师傅，自然无须别人代劳。陈涛也不放心找人，因为这是不可马虎的头等大事，无论是暗道供水还是暗线供电，必须确保它们以后正常使用几十年。父子俩很快进入平日的工作状态，头也不抬地各自开始忙活，沉默无语而又十分默契，诚如他们从前一起作业的那些日子。

　　八点钟，屋子里开始传出十分剧烈的响声，完全超出先前的鞭炮威力，因为四六正在进行今天最重要的工作——开槽。只见他踮起双脚两手抓住电钻，自上而下对着墙体使劲往下钻。刺耳的声音几乎使人无法忍受，好像就要戳破四六的耳膜。随着钻头的用力、深入，四六的头脸颈脖、浑身上下，落下越来越多的灰白色粉末，口鼻上的双层口罩网面上，更是堆积出厚厚的灰尘。

自从陈涛辍学进城，加入这一行以来，只要是父子俩在一起上工，开槽的工作四六都是自己独立完成。儿子年轻，这种损害身体的脏活不让他沾手。这两年电视里时有报道，农民工因为粉尘污染导致尘肺的不在少数，有几例甚至终身残疾。大月经常在他耳边叨咕，有一阵枕头风吹得更是厉害。

四六从前觉得憋闷从不戴口罩，之后有所警醒，再也不敢马虎，慢慢逼迫自己，如今已养成习惯，每一次操作总是全副武装，身体能遮掩的尽量遮掩，开槽前更是加戴第二层口罩进行防护。陈涛在卫生间里埋线，同样佩戴着双层口罩。因为没有一扇房门的毛坯房内开槽时总是烟尘滚滚、尘雾弥漫，画面活似影视剧里的爆炸场面。父子俩就这样闷不吭声忙活着，各自专注于眼前的工作。

十点半左右，陈涛放下手中铁锤，起身到厨房洗手后，从角落的蛇皮袋里掏出一只小型电饭煲，直接用锅在另一袋中舀出一些米，淘洗两遍后开始煮饭，又走到北面窗台边解开一只塑料袋的结扣，俯下身闻一闻已经掀开一角的菜盒，觉得没有什么异味，细心地将盒盖再拉开一些，这才小心把袋口重新系上。他走到墙角拎起一个很大的雪碧瓶，凑到嘴边"咕咚咕咚"一口气灌下不少，自然也是早上带来的白开水。他漫不经心地瞅了一眼窗外，发现周围真是无比空旷。钢筋混凝土铸就的栋栋高楼，兀自矗立在午前明晃刺眼的白光里，耀眼、孤独、沉寂，给人一种不真实的强烈错觉。

两天后，同样是天刚麻麻亮，四六就已赶到新房，因为稍后会有人来送材料，陈涛要先去另一处工地，晌午才能过来。八点左右，一货车彩钢板直接运送到楼下，四六事先招呼的一位老乡准时到达，他带来了自家的小三轮。两个人一趟趟装满、前拉后推、挤进电梯、抬上露台、"哗啦"卸货，特别艰难，好几次差点挤不进电梯。与此同时，随车而来的两位师傅从露台西南拐角开始工作。他们先得一根根竖起钢柱，一行行排列出钢梁钢椽，之后才能进行面板的组合安装。今日万里无云，骄阳太过热烈，两位师傅头戴钢盔，勤勉劳作近三个小时。这边搬运全部结束，虽然温度还没有到最高，但两人后背早已被汗水浸透，呈现出一个大大的椭圆。四六更是前后两幅浅墨山水，背部湿痕完全渗透到灰白衬衫的下摆边沿。

现在，两位师傅终于坐在门槛上稍歇一会儿。因为汗珠险些就要流入眼睛，他们拉下肩头的毛巾，不断擦拭额头、眼睛、脸颊、鼻子。他们又各自在头顶、鬓角、后脖处来回揉搓。四六轻嘘一口气，半黑的脸颊上显露出平日里难得一见的红润。他拎出随身携带的超大可乐瓶，"咕咚咕咚"咽下三四口（同样也是自备的，这一次里面奢侈地投了几片茶叶），这才抬起头来，看着对面的两位。现在，露台半边横七竖八堆满了材料，不过他们的工作成绩同样有目共睹。经过他们不断调试、校验、加固，这会儿西侧已经竖起一小面墙壁。

新房建筑面积近一百三十平方米，除去公共均摊面积二十多平方米，室内面积实际只有一百平方米出头。虽是三室两厅的结构，但仍然无法满足四六一家老老小小四代人的生活需求。今年，志鹏即将完成五年级的学习，下一学期就要进入小学毕业阶段的最后冲刺，语数外三科知识都是日渐深奥。

陈涛对儿子语文课本的内容，感觉还不太陌生；数学书上的智慧园思考题之类，勉强也能对付，但周末去培训学校学习的奥数，他就算跳一跳也够不着了；外语完全就是天书。晚上儿子"叽里呱啦"背诵英文，陈涛按学校要求进行对照"检查"，装模作样地捧着书本眯起眼睛，上下左右仔细搜寻半天，发现完全是远方的新亲首次登门——一个也不认识。他傻傻瞅了半天既不明白儿子说的是什么意思，也不知道他背诵到了哪里，惭愧无奈之余，只能在心底轻叹一声。

好在志鹏成绩很好，单元测验每一门基本稳定在95分以上，学习上基本不用父母操心。志鹏有热情有兴趣，学习态度端正自觉，老师上次期末家访时表示在如今的学生中间，已经是难能可贵，所以做家长的一定做好辅助工作，务必给孩子一个好的学习环境，务必保护好孩子这份珍贵的学习热情。这在农民工家庭中可能不容易做到，但衷心希望家长能够高度重视。为人在世，既然生养了子女，就得担负起父母的职责，以免耽误影响了孩子的前途，否则家长自己后半辈子也会懊悔遗憾。现在，志鹏每晚家庭作业需要两个小时，志成、志远上二年级，晚上的作业量大约一个小时。

　　三个孩子起码需要两个房间。父子俩的计划老大单独一间，老二老三共一间，添置一张上下铺。想让两人分开学习，只是房间里只能放下一张小写字桌。老三顽劣，家庭作业就在餐厅解决，毕竟在大人眼皮底下，不敢太过放肆。出租屋里，太奶奶一直在阳台休息，单人折叠床晚铺早收，起床后被褥一卷直接塞入专门纸箱，小床一收更是随手靠在墙角，两年下来早已习惯。她坚持到新房以后还是这个模式，而且一定把这张小床带去，哪个也不能当破烂扔了。

　　基于全方位、多角度考虑，父子俩决定将露台全部利用，一共隔出三间，阳光房、卧室、储藏室各一间，这样可解决所有问题，就像售楼部里的温馨祝词——实现一步到位。上礼拜大月晚饭后开玩笑说："到搬进新房那一天，我们家也算是什么来着？与时俱进，对，与时俱进，迈进了小康！"塑板活动房隔音隔热效果比不得室内，陈涛原打算自己两口子住，无奈大月一口否决，说自己早上起来在那里洗涮晾晒特别方便，再说位于最外侧的阳光房，洗衣机运转噪声应该不大，不会影响老人孩子睡眠，夫妻俩力争几次也没有结果，最后只能听从母亲的安排。三天后，自行搭建的新房完美收官。

第七章

岁月悠悠，一如永恒向前的丹阳湖水，无声无息。不知不觉间，又捎走了一个春夏秋冬。

暑假结束，志鹏正式成为一名中学生。如今教育部政策十分明确，各城市公立学校小升初必须严格按照学区划分，一律就近入学。陈涛家所属初中是英才中学，离家两站公交的距离，很是方便。做父亲的本打算早上送他，志鹏坚持自己骑车上学，陈涛只好给儿子买一辆新车了事。孩子每天中午回家吃饭，太奶奶总会叮嘱：看车看人，自己当心。志鹏总是笑嘻嘻回复：知道了。现在，大月一如既往在外忙活，不过她一年前就从饭馆出来，刚开始做两家的钟点工，每家每天上门服务两个小时，工资比饭馆高，时间还自由。如今她同时负责六家，其中四家都是每日清扫，有一家额外烧一顿午饭，另两家为每周一次。

这种饱和的工作强度，饱和的工作时间，令她每日马不停蹄地来回奔波，一刻也不得停歇。不过上个月拿到 9500 元，既特别鼓舞人心又令她骄傲，夜晚的腰酸背痛似乎也减轻了许多。现在的大月不时走街串巷，每一天都是全副武装——连肩的碎花太阳帽、弹力十足的白色长筒护袖，最醒目的标志是屁股后面悬挂的一只白色塑料桶，装备齐全，比如洗衣粉、84 消毒液、油烟洗涤剂，比如长刷、短刷、钢毛刷，比如大中小抹布、钢丝球等。随着电动车一溜烟疾驰而去，圆桶内"乒乒乓乓"发出一连串的声响，一路蹦跶着敲打撞击，实是热闹非凡的生活交响曲。

春杏一如既往在家照应。她每一天早中晚往返四趟接送两个小的，兼顾着买菜做饭、洗涮卫生的家务，同样担子不轻。晚上督促志成、志远完成作业，更是丝毫马虎不得的重要工作。老太婆不时帮衬一把。虽说老人身体一直硬朗，洗个碗、扫个地、晾个衣服、看个门户，这一类还不成问题，但八十多岁的老人了，终究是不能指望，也不应当有所指望了。

三个月前，陈涛重新成为公司的项目经理。仿佛有些不真实似的，仍是同样的领导，仍是同样的员工，仍是同样的职责，仍是同样的待遇，一切似乎又回到原点。他恢复了从前的忙碌，白天公司工地几头跑，晚上更是不得闲。有时也出去应酬，但一定是十点之前到家。因为每天晚上必须看书。两个月前他已经参加过一次考试，下一季度是另一场考试。他早已深深了解自己知识储备的极度匮乏、视野的极端狭窄、理解领悟的浅显以及个人的浅薄。这些致命的硬伤不仅严重制约了他的前行，更导致他人生道路上摔得头破血流。这是他躺在戒毒所的单人床上，脑子里无数次自省的结论。惨痛的教训已经刻进他的灵魂深处，让他终身铭记。所以打那开始，他就一直坚持学习，以专业知识为主，也进行一些与之相关的自修。其实公司正是看到他的努力进取，加之精明能干，所以才会重新任命。

　　现在，陈涛只在周末晚上翻一翻孩子们的作业本。首先是老大的，因为已经养成习惯，虽然有一些不懂，但看着本子上整洁端正的一行行字和老师予以褒奖的批语，他会踏实安定。他又翻看双胞胎的作业，书写依然工整，但错误率明显上升。两个人错处还真大致相当，老师的批复也大致相当，看起来双胞胎确实智力相近，当真是一对荣辱与共的兄弟。每天这么马不停蹄地辛苦奔忙，不知怎的，最近这一段陈涛反而长了肉，先前有些瘦削的脸明显饱满。大月有一晚直接说儿子更帅了，陈涛听了后笑着说，哪有这样当妈的，还能这么夸自己儿子。不过第二天早上，他在镜子前端详几十秒，发现自己的模样确有一些变化，似乎是一名成熟的男人了。

　　陈涛这辆银灰色二手东风标致是半年前淘来的，款式是他喜欢的 SUV。车身高、视野好、空间大，还没有跑到 5000 千米，外观与新车几乎无异，原车主急需用钱才转让的。车行老板原是陈涛的客户，后来成为要好的朋友，所以格外照顾，只要 6 万元，完全成本价转让的。如今这辆车与主人可谓心意相通、同声共气，主人亦是细心呵护。

　　这一年的腊月二十，春杏带着大儿子回了娘家。近两三年，她还没有回去过，一则买房后手头紧，倘若过年回家，要紧亲戚总得拜望一下。如今这个年头，按当地人情往来，就算中等水平送礼，几家折合下来，至少也得两三千元；二则父亲哥嫂几年前陆续来无锡打工，因而春杏都是年前在本地给父亲拜年，今年本也不打算回去，可她唯一的舅舅忽然脑溢血去世，所以母子俩与娘家人一道回去了。

春杏母子五天后回到无锡，发现婆婆与老人带着两个小的已经回了老家，是坐村里过来接人的面包车回去的。七八个人搭伙叫的车，自然是按人头均摊路费，算下来比坐长途车稍贵一点，但接送两头都是在家门口，真是再方便不过，所以没车的人家大多选择这种方式。紧催慢赶的，父子俩各自了结手头工作。腊月二十六，陈涛提前在新房贴好春联，开车带着父亲、妻儿回大公圩过年。

现在，小车疾驰在高速公路上。冬日的午后，阳光温暖如春，大地上一片明亮。眼下正是春运期间，车流量明显增加，左右车辆时而密集，时而稀疏。四六坐在副驾驶，提醒儿子注意力集中，自己不再说话，闭上眼睛开始歇息。四个人没有人说话，志鹏望着一闪而过的景致，猜测车速应该不低。他好奇地在后面探头探脑，发现竟然有五六个仪表盘。他一一看过去，猜测每一个的功能作用，很快断定此时的车速为110千米/小时，一转头瞅见老妈，发现她竟然睡得很香，嘴角边似乎还有一滴口水。这一刻，前排的鼾声简直如雷贯耳。志鹏将头转向窗外，田野、村庄、水塘都是无比熟悉的景致，看着看着终于失了兴趣，便仰靠在后座上，同样开始打盹，五分钟后传出中气十足的鼾声……已经是黄昏时分，天色渐渐暗了下来，陈涛直视着前方，在父亲、妻儿响亮的伴奏中疾速行驶。小车一路平稳向前，没有其他耽搁阻碍，只在中途服务区短暂停留五分钟。

这年春节，四六本想在无锡过，但两家亲戚做事，微信电话早已正式邀请。一户嫁女儿，喜日正月初八；一户为老人做寿，正月十二。如今老家办事，绝大部分在正月，少数选择节假日。办酒容易请客难，只有在这种时候，主客双方都有空闲，人气才会旺一些，所以只能回大公圩过年。何况这一年里，全家人基本没有回去，只有陈涛开车返回一趟。其实一家子老老小小都愿意回到乡下，因为那里才有过年的气氛，才有那欢乐喜庆又令人怀念的年味。

不消说年三十中午十二点一到，家家户户就关紧大门开始吃年饭，早吃意味着早发，还得将财气收在屋里；不消说黄昏时分全家老小一齐上坟，摆出三荤三素另加水果，恭恭敬敬恳请先祖享用他们的年夜饭；不消说除夕夜鞭炮齐鸣、震耳欲聋的激烈喧响，叫人一夜无眠，情愿不情愿都得守岁；不消说初二后每一家皆是高朋满座、宾客盈门，每一位主妇均发挥出最佳水平，满桌的菜肴总是丰盛无比、色香味堪称上佳；不消说过年时，麻将桌上的那些欢声笑语，更不消说孩子大人各自欢喜愉悦的那些赏心乐事。

孩子们钟情的是老家宽敞的场院、宽阔的大埂，还有那无边的原野。晚饭后的他们，总是揣着零钱到村口的便利超市，换出各种小炮、烟花，天黑后与伙伴们在埂头上一齐燃放。一些灿烂的烟花四散喷射，打着旋儿纷纷流泻，小小的流星雨在孩子们身边飘落，一次次点亮他们星星似的瞳仁；不远处，另一些直冲到半空发出一阵阵爆炸，四散的火花呈现出许多美丽的图案，流光溢彩、绚丽灿烂。孩子们纷纷仰起笑脸，情不自禁发出一阵阵热烈欢呼，又撒着欢儿四处奔跑，快乐无边地追逐嬉戏。白天，小伙伴们结伴去田野里搜寻野兔，有时会意外地于苗圃地里或芦苇丛中收获一窝鸟蛋。这在过去是再熟悉不过的场景，现如今却成为孩子们的奢侈享受，难得碰上一回了。

大人们想念的是那个熟悉的村落，那块熟悉的土地，那些熟悉的乡亲近邻，还有那无比熟悉、多少次梦中想起、一直魂牵梦萦的丹阳湖。同样地，他们也有自己的乐趣。近些年来，有的村组会邀请外面的戏班过来，在大埂外围底滩上搭台唱戏，热热闹闹欢度新春佳节。大公圩一带聘请的大多为江北的庐剧戏班，七八个人的民间草台班子，俗称"小倒戏"。风格很适合节日表演，有的喜庆热烈，有的幽默逗乐，比如《彩楼配》，比如《打芦花》。女声人人清脆嘹亮，男声个个浑厚粗犷。

他们一般午后开场，每到这一时段，埂外斜坡上总是摩肩接踵、人头攒动，密密麻麻黑压压一片。正月十五以前，老老少少都很清闲，附近每一家基本倾巢而出，大方的村民还会邀请远处的亲戚过来看戏。此时，舞台上锣鼓喧天，一阵紧似一阵，台下的观众翘首以盼，纷纷抻长了头颈。果然，不到三分钟，只见门帘一掀，一名女将"噔噔噔"直奔台前，原来是一身戎装的穆桂英，英姿飒爽、气场十足。她不紧不慢环绕一周后，亮出一个飞鹤展翅造型，委实器宇轩昂、英气逼人！

　　宽宽的埂面上，黄澄澄的甘蔗段、红艳艳的大草莓、膨松松的棉花糖、油滋滋的羊肉串、香气四溢的烤红薯、酸酸甜甜的糖葫芦、又香又臭的卤水干，几乎占满道路一侧，或高或低的吆喝声持续不断。有一户竟然出现了冰激凌！另一面，一长溜排列过去的同样有十几家，都是供老少爷们玩耍乐和的玩意儿，其中最火爆的要数套圈和气枪射击，竟然出现了不长不短的两列队伍。此时，每一家摊位前都有一些人——孩子、大人、闺密、小情侣、中年夫妇、祖孙三代，有的挑拣选购，有的闲看热闹，有的瞄准投射，有的大力砍价，更多的则已美美吃上了。几个孩子站在一边，显然没有得到家长的许可，只能眼巴巴瞅着别人，两个小眼珠几乎就要滚落出来。不过这会儿，各家的孩子均由大人领着，再淘气的皮猴子也乖乖止步于家长严厉的目光，不敢放肆跑远。因为鱼龙混杂的现场，孩子很容易丢失。据说前几年发生过这类事件。

　　这一刻，舞台前阳光温暖，大地温和，清风温润，人儿温情。河滩边七八百人里，一部分人相当专心。有专心看角儿听戏的，有专心微信聊天的，有专心闲话家常的，有专心谈情说爱的，有专心抽烟说事的。更多的人一边嗑着瓜子花生，一边瞅着戏台瞧着人景。每一位都是兴致勃勃、喜气洋洋。

　　新年里，有的自然村会组织另一类庆祝活动，名为玩灯。灯的种类很多，但每次只能选择一种。若按制作材质分类有纱灯、纸灯、布灯等，但称谓一般或按外观造型，如马灯、龙灯、花灯、狮子灯，或按故事情节称呼，如八仙过海灯、桃园结义灯、仙女下凡灯、水泊梁山灯等，不一而足。这里简单说一种，譬如龙灯，组织者先请匠人师傅用竹篾扎好龙的造型，外表糊上白纸，再涂绘出鲜亮的色彩。当然最重要的工作是在长龙肚子里安装一整条竹架，因为届时需安上一长串小灯。那边道具准备完毕，这边同时动员本村的青壮年男子约二十人（演员选拔是在自愿的基础上加上一点强制），于年前突击训练一周左右。

一般十人参加表演，四五人候场随时替换，其余为敲锣打鼓的。（玩灯是耗费体力的表演，约五分钟替换一拨，依序循环。）大年初六是一帆风顺的好日子，大家伙首次开始"出灯"表演。

这天晚上，演员们身着耀眼的橙黄绸服，人人英姿飒爽，步履矫健，鲜亮无比。他们高举着一条赤色巨龙，威武地穿行于村落。绚丽璀璨的长龙伴随着喧嚣沸腾的锣鼓声，让每一位村民翘首以盼、心生敬畏。他们每到一个村庄，直接在埕头上展开表演，一个个身姿敏捷，辗转腾挪、旋转跳跃均得心应手、灵活自如。表演一气呵成，酣畅淋漓，精彩绝伦而又气势逼人。那真是：猛龙过江越四海，蛟龙戏水逐沙滩；长龙跨越惊五洲，巨龙腾飞震寰宇！

这几天，春杏有些不舒服，先是恶心呕吐、身体乏力，身子软绵绵的，白天也想睡觉，感觉与怀老大时相似。她暗自思忖觉得应该不是，因为生下双胞胎后已经进行输卵管结扎，这么多年一直很安全。她没有过多理会，两天后脸色明显泛黄，又增加了持续的低烧，人也明显消瘦了。陈涛带她去县医院检查，一系列的检测化验，结果是病毒性急性肝炎，当天下午就办理了住院手续。晚上陈涛送东西时提出陪护，春杏死活不让，院方也不允许。

病房里已经有一位患者，床卡上姓名为高二凤，周围有两台仪器在跟踪监测。这是一名五十多岁的女性，看起来十分消瘦。她一直躺在床上，闭着眼睛一动不动，不时传出几声干咳，听起来让人不仅难受而且很是担心。春杏本想问问同室的病情，见此情形只得打消念头。中午护士将她的餐食带到床边，她几乎没有动筷。

春杏在医院里度过了一个不眠之夜。早上六点护士小张进病房，量体温、查看检测仪，详细询问病人昨夜的情形，所有细节均不放过，包括总体感觉、重点病症及变化、具体的几个方面以及睡眠、大小便等，极尽翔实，并记录在案，之后抽血留尿送检、送餐打开水、收拾卫生、陪医生查房、送药交代医嘱、推车输液及病房消毒。当班期间见缝插针与春杏聊了几句，询问她个人与家庭的一些情况，嘱咐她安心休养无须紧张。

上午九点，春杏站在窗前察看，发现这是一座不大的医院，前后只有两栋楼房。近处是一大片农田，一畦畦整齐的油菜，在这新春宁静的清晨，呈现出深浓的绿色，这会儿尚有一层雾气飘浮在田野里；远处有连绵的群山，它的下方几乎消失，在白茫茫的虚空里，只剩隐隐约约的少许轮廓，起起伏伏的山顶酷似一条蟠龙，正在朝前蜿蜒游动。楼前的绿化倒是讲究，一溜儿的冬青平整碧绿。今天是个难得的晴好天气，天空一片蔚蓝，看不见什么云朵。明艳的阳光满窗地投射进来，病房里十分明亮，如春天一般暖意融融。

晚上另一名护士给高二凤送饭，看到她已经醒来，蜷缩在单人床中央。高二凤神情落寞愁苦，一双眼睛空洞而又漠然，不知道望向哪里。护士在她床前站了十多分钟，又一次了解病人情况，说出许多温暖贴心的话语。目睹着护士娇艳可爱的面容，耳闻着绵软温柔的声音与春风化雨一般的亲切话语，高二凤仿佛遇到自己的亲人，不由自主敞开心扉，竹筒倒豆子似的说出家里的情形。

原来她与春杏两家竟然很近，是相距十几公里的隔壁邻乡。她说男人身体不好，自己这几年在家种田、伺候，从来没有外出。儿媳今年怀孕，儿子没有出去打工，只在附近做些零工。天晓得自己怎么会得了这种病！儿媳这个月刚刚生了孩子，一家两个躺在床上，正是需要人手的时候，现在自己添乱躺下，家里这会儿还不知道乱成什么样儿。儿子这几天肯定遭老罪了。自己哪里有时间天天歇着，哪里有条件天天供着。听说这种病还要吃好的喝好的，像有钱人一样天天养着。老天爷真是不长眼睛，怎么让可怜人得这种病？女人心里特别着急，因为自己确实离不开那个家，那个家更离不开自己，现在只盼着能够早点治好回去帮忙，说着便流出眼泪。护士看着她瘦骨嶙峋的模样，凄苦悲伤的眼神，知道她艰辛不易。生活已经让她承受太多，也已经耗去她大半的元气，只剩眼前这一副干瘪的空壳。

善良的护士静静注视着病人，对她说出许多温情抚慰的话语，告诉她生命最为宝贵，每个人只有一次，首先得珍爱自己，有好的身体才有能力照顾家人，让她暂时不必也无须考虑别人，先安心静养全心治病，身体康复了回去有的是事做，有的是活儿干。说完，去卫生间拧出一条热毛巾让她擦脸，端着盒饭送到嘴边。高二凤可能确实没有胃口，看着饭菜皱起眉头，不过在护士亲切的目光里，她哆哆嗦嗦坐起身，还是坚持咽下几勺，跟着又躺下了。春杏上床时看她幽幽地睁着眼睛，便问她要不要喝水？高二凤轻轻摇了两下头，可能沉浸在自己的世界里，没有想起来说谢谢，兀自一声不吭躺着，依然是心事重重特别哀愁的一副神情。

入夜之后，她的咳嗽显著加重，上半夜有近一半时间不能安稳。也许是怕影响医生护士休息，也许她的生活里从不愿麻烦别人，她一直克制着没有按铃。下半夜简直就是噩梦，她只有很少的时间能够安静，几分钟便要发作一次。那种十分沧桑的干咳，沉闷中夹杂着几分暗哑，似乎有什么东西正在撕裂，极力要冲破挣脱开去。每一次都耗费很大的气力，仿佛想要拼命咳出那咽喉深处隐藏的顽固祸根。

有时连续不断，来不及喘气，憋闷得满脸通红，额头上全是汗珠，眼角两边渗出许多泪水地咳，嘴巴撑出一个大大的圆形，仿佛立即就要窒息过去。可能过于刺痛难忍，她几次用手紧抓胸部，发出粗重的喘息。稍好时则全身瘫软，嘴巴里一口接一口呼出长长的已经变声的气息，似乎所有力气已经用尽，整个人被彻底掏空了，仰躺在那里泥雕木塑似的一动不动，一双硕大的眼睛定定地盯着上方，只剩痴傻呆愣了。

春杏睡在另一边，侧着身体看着对面，风暴中只看见那床被子随着女人的声音上下耸动，整张床仿佛感同身受似的，随她一起风雨飘摇，久久不能平息。后来有两次实在忍不住，她颤抖着向头顶上伸出胳膊，来回摸索几次按响床头铃。医生护士过来两趟，之后总算得到缓解，黎明前暂时松快一些。疲劳困倦加上大半夜无休无止的痛苦，早已让她苦不堪言，只剩半条性命，这会儿终于迷迷糊糊合上眼睛。

春杏同样精疲力竭。每当对面咳得剧烈时，她的身体就会跟着反应，咽喉总是毛茸茸作痒。春杏吓得赶紧转过身，歪着头思忖半分钟，拽出抽纸揉搓成小团，使劲塞入两边耳朵，觉得还是有些漏音，又撕捏几次终于好些。这一番折腾下来，声音倒是小多了，可耳朵里塞了东西，怎么也不适应，只能努力闭眼一直坚持着，开始头疼得厉害，渐渐也昏昏沉沉了，天亮时完全睡熟了。

正月初十，午夜时分，老太婆走了，是在睡眠状态里悄悄离开的。耄耋之年的老人，身体早已五分虚寒，冬季的寒冷本身于她不利。近一个月来身体总是不能安适，不再喜欢热闹，怕人多怕吵闹更怕寒冷，棉袄外面还要裹着厚呢外套。一个人的小床上铺了电热毯，但只在白天使用，因为四六怕她晚上忘记关闭，出现意外，叫大月每晚给她灌一个热水袋。

老人吃东西也没有胃口，仅剩的四五颗牙齿，有的早已磨损蛀蚀，有的摇摇欲坠，稍硬一点的食物就没有办法进食，常日里主要就是青菜豆腐或是腐乳杂酱。有时看着孩子们吃得香甜，就夹一块红肉放进嘴里，既咬不动也不敢咬，只能呷呷味道就囫囵吞枣，结果差点呛咳出五脏六腑，几次下来只能眼睁睁放弃，后来吃饭基本是菜汤泡饭。汤汤水水的半碗，稍抿两口就往下吞咽，还得使劲用力才行，就这样一顿饭也需用上八九分的力气。

老人白日里没有精神，大部分时间都要躺在床上，觉得睡一睡快活一点，就想睡睡了。大月觉得婆婆正往"那里"走去，眼看就要油尽灯枯，那一天的到来应该为时不远，晚上便在丈夫枕头边嘀咕。四六留心观察几次，也觉得母亲的日子已然不多，心中不免酸楚悲苦。好在老人终于实现愿望度过了新年，而且是真正的寿终正寝，那一刻没有任何挣扎。这也是每一位年长者临终之前的梦想。

一车的至亲将老人送去火葬场。四六给母亲选定一个 2600 元的骨灰盒，由比较紧致的实木加工制成，紫檀色上面描画仙鹤图案，两侧饰有梅花点缀。老人的火化进行得很顺利，两个小时后便已返程。一路上亲戚们各自神色凝重、黯然无语，四六小心捧着骨灰盒独自垂泪，他细细抚摸盒面，犹如多年前母亲轻抚他的脸庞。这一刻，那些遥远的记忆一一浮现：

明媚的春光下，松软湿润的土地里，母亲麻利地给棉花间苗，上肥。只见她双手十分灵活地交替协作，先拔掉一些矮小的幼苗，再在附近挖出几个浅洞，然后从身边的箩筐里抓出一把化肥使劲捏碎，分别填充后立即盖住洞口，转身从丈夫挑来的水桶里舀出两瓢清水浇上，动作既准确有序又干净利落……

骄阳似火的夏日，母亲头戴草帽弓着背快速插秧苗，两条腿叉开蹚水而行，一寸寸踽踽后退，额头的汗水一滴一滴不断掉落，几乎糊住她的双眼。母亲直起身擦一把汗，四面瞅了几眼，发现蒸笼似的水田里，没有一丝风的影子，嘴巴里发出长长的"哦嘘——哦嘘——"，似乎企图引来一点轻风或些许凉意。她又看了看周围未插的秧田，秧田里一片晶晶亮亮，蒸热而宽阔的水面让人看不到尽头……

秋高气爽的午后，田野里一片金黄，母亲蹲着身子奋力割断稻穗。随着她持续不断地挥舞镰刀，"呼哧呼哧"的声音里，稻秆倒下一丛又一丛。途中几株水稻仍然有些许青绿，生命力依然旺盛无比，根本不肯乖乖就范。她拉了两下还是没有割断，便使出十二分的力气猛地一拉！镰刀往上一滑直接撞上左手食指，顿时鲜血往外直冒，母亲嘴里发出嘶嘶的吸气声，跟着甩掉指头上的血，又将食指放进嘴里吮吸，同时拉起褂子下摆的边角，牙齿咬住用力一撕，刺啦一下撕下一段布条，裹住伤口又缠绕几圈，紧紧扎牢系实后，赶紧低下头挥舞着镰刀又一次奋力向前……

寒风料峭的冬日，小麦地依然一片青绿。母亲双手紧握锄把正在除草松土。她细心审视着脚下，小心清除杂草，将坚硬的土块用力敲碎。每一次挪步均小心仔细，尽量少一些踩到麦苗。她如此这般缓慢而又坚定地一路向前。夕阳一点点沉落，天色明显转暗，附近已不见一个人影。母亲好不容易锄到田埂边，见还有一丝亮光，犹豫一下又转身走向下一畦……

泪水早已模糊了四六的双眼，他索性闭上眼睛，将额头贴伏在骨灰盒盖上，脑子里异常清晰。母亲的青年、中年、老年，母亲的喜悦快乐忧愁。她那头上一直包裹着的、早已不合时宜、永远蓝白相间的那条毛巾，她那微微外倾的两颗上门牙，她那开怀大笑时快乐而爽朗的高音。每一日总会在菜畦边弯腰忙碌的身影，在塘口的青石板上挥动棒槌"嘭嘭"敲击着衣裤，一个人划着小船春摸河蚌秋采菱角。夏日里总是赤着双脚，到了无锡依然很难改变习惯。拎着沉重的竹篮身体倾向一侧，努力地向前迈步。日日在锅台边刷锅洗碗擦拭灶台，看着几个小的总是露出慈眉善目的笑容……那些悠远的记忆，那些鲜活的面容，那些生动的影像，一幕幕在他的脑海里闪现，远去，闪现，又远去……他的心里有什么在撕扯，在用力拉拽，要生生割裂活活抽离开去，让他肝肠寸断，让他无法承受，让他锥心刺骨，让他痛不欲生！人到中年的四六禁不住又一次掩面啜泣了……

后座的侄子看着表哥一直克制不住泪水，始终无法释怀，劝慰说，姑妈活到八十六岁也是高寿，也是有福气的。姑父只知道在外面忙活，年轻时家里大小事情大多由她做主，勤劳操持辛苦自是不少，但心里松快，过日子不生气。又总结说，姑妈一生最大的优点就是不肯亏人，宁可自己吃亏也不亏欠别人。现在这样的人真是太少了，如今哪一个不是私字当头？哪一个不是往家里搞，只要自己快活？

大月听到这里忍不住接茬："可不是吗？村里立华两口子或许是几世的对头，一年里大半年都要吵架。老婆嘴碎，丈夫好吃懒做，不顾家只晓得喝烧酒，吵起架来都不是省油的灯！有次你姑妈跑去劝架，发现是因为一床竹席，破得不能用又没钱买，女的数落男的没用，叫花子一样穷得叮当响，男的甩起手就扇去两巴掌，女的扑上去拳打脚踢，两个人撕打得厉害。你说真要动起手来，女的哪是男的对手？那天他老婆被打得够呛，仰在地上哭得很伤心。你姑妈看不下去，就跑家里把自己床上的席子卷去拿给人家，还自己送到房间当场铺上，好心好意劝他几句，结果那个猪头三反过来直接蹦出一句：'我家事情不用你管！'一句话把你姑妈噎回了家。后来他们确实不吵了，不过席子踏踏实实自己睡上了。你姑父晚上回来发现床上只剩稻草，没有办法睡觉，责怪她多管闲事。你姑妈满脸委屈，当时自己明明说了只是那会儿临时铺一下，让他们歇嘴不吵的，哪晓得这两个东西就不还回来了！又不好意思去要，只能看着床铺草干瞪眼。自己没有地方睡觉，本身气闷得不行，听着丈夫唠叨心里更加窝火，冲着你姑父劈头盖脸就是一顿骂。你姑父气得啊噗啊噗的，两个人就像两只奓毛的大红公鸡，差点没有打起来！你表哥第二天赶紧去镇上买了一床竹席。为这事家里人劝她几次，她自己也说再不管闲事了，可后来村里哪一家吵嘴，还不是照样跑去？就像自己是妇女主任一样，一有风吹草动，在家根本坐不住。你说她这一世做了多少出力不讨好的事情？"

四六听着心里的火苗噌噌直冒，梗着脖子冲着老婆大声怒吼："我看你这一张破嘴也是不得了！多少年的事情了？这些陈芝麻烂谷子翻出来干什么？立华家不是也没有发财，我们家不是也没有穷死？！"大月见丈夫震怒，婆婆娘家人又在场，赶紧补上一句："不过村里人都说你姑妈热心，有事肯讲公话。"

　　第三天早上，亲戚们一行将老人"送上山"，自然是和四六父亲葬在一起。的确也非常省事，因为只需把新的骨灰盒放进预留的位置即可。天气有些阴沉，清晨的沟沿上寒气逼人，倒是没有什么风。公墓里今年添了三四座新坟，外观造型基本相同，都是小型墓房前竖立一块石碑。

　　陈涛仔细查看着爷爷奶奶的墓。几年前的骨灰盒已经陈旧许多，先前鲜亮的颜色变得很是灰暗。现在，两个盒子平行陈列着，仿佛他们依然并肩坐在一起。四六的眼泪不知不觉又一次流淌出来，他抬起衣袖擦拭几把仔细审视，然后伸出手将两个盒子稍动一动，仔细比较一番，又略扶正了些，之后静静凝视半分钟，对着父母开始说话："爸，我妈来陪你了，以后你也不孤单了。你们两个都好好的，互相照顾着，缺什么就托梦给我，儿子给你们送来。"说着泪如雨下，大声哭泣起来。几个人一同悲伤着，各自发出不同的低泣。

　　陈涛拿起铁锹给墓地四周培上一些土，又给边上的两棵柏树松土。它们已经一人多高，这会儿依然是深绿的颜色。小房子上有几棵枯草在风中颤抖，苍黄得只剩钢丝般的骨架。他一一将它们拔除，又抚摸着墓碑，心想等清明回来，把奶奶的名字添上。几个人按照长幼次序开始磕头，大月高声哭诉几句，最后志鹏、志成、志远弟兄仨齐刷刷跪在墓前，一同给太爷爷太奶奶行礼。

　　大月教导孙子们匍匐着地恭敬跪拜，所有礼节全部周全到位，随即大声对着公公婆婆下达指令，布置老两口从今以后在那一边长远而又艰巨的新的光荣任务，提出他们身为老陈家上代祖辈义不容辞的战略使命："爸、妈保佑三个小的，好好保佑你们俩的曾孙子！保佑他们在无锡好好念书，保佑他们考上大学，三个人全部上大学上好大学，上北京大学、清华大学！"如同他们生前似的，当儿媳的要紧处不忘抛出最为关键的一句："陈家祖坟能不能冒青烟，就看你们两个了。考上清华北大你们过年过节要什么有什么！"

这天半夜，隔壁的女人又一次咳嗽发作。这一回来势汹汹，一声比一声激烈，一声比一声急促，仿佛刹那之间就要彻底击垮病人。昏暗的灯光下，春杏看见她的身体在床上上上下下竟如波浪一般起伏不止，一只胳膊高举到上方，伸开的五指在空气中胡乱抓挠。

春杏赶紧下床帮忙按响床头铃，看见她身子缩成一团，手脚几乎并到一处，已然弯曲紧绷成为弓形，嘴巴里发出呃呃的声音，活似母鸡被宰杀后最后撑气的响声。医生护士两分钟内冲进病房，一个人随手开亮大灯。这边病人几乎就要虚脱。男医生一看情势，当即吩咐护士进行插管准备，同时艰难地给患者注射一些药物，帮助她平复。两分钟后病人的咳嗽稍稍缓解，开始插管。护士固定患者头位，医生施行局部麻醉，又在口腔中置入器械，准备实施操作。

不料病人看见长长的导管似乎不能自持，开始剧烈反应。她的眼睛忽然睁得很大，头部往两边晃动不止，不知是畏惧还是抗拒，眼角两侧流出许多泪水，已经放置器械的口腔里发出很大的唔唔声，根本不配合。医生眉头一拧，他盯视患者几秒钟，立即用眼神示意护士，同时又一次按响床头铃。护士弯下身体使劲按压着病人头部，随后赶来的男医生用力按压着肩膀，患者身体得到有效控制，但嘴巴里依然发出很大的响声，第一次插管没有成功。三个人睁大眼睛，全神贯注着再一次努力，两个人在下面使出粗劲，一个人在上面使出细力，一起专心致志于床上的病患。此时，瘦骨嶙峋的妇人怒目圆睁，显然正在经受炼狱一般的滋味。她痛苦万分地发出呜咽一般的声音，之后可能是不敢不忍也不想看，紧紧闭住了双眼，两侧的泪水汹涌地汩汩而出，后扎的头发全部松散，披散在枕头上……

一分、两分、三分……终于，第二次深入体内的导管到达预定位置。医生起身将软管另一头连接呼吸机，又对机器两次调试，看见指针左右不停地摇摆，半分钟后平静下来，显示数据稳定在理想区间。尽管是冬日的午夜时分，病房里温度不高，但这一番过程下来，四个人都是热气蒸腾，各自大汗淋漓。房间里忽然安静了，只有间歇的机器工作声。这一刻，时间几乎凝固了……雪白的灯光下，春杏无声坐在床头，身体侧向这一边，一动不动完全痴傻了。

上午八时，春杏又一次坐在窗前，定定地眺望着外面——一个明亮而又广大的世界。和煦的阳光下，楼下的冬青一片葱绿，让人觉得春天已然来临。一阵晨风吹拂而过，叶子上面晶晶亮亮、闪闪烁烁，小小的光之精灵在顽皮嬉戏，不断腾挪跳跃、飞舞不息。几片极薄的白云，绵延飘浮在蓝色天幕下，闲适自在，仿佛有无垠的浪漫，又有无边的自由，让大地上的人们仰望之余，不禁生出许多羡慕。很多的时候，春杏都会坐在窗边，发呆晒太阳，出神眺望远方。现在，她很喜欢这一方小天地，一坐总是半晌。有两次护士在身后招呼，她竟全然不知，宛若坐禅一般。

如今春杏最偏爱的就是绿色，田野里这一片绿油油的色彩，一直延伸向远处，阳光下这般亮堂，这般绿意盎然，充满无限的生机活力。春杏长时间注视着，白净的脸上渐渐浮现出笑容，清浅而又甜美，仿佛已经忘记自己的病情，忘记身处的这一间病房。她又将视线转向四周，远处的山岭田野，近处的油菜水塘，旁边的小马路，医院西南角的两棵老槐树，于她都是再熟悉不过的风景，不知已经看过多少遍。

往常的日子，春杏天天辛苦操持，时时奔波忙碌，总觉得时间过得飞快，有时疲惫不堪，就想歇上一歇，哪怕伤风感冒几天也愿意替换。这一段倒是如愿了。天天清歇什么也不用干，才知道根本不是那么回事。每天无所事事的日子原来这么难熬，这么难以打发。那些忙碌操劳方能让人踏实安定，才是人们真正需要的。春杏现在每天除了固定吊水、准时吃药，偶尔一两项检查，基本无须其他治疗。白天几次小幅活动之外，剩余时间要么躺在床上，要么玩一会儿手机，但两样都不敢超时。躺一会儿便赶紧起来，因为时间一久身体可能绵软，看一会儿抖音视频就赶紧丢下手机，因为工夫一长眼睛受不了。

不知过了多少分钟，春杏终于回过头来，又一次注视着对面的病床。高二凤依然一动不动躺在那里，但情形与两天前大相径庭。现在，这张床已经被各种仪器设备包围，床上的女人成为密切关注的特别监护对象。床头这一面，左侧有很大的医用吊塔、呼吸机与心电图机，右侧有血糖仪、血气分析仪和监护仪，床脚是支气管镜和 X 光机。

几台机器正在自己岗位上履行职责，忠心耿耿而又兢兢业业。大小不等的几块亮屏上，有的是曲折推进的波浪线，蓝白绿黄各种颜色齐头并进；有的是跳跃变化的醒目数字，不断地闪出闪没；还有的是指针一直摇晃不止，轻微摆动着半秒也不肯停歇。女人肩头处裸露在外，两处纱布附着点非常显眼。胸脯上堆积着许多软管，粗细不一的几种颜色，有的连接在头顶上方，有的斜斜拖曳到仪器上，在床头处形成密密的蜘蛛网。

她半张的嘴里是一根长长的粗管，鼻子里是一根透明细管，两段宽宽的胶布紧贴在嘴角外侧。两只胳膊平放在外面床沿，同样完全裸露着。左手有白色纱布包裹着掌心，上方垂悬着一只深蓝色葫芦状的容器，右手是墨绿色绷带紧绑住上侧。一只硕大的扁平胶袋里的乳状液体，正在通过手上的静脉缓缓流入她的体内。床下吊挂着有一半液体的尿袋。她的两只脚光光地伸在外面。床脚靠背上轻吊着四张卡片，浅紫粉白依次排列，上面有一些手写体。女人就这样仰面朝天平躺在这里，中长的头发大半灰白，这会儿完全松散着，不过比较平顺服帖。她的眼睛没有闭上，留有一条细细的缝隙，眼珠在里面非常缓慢地移动，好像还看着什么，又似乎植物人一般没有意识。

春杏不知道对方是半清醒还是全昏迷，只知道这两天里除了间歇传出几声咳嗽，就再也没有发出其他的声音。她不由自主上前两步，仔细观察着这位五十多岁的同乡，静静地、深深地凝视着，发现她苍白的脸安详柔和，好似已经脱离了人世的苦难。这一刻，女人仿佛自然熟睡似的，脸上皱纹反而减轻许多，看起来居然有些光泽了。春杏想起女人家里的境况，心中默默为她祈祷，衷心祝愿这位可怜人能够好转。后想起她那日深夜遭受的痛苦，又十分矛盾，觉得眼前这种状态，于她可能反倒轻松。

这天晚上六点多，春杏洗漱完毕，一边坐到床头点开手机视频，一边充电。接听的那一头自然是丈夫陈涛，同样坐在被窝里，看到老婆满脸笑意：

"小杏，我打算六点半给你打呢。吃饭了没有？不发烧了吧？现在感觉怎么样？"

"吃过了。还有一点低烧，现在身上舒服些了。"春杏说着往下拉了拉口罩。

"好，说明正在恢复。肯定有一个过程，你不要着急，把心态放平慢慢来。今天吊了几瓶水？东西拿到了没有？脑子里不要多想，安安心心配合治疗，好了我来接你。"

"四瓶，东西下午拿到的。你放心吧，没事的。医生护士都很好，他们都很关心我。"

"今天胃口怎么样？饭量不能减，尽量多吃一点，增加身体抵抗力，恢复起来也会快一些。家里挺好的，孩子们都好，你放心吧。"

"吃东西一般化，我也想多吃一点，晚上饭菜塞着吃完了。你没有跟我爸妈说吧？不要告诉他们，不然他们要急坏了。"

"我怎么可能打电话告诉爸妈？等好了以后你再告诉他们，或者也可以不说，这个你做主。"

"三个人都上床了？"

"他们在房间，我去看看，你等着。"

陈涛啪嗒啪嗒趿拉着拖鞋，一边走向隔壁房间，一边伸头朝楼下大声招呼："老大，快来看看你妈！"大宝小宝已经上床，兄弟俩一人一头正在聊天，似乎是在讨论什么游戏，正说得热火朝天，见父亲推门进来立即闭嘴歇了火。陈涛掀开被子钻进一头，父子三人并排挤在一起。一分钟后，志鹏跑上来，四六两口子紧跟在后。陈涛见三个人穿得整齐，便移动身体坐到床的外侧边沿处，双胞胎立即爬过来，就这样，三个人坐在床上，三个人站在床边，六双眼睛齐刷刷盯着小小的手机屏幕，不过春杏的影像非常清晰，仿佛就在对面。

几个孩子纷纷喊道："妈！妈！"

"唉，唉！"春杏抹起了眼泪。

大月对着儿媳高喊："杏啊！不要哭，不要哭。"同时自己也抹开了眼泪，又赶忙克制住问儿媳，"现在不发烧了吧？晚上一个人睡冷不冷？被子暖和吗？不行让小涛送一床过去！"

春杏看着一家老小充满关切的神情，赶紧转了笑脸回答："好些了，比在家有劲一点。这里条件挺好的，不用送被子，暖和得很。"

大月高兴地说："那就好！照顾好自己，缺什么叫小涛给你送去。杏啊，多吃点，多吃才能长力气。家里都好，你放心。"

春杏在那一边笑盈盈答应婆婆："嗯，谢谢妈。饭菜我都尽量吃完。"说着转向双胞胎，"你们两个要听话，不要调皮惹爷爷奶奶生气。这两天埋头上放炮多，记得离远一点，不要一天到晚在外面疯跑。"

大宝小宝一齐用力点头："嗯！"

志鹏懂事地接口："妈，你不要记挂我们，安心养病，把自己照顾好！"

春杏看着亲人们使劲点头："我会好好照顾自己的。你们也放心吧，可能过几天就回去了。"

小宝对着春杏笑："妈，你回来给我们做红烧肉吃，我想吃你做的红烧肉了。"

春杏很是激动："乖，妈回来就给你们做，想吃什么都给你们做！"

大月笑嘻嘻接口："杏啊，你回来我给你做糯米团子吃。你不是喜欢那一口嘛！就包咸菜馅的，用肉丁、干子、雪里蕻三种炒香做馅，现在不用水磨了，就到超市买糯米粉回来做一样的，蒸出来也黏得很。"

春杏又抹起眼泪："谢谢妈，我会配合医生好好治病，尽量争取早点回家，身上感觉有劲些了。你们不用记挂我，医生护士都好。你们不晓得，他们对我真好。"

大月双手合十，对着空中使劲作揖："老天显灵了，肯定是上代保佑的。小杏遇上贵人了，我儿遇上贵人了！"

五十六岁的高二凤，病情发展得很快。当初进来时已然病得不轻，身体本就单薄赢弱，自我免疫力差，短短几天工夫，就从半山坡走到了悬崖旁边，只剩奄奄一息。现在，她一天里基本就是昏睡，呼吸完全依赖辅助的机器，一台呼吸机24小时始终不能停息，就这样还总是不能顺畅，口腔里不时发出时而粗重、时而尖细、时而急促、时而稍缓的喘气声。表明她正在那一条生命线上经历持久而又艰苦的挣扎。

她偶尔清醒过来，也只能疲惫地睁一睁眼，虚弱无力地瞅几眼就闭上眼睛，仿佛经过无数次的长途跋涉，疲惫不堪，再也没有力气出发，只能停在路边歇息了。春杏注意到她自从进到这里，和家庭完全失去联系，可能她没有手机，双方确实无法联系。不过就算可以，按照现在的情形，远方亲人怎样呼唤，她也无力应答了。如今的病房除去医生护士进来，剩余的时间每一日都很安静，只有几台机器在各自的位置发出不大的声响，一如既往忠实履行着职责。

这天下午三点多，高二凤又一次醒来，嘴巴里再一次发出很大的呼呼声，或许呼吸特别困难，或许憋闷已近极点，她一双眼睛忽然瞪得滚圆，铜铃一般射出两道十分锐利的寒光，一双手不停地在床边抓挠。春杏赶紧跑过来帮她按响床头铃。这时，不知哪里来的力量，高二凤突然伸出双手，使劲扯掉嘴巴里的障碍，竟然把那一堆东西统统拉拽了出来！几名医护人员急急赶来，高二凤对着医生大喊一句："救救我！"两名医生立即按住她的双手、肩头，一个人对她厉声喝令："不要动！不能动！"几双眼睛齐刷刷盯着她。

女人像完全没有听到似的，两只手使劲挣扎想脱离医生的束缚，却怎么也挣脱不开。她猛地爆发出来，竟然仰起上半身，头完全脱离床铺，抬起足足十厘米，上半身挺立在那里，气喘吁吁蹦出几个不连贯的字词："我……不……死"，之后有四五秒僵挺着一动不动，一张嘴张开得很大，苍白的脸上没有一丝血色，披头散发只听见急促粗浊的喘气声，力气用尽的最后一刹那，身体一松猛地往后一仰，头砰的一声倒在枕头上，眼睛依然大睁着，嘴巴依然半开着！

顷刻间完全静止了，所有的痛苦、挣扎、愤怒、哀求一齐结束，带着她无边的苦难全部结束了。她就那样仰面朝天躺着，无声而又悲凉，灰黄的眼珠定格在那里，似乎一直在注视什么，又仿佛在追问着为什么。

医生护士忙成一团，接连不断对她施行了三次抢救，无奈仍没有任何生命体征，半小时后只得放弃。所有人动作停止那一刻，春杏在手机上翻看时间，发现这位可怜人是下午3：49离开人世，带着她对家中亲人的无比牵念，带着她对鲜活生命的无限渴求，带着她对这个世界的无尽眷恋，带着深深的遗憾、满腔的悲愤离开了，身边没有一个亲人，最终那双有些浑浊的眼睛也没有闭上……

三分钟后，医生抹平她的眼皮，参与抢救的所有医护人员围成一圈，向死者默哀以示悼念。护士给她蒙上一块白色床单，将她整个身体覆盖，另一名护士开始收拾衣物用品；十分钟后，一辆绿色小推车过来，两名工人小心抬她上去，白色床单又一次覆盖她的身体。一名工人推着缓缓走出病房。这边医生护士撤走死者床边所有仪器设备，春杏坐在床上默默注视着眼前的一切。又一刻钟过去，高二凤所有存在的痕迹消失，包括床头、靠背、床底，所有细微悉数清除干净，床上的被褥也一一卷走，最后只剩一张光光的床架。病房里一下空空荡荡，仿佛这一位患者从来没有存在过。

这一晚，春杏前半夜完全失眠。电话里她简单告知丈夫，陈涛让她不要害怕，留点灯光睡觉。春杏放下手机后钻进被筒，眼睛不自觉溜往那边，有意无意总要瞥上两眼。她索性转过身闭上眼睛，可翻过来又覆过去，始终无法入眠。最后干脆不再强迫自己，放松精神后思绪开始遨游，首先印到脑子里的自然是三个儿子，想起他们小的时候，心里禁不住感叹：这才几年的工夫，忽然变成三个小老爷了，老大嘴唇上已经冒出几根短髭，小时候的模样其实就在眼前，那时候他们多么可爱啊！

她的脑子里陆续跳出几组镜头：团结小学校园，窗明几净的教室里，男男女女座无虚席，这里显然正在举行家长会。语数英三科老师先后走上讲台，认真总结该次期中考试本门学科的成绩与不足，重点分析同学们现阶段学习中普遍存在的几个问题，阐明今后师生共同努力的目标与方向，自己即将采取的具体策略措施，请各位尊敬的家长务必全力配合，一定严加督促管理，力争使每一位同学有最大的进步，力争使班级成绩迈上新的台阶！

最后，每一位老师满脸喜爱地大声宣布自己褒奖的学生，又略带遗憾地点出几位有待进步的学生。家长们有的喜上眉梢，有的面有愧色，有的低头沉思，最为自豪的就是陈志鹏同学的家长，因为每一科均受到老师"狠狠"的表扬。春杏坐在儿子的座位上如沐春风，满面的笑容着实抑制不住，一分钟后偷偷观察左右又觉得不妥，立即谦虚而矜持地低下头，独自消受着幸福甜蜜的滋味。

　　一个不太年轻的小区，某栋二楼的出租屋里。春杏躺在床上暗自垂泪，大宝小宝走到妈妈身边，盯着妈妈半晌，不知道怎么安慰。兄弟俩你瞧我我瞧你，大宝伸出小手替妈妈擦拭眼泪，小心认真地擦完一边又开始另一边。小宝拿出自己心爱的小动物饼干塞进妈妈嘴里，春杏闭着眼睛侧卧着不理不睬，小宝塞进一块马上又塞第二块，直到妈妈嘴巴鼓成一个圆球。春杏终于没有忍住，一把搂过自己的一双娇儿号啕大哭起来。两个孩子愣愣地先不吭声，后稀里糊涂响应着妈妈跟着哇哇大哭，母子三人的高音几乎震破小小的出租屋。

　　周末的午后时分，儿童公园里，每一处都有不少的小朋友。他们各自钟情着自己喜爱的游戏，有的纯熟老练，有的稚嫩胆怯，但每一个孩子都是眉开眼笑，特别开心快乐。志成、志远在外围玩耍免费项目，滑滑梯、荡秋千同样满心欢喜。他们一遍又一遍重复着游戏，最后终于失去兴趣，站在围栏外眼巴巴瞅着，发现里面是另一番热火朝天的场景。

　　五彩缤纷的小火车轻盈行驶在迷你轨道上，拐弯直行皆十分灵活，一圈又一圈地欢乐向前。几名幼儿面向家长摆出各种懵懂造型，年轻的爸爸妈妈"咔咔"忙个不停，画面格外抢眼很是招摇；碰碰车开足马力努力前行，一路上前有围堵后有追击，形势十分凶险。"司机"手忙脚乱地左闪右避，依然不时遭遇"敌人""砰砰"地剧烈撞击，多少次受困，差一点就要人仰马翻；洋气十足的旋转木马不断盘旋起伏，优哉游哉地空中漫步，七八个孩子手扶护杆轻松驰骋，时而到达峰顶，时而深陷谷底，时而遥望远方，时而专注眼前。蓝天白云小鸟大树，鲜花草丛孩童笑脸，所有美好纷至沓来，一起尽收眼底；角落里的蹦蹦床人气最旺，场中的小朋友们个个身手不凡，大的十三四岁，小的只有五六岁。十几个孩子步调居然完全一致，轻轻松松地上下翻飞，几乎每一次都弹跳到最高点！

　　大宝小宝看了二十分钟还是不愿离开，吵吵嚷嚷着也要进去。春杏先是板着脸不予理睬，后来看着两个讨债鬼仰起的小脸，那样充满祈求渴盼的稚嫩眼神，最终于心不忍，让俩冤家商量好只选一项。孩子们终于得偿所愿，欢欢喜喜脱鞋踏入蹦蹦床。可第一次从脚踩实地踏入虚空绵软的蹦蹦床，兄弟俩一时找不到感觉，总是东倒西歪在绳网上，宛若两只笨笨的小熊……

一周以后，春杏终于可以出院，自然是经过全面的身体检查，完全恢复正常。上午九点半，她收拾完东西，护士过来叮嘱她回去后须与家人分开吃住、餐具分离等，说为了家人的安全，为了孩子们的健康，请务必严格遵守，半个月后再过来复查。春杏用力地点头，向护士说出诚挚的感谢话语，随即走出病房。

春杏回到家。她在堂屋里远远与孩子们招呼几句后，便一个人上楼踏入自己房间。她没有立即坐下，站在门边环顾一圈。这里一如从前，还是结婚时的原样，窗帘壁纸吊灯、空调电视家具、梳妆台双人床，纤尘不染的很是明亮，显然精心打扫过。虽说已经过去十几年，但往常总是不在家，也就是春节回来住上半个月左右，所以只是略有褪色，还是那个温馨舒适的二人世界的空间。

她放下包走到梳妆台前，看见桌子上有电水壶、保温杯，桌脚是灌满的水瓶。春杏打开杯盖，轻轻抿一口热水，发现飘窗上摆放着一束鲜花，是粉白相间的六瓣花朵，是她喜欢的香水百合。她走上前，发现淡蓝色卡片上有两行小字，上行是：欢迎回到温暖的家，下行是：永远爱你的老公。春杏心头一热，当即双手捧起来，俯下身细细地嗅了一嗅，淡淡的清香已经沁心入脾。她给它稍稍挪动一点位置，让花儿沐浴更多的阳光，又拿起水壶去卫生间接上一些清水，一点点均匀淋洒在花瓣上，之后坐在另一侧棉垫上，晒着太阳，四处打量着，最后定格在结婚照上。

半人高的巨幅照片中，站立的新郎身着一套纯白西装，搭配同色衬衫、鲜红领结；两只手随意插在裤兜里，一条腿潇洒地踮起；帅气精致的发型，年轻俊朗的面容，玉树临风、一表人才。新娘身着大红色礼服，胸襟袖口皆以金色镶边，盘发上是一顶振翅欲飞的凤冠，两侧的流苏拖曳得很长。她小鸟依人地坐在丈夫身边，精致的妆容衬托得格外美艳。两个人幸福之情溢于言表，抑制不住中又略微有别。新郎的喜悦腼腆克制，有些羞涩，新娘的快乐尽情绽放，笑容十分甜美灿烂。

这一刻，房间里温暖如春，坐在窗边的春杏忍不住感叹：那时的情景好像就在昨天，怎么一晃竟已过去了十几年？真是光阴似箭啊！年轻那会儿是多么快乐自由，多么轻松自在，走到哪都是叽叽喳喳小鸟一样，从来也不知道愁为何物。说起来结婚还真是人生一道门槛，打那以后心里就悄悄藏进了丈夫，偶尔出门就有了一份惦念牵挂。品尝了相思梦萦的深情，体会了对另一个人的不舍依恋，觉得自己不再是空落的一个人，已经与世上的另一个人紧紧牵系在一起。之后三个宝宝出生，心里又增添了三个孩子，后来又渐渐装入了这个家。

肩头上背负的东西越来越多，越来越沉，有时压得喘不过气来，简直承受不住，几乎就要放弃。可现在这一刻，身处这个大家庭，身处亲人们身边，心里却是踏实满足，温暖幸福！这所有的一切不都是来自他们，来自这里，来自这座有些灰败的小楼，来自这勤俭朴素的家庭，来自这些粗拙憨直的亲人？自己对这一切依赖迷恋，已经完全不能割舍……

不知怎的，春杏忽然想起那个叫高二凤的女人，想起她离开那晚的悲惨，想起她临终前的呐喊。真是一个苦命的女人。她应该也有过美好的青春年华，应该也有过一些欢乐时光吧？春杏不想让她破坏自己的心情，一瞬间心里觉得有点晦气，想要把她赶出去，彻底地赶出去，可怎么努力也不能成功。那个苍白瘦弱的女人似乎特别顽固，一直就在那里，仿佛早已在那里扎下了根。

晚上，春杏一个人睡在床上，电热毯温度刚刚好，一切都是舒舒服服的，只是身边没有丈夫。她想起恋爱那一年，陈涛送过好几次花，结婚后自动取消。有一次两人腻歪后自己说起这事，抱怨了几句。那一年他大献殷勤三次献花，生日自然是最重要的，再次是老大出生的日子，第三次是年关前的结婚纪念日。后来春杏嫌浪费，提议每年一次，于是每当老婆的生日来临，陈涛无论那一天多忙，一束美丽的鲜花总会准时送达。

春杏想起两个人的那些甜蜜时光，如今他们也学习城里人"过周末"。平日里比较随意，往往随机"乐和"一下，但"周末"一定郑重其事，现在基本固定在礼拜六。陈涛工作生活早已与城里人如出一辙，已然彻底被同化了。可不知为什么，这一项却是固执地一直未变，似乎是不想改变什么。他们没有多余的花样，只有一些仍然带点土味的古老情话，和"原汁原味"的原始享受，但春杏觉得已经足够快乐。

又一个元宵节来到了。下午五点钟左右，四六家的小年夜饭（大公圩一带称元宵节为小年）已预备妥帖，菜肴亦已全部上桌。因为春杏刚刚回家，今天这一顿格外隆重。大小不一、造型各异、红花绿叶的十只瓷碟满满当当交错排列着。猪羊鸡鸭鱼，各色菜蔬，蒸煮煎炒炸、红绿黄橙白、香甜咸辣鲜，色香味俱全。正中是今天特别添加的两样，一个是洗净切好的苹果，自然是祝福全家人新年里平平安安；另一个是雪白滚圆、满满一盘的糯米团子，取代了元宵的重要位置，不仅寓意团团圆圆，也是陈家三代人都喜爱的食品。因为费时费力更费钱，陈家近几年已不曾出现，不过这一顿饭毕，大月规定自己以后每年必须准备一些。现在，老陈家的新一代老爷子——陈定贤，也就是我们的男主人公四六，领着大孙子志鹏位列东边的首席；大月牵着志成与丈夫相对而坐；因为春杏一再坚持，就一个人单独端坐北面，即大公圩一带称之为上横头的三席；陈涛与小儿子志远位列下横头的末席。

四六上桌后讷讷无言。父母相继离开，团圆之际更是思念，这会儿心中格外酸楚，但今天是元宵佳节，也是春杏出院后第一次团圆，一家之主的他只能克制隐忍。大月看见丈夫脸色凝重，已经了解他的心意。她没有直接提醒，只体贴地注视着他，用眼神提示。四六环顾一圈，温柔地看着自己的亲人，眼神中充满慈爱，嘴巴里轻轻说了一句："都饿了，吃吧。"大宝小宝早已垂涎欲滴，喜笑颜开地盯着满桌的佳肴，得到爷爷的最高指示赶紧端碗举筷，专挑那油汪汪、红润润的荤菜下箸；志鹏的表现则符合一个中学生的操行规范，他懂事地先舀一勺苹果粒给妈妈，又舀一勺送到最为辛苦的奶奶碗里。大月疼爱地招呼大孙子："乖，快吃吧。"春杏伸出手似乎想抚摸他的头，又条件反射似的缩回了手，看着儿子美美地一笑。

大月心中同样感慨，婆婆慈祥鲜活的面容依然历历在目、清晰如昨，公公洪亮爽朗的声音依然言犹在耳，萦绕心田。光阴荏苒之间，已经是沧海桑田，物是人非了。短短数载，一家人风风雨雨经历了多少？山山水水跨过了几道沟壑？如今能够重新团聚在一起，多么不容易又是多么珍贵！这一刻，她体会到生活的甘甜，一份沉淀凝练后的甘甜，一种恬淡宁静的纯美滋味，浓烈、醇厚、甘美无比。一瞬间，大月的眼眶不由自主湿润了，心中却是幸福无比，充溢着欣慰、满足、喜悦，由衷地喜悦。她夹起一只团子送到丈夫碗里，又分别夹给儿子、儿媳。春杏感激地对婆婆一笑，同时夹起一只白白胖胖的糯米团子送到婆婆碗里，大月看着儿媳同样笑意盈盈。三个孩子大快朵颐，各自埋头苦干，几乎没有时间抬头。陈涛将一碗鸡汤送到老婆面前，一家人欢乐无比地享受着美食……

正月十五晚上，一轮明月，灼灼明亮，清白的月光照映着大地，所有的景物皆明朗清晰，一时间十里八乡均没有了黑暗，几乎失去了夜的本色。

夜的脚步在无声地行走。月光下，小小的陶庄村映在一片清辉里，隐约而又分明。埂外的丹阳湖，两边的浅滩上，早已长满蒿草，足有半人多高，只剩中间一条细细的水流，一直流淌过去。它就这么固执而又坚定，悠远而又永恒，始终缓缓向前、向前……